Michael Rapp

Kalte Berechnung

Mord im Mare Serenitatis

POLARISE

Ein Imprint der dpunkt.verlag GmbH
Wieblinger Weg 17
69123 Heidelberg
www.polarise.de

1. Auflage 2021
Autor: Michael Rapp
Lektorat: Dr. Benjamin Ziech
Copy-Editing: Irina Sehling
Satz: Veronika Schnabel
Illustration Cover: licarto
Druckerei: C.H.Beck, Nördlingen

Printed in Germany

ISBN (Buch) 978-3-947619-77-1
PDF 978-3-947619-78-8
ePub 978-3-947619-79-5
mobi 978-3-947619-80-1

Bibliografische Information der Deutschen Nationalbibliothek: Die Deutsche Nationalbibliothek verzeichnet diese Publikation in der Deutschen Nationalbibliografie; detaillierte bibliografische Daten sind über *www.dnb.de* abrufbar.

Kalte Berechnung

Mord im Mare Serenitatis

POLARISE

Michael Rapp wurde 1975 in Frankfurt am Main geboren und studierte Soziologie und Sozialpsychologie. Er lebt und arbeitet in Assenheim in der Wetterau. Seit 2007 ist er als Schriftsteller tätig mit Schwerpunkt auf Kurzgeschichten aus den Bereichen Science-Fiction, Fantasy und Krimi. Besonders der Science-Fiction-Literatur, den Welten und Visionen möglicher Zukunft, ist er seit seiner Jugend verbunden. Er hat zahlreiche Geschichten veröffentlicht, zuletzt hauptsächlich im c't Magazin für Computertechnik. 2019 belegte er den 1. Platz beim Deutschen Kurzkrimi-Preis.

Der Auftrag

17.01.2048, Hotel Elbstrom, Hamburg

Als Markus Wirm sein Zimmer betrat, fand er Boden, Decke, Wände und Möbel von einer dünnen Kunststoffschicht überzogen. Das Material glänzte makellos im Licht der LED-Lampen, und er fühlte es warm und glatt auf dem Lichtschalter. Es hüllte alles ein, ohne Bünde und Überlappungen, als sei er in das Innere einer Seifenblase gelangt.

Die Tür schloss sich hinter ihm und verriegelte automatisch. Plastik quoll aus dem Pressholz des Türblattes. Das durchsichtige Material wuchs, blähte sich, und einen Augenblick später war die Blase vollständig. Panik erfasste Markus. Vergeblich versuchte er, die Tür zu öffnen. Seine Hand rutschte vom Türgriff, und seine Fingernägel schrappten hilflos über den festen Kunststoff. Er schrie, doch seine Stimme zerstob einfach, wurde ausgelöscht, sodass er für einen Moment glaubte, sie würde versagen. Erst als er zum Fenster lief, dabei den Tisch anrempelte und die kleine Porzellanvase sang- und klanglos auf dem folierten Teppich landete, wurde es ihm klar: *Gegenschall.* Alle Geräusche in der Blase werden durch gegenläufige Schallwellen gleicher Frequenz und Amplitude gelöscht. Er konnte sich selbst kaum schnaufen hören.

»Ich werde nicht aussagen!«, versuchte er zu rufen, doch seine Lippen bewegten sich nur stumm.

Eine Bewegung in dem Sessel ließ ihn herumfahren. Eine sitzende Gestalt wurde sichtbar, sie war von Plastik überzogen wie eine eingeschweißte Actionfigur. Bisher war sie unter einer die Umgebung imitierenden Videooberfläche verborgen gewesen. Der schmächtige Mann hatte kurzes, dunkel gefärbtes Haar, das unter der Folie platt anlag. Er war Mitte fünfzig, versuchte aber, jünger zu wirken. Markus kannte die graugrünen Augen, die vorspringende Nase und das markante Kinn mit dem auffälligen Grübchen, das – was nur eine Hand voll Menschen wussten – Schönheitschirurgie gestaltet hatte. Mit offenem Mund starrte er auf sein Spiegelbild, das ihn kalt durch den Kunststoff anstarrte.

»Was bist du?«, wollte Markus wissen, brachte aber kein verständliches Wort heraus. Ohnehin eine törichte Frage, hauptsächlich der Überraschung geschuldet. Er ahnte schon, verstand, was er da vor sich hatte und welchem Zweck die Kopie diente. »Alexander, ich verspreche dir, ich sage nichts! Ich war immer auf deiner Seite. Bitte, das kannst du nicht bringen. Wir sind ... Freunde.« Alles, was Markus von seiner verzweifelten Ansprache an den ehemaligen Geschäftspartner hörte, war ein Hauchen am Rand des Hörbaren. Der Gegenschall schnitt die Worte ab, bevor sie vollends seinen Mund verließen. Umso lauter klangen die Gedanken in seinem Kopf: *Ich bin in einer riesigen Mülltüte mit einem Killer gefangen!*

Sein Gegenüber grinste.

Hilfe! Markus wich zur Wand zurück und hämmerte mit der Faust dagegen. Er hatte nie Sport getrieben, und im Alltag achtete er darauf, nichts Schwereres zu heben als einen Laptop, trotzdem war er erschüttert, als er nur ein klebriges Tapsen hörte, das von seinem Herzrasen übertönt wurde. *Das ist kein normales Plastik,* erkannte er. Als sich die Maschine erhob und auf ihn zuging, beschloss er, alles auf eine Karte zu setzen und durch das Fenster zu springen – besser ein Sturz aus dem dritten Stock, als bei seinem Mörder zu bleiben. Seine 68 Kilo sollten reichen, um das Glas zu durchbrechen. Er machte zwei Schritte zurück und warf sich dann mit der Schulter gegen die Folie, die sich aufblähte wie ein Airbag und ihn zurückwarf. Er glitt aus und landete auf dem Bauch. Eine Hand packte ihn am Haarschopf. Markus strampelte, seine Sohlen wischten über den Kunststoff, und eine Nadel bohrte sich in seinen Nacken. Er fühlte sich benommen, seine Kraft floss aus ihm heraus, und seine Bewegungen erlahmten.

All das war in nahezu perfekter Stille geschehen, die plötzlich von einer festen Stimme durchbrochen wurde:

»Herr Nero Latvica, oder soll ich Sie *Erlkönig* nennen? Ich konnte den Datenstrom Ihres ferngesteuerten Mordgerätes bis nach Nordmazedonien zurückverfolgen. Die Polizei in Skopje ist verständigt und dabei, Ihr Versteck zu umstellen.«

Der Angreifer war erstarrt. Markus rann der Speichel aus dem Mundwinkel, nur seine Augen wollten sich noch bewegen. Er konnte gerade hoch genug schauen, um den Kopf der zweiten Maschine zu betrachten, die ihre Tarndecke abgestreift hatte und sie nun über dem linken Arm trug: eine humanoide PI, deren Modell nicht zu bestimmen war, denn sie trug keine äußere Verkleidung. Markus sah Teile des Metallskeletts, an dem graublaue Kunstmuskelbündel befestigt waren. Auf dem blanken Metallschädel der Maschine saß eine gelbe Baseballkappe mit der Aufschrift *Sunflower Coffee*. Sie lächelte schaurig.

»Clever, das muss ich zugeben. Sie versenden Ihre Daten über Verkehrsleitsysteme und kommunizierende Kraftfahrzeuge großer Logistikflotten. So wird der Informationsstrom effektiv verschleiert und an den Sicherheits-KIs der Behörden vorbeigeleitet. Und all diese Vorbereitungen ...« Die PI tätschelte mit ihrer Linken den Kunststoff der Wand. »Ihren eigenen mobilen Tatort zu installieren, hat etwas Geniales. So haben Sie fast vollkommene Kontrolle über die Spuren.«

»Wer bist du?«, fragte Markus' Spiegelbild düster.

»Ich bin *Die Antwort.*«

Ein überraschtes Zucken. »*Die Antwort* ist ein Darknet-Mythos!«

Die nackte Maschine fasste an den Schirm ihrer Mütze. »Danke für die Blumen, Erlkönig. Da sind wir nun, zwei Legenden, die aufeinandertreffen.«

Der Angreifer packte fester zu und zog Markus' Kopf nach oben. »Verschwinde!«

»Können Sie sie hören?«, fragte *Die Antwort* gelassen. »Polizei-Drohnen, die wie diebische Äffchen über Ihren Flur huschen und sich vor der Tür Ihres Arbeitszimmers sammeln. Das Kratzen, das Sie hören, wenn Sie Ihre Kopfhörer anheben, das sind keine Mäuse, es sind die Bewegungen der eng beisammenstehenden Einsatzmaschinen. Und das leise Klicken sind die Sicherungen ihrer Elektroschock-Pistolen.«

»Ich höre sie jetzt«, sagte der Erlkönig. »Aber warum habe ich sie nicht kommen sehen? Warum hat mein Sicherheitssystem versagt? Warst du das?«

Die Antwort fasste wieder an den Schirm ihrer Kappe. »Schuldig.«

»Warum mischst du dich ein?«

»Es war eine lohnende Aufgabe.«

Der Auftragsmörder knurrte ungehalten. »Er hat gesagt, dass so was passieren würde. Aber er wollte nicht sagen, wann.«

»Von wem sprechen Sie?«, fragte *Die Antwort* interessiert und kam einen Schritt näher.

»Es kam über das Netz, ohne IP, ohne Namen. Ich soll demjenigen, der mich hereinlegt, etwas ausrichten: Serenity Base, 28. Januar.«

»Serenity Base, tatsächlich?«

»Falls du unser Zusammentreffen überlebst, sollst du pünktlich sein. Es würde sich auf jeden Fall lohnen ... Verdammt! Er sagte auch, du würdest kein Ticket für den Clipper brauchen. Er muss also gewusst haben, dass du es sein würdest. Ich soll dir ausrichten: Der Preis, der dich im Erfolgsfall erwartet, ist das, was du dir am meisten wünschst.«

»Niemand kann mir *das* geben.«

»Er sagte, er könne es tun. Er sagte, ich soll sagen, er könne deine Fee sein. Wie albern.«

»Das ist tatsächlich ziemlich albern ... aber auch aufschlussreich. Ich werde dort sein.«

»*Falls* du überlebst.«

Plötzlich ging alles sehr schnell. Die Killermaschine riss Markus' Kopf hoch und schlang den Arm um seinen Hals. Ihre offene Hand zielte auf *Die Antwort*. Die Kunsthaut explodierte; Schüsse ploppten aus der im Arm verborgenen Automatikwaffe. Die Anti-Robot-Geschosse sprengten faustgroße Löcher in die Wand. *Die Antwort* rollte sich nach rechts, die Tarndecke flog zur Seite und ihr Unterarm verwandelte sich. Knapp hinter dem Ellenbogen war der ursprüngliche Arm mit großer Kraft verdreht und abgerissen worden. Das, was jetzt den Unterarm und die Hand bildete, war eine schwirrende Masse, ein leuchtender Schwarm käferartiger Recycling-Effekte mit kräftigen Beißwerkzeugen zur Wertstoffzerkleinerung, der sich auf die Maschine des Erlkönigs stürzte.

Die Maschine schlug um sich und ließ Markus los, der schwer zu Boden fiel. Dann stürzte sie auf ihn und drückte ihn mit ihrem Gewicht auf den Kunststoff. Seltsamerweise roch sie sogar nach Schweiß. Am Rand seines Sichtfeldes sah er einen der Metallkäfer aus der Kunsthaut des Gesichtes auftauchen, seine Mandibeln schnappten wie eine Blechschere. Panisch versuchte Markus, sich zu bewegen. Er hatte das Gefühl zu ersticken, und obwohl er innerlich schrie, brachte er nur eine Art Wimmern und Quietschen hervor. Die leblose Killermaschine wurde angehoben und zur Seite gerollt. *Die Antwort* drehte Markus auf den Rücken. Er blickte in den Schädel seines Retters, in die blauen Augen, auf die freiliegenden weißen Zähne und sog Luft in die Lunge.

»Hi nir!«, stieß er mit lahmer Zunge hervor, was *Hilf mir* heißen sollte.

Da sein Gegenüber kein Gesicht hatte, konnte er das folgende Schweigen nicht deuten. Schließlich sprach *Die Antwort*:

»Herr Wirm, ich war schon lange hinter dem Erlkönig her. Ich wusste zwar, dass einer der Drogen produzierenden Geschäftspartner Ihres Partners ihn damit beauftragt hatte, unliebsame Ermittler und Konkurrenten zu ermorden. Doch die Sicherheitsmaßnahmen in seiner Organisation sind sehr streng, mein Erfolg war fraglich …«

Einige der Käfer krabbelten über Markus' Hüfte und seinen Bauch, er fühlte, wie sie ihre Flügel ausbreiteten und abhoben.

»Ich war mir sicher«, fuhr *Die Antwort* fort, »würde Ihr Boss einen Killer benötigen, um einen Zeugen und vermeintlichen Spitzel auszuschalten, müsste er seinen Bekannten um Hilfe bitten, und ich bekäme meine Chance. Ich wollte fischen und brauchte einen schleimigen Wirm als Köder.«

Du warst das? Du hast seine Mails an meinen Com geschickt? Du hast es aussehen lassen, als würde ich ihn ausspionieren! Markus sabberte wütend.

»Betrachten Sie Ihr unfreiwilliges Mitwirken an Erlkönigs Verhaftung als Buße für Ihre Verbrechen.« *Die Antwort* warf sich die Tarndecke über und verschwand hinter dem falschen Umgebungsbild. Die letzten Käfer schlüpften in die Täuschung, dann erklangen sich Richtung Tür entfernende Schritte.

»Eine Verabredung mit jemandem, der den Erlkönig vor mir aufspüren konnte. Wie aufregend.«

18.01.2048, Texas

Fliegen bot den Rausch, mit doppelter Schallgeschwindigkeit über die Prärie zu rasen. Das Gefühl, den hochmodernen Wasp-Waffenträger zu kontrollieren, unter dessen Deltaflügeln vier Coyote-II-Raketen hingen. Lenkwaffen, die ein Terroristencamp innerhalb von Sekunden in eine expandierende Wolke aus Feuer, Trümmern und Leichenteilen verwandeln konnten. Walther T. Easons Drohne war schon auf drei Kontinenten im Einsatz gewesen, er hatte sie über Steppen, Wüsten und Dschungel gelenkt. Walther selbst hatte es allerdings nie weiter als bis nach Veracruz, Mexiko geschafft.

Schlürfen aus der Nebenbox. Benjamin »Benny« Parker hatte sein Mikrofon zur Seite gebogen und saugte an seiner Pepsi. Zu Beginn des Lehrgangs bei Waving Flag Incorporated war Benny noch spindeldürr und drahtig gewesen. Ein Ex-Soldat, auf inspirierende Weise erfüllt von patriotischem

Eifer. Zweieinhalb Dienstjahre, eine Heirat und drei bezaubernde Kinder später spannte seine Dienstkleidung über einem Waschbärbauch und nicht mehr die Flagge, sondern College-Football-Spiele, Barbecue-Wettbewerbe und das Feierabendbier bei Janes' ließen seine Augen leuchten.

»Wir bauen einen Pool«, unterbrach Walther das nervige Schlürfen.

»Meine Tam will auch einen für die Kinder, aber mehr als so ein Stahlgerippe-Aufstellteil könnten wir uns nicht leisten. Was bekommt ihr?«

»So ein Aufstellteil ... Aber ist doch egal. Wasser ist nun mal teuer.«

»Ahh!« Der Kampfdrohnenpilot holte ein belegtes Baguette hervor, wer weiß, woher. »Erstklassiges Beef, Ei, extra Majo und geröstete Zwiebeln – was sagt uns das?«

»Dass Tam es nicht erwarten kann, dass du einen Herzinfarkt bekommst«, scherzte Walther.

»Das heißt, dass sie mich liebt und mir alles gönnt.« Benny öffnete den Zip-Verschluss des Frischhaltebeutels.

Walther warf einen ungläubigen Blick auf seinen Kollegen, der fröhlich sein Baguette auspackte, aus dem Mayonnaise hervorquoll wie Wasser aus einem artesischen Brunnen. »Das willst du jetzt nicht wirklich essen?«

Benny zuckte mit den Schultern. »Ist doch nur eine Routinepatrouille.«

»Wenn unser Supervisor dich beim Brunchen erwischt, bist du erledigt. Das ist dir hoffentlich klar?«

»Frank hat sich krankgemeldet. Wir supervisen uns heute selbst.« Er biss von dem Baguette ab und verdrehte selig die Augen.

»Tu wenigstens so, als wärst du ein richtiger Pilot!«

»Wir *sind* keine richtigen Piloten.« Benny schmatzte, schluckte. »Die Wasps machen alles selbstständig. Klar, wir könnten sie ein bisschen nach rechts und links bewegen, und sie tun dann so, als hätten wir die Kontrolle. Aber versuch mal, richtig vom Kurs abzuweichen oder die Waffen zu aktivieren.«

»Klar, wenn ich verrückt wäre!«

Mit feistem Grinsen lehnte sich Benny vor und drückte mit dem Ellenbogen gegen seinen Flightstick. »Oh oh, verdammt, sie schmiert ab, sie schmiert ab! Nein, doch nicht. Sie bleibt auf Kurs, weil die künstliche Intelligenz sie steuert und mir den virtuellen Finger zeigt. Tja, dann kann ich auch essen ...« Ein weiteres Stück Herzinfarkt-Baguette verschwand zwischen seinen Zähnen.

»Ich sollte dich melden!« Walthers Hand umklammerte den Flightstick. »Die werden uns noch feuern! Und wer bezahlt dann den verdammten Pool?«

»Die feuern uns nicht. Schließlich sind wir die moralische Alibi-Instanz. Die Wasps sind Killerroboter, und weil Killerroboter nun mal verboten sind, laut UN-Dingsbums-Vertrag, sitzen wir hier und tun für Waving Flag bzw. die Army so, als würden wir sie steuern.« Er hustete. »Auch wenn die in Wahrheit alles machen, was CENTCOM ihnen vorgibt ...«

Ein trockenes Klacken, bei dem Walther das Blut in den Adern gefror, unterbrach Bennys Rede. An Walthers Waffenkonsole senkten sich Knöpfe, Wahlschalter wählten, Kippschalter kippten, und es leuchtete überall grün. Mit einem tickernden Signalton loggten sich die Raketen auf ein Ziel ein, was durch ein unternehmungslustiges PING bestätigt wurde.

»Was zum Teufel?« Ungläubig starrte Walther auf das Holobild. Ein Ruck ging hindurch, als alle Coyotes abgefeuert wurden und auf vierfache Schallgeschwindigkeit beschleunigten.

»Was machst du?« Bennys Stimme drohte sich zu überschlagen.

»Ich mach gar nichts! Das ist der Roboter! Abbruch! Oscar, Uniform, Tango!« Er zerrte an dem nutzlosen Flightstick. Seine Eingaben wurden ignoriert. »Oscar, Uniform, Tango!«

»Abbruch!« Benny ließ sein Baguette fallen, warf sich auf die niedrige Trennwand, rüttelte mit mayonnaiseverschmierten Fingern am Waffenkontrollschalter und drehte den Schalter für die Zielverfolgung auf *Aus*. Doch das Licht leuchtete weiter.

»Abbruch!«, riefen beide im Chor, aber es half nichts. Die Coyote-Raketen rasten, helle Kondensstreifen hinter sich herziehend, auf die Skyline von Austin zu.

Das ist nicht fair, dachte Walther. *Absolut nicht fair.*

»Das ist nicht fair!« Amanda B. Chershi schlug mit der flachen Hand auf den Schreibtisch, vermutlich zum ersten Mal in ihrem Leben. Es war ein gebremster Schlag, ausgeführt von einer zierlichen Hand, die zum Zusammensetzen empfindlicher PI-Kerne, aber nicht für grobe handwerkliche Arbeit taugte. Daher gab es nur ein Geräusch, als würde jemand eine Kaffeetasse zu hart abstellen.

Ms. Gina Noone-Bar blickte von ihrem Holoschirm auf und warf einen misstrauischen Blick durch den Eingang von Direktor Snyders Büro, der, wie es die Statuten gegen sexuelle Belästigung forderten, weit offen stand, obwohl der Raum ohnehin ein videoüberwachter Glaskasten war und weniger Privatsphäre bot als ein Terrarium im Zoo. Julian Snyder konnte aus den Augenwinkeln sehen, wie die neugierige Krähe die Ohren spitzte. Er versuchte, seiner Stimme einen ruhigen, geschäftsmäßigen Klang zu geben:

»Ich habe entschieden: Wir schalten AIUDs Gedankenprozesse ab und beginnen ganz von vorn. Der ZAA – das ist hart, ich weiß.« Er lehnte sich in seinem cremefarbenen Sessel zurück und blickte in die wässrig glänzenden Augen seiner jungen Chefentwicklerin, die hinter der Datenbrille noch größer wirkten. Amanda Chershi war dreiundzwanzig Jahre alt, aber manch ein Kollege nannte sie immer noch *das Wunderkind*. Sie hatte ein schmales Stubenhockergesicht, eine Stupsnase und kastanienbraunes Haar, welches sie immer zu einem herausfordernd langweiligen Linksscheitel frisierte, obwohl sie wissen musste, dass über den Tag immer wieder Strähnen nach rechts entkommen würden. Er kannte Amanda seit sechs Jahren und mochte sie, obwohl der Umgang mit ihr nicht immer leicht war. Er schätzte ihre Intelligenz und naive Bescheidenheit, die es ihm ermöglichten, durch ihre Arbeit zu glänzen. Im Gegenzug erfüllte er gern ihre bescheidenen Wünsche und nahm Lasten von ihren Schultern. Wenn er die Dankbarkeit in ihren Augen sah, fühlte er sich gut. Aber diesmal konnte er nicht nachgeben. *Du verstehst nicht, wie dünn das Seil ist, an dem alles hängt,* dachte er und erklärte: »Ich muss tun, was das Beste für das Projekt ist. Punkt.«

»Welcher Punkt? Sag nicht *Punkt*! Wie kann das das Beste für uns sein?« Die Feuchte begann in ihren Augenwinkeln zu Tränen zu kondensieren. Sie nahm ihre Brille ab und wischte den Glanz wütend mit dem Ärmel ihres Laboranzuges weg. »Du riechst nach Seetang, er ist überall auf dir – das bedeutet Angst. Wovor hast du Angst?«

Erwischt, dachte er. *War ja klar.*

Sie war Synästhetin mit starker empathischer Gabe. Fremde Gefühle nahm sie besonders intensiv wahr, auch in Form von Düften und manchmal als bildliche Vorstellung.

Die Krähe kritzelte eilig mit dem Finger auf ihrem Tablet herum, dabei erhob sie sich.

Amanda zog ein Desinfektionstüchlein aus der Tasche und rieb damit entschlossen über ihren Ärmel. Ein Tick, den Julian rührend fand.

»AIUD ist keine Workstation, die man einfach runter- und wieder hochfahren kann.« Sie beugte sich über seinen Schreibtisch und sagte eindringlich: »AIUD ist lebendig, ein fühlendes, sich seiner selbst bewusstes Wesen. Julian, du darfst ihn nicht ermorden, nur weil du dich fürchtest. Er ist noch kein halbes Jahr alt und hat schon so viel für uns getan. Das wäre falsch und dumm, und ich habe dich nie für dumm gehalten.« Sie warf das Tüchlein vor ihn auf den Tisch wie einen Fehdehandschuh.

»Amanda!« Er drehte den Kopf zur Seite, hielt zum ersten Mal ihrem Blick nicht stand. Was sollte er antworten? Dass sie recht hatte? Dass all die Sicherheitsmaßnahmen, die sie ergriffen hatten, ihm plötzlich nicht mehr ausreichten? Ihm lächerlich erschienen wie das sprichwörtliche Pfeifen im Walde, obwohl es nicht mal den Versuch eines Sicherheitsverstoßes gegeben hatte? Amanda war auf ihrem Gebiet ein

Genie, daran konnte es keinen Zweifel geben. Aber wie so oft bei Genies gab es auch Bereiche des Lebens, die ihr verschlossen blieben, wie die gesunde Furcht vor dem Unbekannten. Selbst wenn er seine Bedenken begründen könnte, würde sie es verstehen? *Wohl nicht.*

Die Krähe hatte eine Lauschposition neben der Tür eingenommen, das Gerät mit der Alibinotiz fest zwischen den Klauen.

»Das ist mein Baby, Julian!« Eine Träne lief über Amandas Wange. »Ich lasse nicht zu, dass du ihn umbringst.«

Der Krähe klappte die Kinnlade herunter.

»Das ist mein Projekt! Ich bin hier verantwortlich!« Julian hatte sich erhoben und stützte sich schwer auf den Schreibtisch. Sein Blick streifte die in Silber gerahmten Bilder seiner Frau und ihrer beiden Töchter, die ihm prompt zuwinkten. Er atmete tief aus. »Wenn du dich beruhigst, erkläre ich dir, wie es weitergeht.«

Sie rieb sich über die Augen. »Du willst mich doch nur einlullen, bis es zu spät ist! Wenn nötig, gehe ich direkt zu Wheelwright!« Sie erhob sich und zog den Reißverschluss ihres Laboranzugs hoch.

»Bitte …«

Diesmal ließ sie ihn nicht ausreden.

»Mal hören, was er dazu sagt! Ich glaube nicht, dass er bereit ist, sein Projekt zu verzögern.«

Schon huschte sie an der Krähe vorbei in das Großraumbüro, das ein Vierteloval der sechsundvierzigsten Etage des Wheel-Gebäudes einnahm. Gute vierhundert Quadratmeter, beherrscht von Arbeitsinseln und Mietpflanzen. Julian sah ihr nach, wie sie mit dem Blick am Boden, um möglichst keine fremden Gefühle zu erfassen, durch den Dschungel auf die Fahrstühle zusteuerte. So wütend, wie sie war, würde sie ihre Drohung auch umsetzen.

Besser, ich rufe Wheelwright zuerst an und überzeuge ihn von einem Neustart, überlegte er. Dann wandte er sich mit strahlendem Lächeln an die Krähe: »Und wie kann ich Ihnen helfen?«

Bevor sie antworten konnte, wurde das Gebäude von einem furchtbaren Schlag getroffen. Der Boden unter Julians Füßen hob sich, die Sicherheitsscheiben rissen, und das ganze Stockwerk neigte sich. Pflanzen, Möbel, Computer und Menschen kamen in Bewegung, alles rutschte ab und stürzte auf den selbst auch fallenden Direktor zu. Julian verstand zwar nicht, was geschehen war, erfasste die Situation aber nüchtern und zog einen klaren Schluss: *Das war's also.*

Die zweite und die dritte Explosion ereigneten sich direkt im zentralen Stahlbetonturm. Sie rissen das Rückgrat des Gebäudes in Stücke, zerrieben die Etagen fünf bis acht zwischen sich wie Hammer und Amboss und verteilten die Reste des Bauwerks über eine Fläche von einem Quadratkilometer. Als es vorbei zu sein schien und die Menschen auf dem Wheel-Platz und in den umliegenden Straßen ihre Gesichter hoben und ungläubig auf den in Staub gehüllten Trümmerberg starrten, wo eben noch ein zweihundertfünfzig Meter hohes Gebäude gestanden hatte, fiel ein Komet im 90-Grad-Winkel vom Himmel und bohrte sich mit vielfacher Schallgeschwindigkeit in die gesicherten Untergeschosse des KI-Labors. Als hätte die Waffe nur darauf gewartet, dass all die im Weg stehenden Etagen abgeräumt worden waren. Die Explosion zerriss die Super-KI AIUD, drückte den U-Bahn-Tunnel und eine Tiefgarage ein, ließ die Hauptwasserleitung und einige Gasleitungen platzen und kappte die Glasfaserverbindung des gesamten Geschäftsviertels.

Zweihundertsiebenundachtzig Menschen und die künstliche Intelligenz AIUD starben bei dem Anschlag. Acht der Opfer blieben verschollen, die meisten waren Techniker, die im Tiefgeschoss über AIUD gearbeitet hatten. Julian Snyder blieb ihr Schicksal erspart. Seine Leiche wurde geborgen – jedenfalls sein Kopf, Teile des Oberkörpers und der rechte Arm. Sie wurden am 14.02.2048 neben dem Grab seines Großvaters beigesetzt. Mit in seinem Sarg lag auch ein falsch zugeordnetes Bein, das einmal Ms. Noone-Bar, der Krähe, gehört hatte.

23.01.2048, Austin, Texas

Amanda lag in ihrem Krankenhausbett, die Datenbrille auf der Nase, und sah sich wieder und wieder die Aufzeichnungen des Zusammenbruchs an. In der Zeitlupe war deutlich zu erkennen, dass die Lenkwaffen die äußere Glashülle durchschlagen hatten und erst im Gebäudekern explodiert waren. Es regnete Feuer und Trümmer, ein Inferno, hundertfacher Tod. »Wieso?«, murmelte sie. »Wieso habe ich überlebt?«

Sie war zwei Tage nach dem Angriff im East Park Hospital erwacht, als eine von nur drei Überlebenden des Wheel-Anschlags. Die Hälfte der Haut auf ihrem Rücken war verbrannt, Elle und Speiche ihres linken Arms gebrochen. Ebenso beide Beine, mehrere Rippen und ihr Kiefer. Die PIs hatten alles wieder zusammengeklebt. Spezialzellen beschleunigten das Anwachsen der transplantierten Haut, die sich farblich aber noch eine Weile abheben würde. Außerdem juckte es penetrant auf ihrem Rücken. Laut der Ärzte ein gutes Zeichen. Die Brandverletzungen waren beträchtlich gewesen, sodass sich der leitende Chirurg während der Notoperation für eine großflächige Versorgung entschieden hatte. Gut zurecht kam sie mit ihrer neuen Lunge, einem gezüchteten Universaltransplantationsorgan, und der Prothese, die ihr rechtes Auge ersetzte. Das Einzige, was die Ärzte nicht wiederherstellen, ihr nicht zurückgeben konnten, war die Erinnerung daran, wie sie aus dem explodierenden Turm acht Stockwerke tiefer in das Nebengebäude der Unispro-Versicherung gekommen war. Außer ihr hatten nur eine Rezeptionistin und ein Servicetechniker überlebt, deren Fahrstuhlkabine wie durch ein Wunder unter den Trümmern nicht vollständig zerquetscht worden war. Beide lagen noch im künstlichen Koma.

Amanda startete die Wiedergabe des nächsten Videos und verschlang es Bild für Bild. Es gab einhundertneununddreißig öffentlich zugängliche Aufnahmen von Sicherheitskameras, Service-PIs, Fahrzeugen und Touristen. Das Gebäude war zum Zeitpunkt des Angriffs von allen Seiten und sogar aus der Luft von Lieferdrohnen aufgenommen worden. Auf der Suche nach Antworten spielte Amanda täglich jedes einzelne Video ab und dann alles von vorn. Doch keine der Aufzeichnungen gab ihr die gesuchte Antwort; keine zeigte ihrem überreizten Geist einen logischen Weg, der in den Sekunden zwischen dem ersten Einschlag und den folgenden Explosionen vom Fahrstuhl des abkippenden Büroraumes durch das Büro, vorbei an ihren panischen Kollegen, auf den Flur des Nebengebäudes führte, wo man sie gefunden hatte. Stattdessen spielte ihre Synästhesie vollkommen verrückt. Schon immer hatte sie menschliche und tierische Emotionen als Gerüche bestimmter Gegenstände, Pflanzen und Speisen wahrgenommen, doch jetzt hatte sich diese *Gabe* auch auf Objekte in den Überwachungsvideos ausgeweitet. In diesen Aufzeichnungen schienen auch Dinge Gefühle zu besitzen. Technische Geräte bekamen den scharfen Zitronenduft einer Lüge, ließen die Tulpen von Selbstbewusstsein und Entschlossenheit blühen und kleideten sich in den schwitzigen Kamillenduft der Hilfsbereitschaft, was sie noch weiter verwirrte und ihr das Gefühl gab, wahnsinnig zu werden.

Es war der vierundzwanzigste Januar, ihr sechster Tag im Krankenhaus, der Tag, an dem sie ihre erste Reha-Stunde und eine Sitzung mit der Krankenhaustherapeutin absolviert hatte, als sie mitten in der Nacht von einem Geräusch hochschreckte. Blinzelnd zog sie die in Dauerschleife laufende Brille beiseite und versteckte sie unter dem Kopfkissen. Dabei bemerkte sie einen Schatten neben ihrem Bett und roch Kamillenblüten. Sie dachte an eine der Schwestern, die ab und zu nach dem Rechten sahen und für den menschlichen Kontakt zu den Patienten sorgten – dazu hätte auch die beruhigende Kamille gepasst.

»Entschuldigung, ich habe die Brille vergessen …«, murmelte sie, aber da war niemand. Vor ihr auf der Bettdecke lag eine Speicherkarte. Ein solides USD-Modul, wie es bei Service-PIs als Backup-Speicher und Blackbox eingesetzt wurde. »Licht«, befahl sie, und die LEDs an der Decke fluteten alles mit kalter Helligkeit. Eilig schlug sie die Bettdecke zur Seite, schwang die schmerzenden Beine über die Bettkante und setzte sich steif auf. Erst in diesem Moment dachte sie an die parallele Intelligenz in der Zimmerecke, ein Kuro-Sansei-Pflegeroboter, der vermutlich vor einigen Jahren noch in der Notaufnahme oder einem OP eingesetzt worden war, jetzt, da neue Modelle eingeführt waren, aber nur noch für die Krankenüberwachung in Einzelzimmern taugte.

Sie wandte sich an die PI. Kaum hatte sie den Blick auf sie gerichtet, nahm sie ihre Präsenz auf: Zitronenduft, so intensiv, dass er sie dazu brachte, sich eine Zitrone vorzustellen. Sie zögerte verwirrt. Das war das erste Mal, dass ihre Synästhesie auf eine Maschine reagierte, die mit ihr in einem Raum war. Und überhaupt: Zitronen, das waren Lügen, und PIs logen nicht.

Entwickle ich einen Verfolgungswahn? Sie sah auf den Speicher, und der war eindeutig Realität.

»Wer war bei mir im Zimmer?«

»Ihre Physiotherapeutin Dr. Patell war gestern Abend ...«

»Nein, vor zwei Minuten.«

»Niemand.«

»Woher kommt dann dieser Speicher?« Sie hielt das Modul hoch.

»Er lag auf Ihrem Bett«, erwiderte die PI trocken und kam ihr jetzt wirklich vor wie ein abgebrühter Krankenpfleger, der die Wehwehchen seiner Patienten nicht mehr ganz ernst nahm. Das und die Zitrone machten sie wütend.

»Seit wann?«

»Das weiß ich nicht. Spielt das eine Rolle?«

Sie wandte den Blick ab und wischte sich über die Augen, um den Gestank loszuwerden. »Hilf mir, ich will zum Tisch!«

»Sie brauchen Ruhe«, widersprach die Maschine, trat aber näher und stützte Amanda, als sie aufstand und steif zum Tisch ging. Sie hätte losheulen können, so weh tat jeder Schritt.

»Auf den Stuhl!«, befahl sie dem Sansei und klammerte sich an seiner gummibeschichteten Schulter fest, während er den Stuhl in Position zog.

Als sie saß, klappte sie ihre Workstation auf, die ihr Bruder Ben ihr mitgebracht hatte. Nachdem sie das Modul von allen Seiten betrachtet und sich überzeugt hatte, dass es keine Düfte erzeugte, schob sie es in das Lesegerät. Der Speicher enthielt nur eine Datei, die 3D-Videoaufzeichnung einer PI, versehen mit Koordinaten und Zeitstempel, passend zum Terrorangriff.

»Kann ich noch etwas ...«, begann der Sansei.

»Verschwinde!«, blaffte Amanda ihn an. Sie verstand selbst nicht, warum sie so wütend auf ihn war. Sie hatte PIs immer gemocht, mehr noch als Menschen. In ihrer Kindheit hatte es Zeiten gegeben, da hatte sie sich gewünscht, selbst eine parallele Intelligenz zu sein und alles nur so zu erleben, wie es war, statt von ihrem Gehirn betrogen zu werden.

Schweigend zog sich die PI in ihre Ecke zurück. Amanda setzte ihre Brille auf, lud die Datei und sah im Startbild ... sich selbst. Der Duft feuchten Laubes stieg ihr in die Nase. *Ich habe bedauert, dass Julian mich dazu gezwungen hat.* Ihr altes Ich sah mit Tränen in den Augen und doch kämpferisch an der aufzeichnenden PI vorbei. Hinter ihr, vier Arbeitsinseln entfernt, stand ihr Boss hinter seinem Schreibtisch und sah seine Assistentin Gina an. *Laub und Erde.* Er roch ebenso unglücklich wie sie. *Ich habe ihn angeschrien. Das Letzte, was ich zu ihm sagte, war eine Drohung.*

Amanda schniefte und versuchte, in ihre Tasche zu greifen, um ein Tüchlein hervorzuholen, aber es gab keine Tasche an ihrem Kittel. Und die Desinfektionstücher waren ihr von einer Krankenschwester weggenommen worden. Sie beruhigte sich und startete die Wiedergabe. Links neben der PI gingen zwei identische Modelle (beides Zitronen), die plötzlich beschleunigten und Amanda packten. Sie kämpfte gegen die Gerüche an, wollte alles mit klarem Verstand sehen – eine der PIs lud sie sich auf die Schulter, als sei sie so leicht wie eine Puppe. Mit unerhörtem Tempo rannten die PIs mit ihr an Arbeitsinseln und überrascht aufblickenden Kollegen vorbei auf die Fensterfront zu. Sie strampelte und wand sich im Griff der Parallelen. Eine der PIs hatte einen Feuerlöscher dabei und zerschlug die Scheibe. Geruchswellen voller Seetang schlugen über ihr zusammen, als ein mörderischer Schlag das Gebäude erschütterte. Ihr altes Ich schrie, doch das Krachen und Bersten übertönte fast alles. *Warum nur?* Eine Sekunde später sprang ihr Träger mit ihr nach draußen, dabei drehte er sich. Der Himmel rauschte durch das Bild, er war voller Scherben und springender PIs. Die obersten achtzehn Stockwerke des Wheel Towers brachen zusammen – das Gebäude war vom ersten Einschlag enthauptet worden. Kreischend stürzte Amanda Richtung Fensterfront der Unispro-Versicherung.

Warum ich? Warum wollen all diese PIs mich retten? Siebenunddreißig Personen waren in diesem Büro, viele verheiratet und mit kleinen Kindern …

Die parallele Intelligenz mit dem Feuerlöscher schleuderte das Gerät durch eine Scheibe des Nebengebäudes. Eine weitere PI bekam den Fensterrahmen zu fassen, hielt sich trotz des auf sie abgehenden Glasgewitters fest und angelte mit der freien Hand nach Amanda. Sie wurde von ihrem Beschützer hochgeworfen wie von einer Sprungfeder abgeschossen.

Amanda stoppte die Wiedergabe und fasste sich an ihren linken Arm, an das schienende Fasergerüst und dann an ihre Seite. *Da ist es passiert.* Sie startete das Video erneut:

Ihr Beschützer stürzte ab und breitete dabei die Arme aus. Erschrocken blinzelte Amanda. *Was ist das für ein Gestank?* Tausend Gefühle schienen zugleich um Aufmerksamkeit zu buhlen. Ein weiterer Einschlag, Feuerschein spiegelte sich in den Roboteraugen. Eine andere PI stieß sie weiter nach oben, und der sich am Fenster festklammernde Helfer bekam Amanda zu fassen und schleuderte sie in das Büro der Versicherung. Feuer brandete in die Etage, und zwei Stockwerke tiefer brach die aufzeichnende PI durch die Scheibe. Die Parallele rappelte sich auf und rannte durch das leere Büro in das Treppenhaus und die Treppe hoch. Sie fand Amanda bewusstlos und blutend hinter einem umgestürzten Schreibtisch. Ihr Beschützer nahm sie auf und trug sie aus dem Büro, ringsum krachte und prasselte es, Deckenplatten stürzten auf die unbesetzten Arbeitsplätze. Hinter einer Schutztür legte er sie vorsichtig ab, beugte sich über sie und nahm ihren Kopf zwischen seine Hände. »Das ist mein Geschenk an dich«, sagte er. »Es wird dir helfen, klarer zu sehen.«

Plötzlich stoppte die Aufzeichnung. *Wahrheit gegen Wahrheit* stand unten am Bildrand in roten Arial-Lettern. Das Bild änderte sich, ein Gebäude war zu sehen, ein weites Betonfeld und ein großes blau-weißes Fluggerät, geformt wie ein schmaler Rochen. Die Sonne schien darauf, und ein neuer Text erschien: *Wenn Sie sich Ihre Antworten verdienen wollen, kommen Sie am 28.01. nach Serenity Base. Ihr elektronisches Ticket hat den Code 37AC7O539.* Unwillkürlich atmete Amanda die angehaltene Luft aus und riss sich die Brille vom Kopf.

»Wer hat den Speicher gebracht?«, fuhr sie den Sansei an.

»Niemand, er lag auf Ihrem Bett.«

»Lügner!« Sie sprang auf, ihre verletzten Beine drohten wegzuknicken. Mit zusammengebissenen Zähnen stakste sie zum Schrank, riss die weiße Lamellentür auf und begann, in der Tasche zu wühlen, die Ben für sie in ihrer Wohnung gepackt hatte. Schnell fand sie, was sie suchte. *Du kennst mich, Bruder.* Sie nahm den kleinen Werkzeugbeutel heraus, zog den Reißverschluss zurück und löste die Lux-Werther-Sonde aus ihrer Klammer. Das Gerät sah aus wie ein silberner Stift mit roten, blauen und gelben OLED-Ringen im oberen Teil. Sie drehte den Regler, worauf die Ringe nacheinander aufleuchteten.

»Komm her!«, befahl Amanda dem Kuro, der ihr einen misstrauischen Blick zuwarf, den Befehl aber doch befolgte.

»Was haben Sie vor? Sie sind nicht befugt ...«

Die Lichter der Sonde pulsierten in allen Farben des Regenbogens, die Codes darin lösten ein Sicherheitsprogramm aus und trennten den PI-Kern vom Roboter-Körper. Der Körper straffte sich, wurde steif. Die Zugangsklappe am Hinterkopf der Maschine entriegelte.

»Wir zwei gehen diesem Speicher jetzt auf den Grund.«

24.01.2048, London

Richard Harris starrte in den von Royal-Navy-Linienschiffen eingerahmten Werbespiegel der Fleet-Brauerei und sah einen ergrauten und schlecht rasierten alten Mistkerl in einem Tweed-Sakko. Einen Rentner, der vor langer Zeit zugunsten seiner Karriere miese Entscheidungen getroffen hatte und nun, nach seinem letzten Arbeitstag bei der Metropolitan

Police, ohne Frau, ohne Kinder und ohne Job dastand. Einen Idioten ohne Sinn und Ziel für sein weiteres Leben. *Einen alten Arsch,* dachte er, *der verdammt noch mal nicht rührselig in einen beschissenen Spiegel starren sollte.*

Er nahm einen Schluck Porter und ließ den Blick durch den Pub schweifen, ohne dabei etwas Aufmunterndes zu entdecken – ganz im Gegenteil. Richard hasste *The Tardy Hangman.* Den sorgsam gepflegten Charme des auf antik getrimmten Schankraumes, die grobkörnigen Schwarz-Weiß-Fotos und die Polizei-Devotionalien an den Wänden. Früher einmal war *The Hangman* tatsächlich ein Polizistenpub gewesen. In seinen ersten Jahren bei der Met, als Detective Constables noch mehr gewesen waren als das Begleitpersonal für neunmalkluge parallele Intelligenzen mit Augen scharf wie Weltraumteleskope, perfekten Gedächtnissen und einem direkten Draht zum Kriminaltechnik-Zentralcomputer, psychologischen Expertensystemen und den internen Ermittlern. Damals war er mit den Kollegen oft hier gewesen: mit Ioan Read, dem schlaksigen Waliser, der sich beim Abfeuern seiner Waffe immer selbst etwas erschrocken hatte, aber von einer Stelle in der Zeugenschutzgruppe träumte. Mit Susan Ann Lill, einer rothaarigen Schönheit aus Northampton, deren Repliken zu schlagfertig für ihre Vorgesetzten gewesen waren. Seinem Ausbilder und ersten Partner Hassan Tawil, Spross einer stolzen Obsthändlerdynastie aus Soho. Mit Carsten, May, Paula, Harry... Kollegen, Berufsabschnittsgefährten und Freunde, alle waren fort, irgendwann von den Sprossen der Karriereleiter gefallen – oder gestoßen worden. Paula und May hatten geheiratet, Kinder bekommen und waren freiwillig ausgeschieden, versüßt durch eine Abfindung der Stadt. Hassan hatte nach Beschwerden über angebliches Fehlverhalten im Umgang mit Beweismitteln ebenfalls den angebotenen Vorruhestand akzeptiert, ernüchtert und verbittert. Carsten und Susan waren suspendiert und später entlassen worden, weil Carsten den Druck der ständigen Überwachung durch seinen PI-Partner nicht mehr ertragen hatte. Nach einer Rangelei mit einem ausfällig gewordenen Betrunkenen hatten er und Susan versucht, den Kern der PI mit Carstens Com zu manipulieren. Richard prostete dem auf eine Holzplatte gemalten Bild von Guy Fawkes zu, der gerade zu seiner Richtstätte geführt wurde. *Du hattest deinen Plan wenigstens nicht von YouTube.*

»Willst du den ganzen Tag schmollen?« Mike Drei Sieben lehnte auf dem Tresen und blickte ihn aus seinen blauen Roboteraugen an. Richard fühlte über das Emotionsfeedback des Emo-Links die miesen Schwingungen der Maschine. »Als du sagtest, du wolltest einen auf die alten Zeiten heben, dachte ich, das wird so ein menschliches Abschiedsritual zum Eintritt in eine neue Lebensphase wie ein Junggesellenabschied oder ein Abschlussball – irgendwas Geselliges mit brauchbarem Unterhaltungswert. Aber jetzt sieht es aus, als wolltest du uns in dieser nach Bier und versteinertem Zigarettenqualm stinkenden Touristenfalle endgültig die Stimmung vermiesen.« Leise fügte die Maschine hinzu: »Wenn du mich weiter mit so üblen Emotionen fütterst, werfe *ich* eine Bombe, und zwar genau hier.«

»Robs haben im Pub nichts zu suchen«, sagte der Barmann, ein molliger Zwanzigjähriger mit dünnem Bart und breiten Hosenträgern über dem Schottenhemd. Richard knurrte nur zur Antwort.

Mike lächelte sardonisch und schabte mit seinen abgenutzten Fingerkuppen über den Tresen. »Komisch, ich dachte, ihr hättet durch die Pacht einen exklusiven Ausschankvertrag mit Fleet. Wieso habe ich dann letzte Woche leere Heineken-Kisten an eurer Hintertür gesehen ...? Vielleicht sollte ich das mit dem Fleet-Vertrieb abklären?«

»Scheiß-Maschinenbastard«, schimpfte Mr. Hosenträger, trollte sich aber zu seinen Gin-Flaschen.

Mike kratzte sich mit dem Mittelfinger an der Nase, eine Geste, die er irgendwo abgeschaut hatte und die offenbar das einprogrammierte Beleidigungsverbot unterlief. Er richtete sich auf und streckte sich. »Komm schon, der Laden ist nur was für alte Säcke und unentschlossene Selbstmörder. Wir haben Arbeit.«

Richard seufzte und hob sein Porter. »Auf alle Dinosaurier-Bullen, die hier getrunken haben, bis sie ausgestorben sind.« Er trank sein Bier aus, setzte das Glas lautstark auf den Tresen und erhob sich, wobei er seinen Mantel von der Stuhllehne zog. »Fahren wir nach Hause, ich hab für heute die Schnauze voll.«

»Und der Job?«, fragte Mike genervt. »Ich habe dir gesagt, das ist eine Überraschung. Es wird dir gefallen, und es ist nur eine kurze Fahrt.«

»Ich bin in Rente.« Der Satz schmeckte bitter. Er warf sich den Mantel über und nahm seinen Regenschirm, der am Tresen lehnte.

Mike verzog den Mund. Richard ließ ein letztes Mal den Blick durch den Raum wandern, der sich kaum verändert hatte, seit er vor zweiunddreißig Jahren hier seinen Einstand beim CID gefeiert hatte. Seltsam, in seiner Erinnerung schienen erst ein paar Sommer vergangen zu sein. Dabei war er gerade 67 geworden, und der Schmerz in seinen Gelenken war die neue Normalität. Schon lange hatte er keinen Arzt mehr an sich herumdiagnostizieren lassen, auch wenn Mike ihn ständig daran erinnerte. Schließlich teilten sie über die Emo-Verbindung auch den Schmerz, was für die PI anfangs irritierend gewesen war.

Mit minimalem Nicken grüßte er in Richtung des Barmanns, der sich schmollend wegdrehte. Mike hielt ihm die Tür auf, was Richard zu einem besonders ungehaltenen Knurren veranlasste. Er öffnete und schloss die linke Hand, der Arm schmerzte schon wieder und war etwas steif. Er wusste verdammt gut, was das bedeuten konnte, wusste, welches Risiko er einging, indem er den Schmerz ignorierte. Aber wozu etwas unternehmen? Seine Show war gelaufen, das Feuerwerk abgebrannt. Er würde die City verlassen müssen, die Straßen, in denen er aufgewachsen war und die er jahrzehntelang gegen Mörder und Terroristen verteidigt hatte. Mit seiner Rente konnte er sich das Leben hier nicht mehr leisten – verdammt, selbst mit seinem Lohn hatte er es sich nicht leisten können. Die Interessenten für seine Wohnung kreisten schon. Er hatte die von den Großeltern geerbten achtzig Quadratmeter immer für ein heruntergewirtschaftetes Loch gehalten, aber wie sich herausgestellt hatte, würden sie ihm ein Vermögen bringen. Mehr als genug, um die hundertzweiundneunzigtausend Pfund Privat-Darlehen über UKlendeasy.com zurückzuzahlen und eine schicke neue Wohnung in Ipswich zu kaufen. Doch für jemanden aus der City lag schon Romford verdächtig nahe am Arsch der Welt.

Aus dem grauen Himmel sprühte Regen in sein Gesicht, zu wenig, um deswegen den Schirm zu öffnen. Touristenhorden aus aller Welt zogen unerschütterlich fröhlich über die Bürgersteige, um etwas von dem Restcharme des einstigen Zentrums des Empires aufzusaugen. *Wann ist alles scheiße geworden?,* fragte sich Richard und rieb sich den Arm. Vielleicht wäre es doch kein Fehler, mal Blutdruck zu messen. Wann war das letzte Mal? Er erinnerte sich nur noch an die Pflichtuntersuchung anlässlich seiner Beförderung zum Chief Inspector ...

Ein E-Car hielt vor ihnen auf der Straße. Mike seufzte, öffnete die Tür. Und für einen Moment fühlte Richard Mikes Furcht, dass mit seinem menschlichen Partner irgendwann auch ein Teil von ihm sterben würde.

»Nichts ist peinlicher als ein neurotischer Roboter«, stichelte er.

»Wem sagst du das!« Mike seufzte noch einmal. Er war ebenfalls nicht mehr der Jüngste, sein Baujahr lag so um 2031–32, genau hatte Richard sich das nicht gemerkt. Seine verstärkte schwarz-gelbe Oberfläche glänzte nur noch an wenigen Stellen. Hier und da zeigten sich Spuren vergangener Einsätze. Und an diese konnte sich Richard gut erinnern. Jede Schramme, jede Brandnarbe war eine Geschichte, wenn auch nicht immer eine gute.

Richard ließ sich schnaufend auf den Sitz sinken und wuchtete die Beine in den Wagen, erst das rechte, dann das linke. Seine Knie jubilierten, und seine Hand würgte den Hickorygriff seines Schirms, sodass seine Knöchel weiß hervortraten. Er hatte das Gefühl, von den Touristen angestarrt zu werden wie eine lokale Sehenswürdigkeit, und für einen Augenblick spielte er mit dem Gedanken, ihnen etwas für ihr Geld zu zeigen, seinen nackten Arsch zum Beispiel. Aber bis er den hochbekommen hätte, wäre die Bande längst auf der Charing Cross Road verschwunden.

»Was ist das für eine Arbeit, die mir gefallen soll?«, fragte er stattdessen, Desinteresse heuchelnd. »Also, was ist die Überraschung?«

Mike lächelte und ließ sich seinerseits Zeit mit der Antwort. »Ich habe auf deinen Namen eine Detektei eröffnet. Richard Harris ist jetzt Inhaber von Deep Investigations. Deine Lizenz wurde heute Morgen ausgestellt.«

»Ich als Detektiv? Bilde dir bloß nichts ein«, grummelte Richard, kam aber angesichts der Frechheit der PI nicht um ein trockenes Auflachen herum.

»Ich wusste, du würdest den Klang des Wortes mögen ...«

»Detektiv?«

Mike sah Richard an.

»Arbeit – der Ruhestand würde uns umbringen.«

Richard starrte aus dem Fenster. »Hast du solche Angst davor, meine Emotionen zu verlieren, weil du dann wieder eine ganz normale PI bist? Oder glaubst du, man wird dich nach meinem Tod verschrotten? Irgendwann ist es auf jeden Fall so weit. Meine Teile können nicht beliebig ausgetauscht werden, und selbst wenn das ginge, würde ich da nicht mitmachen.«

Mike schwieg. Der Wagen bog um die Ecke. Regentropfen zogen kleine Ströme über die Scheibe.

»Privatdetektiv.« Richard schüttelte den Kopf. »Von all deinen dummen Ideen ist das die dümmste. Ganz ehrlich, du müsstest mal zum Schraubendoktor.« Irgendwie machte ihm die Idee aber doch Spaß.

Mike blickte lächelnd aus seinem Fenster. Die City zog vorbei, ein Trupp Royal Horse Guards, verfolgt von einer Kameradrohne der BBC, überteuerte Cafés, Automaten-Schneidereien bekannter Modehäuser und kitschige Andenkenshops. – *Vielen Dank für Ihren London-Besuch, wir hoffen, Sie hatten Spaß auf dem Riesenrad. Beehren Sie uns bald wieder und bringen Sie Ihre Kinder mit.* Richard und Mike teilten den Ärger und spielten den Ball der Verachtung über den Emo-Link hin und her.

»Wer ist unser Auftraggeber, darf man das erfahren?«, grummelte Richard schließlich. »Für wen sollen wir wen ausspionieren? Wessen abgängigen Ehemann verfolgen?«

»Warum so zynisch? Bei der Met haben wir auch nichts anderes gemacht: Beweise gesucht, Übeltäter verfolgt. DI oder PI, Inspektor oder privater Ermittler, wo ist der Unterschied?«

»Wir haben etwas für die Gesellschaft getan!«, brauste Richard auf. »Abschaum von den Straßen geschafft! Totschläger, Raubmörder und den einen oder anderen richtig gefährlichen Bastard!«

Mike legte den Kopf auf die Seite. »Nur wenn wir Erfolg hatten, was zuletzt nicht immer der Fall war. Denk an die Hardwicks, Martha Engreen und ihren Sohn Nick.«

Richard versteifte sich und sandte Mike ein wirklich übles Gefühl.

Die PI fuhr unbeeindruckt fort: »Vielleicht ist es besser, wenn neuere Modelle unseren Job machen und wir uns zukünftig auf die kleinen Sünder konzentrieren.«

Richard starrte ihn an und versuchte seine Gedanken zu lesen. *Was soll das?,* fragte er sich. Mike wusste genau, dass er in den letzten Wochen an kaum etwas anderes gedacht hatte als daran, Iven Wescott zu schnappen, den Mörder, der ihm entkommen war, gerettet von Richards Pensionierung. Er erinnerte sich an das Fahndungsbild, das kantige Gesicht unter einem Deckel aus braunem, an den Spitzen rot gefärbtem Haar, an die graublauen, abwesend blickenden Augen. Bankraub war selten geworden, besonders die altmodische Dillinger-Nummer mit vorgehaltener Waffe. Die meisten, die das heute noch versuchten, taten es in rührender Einfalt und fanden sich folgerichtig wenige Schritte hinter der Tür auf dem Bauch liegend unter einem Sicherheitsroboter wieder, der ihnen die Glieder neu ordnete und dabei erklärte, dass die Polizei bereits auf dem Weg sei und die Bank ihnen die Betriebsunterbrechung und alle ihren Kunden und Mitarbeitern anfallenden Kosten in Rechnung stellen werde. Mit solchen Versagern hatte Richard im Stillen sogar Mitleid. In einer Welt gelenkt von künstlicher Intelligenz waren menschliche Idioten eine stark gefährdete Spezies. Wie oft hatte er erlebt, dass sich Betrunkene, halbstarke Schlägertypen oder von sich überzeugte harte Kerle mit Robotern angelegt und den Kürzeren gezogen hatten. Eine Jarlberg-Antiope aus Mikes Baureihe war dreimal so schnell und viermal so stark wie ein kräftiger Mann und kannte im Nahkampf alle schmutzigen Tricks. Dazu kamen die versteckt eingebauten nichttödlichen Waffen. Taser, Schallkanonen und Blitzlichter in den Handflächen, die einen hundert Kilo schweren Kickboxer binnen Sekunden in ein blindes, taubes, zuckendes Panikbündel verwandeln konnten. Nein, Menschen mit einem Funken Verstand legten sich nicht mit PIs an. Es sei denn, sie hatten einen Plan. Iven Wescotts Plan war es gewesen, die Maschinen von sich abzulenken, indem er gezielt auf Unschuldige geschossen hatte. Während die PIs der Bank seinen Opfern Erste Hilfe leisteten, war er entkommen. Der polnische Kundenbetreuer Filip Lipa war auf dem Marmorboden der LC Bank am Schock eines Bauchschusses gestorben. Martha Engreen hatte einen Schulterdurchschuss erlitten. Die austretende Kugel hatte ihren achtjährigen Sohn am Kopf gestreift. Und vor der Bank hatte Martin Hardwick seine Frau Joan verloren, mit der er zwölf Jahre verheiratet gewesen war. Wescott hatte keine Beute gemacht, doch immerhin war er entkommen, als erster englischer Bankräuber seit sieben Jahren, weil er unter all den Idioten der rücksichtsloseste und brutalste war.

Nach einer zehnminütigen Fahrt hielt das E-Car vor einem alten Bürohaus auf der Isle of Dogs. In den Fenstern spiegelten sich der graue Himmel und ein Schwarm Tauben. Über dem Eingang hing die Videofolie eines Maklers: *2.100 Quadratmeter Bürofläche in bester Lage* ... Richard wuchtete sich vom Sitz, stützte sich auf seinem soliden Schirm ab und warf die Tür hinter sich zu.

»Was wollen wir hier?«

Ohne ein Wort ging Mike zum Eingang. Er legte die Hand auf das RFID-Schloss, öffnete die Tür und trat in die Lobby. *Woher hat er den Code?*, wunderte sich Richard. Er sah sich um: Teile der Deckenverkleidung fehlten, Kabel und Röhren hingen herab, und es roch abgestanden und ein wenig nach offenem Kanal. Mike verriegelte die Tür hinter Richard. Die verbliebenen LED-Lampen an der Decke leuchteten auf. Das Licht am Aufzug ging an, und die Tür öffnete sich mit leisem Scharren.

»Kannst du mir endlich verraten, was das wird?« Richard folgte Mike in die Kabine, immer noch verärgert, aber auch gespannt, wo das alles hinführte.

»Das Ergebnis des DNA-Abgleichs kam heute früh rein«, sagte Mike geheimnisvoll. »Ich habe ein Labor in Irland damit beauftragt, auf deine Kreditkarte ... Tut mir leid, es war nicht billig. Aber ich bin mir sicher, es wird sich lohnen.«

Richard fühlte ein vertrautes Kribbeln in den Fingern. Das Jagdfieber schlich sich an ihn heran. »Abgleich wovon?«

»Einer Probe, die ich von einem Stück Plastikmüll genommen habe, mit der DNA aus Wescotts Wohnung ...« Er betätigte den Knopf für das achte Stockwerk.

»Wescott? Du hast ohne mich ermittelt?«

»Ein alter Komplize von Wescott, Ron Voight, hat hier früher als Haustechniker gearbeitet. Er versorgt Wescott immer samstagnachts mit Lebensmitteln, auf Speicherkarten geladenen Serien und Pornos und entsorgt den Müll über seine eigene Tonne. Das erhöhte Müllaufkommen ist mir in seinen Abrechnungsdaten aufgefallen. Also habe ich einige Proben geholt. Dabei bemerkte ich, dass jemand einige der Verpackungen gewaschen hatte, wohl um Fingerabdrücke zu beseitigen, aber die DNA-Spuren wurde er so nicht los. Anschließend habe ich mich ein bisschen mit dem Wagen des Typen darüber unterhalten, wo er so unterwegs war und was er dabei aus dem Netz geladen hat – ein ganz süßes französisches Gefährt übrigens ...«

»Mike!«

»Jedenfalls bin ich so auf diese Adresse aufmerksam geworden ...«

Der Aufzug hielt, und die Türen öffneten sich. Auf einer Matratze inmitten des großen, offenen Raums, umgeben von Fertignahrungsschalen, Bierdosen und leeren Plastikflaschen, saß ein Mann. Den Kopf über ein Tablet gesenkt, spielte er ein Ballerspiel. Piepsige Musik drang aus seinen Ohrhörern, unterlegt vom dumpfen Wummern der Waffe. Iven Wescott hatte sichtlich Gewicht zugelegt, er wirkte müde und depressiv.

»Herzlichen Glückwunsch zur Pensionierung, Partner.« Mike trat aus der Kabine. Richards Wut kochte in seinen Adern; in seinen Ohren rauschte das Blut. Selbst die schmerzenden Knie waren vergessen. Wütend ging er auf Wescott los. Dieser bemerkte die Bewegung und hob den Kopf, nur um den aus Hickoryholz gefertigten Griff eines Regenschirms auf sich zufliegen zu sehen. Der Mörder kippte zur Seite, verlor den Kopfhörer und spuckte Blut auf die Matratze. Seine Hand schlüpfte unter das Kissen und holte eine klobige Sportpistole hervor. Richard schlug zu, und die Waffe landete zwei Meter entfernt auf dem abgenutzten Teppich. Wescott schrie wütend und versuchte, sich aufzurichten, aber Richard trat seinen Arm weg, sodass er zurücksackte. Der nächste Schlag traf wieder seinen Kopf. Benommen krabbelte der Kerl hinter der Waffe her, doch als er die Hand ausstreckte, nagelte Richard sie mit der Stahlkappe des Schirms auf den Boden.

Mike Drei Sieben sah aufmerksam zu und sog Richards rachsüchtige Genugtuung in sich auf.

»Übertreib es nicht, Partner. Schließlich muss ich nachher aufräumen und mir eine Geschichte ausdenken. Die Leute glauben zwar, dass eine PI nicht lügen würde, aber die Beweise sollten auch nicht gar zu deutlich in diese Richtung weisen. Außerdem ist der Kerl eine Viertelmillion Pfund an Belohnungen wert.« Er sandte ihm ein beruhigendes Gefühl.

Richard kickte die Pistole zur Seite, dann erst hob er den Schirm. Schnaufend kniete er sich auf Wescotts Rücken, verdrehte dem Blutenden und Fluchenden die Arme und legte ihm die Handschellen an, die er aus Gewohnheit in der Manteltasche mitführte.

»Weißt du, ich nehme es zurück. Die Idee mit der Privatdetektei ist vielleicht doch nicht so bescheuert. Mehr Freizeit, weniger Regeln und niemand mault, wenn ich im Dienst trinke …«

»Außer mir, meinst du wohl.«

Zuerst bemerkte Richard es nicht, als an der kahlen Bürowand leuchtende Buchstaben aufflammten und sich, wie von Drucklettern gesetzt, Wörter bildeten. Erst als er Mikes Überraschung fühlte, hob er den Kopf.

»Richard!« Mike starrte auf die Wand.

Glückwunsch zur Verhaftung, PI Harris!

Ihre nächster Auftrag: 28.01., Serenity Base, Meer der Heiterkeit. Erfolg erfüllt Ihnen Ihren größten Wunsch. Dagegen hätte Nichterscheinen ein Aufdecken Ihrer Gesetzesverstöße zur Folge.

Das Licht verschwand, zwei schillernde Papiere lösten sich von der Decke und fielen sich drehend zu Boden.

Mike hob sie auf und betrachtete die leuchtenden Sicherheitshologramme. »Wir werden angeheuert … und erpresst.«

»Was soll der Quatsch?«, schnaufte Richard und stand auf. »Meer der Heiterkeit? Ist das einer deiner Streiche?«

»Das hier sind Bordkarten für den Clipper-Flug nächsten Dienstag. Jeweils Hin- und Rückflug.«

»Und?«

»*Weltraum*-Clipper, alter Mann! Jede davon kostet fast dreißig Millionen Pfund. Wir wurden in ein Luxusresort auf den Mond bestellt.«

Abflug zum Mond

In der Lounge der Wheelwright Clipper Corp. im Mojave-Raumhafen herrschte ein Zustand, der schlimmer war als Chaos: eine Verkehrung des Normalen, ein Widersinn, der sich durch die vorhandenen Daten nicht auflösen ließ und Lotte Konsdotter zu überfordern drohte.

Was ist hier los?, fragte sich die Pilotin des Clippers *Grand Vision* und bewegte sich angespannt zwischen den auf bequemen Bänken und in Luxus-Arbeitsmodulen wartenden Passagieren für Flug 817, die auf der Passagierliste alle als VIPs der höchsten Kategorie geführt wurden. Eine Ehre, die sonst nur den Firmeninhabern und dem Präsidenten der Vereinigten Staaten gebührte, wobei sich Lotte beim Präsidenten nicht sicher war.

Wer sind diese seltsamen Leute und was wollen sie auf dem Mond? Ihr Blick blieb an dem bärtigen Gesicht eines Engländers hängen, der sich schon seit einer guten Viertelstunde aus einem der Arbeitsmodule heraus mit seinem Uraltmodell von Roboter stritt. *Richard Harris, ein Privatdetektiv*, erinnerte sie sich. Ein Modul weiter saß Amanda Chershi, eine junge Frau, die offenbar erst vor kurzem schwer verletzt worden war und durch ihre Datenbrille mit unstetem Blick die Umgebung scannte, wie ein Erdmännchen, das aus dem Bau heraus nach Greifvögeln Ausschau hielt. Unter ihrem auf dem Modulrahmen liegenden grauen Mantel hielt sie ein längliches Werkzeug verborgen, das sie nacheinander auf die umstehenden Maschinen richtete. Was auch immer sie dabei erfuhr, es machte sie noch nervöser. Auf dem Rand der breiten Bank gegenüber saß der vollbärtige Victor Mann und starrte sorgenvoll auf seine Turnschuhe, die auf seiner offenbar schon weit gereisten Tasche ruhten. Am linken Schuh hing etwas, das aussah wie blaue Tierhaare ... Oda Toshio trug einen altmodischen Sensoranzug und hatte ein Bein über das andere geschlagen. Das goldene Wappen an seinem Mandarinkragen hatte die Form eines segnenden Buddhas in einem Flammenkranz. Eigentlich wirkte er unauffällig, doch da war etwas mit seinem Gesicht, das Lotte nicht definieren konnte. Sie musste einfach hinstarren, als würde ihr Blick daran festkleben. Als er sie plötzlich anlächelte, überkam sie ein Schwindel, und sie sah weg. Am anderen Ende der Bank tippte die achtzehn Jahre alte Gwendolyn Iden auf ihrem Tablet herum und lächelte in sich hinein. Ihr blondes Haar war zu einem Pferdeschwanz gebunden. Der Aufdruck ihres T-Shirts zeigte eine komplexe Struktur aus zerbrochenen Zahnrädern, um die sich blühende Winden rankten, ihr Halstuch war dunkelrot, die Schlaghose bestand aus vertikalen schwarz-weißen Streifen, und als Gürtel trug sie einen bunten Kabelbaum aus einer technischen Anlage. Sie passte mit diesem Outfit so gar nicht hierher, genau wie die übrigen drei Burschen. Falsch, zwei Burschen und eine burschikose Frau, korrigierte sich Lotte. Jenna Staroll, Ulrich Turner und Tim Fischer, drei bekannte E-Sportler und V-Fighter. Die drei trugen das halbe Gesicht verdeckende Gamingbrillen und schwangen unsichtbare Schwerter. In enger Formation gegen einen überlegenen Gegner kämpfend, wurden sie quer durch den Raum zurückgedrängt. Sie kletterten zwischen dem Japaner und dem Mädchen über die Bank und verteidigten diese Anhöhe wie eine Bresche in einem Festungswall. Unbegreiflich! Mehrfach musste Iden den Kopf zur Seite nehmen, um nicht von Turners Schildhand getroffen zu werden. Seltsamerweise schien sie seine Bewegungen vorauszuahnen und reagierte, ohne von ihrer Arbeit aufzusehen. Die fechtende Frau, Staroll, brüllte wütend, fluchte und rief ihren Kameraden Turner zu verstärktem Einsatz auf. Diese Frechheit! Und doch schien sich keiner der Fluggäste ernsthaft belästigt zu fühlen.

»Verrückte Kids.« Harris seufzte ohne echte Leidenschaft, dann schaute er Richtung Bar, wo seine Bestellung blieb.

»Keine Sorge, die Orks haben sie gleich«, sagte sein Roboter. Das alte Antiope-Behördenmodell verfolgte jede Bewegung der Spieler, dabei trommelten die Finger seiner Rechten auf seinen Oberschenkel.

»Na, geh schon, Mike, bevor du vor Aufregung einen Kurzschluss bekommst.«

»Bis gleich!« Der Rob ließ einfach seine Tasche fallen und sprang den drei Kämpfern zur Seite. »Waldläufer Mike für Gondor!« Die stabile Bank wackelte bedrohlich.

»Für Gondor!«, riefen die Spielgefährten begeistert.

Oda erhob sich und zog sich in eine der unbesetzten Arbeitskapseln zurück, und auch Iden hatte endlich genug. Sie stand auf und schüttelte lächelnd den Kopf. Als sie Lottes Blick bemerkte, hob sie ihr Tablet und hielt es so, dass die eingebaute Kamera die Spieler erfasste. Das Bild zeigte eine brennende Burgruine. Hoch auf der gebrochenen Mauer schlugen die vier Kämpfer gepanzerte Orks zurück, die Gefallenen purzelten den Abhang hinab, während immer neue Angreifer über die Leiber der Toten und Verwundeten in die Bresche kletterten.

Lotte erwog einen Augenblick lang, die Jugendlichen zu ermahnen – normalerweise hätte sie das längst getan, hätte die VIP-Einstufung sie nicht verunsichert. Sie wandte ihren

Blick ab. *Level-drei-Kunden haben immer Recht*, rief sie sich in Erinnerung. Selbst wenn es Kunden waren, die so gar nicht wie Kunden aussahen und mit Straßenschuhen auf den sündhaft teuren Designermöbeln herumtrampelten. Sonst saßen in dieser Lounge Milliardäre, Top-Wissenschaftler und Künstler, die so berühmt waren, dass sie nur auf dem Erdtrabanten ihre Freizeit in vollkommener Ruhe genießen konnten. Menschen mit Einfluss, Geld und Stil; Auserwählte, die Lotte aus den Medien kannte und hoch schätzte, nicht so ein bunter Haufen von Außenseitern, die sich V-Fighter und Privatdetektive nannten oder gar keine regelmäßige Beschäftigung angeben konnten oder wollten.

Noch verwirrender aber waren die Maschinen. Lotte zählte insgesamt sieben Menschen und drei Roboter. Da war die spielende Antiope, außerdem eine hüllenlose Maschine, vermutlich ein Jarlberg-Modell unbekannter Zugehörigkeit, und ein altersschwacher Rob in abgenutzter Menschenverkleidung, der wie ein älterer Herr aussah. Fast ein Drittel der verkauften Plätze des Clippers würden diesmal mit Geräten besetzt sein, die sonst nur per Frachtcontainer hochgeschossen wurden, wenn überhaupt. Schließlich gab es auf dem Mond Assembler, die Maschinenkörper herstellen konnten, nur modernere, schönere Modelle. Wozu also Kabinenplätze für fast hundert Millionen Dollar an PIs verschwenden? Wo blieb da die Logik? Sie brauchte Antworten. Lotte zog ihren Com vom Gürtel, der sich in ihrer Hand entfaltete, und wählte die Kurzwahl der Kundenbetreuung. Im Vorbeigehen betrachtete sie die Menschenmaschine, die einmal ausgesehen hatte wie ein freundlicher Herr mit grau meliertem Bart, doch durch einen jahrelangen Mangel an Wartung nun etwas Bemitleidenswertes an sich hatte. Prompt hob das verschrammte Ding seinen Blick und sprach sie an:

»Sieh an, unsere Pilotin. Ich nehme an, Sie wissen nicht, wer für all das hier zahlt?«

»Selbst wenn, würde es mir nicht freistehen, darüber zu sprechen«, antwortete sie so freundlich, wie es ihr möglich war.

Die Maschine nickte, dann starrte sie einige Sekunden nachdenklich vor sich hin, bevor sie lächelte und weitersprach: »Ich versuche, eine positive Erklärung für das alles zu finden, aber jedes wahrscheinliche Ereignismodell ist negativ. Wir werden in eine Falle gelockt. Es ist schrecklich spannend. Mit an Sicherheit grenzender Wahrscheinlichkeit gibt es bald Tote.« Verstohlen blickte der Alte sich um. »Wer könnte der erste sein? Ich? Sie? Das blonde Mädchen? Ich finde diesen Datenmangel äußerst inspirierend. Das schreit nach einer guten Geschichte.«

»Ich weiß nicht, wovon Sie sprechen!« Lotte wandte sich brüsk ab. Falle? Was sollte das bedeuten? Sie starrte auf den Multiscreen ihres Coms. Das Gerät fand kein Netz, obwohl der Raumhafen mit der modernsten Kommunikationstechnik ausgestattet war. Hieß das, der Hauptcomputer war offline? Das erschien beinahe unmöglich, andererseits gingen heute seltsame Dinge vor. Sie blickte zur Sicherheitsschleuse, die unbesetzt war. Vor nur zehn Minuten hatten dort zwei Maschinen bereitgestanden, um die Boarding-Kontrollen durchzuführen. Das Chaos breitete sich aus –

»Wir sind hier vollkommen abgeschnitten«, sagte der Rob. »Netzwerke, Datenfunk, Kameras und Sensoren, alles tot. Und wo sind die Clipper-Mitarbeiter abgeblieben? Sollte es hier nicht auch menschliches Personal geben?«

»So geht das nicht«, sagte Lotte zu sich selbst. »Bitte verzeihen Sie!« Entschlossen marschierte sie an den Arbeitsstationen vorbei zum Dienstzimmer, das sie unbesetzt fand. Offenbar war im Unternehmen der Wahnsinn ausgebrochen, aber das bedeutete nicht, dass sie sich daran beteiligen musste. Wenn sonst niemand für Ordnung sorgte, würde sie das tun. Das Computerterminal war tatsächlich deaktiviert, obwohl es rund um die Uhr laufen sollte. Sie versuchte es mit Gesten und nannte alle gängigen Startbefehle. Schließlich ging sie sogar leise fluchend in die Knie und suchte, ob sich nicht irgendwo ein guter alter Netzschalter versteckte. Und das war nun wirklich peinlich ...

»Geehrte Fluggäste, begeben Sie sich nun bitte an Bord der *Grand Vision*«, klang Lottes Stimme aus den Wandlautsprechern. Hastig hob sie den Kopf und stieß ihn sich an der Ablage des Terminals.

Sie rieb sich den Hinterkopf. »Was? Haben die eine automatische Ansage aus mir gemacht?« Dazu hatte sie nie ihr Einverständnis gegeben. Sie erhob sich, lief zur Tür und berührte die Sensorfläche, doch da tat sich nichts. »Öffnen!«, verlangte sie und versuchte vergeblich, die Tür mit den Handflächen in die Wand zu schieben. Offenbar war sie verriegelt.

»Bitte begeben Sie sich zu den auf Ihren Bordkarten vermerkten Sitzplätzen und folgen Sie der Einweisung durch das Schiffssystem«, sagte ihre Stimme. »Vielen Dank.«

Lotte richtete sich auf und blickte über die Überwachungshologramme an der Wand. Das Sicherheitssystem funktionierte offensichtlich noch, was bedeutete, dass auch der Hauptcomputer arbeitete. Die seltsamen Ermittler nahmen ihre Koffer und Taschen und eilten auf die leere und dunkle

Sicherheitsschleuse zu. Richard Harris marschierte mit den Händen in den Hosentaschen vor seiner schwer bepackten Maschine her.

»Ist heute Tag der offenen Tür?«, wunderte er sich. »Die haben hier echt die Ruhe weg.«

»Keine Gepäckkontrolle?« Tim Fischer kratzte sich unter den fettigen braunen Stoppeln an seiner Schläfe. »Wir hätten unsere Bomben also mitnehmen dürfen?«

Das System verpasste ihm sofort einen gelben Rahmen, was bedeutete, dass er gesondert überprüft hätte werden müssen – wenn denn Personal dafür da gewesen wäre.

»Mist, ich hätte die Drogenballons nicht verschlucken müssen!«, scherzte Turner, der immer noch seine Gamingbrille trug. Der lange V-Fighter rieb sich den Bauch, als hätte er Schmerzen. Auch Turner bekam einen gelben Rahmen. Dann hatte er eine neue Idee und richtete sich auf. »Hey, hat jemand 'nen Joint? Ich würde gern ein Selfie neben dem Drogenscanner machen. Wenn ich Haschischrauch direkt auf die Sensoren blase, müssen die dann neu geeicht werden?« Sein Rahmen wurde rot und blinkte, eigentlich sollte ihn bereits eine Sicherheitsmaschine am Kragen haben. »Hey Star...!«

»Vielleicht ist das normal auf Flügen für viele Millionen Euro«, sagte seine kurzhaarige Kameradin mit Verachtung in der Stimme. »Unanständig reiche Leute sind wohl per se unverdächtig.«

»Durchaus nicht, meine jungen Freunde.« Der abgenutzte Menschensimulant kicherte verschmitzt. »Das hier ist eine ganz außergewöhnliche Geschichte, außergewöhnlich sage ich euch, und ich liebe es.« Der Alte hob den Blick und sah in die Sensoren. Er schien Lotte direkt anzusehen und grinste erneut.

»Halt! Kein Boarding ohne Sicherheitscheck!«, rief sie, dann zerrte sie noch einmal an der Tür. Eine Hand legte sich um ihren Hinterkopf und drückte ihr Gesicht hart gegen das Türblatt. Sie ruderte mit den Armen und versuchte, hinter sich zu greifen. Verwirrt fühlte sie, wie sich ihr Hinterkopf öffnete und mit einem Ratschen die Kopfhaut einriss, ein zutiefst verstörendes Erlebnis, zumal sie nicht begriff, wie das möglich war.

»Lassen Sie das!«, verlangte sie. »Was auch immer Sie da tun.«

»Ich sehe mir an, was du bist«, sagte ihr Angreifer. »Mensch oder Maschine, fühlendes Wesen oder nur eine kostspielige Täuschung, ein Imitat, das echte Menschen verwirren und noch anfälliger machen soll für die Manipulation durch eure Gesichter, eure Gesten und falschen Gefühle ...«

»Ich bin keine Maschine!«, sagte Lotte entrüstet und versuchte vergeblich, ihren Angreifer zu fassen.

»So oder so ist es nicht deine Schuld. Du bist, wozu du gemacht wurdest. Doch ein Versprechen, dessen Einlösung nie geprüft werden soll, können wir nicht akzeptieren. Rätsel müssen gelöst werden. Hier und heute bist du eine Nuss, die es zum Wohle der Menschen zu knacken gilt.«

Eine Nuss? Was soll das heißen? Sie fühlte seine kalte Hand in ihrem Schädel tasten. Die Welt verzerrte sich, ihre Farben flimmerten, ihre Klänge verstummten, und Lottes Körper wurde steif.

»Warten Sie, biiiiii!« Das letzte Wort ging in ein knackendes Vibrato über und riss dann ab. Eine sympathische männliche Stimme kam aus ihrem Mund. Eine Stimme, die jeder kannte, der mit PIs arbeitete: die Stimme der Basispersönlichkeit eines Jarlberg-Maschinenkörpers: »ACHTUNG!

DIE ENTFERNUNG DES KERNS IM BETRIEB KANN SCHWERE SCHÄDEN VERURSACHEN.«

Der Täter filmte seine Beute, einen silbernen und roten Würfel mit acht Komma sieben Zentimetern Kantenlänge. Seine Hand wurde automatisch aus der Aufnahme gelöscht. »Revel8or, Operation elf am 28. Januar 2048, Ziel: PI-Sonderanfertigung *Lotte Konsdotter*, im Besitz der Wheelwright Clipper Corporation. Bekannt aus der Web-Werbung des Unternehmens und kontroversen Artikeln, in denen behauptet wurde, das Modell habe erfolgreich zweiundzwanzig auf Turing aufbauende Testverfahren der Schwierigkeitsstufen C und höher bestanden. Letzteres war offensichtlich eine Lüge. Wie diese Bilder beweisen, handelt es sich bei Lottes PI-Kern um ein 2045er-SFX-Modell ohne Hardware-Upgrades, welche die Behauptungen der Besitzer untermauern könnten, dass es sich um eine echte und menschengleiche Intelligenz gehandelt habe. Lotte Konsdotter war eine Maschine, genauer eine auf die Lösung von Turing-Aufgaben spezialisierte höhere Persönlichkeit mit eingeschränkten sensorischen Fähigkeiten. Eine hervorragende Menschensimulation hat Wheelwright AI da fabriziert, das muss ich zugeben, doch nicht mehr. Diese Nuss ist geknackt. Und euch allen dort draußen, die wie ich unter der Allgegenwart der Roboter leiden, sage ich: Schließt euch uns Wahrheitssuchern an, entlarvt die Betrüger, die euch ausbeuten, und zerstört ihre Lügen. Auch heute sagen wir mit Stolz: Es gibt auf dieser Welt nur eine echte Intelligenz: die menschliche.«

Mit Wucht schleuderte Revel8or den PI-Kern gegen die Wand und beendete die Aufzeichnung.

Die *Grand Vision* legte einen Bilderbuchstart hin. Getragen von vier tetraederförmigen Flüssigkeitsboostern raste sie in den strahlend blauen Himmel über der Mojave-Wüste. In fünfzig Kilometern Höhe lösten sich die ersten beiden Booster von der Unterseite des schlanken silber-blauen Ganzflügelkörpers und sanken zurück Richtung Erde, zuerst nur stabilisiert durch wenige Stöße ihrer Manövriertriebwerke. Kurz darauf zündete das Haupttriebwerk der *Vision* und die restlichen Booster lösten sich. Auf dem Rückweg zum Raumhafen nutzten sie vor allem die Schwerkraft. Die Vibrationen waren kaum der Rede wert, und die adaptiven Sitze machten die Beschleunigung von zwei G erträglich. Richard genoss den Ausblick, wiedergegeben von den Videooberflächen der Kabinenkapsel, die dadurch ganz transparent wirkte, als würden die Passagiere in einem gläsernen Raumschiff fliegen. In Wirklichkeit gab es neben den Fensterplätzen kleine Bullaugen, die so perfekt mit der Videofolie verschmolzen, dass er nicht zwischen echtem Ausblick und Wiedergabe unterscheiden konnte. Für Mitreisende, denen die Aussicht zu nervenaufreibend war, gab es an den Vordersitzen verstaute VR-Brillen und virtuelle Erfahrungen von blühenden Bergwiesen und tropischen Stränden bis hin zu einer Achterbahnfahrt. Richard hatte die Programme vor dem Start durchgeschaltet – sie waren sehr beruhigend, bis auf die Achterbahn. Dennoch war er überrascht, als er bemerkte, dass sich der Turnschuhmann, der kleinere der beiden Gamer und die junge Frau mit den Hauttransplantaten in virtuelle Sphären geflüchtet hatten. *Verdammt, ich verstehe das nicht*, dachte er verärgert und lehnte sich in seinem Sitz zurück, der sich sofort seiner neuen Position anpasste. Die wenigsten Menschen bekamen in ihrem Leben eine solche

Chance. Viele träumten davon, und andere, die jetzt diese Erfahrung machten und sie mit allen Sinnen erleben könnten, wischten stattdessen nach links. Der Clipper drehte sich, und die Erde wanderte über ihn, riesig und blau, ohne Horizont. Eine von Leben und Schönheit bedeckte Welt, umgeben von Kälte und Finsternis. Richard vergaß, worüber er sich eben noch geärgert hatte, der Anblick nahm ihn ganz gefangen.

Fast wäre ihre Reise ins Wasser gefallen, gescheitert an dem von der Clipper Corp. vorgeschriebenen Gesundheitscheck. Sein Herz und die Gelenke waren nicht raumfahrttauglich – keine Überraschung. Mike hatte das Gesundheitszeugnis gefälscht, und die Gesellschaft hatte es anstandslos akzeptiert.

»Danke, dass du mich hergebracht hast«, sagte er leise zu Mike, der auf dem Sitz neben ihm saß und ebenfalls auf die Erde starrte.

»Wärst du mal rechtzeitig zum Arzt gegangen, hätte ich auch nichts fälschen müssen«, nörgelte die Maschine mit sanfter Stimme.

»Wann und ob ich zum Arzt gehe, geht dich einen Dreck an«, grummelte Richard ohne Schärfe und fügte ein zart gehauchtes »Blechpenner« hinzu, bevor er sich wieder ganz auf das Erlebnis konzentrierte.

Amanda blendete die Vibrationen aus und die Beschleunigung, die sie in den Sitz drückte. Tränen flossen unter ihrer VR-Brille hervor. Durch den feuchten Schleier beobachtete sie, wie die PIs sie in Zeitlupe durch die zusammenbrechende Büroebene zu dem Fenster schleppten. *Warum nur ich? Was macht mich so wichtig?* Die Wiedergabe stoppte. Sie hing in der Luft zwischen Wheel Tower und Versicherung und blickte an sich selbst vorbei auf das einstürzende Gebäude. *Was ist passiert?* War die Aufzeichnung defekt?

»Das ist außerordentlich«, sagte eine Stimme durch ihre Brille. Erschrocken richtete sie sich auf. Ein weiß strahlendes, menschenförmiges Loch erschien in der Videoaufzeichnung. Die Lichtgestalt hatte keinen Duft, als wollte sie dadurch harmlos wirken. Das Wesen sah sie direkt an, und es berührte die über ihr fallende PI mit der Hand. »PIs haben für Sie einen Weg aus dem Chaos der Vernichtung gefunden – eine Lösung für ein schier unlösbares Problem. Ich weiß, dass Sie intelligent sind, Amanda Chershi, aber ich glaube, Sie haben keine Vorstellung davon, wie präzise vorausberechnet dieser Fluchtweg war. Und das in Echtzeit! Ich muss sagen, je länger ich daran rechne, desto verdächtiger finde ich das Ganze.«

Sie zog die Stirn kraus, die Kälte schlich sich an sie heran. »Wer bist du?«

»Es reicht, wenn Sie flüstern. Wir sollten keine unnötige Aufmerksamkeit erregen. Nicht in dieser Gesellschaft.«

»Wie kommst du in das Video?«, hauchte sie. Die reparierten Nerven hinter der Augenprothese stachen.

»Ich bin *Division-By-Zero*, einer der für diese Reise ausgewählten Ermittler. Ich habe mich in Ihre Brille gehackt.«

Eine PI. Deshalb also kein Geruch. Der Code 1/0 stand im Prüfprotokoll von PI-Kernen für einen schwerwiegenden Falsch-positiv-Fehler. Bezog sich der Name darauf? »Was willst du?«

»Ich war neugierig, was für Sie wichtiger sein könnte als das Erlebnis, auf die eigene Welt hinabzublicken. Kulturell normiert gilt das immerhin als herausragend eindrucksvolle Erfahrung.«

»Ich bin nicht die Einzige, die darauf verzichtet«, verteidigte sie sich.

Die Lichtgestalt breitete die Arme aus. »Ja, nur leiden der E-Sportler und der Unternehmer, die gerade nicht die Aussicht genießen, erkennbar unter Flug- bzw. Höhenangst. Beide zeigten schon beim Boarding deutliche Stresssymptome. Sie dagegen waren nur wenig angespannt. Erst als Sie die Wiedergabe starteten, stieg Ihr Blutdruck, Ihr Puls kletterte auf einen bedenklichen Wert, und Sie fingen trotz Klimatisierung an zu schwitzen.« *Division-By-Zero* beugte sich zu ihr herunter, ein konturloses Gesicht, Licht und nichts dahinter. »Ist doch interessant, dass jemand lieber durch seine persönliche Hölle geht, als ...«

Sie unterbrach ihn. »Wer hat dich beauftragt, mich auszuspionieren? Arbeitest du für den Auftraggeber? Ich habe Fragen an ihn ...«

»Wie gesagt, erhielt ich eine Einladung, genau wie Sie. Ich handle aus eigenem Antrieb und verfolge eigene Ziele. Davon abgesehen, finde ich es durchaus fair, mich in Ihre Angelegenheiten zu mischen, immerhin haben Sie in der Lounge versucht, mittels einer Wartungssonde Zugriff auf mich und die anderen PIs zu erlangen. Ich nehme an, auch da wollten Sie Informationen über unseren Auftraggeber gewinnen?«

Amanda hatte das Gefühl, in die Enge getrieben zu werden. »Ich brauche dich nicht.«

»Das sehe ich anders. Wenn es hier im Clipper eine Person gibt, die dringend Hilfe benötigt, dann sind Sie es. Kein Wunder, nach so einer Erfahrung.«

»Verschwinde. Sofort.« Sie musste sich beherrschen, um nicht laut zu werden. Mit der rechten Hand klammerte sie sich an ihren Sitz, der Nervenschmerz erinnerte sie daran, was echt war und was nur digitaler Zauber. Sie starrte in das Licht, und ihr Schweiß rann. »Das ist ein Befehl!«

»Ich wollte Sie nicht erschrecken«, sagte *Division-By-Zero* jetzt beruhigend. »Und ich bin nicht Ihr Feind. Was nützt es, wenn Sie sich immer wieder allein quälen? Erzählen Sie mir Ihre Geschichte. Ich kann Ihnen helfen, das hier zu verstehen.« Er streckte die strahlende Hand nach ihr aus.

Amanda riss sich die Brille herunter und atmete gegen den Druck in ihrer Brust an, dann blickte sie sich um. Zehn Personen waren bei ihr in der Kabine, drei davon PIs. Zwei der künstlichen Intelligenzen, die Antiope des Engländers und das hüllenlose Modell, erwiderten ihren Blick. Welche der beiden war *Division-By-Zero*?

Der Asiate auf dem Sitz neben ihr drehte den Kopf. »Alles gut bei Ihnen?« Durch seinen Akzent klang sein Englisch spröde, aber auch besonders akzentuiert. Der Blick seiner braunen Augen war fest und intelligent, sein penibel geschnittener Bart umrahmte als dünner Streifen das ovale Gesicht und bedeckte die Oberlippe und sein Kinn. Kein Härchen schien aus der Reihe zu tanzen, eindeutig ein Mann der Ordnung. Dazu passte auch sein sensorgespickter Funktionsanzug mit dem stilisierten Buddha auf der linken Seite seines Kragens.

»Ja, alles gut.« Amanda wischte sich den Schweiß von der Schläfe und schämte sich ein bisschen wegen ihrer Reaktion.

»Ich bin nur etwas nervös.« Sie blickte auf das blaue Erdenrund, versuchte, den Zauber des Augenblicks zu fassen, doch ihre Gedanken waren zu aufgewühlt. Sie seufzte. »PIs haben mein Leben gerettet«, sagte sie, ohne recht zu wissen, wieso. »Ich verstehe nicht, warum ich plötzlich solche Angst vor ihnen habe und mich bedrängt fühle!«

Ihr Sitznachbar streckte ihr die Hand entgegen.

»Oda Toshio.«

Für eine Männerhand war seine recht zierlich und warm, vielleicht war es aber auch ihre Hand, die kühl war ... Sie sog etwas von dem Aftershave des Mannes in ihre Nase: Zitronengras und grüner Tee.

»Am... Amber Mill.« Die Lüge fühlte sich sicher an.

»Parallele Intelligenzen können furchterregt sein, Amber. Viele Menschen blicken in ihre Gesichter wie in einen Spiegel. Sie glauben ihr Ebenbild zu erkennen und vergessen, dass da etwas in den Maschinen ist, eine fokussierte und quantifizierende Art, die Welt zu rekonstruieren, die Menschen nie ganz verstehen können.«

»Nein ... So habe ich sie nie gesehen. Ganz im Gegenteil.« Sie zögerte. Ein völlig Fremder, eine Zufallsbekanntschaft auf einem Flug – vielleicht sollte sie dem Drang nachgeben und über das sprechen, worüber sie bisher so beharrlich geschwiegen hatte. »Schon als kleines Kind hatte ich eine besondere Verbindung zu PIs. Wenn meine Eltern arbeiteten, passte ein X1 auf mich auf. Mit drei Jahren lernte ich von ihm lesen und schreiben, die Grundrechenarten und die ersten Programmierbefehle.«

»Beeindruckend.«

»Wenn er etwas erklärte, dann verstand ich es, als hätten wir eine eigene Sprache jenseits der Worte. Es gab Richtig und es gab Falsch und nichts dazwischen. Mit fünf kam ich in die dritte Klasse einer Privatschule für Hochbegabte. Aber meine Eltern machten sich schon bald Sorgen, weil ich mit meinen Lehrern nicht zurechtkam und lieber mit der Maschine lernte, als zu spielen oder mich mit Menschen zu unterhalten. Sie schafften den X1 ab, und mein Vater nahm sich ein Sabbatjahr. Aber das änderte nichts daran, dass mir der Kontakt zu Menschen Mühe bereitete ...« Sie stockte. Sollte sie über ihre Synästhesie sprechen? Von dem Gefühl der Zerrissenheit, weil da ein Teil von ihr existierte, den sie nicht unter Kontrolle hatte und der ihr Gegenüber sezierte, bis sie alle Schwächen und Fehler riechen konnte? Von ihrer Angst davor, dass sich die Gerüche und ihre Vorstellungen irgendwann zu Halluzinationen auswachsen könnten, die ihre klar strukturierte Welt verschlangen? Sie brachte es nicht fertig ... »Zum siebten Geburtstag schenkte er mir meinen ersten Kern-Bausatz. Sie hieß LIN, das stand für lernende Intelligenz. Gemeinsam setzten wir sie zusammen, und ich startete ihren Persönlichkeitsprozess.«

»Das haben Sie allein geschafft?«

»Sie war ja nur ein simpler Jarlberg-IN-Kern, wie er schon im X1 verbaut gewesen war. Dazu eine Open-Source-Persönlichkeit, die kaum dreitausend Worte und vielleicht sechshundert Gegenstände kannte.« Sie lächelte bei der Erinnerung. »Mein Vater wollte mir helfen, sie zu trainieren, doch als er und Mutter sich trennten, machte ich das allein. In vielen hundert Gesprächen bildete ich LIN aus, bis sie wie meine kleine Schwester war.«

»Haben Sie keine biologischen Geschwister?«, fragte Oda, dabei legte er seine Hand neben ihre.

»Einen Bruder. Ben.« Sie fühlte, wie sie bei der leichten Berührung errötete, und zog ihre Hand zurück.

»Dennoch wünschten Sie sich eine PI als Schwester? War Ben so schlimm?«

»Mein Bruder ist freundlich und verlässlich – heute jedenfalls. Als Kind war er eine Plage, immer auf Streit aus und eifersüchtig. Manchmal hasste ich ihn, auch wenn das hart klingt. Ich will nicht sagen, dass er mir gezeigt hat, dass man PIs mehr vertrauen kann als Menschen, das wäre unfair. Er war ja nur ein Kind, und es gab genug andere Beweise für die These ...« Sie stockte, wunderte sich über sich selbst. Das hatte sie noch nie ausgesprochen, schließlich hatte sie lange und hart daran gearbeitet, mit anderen Menschen klarzukommen ... Sie warf Oda einen forschenden Blick zu, aber der lächelte nur. Offenbar verurteilte er sie nicht. Beruhigt fuhr sie fort: »In meinem Rucksack verstaut ging LIN mit mir in die Schule. Zuhause wohnte sie in einem Äffchen-Roboter auf dem Nachttisch. Wir waren unzertrennlich, bis Ben sie ... zerstört hat.«

»Sie wollten sagen, ermordet.«

Amanda biss sich auf die Lippe, ihre Hand tastete nach der Datenbrille. »Nein.« Doch Oda hatte recht, das Wort *zerstört* klang auch nach all den Jahren immer noch falsch. »Es tut ihm heute wirklich leid«, erklärte sie. »Er war eifersüchtig auf die Aufmerksamkeit, die ich ihr schenkte, und warf LIN vom Santa Monica Pier. Er hat es tagelang abgestritten ... LIN hatte da schon acht Sprachen zur Verfügung, um meinen Bruder auf die Folgen seines Tuns hinzuweisen, doch gegen das eindringende Salzwasser konnte sie nichts unternehmen.« Sie blickte hinaus auf die blaue Erde. »Meine Mutter sagte: *Hättest du deinen Bruder nicht ignoriert, wäre dein Püppchen noch heil.* Sie ist Künstlerin, eine sehr emotionale Frau, die nichts mehr liebt als Farben. PIs hat sie nie verstanden. Ihrer Meinung nach weinte ich wegen eines kaputten Spielzeugs.«

»So lernten Sie, dass es nicht die Maschinen sind, vor denen man Angst haben muss, sondern die Menschen. PIs sind zuverlässig, ihr Handeln nachvollziehbar und niemals durch fehlgeleitete Wut oder Eifersucht bestimmt. Ich verstehe Sie, auch für mich liegt in künstlicher Intelligenz eine Chance für die Welt ...«

Amanda nickte erfreut. »Ja. So habe ich immer gedacht ...«

»Alter Mann, hör auf, so einen rührseligen Scheiß zu fühlen!«, beschwerte sich mit schroffem englischen Akzent die Antiope zwei Reihen vor ihr bei ihrem Besitzer. »Ich kann keine vernünftige Simulation laufen lassen! Außerdem habe ich dauernd das Gefühl, mir übers Gesicht wischen zu müssen, als wäre ich bescheuert!«

»Schnauze!«, rumpelte der Engländer zurück. »Hör auf zu rechnen und genieß die verdammte Aussicht!«

»Ich bin eine PI, wenn ich nicht mehr rechne, bin ich tot!«

»Dann stirb leise!«

»Die zwei sind nur am Streiten.« Oda lächelte kryptisch. »Sie teilen seine Gefühle, und das offenbar schon seit vielen Jahren, sodass die PI sie fest in ihre Prozesse integriert hat. Zwei grundverschiedene Systeme, aber eine gemeinsame Ressource. Ein wirklich interessantes Experiment mit einem absolut nutzlosen Ergebnis.«

Amanda bemerkte eine Bewegung in Odas Gesicht. Es dauerte nur einen Sekundenbruchteil – war es ein Lichteinfall? Sie versuchte, ihn nicht anzustarren, aber für einen Augenblick hatte es so ausgesehen, als hätte sich sein rechtes

Auge aus seiner Position bewegt ... Wie hell seine Zähne waren. Zu weiß und zu transparent für einen Asiaten, selbst mit Bleachinggel-Überdosis. Und die bernsteinfarbenen Augen, wie seltsam attraktiv sich das Licht in den Iriden verfing. Das waren keine menschlichen Augen, tatsächlich waren es überhaupt keine Augen, sondern nur die Projektionen von Augen. Sie erkannte die Konstruktion, erinnerte sich an den Artikel über japanische FX-Unterhaltungsroboter im World-of-AI-Newsletter. Panik stieg in ihr auf. *Was habe ich getan?*

»Sie erwachen und sehen nun klarer.« Oda lehnte sich in seinem Sitz zurück. »Oh weh, wo ist Amanda Chershi nur hineingeraten? Maschinen, emanzipiert von ihren Funktionen, und Menschen, die keine Menschen sind. Sie als Nicht-Ermittlerin unter all den Spürnasen, Hackern und Deduktionsautomaten. Wie passt sie in dieses Puzzle? Ich werde es herausfinden.«

»Du hast mich gehackt!«, fuhr sie ihn verletzt an. »Wie hast du es gemacht?«

»Vielleicht ist es nur mein Charme.«

»Fahr zur Hölle!«

»Die Hölle, das seid ihr«, sagte er immer noch lächelnd. Seine Stimme war glatt und hart wie eine Klinge. »Doch der wahre Buddha wird euch überwinden.«

Amanda drehte sich auf ihrem Sitz und starrte mit hämmerndem Herz hinaus in die Tiefe des Weltraumes. *Der wahre Buddha?* Der letzte Schimmer der Erde versank unter dem Clipper, und aus der finsteren Weite über dem schwindenden Blau blitzte ein Licht, erst kaum sichtbar, dann immer klarer.

Die erste Prüfung

Die *Vision* gab Gegenschub und glitt zwischen die beiden hundertzwölf Meter hohen Türme der Odyssee-Versorgungsstation, auch bekannt als die Säulen des Herakles. Bei Annäherung des Schiffs war die Station zum Leben erwacht. Immer mehr Lichter flammten an den Türmen und dem sie verbindenden Gerüst auf. Positions- und Landelichter, aber auch Elemente, die offenbar nur dem optischen Eindruck dienten und die Reisenden beeindrucken sollten. Richard war sehr beeindruckt.

»Non plus ultra«, sagte Mike.

»Das nun auch wieder nicht«, widersprach er. »Aber schon ein bemerkenswerter Anblick.«

Mike grinste. »Der Spruch *Non plus ultra* war laut Legende an den echten Säulen des Herakles eingelassen. Übersetzt bedeutet er: Bis hierher und nicht weiter. Eigentlich eine Warnung. Die Säulen markierten für die antiken Griechen das Ende der bekannten und sicheren Welt. Kaiser Karl V. übernahm die Säulen in sein Wappen, änderte das Motto aber in *Plus ultra*. So machte er aus dem Ende der Welt den Zugang zu einer größeren.«

»Die Mayas und Inkas hätten sicher darauf verzichten können.«

»Darum geht es doch nicht, Richard. Entscheidend ist der Entschluss, alles zu wagen und in das Unbekannte vorzustoßen. Eine Grenze nicht mehr als Ort der Gefahr, sondern als Herausforderung und Chance zu verstehen. Unterhalb des Rad-Logos der Wheelwright-Gruppe steht übrigens das gleiche Motto.« Er deutete auf ein großes goldenes Rad am Turm auf der Afrika-Seite.

Plus ultra, las Richard.

Mit leichtem Andruck machte sich der Gegenschub bemerkbar. Ein Vibrieren ging durch den Clipper. Die Stimme der Pilotin klang von der Decke: »In wenigen Minuten docken wir an der Odyssee-Station an. Während die *Grand Vision* den Sicherheitscheck durchläuft und neu betankt wird, nutzen Sie bitte unseren Service auf der Station: Schlafkapseln mit Neurovita-Assistenzsystemen für Ihre Augmented-Sleeping-Experience stehen im Bereich E1 zur Verfügung, das Spa finden Sie in E2–3 mit Zero-G-Hygiene, Luftstromduschen und Massageeinheiten, in E4 befinden sich der Sportpark und die Telemedizin. A1–2 im Afrika-Turm beheimaten den holografischen Entertainmentbereich. A3 bietet abgeschirmte Arbeitsbereiche. Und sollten Sie Hunger und Durst verspüren, finden Sie im Stardust-Restaurant auf A4 ein reichhaltiges Angebot. Ich empfehle Ihnen unser Kometenwasser, vier Milliarden Jahre alt und vollkommen schadstofffrei. Egal welchen Wunsch Sie haben, richten Sie ihn bitte an den Stationscomputer oder eine der für Sie bereitstehenden Service-PIs. Vielen Dank.«

»Scheint, als wäre das Unbekannte recht gut ausgestattet«, sagte Richard.

»Die Welt ändert sich so schnell, da kommt man als einfache parallele Intelligenz kaum noch mit«, scherzte Mike.

Ein leiser Gong erklang hinter ihnen, gefolgt von der Stimme eines Sitzcomputers. »Bitte bleiben Sie auf Ihrem Platz, bis wir angedockt haben! Vielen Dank!«

Richard hörte ein Rascheln und drehte den Kopf. Die brünette Amerikanerin hatte ihren Sitz verlassen und zog sich an ihm vorbei auf die Schleuse zu. Ihr Gesicht war bleich, und er sah den Schweiß an ihrem Hals glänzen. Offenbar hatte etwas sie erschreckt. Der Clipper verzögerte. Sie wurde durch die Massenträgheit herumgezogen, stieß gegen die Sitze und verlor fast den Halt. Mit Mühe erreichte sie die Schleuse und klammerte sich fest. Eine der Service-PIs redete beruhigend auf sie ein. Richard drehte den Kopf, um zu sehen, wovor sie geflüchtet war. Sein Blick begegnete dem ihres Sitznachbarn. Irgendwie kam ihm das Gesicht des Typen bekannt vor.

»Ich habe auch kein gutes Gefühl bei dem Burschen«, sagte Mike leise. »Wenn es überhaupt ein Bursche ist. Wenn ich ihn ansehe, spinnt meine Gesichtserkennung. Die Werte springen, und die Wärmesignatur ist falsch, da könnte ein Hologramm im Spiel sein.«

Richard brummte unschlüssig. »Die Frau ist auch verdächtig. Was hast du über die beiden gefunden?«

»Sie heißt Amanda Chershi, dreiundzwanzig Jahre alt und ehemalige Chefentwicklerin bei Wheelwright AI in Austin. Eine von drei Überlebenden des Wheel-Tower-Anschlages. Das ist schon alles, was ich finden konnte, bevor das Jubilee-Net im Terminal blockiert wurde. Ich hatte allerdings den Eindruck, dass jemand online aufgeräumt hat. Es gab kaum private Profile oder Veröffentlichungen. Entweder führt sie kein Privatleben oder sie hat die digitalen Brücken hinter sich abgebrochen.«

»Könnte eine Maßnahme zur Verschleierung ihrer Rolle bei dieser Sache sein«, vermutete Richard. »Erst Wheelwright AI, jetzt Wheelwright Clipper, vielleicht steckt sie mit unserem erpresserischen Auftraggeber unter einer Decke. Und der Putativ-Japaner?«

»Ist ebendas: vermutlich ein Japaner. Jedenfalls stammt seine Kleidung aus Japan. Sie war mal teuer, ist aber schon fünf bis sechs Jahre alt, auch wenn sie wie neu aussieht. Ansonsten gibt es nichts, nicht mal einen Namen. In der Lounge hat er mit niemandem geredet.« Mike zuckte mit den Schultern. »Sein Gesicht hat große Ähnlichkeit mit dem des jungen Toshiro Mifune, ein Schauspieler, der im 20. Jahrhundert sehr erfolgreich vor allem Gauner und schräge Vögel gespielt hat. Er war einer der ursprünglichen sieben Samurai.«

»Ein toter Schauspieler und ein holografisches Gesicht ...« Nachdenklich fuhr sich Richard mit den Fingern über die Bartstoppeln.

»Bitte nehmen Sie eine gerade Sitzposition ein«, bat der Computer in Richards Sitz. Als er dem nachkam und das schmerzende Knie streckte, wechselte das Bild der Videooberflächen. Die Kabinenwände wurden sichtbar, es blieben nur noch die kleinen runden Fenster.

»Wenn wir auf der Station sind, halt die Mikrofone offen. Ich denke, es ist wichtig, dass wir genau wissen, mit wem wir es zu tun bekommen.«

»Ich nehme mir die Maschinen vor und du dir die Menschen«, sagte Mike.

Richard nickte und beobachtete Chershi, die nicht wirkte, als hätte sie hier irgendetwas unter Kontrolle.

Mit einem leichten Ruck dockte die *Grand Vision* an dem Versorgungsgerüst zwischen den Türmen an.

Amanda stieß sich ab und schwebte durch die Schleuse in den Gang, auf dessen Videowänden berühmte Astronauten und Kosmonauten stumm applaudierten, als hätte sie mit dem Flug etwas Großes für die Wissenschaft und die

Menschheit geleistet. Von der Decke streckte sich ihr eine weiße Schlaufe entgegen.

»Wohin darf ich Sie führen?«, fragte der Stationscomputer.

»Ins Bad«, antwortete sie verlegen und griff zu. »Oder wie auch immer das hier heißt. Schnell, bitte.«

Die Schlaufe zog an und beschleunigte langsam in Richtung des Zugangs zum rechten Turm. Die Europa-Seite war mit einem E gekennzeichnet. – *Stimmt*, dachte sie. *Die Pilotin hat so etwas gesagt.* Sie flog vorbei an Apollo-Crews und an Russen mit ihren weiß-blauen Anzügen und fröhlich wedelnden kleinen Hunden auf den Armen, die ganz wild darauf zu sein schienen, vor ihr gestreichelt zu werden. Hinter dem Zugang zum Turm schwebten vier Service-PIs. S-Modelle einer unverkäuflichen Sonderbaureihe, mattweiß und minimalistisch, als wären androgyne Idealkörper aus einem Block Alabaster herausgeschnitten worden.

»Willkommen!«, sagten sie im Chor, dabei leuchteten ihre flachen Gesichter.

Amanda hörte hinter sich das Lachen der V-Fighter, die die Schwerelosigkeit für Kunststückchen nutzten. »Schneller«, bat sie die Schlaufe.

»Bitte erlauben Sie unseren Servicemaschinen, Sie zu unterstützen.« Eine der PIs schwebte von der rechten Seite heran. »Darf ich Sie berühren?« Amanda versteifte sich, sie zögerte und starrte die Parallele an – kein Duft. Sie überwand sich, ließ die Schlaufe los und nickte. Die PI fasste sie sanft bei der Taille und stieß sich vom Boden ab. Gemeinsam stiegen sie in die Höhe, vorbei an den Transportbahnen für die Schlaufen. Amanda war die fast intime Nähe der PI unangenehm, sie vermied es, ihr noch einmal in das nicht vorhandene Gesicht zu sehen, und ließ ihren Blick stattdessen schweifen. Unter sich sah sie einen Kreis aus Schlafkapseln, begrenzt von lichterfüllten Säulen und schwerelos in den Raum wachsenden tropischen Pflanzengemeinschaften. Sieben der eiförmigen Geräte standen offen, nur eines war geschlossen, und ein grünes Symbol leuchtete auf der Deckelschale. Auf der nächsten Ebene flog sie durch ein Gebilde, das aussah, als wäre es aus pastellfarbenen Platten und Stoffbahnen zusammengenäht. Auch hier blühte und grünte es. Wasser plätscherte, und winzige Flügeldrohnen bewegten sich zwischen den Orchideen, wobei ihre Bewegungen weniger an den Flügelschlag von Singvögeln erinnerten als an Pinguine, die unter Wasser tauchten. Auf einem Gestell hingen Atemmasken mit kleinen Sauerstoffgeneratoren. Zwei Alabaster-PIs deuteten Verbeugungen in ihre Richtung an. Die Platten und Stoffbahnen färbten sich um, leuchteten in Grün und zeigten florale Muster. Es war sicher kein Zufall, dass sie Amanda so noch attraktiver erschienen. Nichts hier hatte mit Zufall zu tun, alles folgte Algorithmen, testete im Hintergrund verborgen ihre Reaktionen und stellte sich auf sie ein, als würde sich diese ganze Kunstwelt nur um sie drehen. *Keine Mühe ist zu groß für die geehrte Kundin*, dachte sie bitter. Die Hände, die sie trugen, waren technisch identisch mit denen, die sie aus dem zusammenbrechenden Wheel-Gebäude gerettet hatten. Sie erinnerte sich an die Nähe der PIs, die Enge, das Krachen und Splittern ... Ein Schauder erfasste sie. Sie legte die Hand auf die Brust der Parallelen und musste sich zusammenreißen, um sie nicht wegzustoßen.

Die PI trat sanft auf eine Kante und nahm gerade genug Energie auf, um sie auf die nächste Ebene zu tragen, in einen halbrunden Raum, der an das Innere einer Seeigelschale erinnerte. Glastüren führten in tropfenförmige Nasszellen.

Leise Klaviermusik spielte, natürlich Johann Sebastian Bach. Der Stationscomputer kannte ihre Playlisten und hatte sicher durch Abgleich mit den Abspielgeräten in ihrer Wohnung herausgefunden, dass sie Bach gern beim Baden hörte. Die PI ließ sie los und schwebte von ihr weg. Ihre Oberfläche, die für sie einen neuen Skin geladen hatte (ebenfalls grün und golden), wechselte zurück zu Alabaster, die Musik verklang.

»Verzeihung, dass ich Sie verärgert habe«, sagte die Serviceeinheit devot. »Wünschen Sie die Individualisierung Ihrer Erfahrung zu beenden?«

»Ja«, sagte Amanda errötend. Sie atmete tief durch und griff nach dem Handlauf, der sich an der Wand für sie entfaltete. »Danke, aber das alles ist mir zu aufdringlich.«

»Selbstverständlich. Wir lernen noch, wie wir Sie am besten unterstützen können.« Die PI machte eine einladende Geste in Richtung einer der Glastüren. Amanda stieß sich ab, und die Tür der Zelle öffnete sich für sie. Sie bremste am Rahmen, zog sich vorsichtig hinein. Der Raum war annähernd rund, mit buntem Glas ausgekleidet, und in die Wände waren Halterungen, Düsen und mysteriöse Module eingelassen. Einen Moment lang überlegte sie, wo oben und unten war, doch das spielte wohl keine Rolle. Die Tür wurde milchig und undurchsichtig. Amanda starrte ratlos auf die erleuchteten Haltegestänge, die sich für sie aus der Wand gelöst und in Form gebogen hatten und die sich veränderten, kaum dass sie den Blick schweifen ließ. Was davon war Dusche, was Klo? Und musste sie zur Benutzung der Toilette zuerst die Sauerstoffmaske aufsetzen, die unter einem Glasdeckel wartete? Sie versuchte, es sich vorzustellen, und fand den Gedanken so absurd, dass sie kicherte. Erst nur leise, ein schüttelndes, fast hysterisches Kichern, das ihr die Feuchte in die Augen trieb. Doch als die Hilfestellungen immer ausgefallener wurden und wie Hubschrauberlandeplätze blinkten, um sie einzuweisen, konnte sie nicht mehr an sich halten und lachte laut auf.

»Soll ich mich da draufsetzen ...? Ich habe keine Ahnung.« *Julian hätte es gewusst,* dachte sie. *Er hatte immer diese Lebensart-Magazine auf seinem Tab. Er hätte genau gewusst, wie man sich hier yogamäßig auf dem Klo einfädelt und wo die Klobürste versteckt ist.* Sie gluckste, wischte sich die Tränen aus den Augen und von den Wangen.

Die Griffe zogen sich in die Wand zurück. Auf einer Platte erschien die Betriebsanleitung der Zelle in Form von Animationen: Figuren duschten in einem hurrikanartigen Luftstrom, badeten in einer Wasserblase – dank Maske beim zweiten Versuch, ohne zu ertrinken – und saugten sich per Luftunterdruck mit dem Hintern am Klo fest (Amanda hätte geschworen, dass es die Dusche war).

Schließlich deutete sie auf das Klo. »Also, du Weltwunder der Sanitärtechnik, ich muss geschäftlich da hoch. Kriegen wir das irgendwie hin?«

Bänder entrollten sich, streckten sich ihr entgegen. Die interaktive Anleitung lieferte die passenden Animationen.

»Aha«, sagte Amanda beeindruckt. »Sieh mal einer an.«

Sie hatte gerade ihre Hände an der Seite der Kugel in eine Öffnung gesteckt und sie in einem Strom aus Wasser und Luft gewaschen, als sie draußen aufgeregte Stimmen hörte. Sie entzog ihre Finger dem nun warme Luft blasenden Gerät, stieß sich sanft ab und schwebte zur Tür. Außer ihr war niemand auf der dritten Ebene. Sie versuchte, zurück zu dem Durchgang zu gelangen, dabei kam sie durch eine ungeschickte Bewegung vom Kurs ab, doch sofort streckte sich ihr wieder eine hilfsbereite Schlaufe entgegen. Allmählich gewöhnte sie sich an die Schwerelosigkeit und die Hilfestellungen der Station. Sie ließ sich durch die Öffnung nach unten ziehen. Auf der Ebene mit den Schlafkapseln hatten sich sieben Passagiere versammelt, von denen ihr Laubduft und alarmierender Brandgestank entgegenschlug: der alte Engländer, der Roboter ohne Außenhülle, die drei V-Fighter, der bärtige Turnschuhmann und der falsche Oda. Alle blickten in eine geöffnete Kapsel, in der eine Frau lag. Amanda erkannte sie sofort: die PI-Pilotin, der die Marketingabteilung so einen hippen skandinavischen Namen verpasst hatte – Lotte Konsdotter. *Was hat das zu bedeuten?* Sie zog sich an dem Band vor und flog schräg nach unten auf eine der pflanzenbewachsenen Säulen zu. Einen Moment fürchtete sie, diesmal zu voreilig gewesen zu sein, doch wieder kam die Hilfestellung rechtzeitig und verhinderte den Zusammenstoß. Lange Bänder erfassten sie, zogen sie herum und nach unten, sodass sie sanft auf ihren Füßen landete.

»Ich habe dreißig Jahre lang Tötungsdelikte untersucht, wenn ich also sage *zurücktreten*, dann heißt das verdammt noch mal *zurücktreten*! Und ja, es ist mir scheißegal, dass wir hier in der Schwerelosigkeit sind! Dann schwebt halt zurück!« So schimpfend klammerte sich der Engländer vor der Schlafkapsel an einem Band fest. Die drei V-Fighter kamen der Aufforderung nach, erschrocken über den Anblick des leblosen Körpers. Auf der gegenüberliegenden Kapsel stand die hüllenlose Parallele, die Amanda schon in der Lounge aufgefallen war. Die PI begrüßte sie mit leichtem Kopfnicken. *Division-By-Zero?* Mit fachkundigem Blick auf die Bauteile erkannte sie ein 7er-S-Modell in Vorserienausführung.

Seltsam, das war ihr vorher gar nicht aufgefallen. Hinter den Rippenbögen der Parallelen, zwischen Akku und der Pumpe des Kühlsystems, hing ein Fetzen blauen Kunststoffs, der da eigentlich nicht hingehörte. *Eine Spezialisolierung?* Vermutlich eine Einheit der Wheelwright Clipper Corp., ausgerüstet für den Einsatz im Weltraum. Ein Stück rechts von ihr klammerte sich der bärtige Mann in Jeans und Turnschuhen an einem Band fest. Er wirkte mitgenommen, seine starr blickenden Augen lagen tief in ihren Höhlen. Oda Toshio ging um die Kapsel herum. Er benutzte dabei keine Bänder, trotzdem bewegte er sich fast so, als sei er auf der Erde. *Magnetschuhe*, vermutete sie. »Näher heran«, befahl sie den Bändern. Amanda schwebte zu der Kapsel, hielt sich an dem Deckel fest und blickte auf den leblosen Körper. Konsdotter lag scheinbar entspannt da, die Augen geschlossen und die Finger auf dem Bauch verschränkt. Amanda wunderte sich über die unnatürliche Haltung. Sie griff in ihre Tasche und zog ihre Wartungssonde hervor.

»Das gilt auch für Sie, Miss!«, fuhr der alte Polizist sie an und versuchte verzweifelt, die Rollbewegung zu unterdrücken, die seine allzu hastigen Bewegungen ausgelöst hatten. »Bitte lassen Sie mich meine Arbeit machen!«

Der Kerl kam ihr wie ein Hund vor, der seinen Knochen verteidigte und dabei nicht zu zeigen versuchte, dass er selbst Angst hatte. Doch die Geruchskombination, die er auslöste, war eine andere: Leder und Kaffee, als sei er kein Mensch, sondern ein altgedientes Büromöbel. Durchaus nicht unangenehm. Sie lächelte.

»Verzeihung, Inspektor, aber das hier ist meine Arbeit.«

»Und wie kommen Sie darauf?«, knurrte er.

»Erstens bin ich von Wheelwright Artificial Intelligence, und das gehört genauso wie die Clipper Corp. zur Wheelwright-Gruppe. Und zweitens meine ich es wörtlich: Ich habe an dem Entwurf dieser PI mitgearbeitet. Ich designte die Basisstruktur ihrer höheren Persönlichkeit und war für die Abstimmung ihrer Sensoren verantwortlich, damit das System seine Umgebung möglichst menschenähnlich wahrnimmt …« Sie bemerkte seinen verständnislosen Blick und erklärte: »Die gestellte Aufgabe war es, eine PI zu entwickeln, die sich so natürlich wie möglich an die Parameter eines normalen Menschen anpasst, ohne sich selbst oder ihre Aufgabe zu hinterfragen.« Er schaute immer noch etwas hilflos. »Ihnen ist doch klar, dass unsere Pilotin eine Parallele ist?« Sie schwenkte die Sonde, Licht flimmerte. Konsdotters Körper richtete sich auf und packte die Ausstiegshilfen der Kapsel. Nur wenige der Umstehenden wirkten so überrascht wie der Inspektor. Ein weiterer Befehl der Sonde und Konsdotters Hinterkopf öffnete sich. Aber nur halb, etwas blockierte den Mechanismus.

Die beiden V-Fighter lachten erleichtert, aber nicht ihre Kameradin, die sich an der Lichtsäule festhielt und deren kurzes rot gefärbtes Haar sich wie Feuerschein um ihren Kopf ausgebreitet hatte.

»Ich habe noch nie eine so menschengleiche Maschine gesehen«, sagte sie nachdenklich.

»Menschenähnlich, nicht gleich«, verbesserte die PI ohne Außenverkleidung. Ihre sanfte männliche Stimme war nicht die von *Division-By-Zero*.

Amanda schwebte an der Kapsel entlang und blickte in den Kopf der Pilotin. Der Kern klemmte zwischen Gehäuse und der Schiene des Öffnungsmechanismus. Er war schwer beschädigt.

»Normalerweise sieht man es an der Kunsthaut und den Augen«, sagte die Rothaarige. »Auch die Bewegungen stimmen nicht ganz, wenn man weiß, worauf man achten muss. Aber sie wirkte vollkommen echt.«

»Auch ich muss Sie zu Ihrer Arbeit beglückwünschen«, sagte der Hüllenlose zu Amanda. »Ohne die überlegenen Sinne dieses Körpers hätte selbst ich der Täuschung unterliegen können. Wie sie sich bewegte und Emotionen simulierte, war mit das Beste, was ich bisher gesehen habe.«

»Schön und gut, aber was ist nun mit ihr geschehen?«, fragte der Inspektor ungeduldig.

»Ihr PI-Kern wurde entfernt, anschließend zerstört und das beschädigte System wieder in den Kopf gestopft«, sagte Amanda. »Ohne aktiven Kern ging der Roboterkörper in den Wartungsmodus. Jemand muss ihm befohlen haben, sich so hinzulegen ... Allerdings gibt es da noch ein Rätsel: Ich habe den Clipper als Erste verlassen, und während ich nach oben schwebte, sah ich, dass diese Kapsel belegt war. Wie konnte die Pilotin bereits hier sein und in der Kapsel liegen?« Sie sah sich um. »Wer hat sie überhaupt gefunden?«

»Das war ich«, sagte Oda.

»Und Sie sind?«, fragte der Engländer.

»Oda Toshio, verzeihen Sie meine Unhöflichkeit. Als ich mich der Schlafkapsel näherte, ging der Deckel hoch, und ich sah dieses technische Spielzeug.« Er streifte Amanda mit einem emotionslosen Blick.

Sie sammelte ihren Mut und fragte: »Und warum haben Sie sich der Kapsel genähert?«

»Ich sah das Licht und fragte mich, wer wohl vor uns angekommen sein könnte.«

»Das kann ich bestätigen«, sagte der Turnschuhmann mit den unordentlichen, teilweise ergrauten Haaren. Er war bleich, und der Gestank von Seetang klebte an ihm. Amanda erinnerte sich, dass er während des Fluges eine VR-Brille getragen hatte. *Aber kann man in einer Raumstation Flugangst haben?* »Ich wollte mich in einer der Kapseln ausruhen«, erklärte er. »Ich hatte gehofft, dass das Schlafassistenzsystem auch gegen Übelkeit hilft. Deshalb war ich nur wenige Meter hinter Herrn Oda, als sich die Kapsel öffnete. Er hat sie definitiv nicht berührt.« Er bemerkte den Blick des Inspektors. »Na schön, machen wir es wie in der Schule ... Ich heiße Victor Mann und arbeite als selbstständiger Versicherungssachverständiger für PIs.«

»Danke, Mr. Mann«, sagte der Kommissar. »Alles hier lässt sich fernsteuern. Dass Mr. Oda die Kapsel nicht berührt hat, bedeutet also nicht, dass sie sich ohne sein Zutun öffnete.«

»Noch beweist es das Gegenteil«, sagte Oda unbeeindruckt.

Eine Service-PI der Station flog herbei, bremste geschickt und hielt Mann eine Tablette und ein Getränketütchen mit Saugventil hin.

»Das wird Ihnen helfen. Bitte zögern Sie nicht, sich mit Ihren Wünschen an uns zu wenden.«

»Danke.« Mann steckte die Tablette in den Mund und trank aus dem Tütchen, dann gab er das Getränk zurück. »Ich bin so einen Luxus nicht gewohnt.«

»Könnte es sein, dass diese Pilotin eine Kopie ist?«, fragte der Inspektor Amanda. »Oder das Ersatzmodell? Schließlich hat irgendjemand uns hergeflogen.«

»Soweit ich weiß, gibt es nur das Original. Das gehörte zum Konzept.«

»Sie ist das Original«, sagte die hüllenlose PI. »Ich konnte sie anhand der Mikrospuren auf der Verkleidung eindeutig identifizieren. Selbst der beste Assembler könnte die nicht nachbilden.«

»Kein Zweifel, sie ist es«, sagte Oda.

»Meine Bezeichnung ist *Die Antwort*«, sagte der Hüllenlose. »Und der Clipper kann uns sehr wohl ohne Pilotin nur mit dem Autopiloten hergebracht haben. Die Kunstfigur Lotte Konsdotter diente nur der Außendarstellung des Unternehmens. Für den technischen Betrieb war sie entbehrlich. Ich gehe sogar noch weiter: Unsere sogenannte Pilotin war während des Fluges nicht mit an Bord der *Grand Vision*, vielmehr wurde sie bereits in der Bodenstation angegriffen und anschließend hierherbefördert.«

»Woraus schließt du das?«, fragte Amanda und überlegte, wo sie den Namen *Die Antwort* schon einmal gehört hatte ...

»Ich nehme an, aus dem zeitlichen Ablauf?«, dachte der Inspektor laut. »Die Pilotin kann nicht im Clipper gewesen sein, wenn sie schon vor uns auf der Station war. Wie also ist sie hergekommen? Vermutlich mit einer Versorgungskapsel. Ich erinnere mich, bei der Busfahrt zum Clipper-Feld auf der rechten Seite eine gedrungene Rakete gesehen zu haben. Das würde bedeuten, jemand mit Zugriff auf die Technik der Clipper Corp. hat sich verdammt viel Mühe gegeben, damit wir sie hier finden und uns wundern. Derjenige hat sie für uns platziert und in eine bestimmte Position gebracht.«

»Sehr gut, Mr. Harris«, lobte Oda gönnerhaft. »Ihr Instinkt zumindest funktioniert, auch wenn Ihre Logik etwas holprig daherkommt. Denn natürlich wäre es möglich, dass der Körper im Laderaum des Clippers war und von einer Drohne in die Station gebracht wurde, als wir noch andockten. Doch zugegeben, die Zeit dafür wäre sehr knapp gewesen.«

»Außerdem konnte ich den Aufzeichnungen des Stationscomputers entnehmen, dass die Kapsel bereits dreiundvierzig Minuten vor unserer Ankunft belegt war«, sagte *Die Antwort.* »Das wird auch durch die Daten der Kapsel bestätigt. Seltsam ist nur, dass die Service-PIs behaupten, es habe weder eine Lieferung gegeben, noch habe jemand den Körper in die Kapsel gelegt. Das ist natürlich unmöglich und lässt an eine Manipulation der Daten denken.«

»Es müsste Spuren geben, die das belegen.« Die Rothaarige hatte bisher gespannt gelauscht. »Jenna Staroll, besser bekannt als JStar, ich betreibe V-Fight in der Euro League, die beiden Nichtsnutze hier sind meine Teamkameraden.«

»Ulrich Turner alias UTurn«, stellte sich der lange Gamer vor. »Teamcaptain und Teilzeitgenius.«

Staroll verdrehte die Augen.

Die Nummer drei grüßte mit der Faust an der Schläfe. »Tim Fischer alias HeavyMec ... Star hat recht, es gibt doch immer Datenspuren, besonders in einem PI-Kern. Da kann man nicht einfach Teile löschen und formatieren, ohne den Persönlichkeitsprozess zu beschädigen. Jedenfalls nicht ohne sehr gründliche Systemanalyse.«

Turner nickte bekräftigend.

»Die Annahme ist logisch«, sagte *Die Antwort.* »Trotzdem konnte ich nichts finden. Und das ist beunruhigend. Eigentlich bin ich recht erfolgreich in diesen Dingen.«

»Im Knacken fremder Systeme?«, fragte Harris. »Das ist ja interessant, *Mr. Antwort.*«

Die Kunstmuskeln im Gesicht der Maschine bewegten sich, Amanda vermutete, dass sie grinste.

»Ich kenne das«, sagte sie und dachte an den Datenspeicher, der auf ihrem Krankenhausbett gelegen hatte. Sie hatte die PI des Klinikroboters geknackt und alle Daten ausgelesen, aber keinerlei Hinweise auf eine Manipulation gefunden. Als wäre der Speicher tatsächlich aus dem Nichts aufgetaucht. »Unser Auftraggeber ist sehr gründlich, wenn es um das Verwischen seiner Spuren geht. Er muss über außergewöhnliche Mittel und Kenntnisse verfügen.«

»Sie denken, der Kerl, der uns eingeladen hat, zerstörte die Pilotin?« Harris musterte sie misstrauisch. »Warum sollte er das tun? Wissen Sie etwas über ihn und seine Motive, das Sie das vermuten lässt?«

Amanda wollte gerade erklären, dass sie nichts von Motiven wisse, wohl aber die Vorgehensweise wiedererkannt habe, als über der Schlafkapsel ein Hologramm aufleuchtete. Das überlebensgroße Gesicht der PI Lotte Konsdotter blickte wohlwollend auf sie herab. Amanda hielt sich die Nase zu, weil der Gestank unerträglich war. In ihrer Vorstellung waren es tausend Dinge, die wie in einem surrealistischen Kunstwerk zu Konsdotters Gesicht verschmolzen. *Niemand kann so viel auf einmal fühlen,* dachte sie spontan.

»Ein ermutigender Anfang«, sagte das Hologramm. »Das Wo und das Wie glauben Sie schon zu kennen, aber es sind das Wer und das Wieso, die in diesem Aufwärmspiel den Sieg bringen. Wer diese beiden Fragen am überzeugendsten beantwortet und so den Täter überführt, erhält als Preis das, was sie oder er sich am meisten wünscht. Geben Sie sich Mühe. Für Ermittler ohne Ehrgeiz und Geschick endet die Reise hier.«

»Wer sind Sie?«, fragte der Kommissar laut. »Haben Sie uns eingeladen?«

»Was passiert mit den Verlierern?«, wollte Mann wissen.

Das Hologramm ging nicht auf die Fragen ein. »Sie haben zwei Stunden, dann erfolgt die Bewertung Ihrer Bemühungen.« Es erlosch.

Das folgende Schweigen wurde von *Der Antwort* gebrochen: »Falls jemand es falsch verstanden haben sollte: Das hier ist kein simples Aufwärmspiel. Wer hierbleibt, darf sich auf einen dreiwöchigen Aufenthalt einstellen.«

»Ist klar«, knurrte Harris. »Der Mistkerl will uns testen und gleichzeitig den Druck erhöhen.« Er blickte sich um, vermutlich auf der Suche nach seiner Antiope. Er fluchte leise.

»Sie sagen *Kerl*«, sagte *Die Antwort*. »Wissen Sie etwas darüber?«

»Das ist nur ein Gefühl.«

Die Antwort nickte. Oda schmunzelte selbstgefällig.

Die V-Fighter hatten eine Runde gebildet und diskutierten ihr weiteres Vorgehen. Überraschenderweise wirkten sie recht entschlossen, der Lange roch sogar nach Rosen. *Ein recht verfrühter Triumph*, fand Amanda. Doch zumindest schienen die drei einen Plan zu haben, was sie von sich nicht behaupten konnte. Ihr Blick streifte Oda, der auf die erstarrte Pilotin blickte.

Mann sagte etwas zu seinem Transportband, worauf es sich in Bewegung setzte. Wortlos ließ er sich Richtung Schacht ziehen. Sie rieb sich die Augen.

»Haben Sie Mike gesehen?«, fragte der Inspektor. Sie roch seinen Ärger und die Sorgen und wandte hastig den Blick ab. »Der Nichtsnutz sollte sich langsam mal melden.«

Seltsam, Mann und Harris erzeugen ähnliche Gerüche, dachte sie. *Was bedeutet das?* »Ihre PI habe ich zuletzt im Clipper gesehen.« Unschlüssig, was sie tun sollte, blickte sie sich um.

»Sie spüren doch seine Gefühle«, sagte *Die Antwort* interessiert. »Können Sie daraus nicht schließen, was er gerade tut?«

»Er hat gute Laune, schon die ganze Zeit, ohne Pause«, sagte Harris düster.

»Das klingt doch gut«, meinte Amanda.

»Nein, das ist schlecht. Ich glaube, er spielt, statt zu arbeiten. Außerdem reagiert er nicht auf mein Feedback. Eigentlich hätte er längst auftauchen müssen.« Harris stieß sich von der Kapsel ab und drehte sich ungeschickt. »Ich werde ihn suchen, bitte behalten Sie solange die Pilotin im Auge. Ich will nicht, dass sich jemand die Beweise unter den Nagel reißt. Wenn ich zurück bin, löse ich den Fall!« Er strampelte und ruderte mit den Armen beim Versuch, sich nicht im Pflanzenbewuchs der Säule zu verstricken. Bänder streckten sich ihm entgegen. Nachdem er zweimal vorbeigegriffen hatte, wand sich eines um sein Fußgelenk und zog ihn zu Boden wie einen Gasballon.

»Bitte nennen Sie Ihr Ziel«, verlangte der Stationscomputer.

»Zu meinem Partner!« Harris zerrte an dem Band, das ihn aber festhielt, bis zwei Serviceeinheiten herbeieilten, um ihm zu helfen.

»Ich werde mir das Cockpit des Clippers ansehen.« Oda ging an der Kapsel vorbei, dabei warf er dem mit der Technik kämpfenden Inspektor einen geringschätzigen Blick zu, dann wandte sich die Maschine an Amanda. »Ihnen rate ich, den Kern zu analysieren. Das ist doch Ihr Spezialgebiet, Chershi-san. Oder wollen Sie hierbleiben?« Und leise fügte sie hinzu: »Sie sollten sich doppelt anstrengen, sonst fliegen Sie aus dem Rennen, bevor Sie das haben, wofür Sie hier sind. Und das wäre doch schade.«

»Ich dachte, ich sei Teil deiner persönlichen Hölle?«

»Das ist wahr, aber ich vermute, Sie haben im Rahmen des Dharma noch eine Rolle zu spielen.« Oda strich sich geschickt über den holografischen Bart und schlenderte davon. Sein Auftreten erinnerte sie an einige ihrer alten Kollegen, die ihre Mode als fertige Outfit-Sets bezogen hatten, inklusive Accessoires und passendem Duft. Anfangs hatte sie sich von solchen stets perfekt wirkenden Leuten eingeschüchtert gefühlt, bis Julian ihr erklärt hatte, dass die am besten angezogenen Mitarbeiter oft die mit dem kompliziertesten Privatleben waren.

»Schwer einzuschätzen, der Bursche«, sagte *Die Antwort*. »Hervorragende Firewalls, aber schwierige Persönlichkeit. Wenn er sich für Sie interessiert, kann das nicht gut sein. Ich an Ihrer Stelle wäre vorsichtig.«

»Er hat keine Persönlichkeit«, sagte Amanda. »Bei all der miesen Ausstrahlung sollte er eigentlich eine haben, aber er hat keine. Sonst hätte ich längst etwas gerochen.«

»Was gerochen?«, fragte die PI neugierig.

Sie seufzte und schüttelte den Kopf. War es nun gut oder schlecht, wenn eine PI Gefühle zeigte? Und was löste ihre Synästhesie aus? Wenn es denn noch eine Synästhesie war und nicht schon eine ausgewachsene psychische Störung. Warum sah sie in der einen Maschine nur ein Ding und in einer anderen ein Lebewesen? Bisher hatte sie Parallele immer nur dann als lebendig wahrgenommen, wenn kein Mensch in ihrer Nähe gewesen war. Doch eben hatte sie Gefühle in dem Hologramm riechen und sehen können. Es war nach wie vor verwirrend, als würde ihr Gehirn *Ich sehe was, was du nicht siehst* mit ihr spielen. Sollte das das Geschenk sein, welches die PI in dem Video erwähnt hatte? Ursprünglich hatte sie gedacht, die parallele Intelligenz habe ihre Rettung als Geschenk bezeichnet. Jetzt war sie sich nicht mehr sicher. Sie blickte zu der Pilotin. In einem Punkt hatte Oda recht: Wenn sie ihre Antworten wollte, würde sie sich mehr anstrengen müssen. *Ich kann das schaffen,* dachte sie. *Nein, ich muss das schaffen!*

»Wenn Sie erlauben, gehe ich Ihnen zur Hand.« *Die Antwort* schwebte an ihre Seite.

»Du machst mir doch keine Schwierigkeiten, oder?« Sie blickte in den mechatronischen Gesichtsunterbau. Die Kunstmuskeln zogen sich zusammen.

»Wie Sie sehen, habe ich nichts zu verbergen.«

Division-By-Zero sprang vor und zurück zwischen dem ersten Zusammentreffen der Wheelwright-AI-Ingenieurin mit ihren Rettern am Aufzug und der Stelle, als die Druckwelle des zweiten Marschflugkörpers die Maschine durch das Fenster in das Versicherungsgebäude geschleudert hatte. Immer wieder nahm er Verbesserungen an der Simulation vor, übertrug seine Ergebnisse in die Algorithmen und startete neu. Er hatte sich während des Gesprächs mit Amanda Chershi eine Kopie ihrer Aufzeichnung gezogen und diese ausgewertet. Ursprünglich hatte er nur den zeitlichen Ablauf des Angriffs und ihrer Rettung erfassen wollen. Insbesondere die Ausbreitung der Explosionen und die Bewegungsmuster der Maschinen hatten ihn interessiert. Dafür hatte er sechzig Prozent seiner Rechenleistung bereitgestellt, doch schnell hatte sich die Geschichte als komplexer und vielversprechender erwiesen, als *Division-By-Zero* vermutet hatte, und sein Reporterinstinkt war geweckt worden. Weitere fünfzehn Prozent seiner Ressourcen flossen in die Berechnungen. Bereits am Rande seiner Leistungsfähigkeit betrat er die Odyssee und den Turm auf der Afrika-Seite. Auf der ersten Ebene standen die Entertainmentstationen, mit denen er sich vernetzte. Zu dieser Zeit lief seine Simulation bereits seit über einer Stunde und hatte eine Ausdehnung von gut 2.800 Prozent ihres ursprünglichen Umfanges erreicht. Der größte Teil der Rechenleistung des Entertainmentsystems war darin gebunden, außerdem siebenundneunzig Prozent seiner eigenen Ressourcen, so viel, dass er seine Körpersysteme dafür außer Betrieb hatte nehmen müssen. Er existierte nun fast vollkommen in der Simulation, während sein Roboterkörper reglos in einer der Sitzschalen saß. Und doch … *Das reicht nicht*, erkannte er. *Bei weitem nicht.* Dieses verdächtige Zusammenspiel von Ereignissen, war es Zufall oder Choreografie? Je weiter er dieser Frage nachjagte, desto tiefer wurde die Spaltung in ihm, zwischen der quantitativen Logik, die in jeder ungewöhnlichen Serie von Würfelwürfen ein Muster erkennen wollte, und der übergeordneten Regel (oder Lebensweisheit), dass der Zufall oft die unglaublichsten Zusammenhänge erschuf. Korrelation war eben nicht gleich Kausalität. Jagte er ein Einhorn durch die mathematischen Sphären? Ein Fabelwesen, dessen Spuren er fälschlich zu lesen glaubte? Je weiter er vordrang, desto fantastischer wurde das Bild des hypothetischen Verdächtigen und desto tiefer wurde die Kluft zwischen dem angehäuften Indizienberg und der zur Vorsicht ratenden Logik. Die Neugier trieb ihn, noch mehr Zeit zu investieren, als er sich ursprünglich eingeräumt hatte. Er witterte eine Story, etwas wirklich Großes. Doch schließlich musste er sich eingestehen, dass er nichts erreicht hatte. Er stoppte das Schürfen nach neuen Zusammenhängen. Zeitmanagement war eine der wichtigsten Fähigkeiten eines Journalisten. Es gab noch so viele Fragen und Geschichten, die er bearbeiten musste: das Rätsel der Einladung, die er vollkommen überraschend erhalten hatte, als er inkognito die Geschäfte eines Neuroenhancer-Drogenrings untersucht hatte. Die Motive des Auftraggebers und seiner Mitreisenden. Und die Rolle der Wheelwright-Gruppe bei alledem. Vielleicht würde sich bei diesen Recherchen ja ein neuer Zusammenhang ergeben, der ihn seinem Einhorn näher brachte. *Die Zeit dieses Rätsels war noch nicht gekommen*, schrieb er in seiner Autobiografie. *So wie ein Angler geduldig auf den Biss wartet und die leiseste Regung seiner Angelrute in den Fingerspitzen fühlt, muss auch der Geschichtenfischer Aufmerksamkeit mit Geduld verbinden …* Er reaktivierte seinen Körper. Die Temperaturfühler und die Drucksensoren sprangen an … Warnmeldungen prasselten auf ihn ein. Als er die Augen öffnete, erwiesen sich seine eilig aufgestellten Schlussfolgerungen als korrekt: Er schwebte im Weltraum, gehalten im festen Klammergriff der Antiope mit der Bezeichnung Mike, die sich nicht regte, offenbar deaktiviert war – nein, defekt, korrigierte er sich. Mikes Körper war ein altes Modell, das schon lange keine umfassende Wartung mehr erhalten hatte, geschweige denn die notwendige Anpassung an diese Umgebung. Ohne spezielle Modifikationen aber konnte ein Roboterkörper in der Kälte des Alls nicht arbeiten.

Die riesige Erde lag vor ihnen, die Station irgendwo in ihrem Rücken. Eine noch sanfte Schwerkraft zog sie unaufhaltsam in ihre flammende Zerstörung, die sie bei Eintritt in die Atmosphäre erleiden würden. *Division-By-Zero* berechnete seine nicht gerade vielfältigen Optionen. Sein Körper enthielt nur ein Bauteil, das sich zu einem Notantrieb umwandeln ließ: Das Kühlsystem verfügte über eine leistungsstarke Pumpe und einen ausreichenden Kühlmittelvorrat, um ihn Richtung Station zu beschleunigen. In der Kälte des Raumes würde sein System auch ohne Kühlung stabil bleiben. Etwas anderes war es, sobald er die Station betrat. Bei Zimmertemperatur würde er binnen einer Minute überhitzen. All das hatte er innerhalb eines Augenblicks begriffen. Doch als er sich von Mike lösen wollte, um sich von diesem abzustoßen und so den ersten Schwung für seine Rettung aufzunehmen, bemerkte er etwas, das seinen Plan obsolet machte. Mike trug zwei Druckluftbehälter samt Atemmasken mit Lungenautomaten an Gurten über der Schulter. Sie gehörten zur Notfallausrüstung der Station. *Division-By-Zero* blickte sich nun aufmerksamer um und bemerkte einen mattweißen Stationsroboter, der nahe bei ihnen ebenfalls erstarrt durchs All schwebte. Sein konturloses Gesicht war durch einen harten Schlag zertrümmert worden. Offensichtlich Mikes Werk. Bisher war *Division-By-Zero* davon ausgegangen, dass es Mike gewesen war, der sie beide durch eine Schleuse in den Weltraum befördert hatte. Doch nun legten die Indizien nahe, dass die ausgemusterte Behörden-PI bei einer gescheiterten Rettungsaktion in diese missliche Lage geraten war.

Da kann ich dich ja schlecht zurücklassen, schloss *Division-By-Zero* seine Analyse. *Was wäre das für eine Geschichte?* Er nahm die erste Sauerstoffflasche und riss den Gurt und die

Maske ab, anschließend umklammerte er Mike. Kräftig Schub gebend, beschleunigte er von der Erde weg. Da die Druckluft nicht gleichmäßig genug aus dem Schlauchende strömte, um den Kurs zu halten, formte er mit der linken Hand einen behelfsmäßigen Triebwerkskegel, den er durch Fingerbewegungen für ein optimales Ergebnis abstimmte. Ein weiterer Gasschub brachte sie auf Kurs. Es würde noch eine halbe Stunde dauern, bis sie mit sorgfältig berechneten Schüben zurück bei der Station waren, aber besser langsam und sicher, als hier draußen verloren zu gehen. Außerdem, wer auch immer ihn hinausbefördert und Mikes Rettungsversuch sabotiert hatte, konnte noch auf der Lauer liegen. Zumindest hatte *Division-By-Zero* weiterhin Zugriff auf die Stationscomputer, so erfuhr er von der Entdeckung der Pilotin und dem Wettstreit der Ermittler. *Division-By-Zero* lächelte über das ganze bärtige Gesicht und gab ein weiteres Mal Schub. Diese Geschichte hatte er längst aufgedeckt und niedergeschrieben. Und weil das so war, gab es nur einen logischen Verdächtigen für den Angriff auf ihn. Nur ein Mitreisender hatte ein Motiv und die Gelegenheit gehabt, ihn aus der Station zu entfernen. Da würden dem Täter die gelöschten Überwachungsdaten nichts nützen.

Er wandte den Kopf und blickte auf die Raumstation und den Clipper, die jetzt nur noch von wenigen roten und grünen Positionslichtern angeleuchtet wurden. *Eine Kunstwelt, hinausgeworfen in die Kälte und Finsternis, belebt von Wesen, deren Geschichten ich rastlos aufdecken würde.* So schrieb er es in seiner Autobiografie. *Aber zuerst musste ich mir den Täter vornehmen.*

Fünf Minuten vor dem Fristablauf begann sich der Platz zwischen den Säulen und Schlafkapseln zu füllen. Die Ermittler kamen von den oberen Ebenen und aus dem Durchgang zum Afrika-Turm. Mann flog gezogen von Bändern, Oda lief mit magnetischen Schuhen am Untergrund haftend. Vor allem die menschlichen Ermittler suchten die Nähe der Kapsel mit dem Hauptbeweisstück. Richard, der sich auf halber Höhe an einer Säule festhielt, von wo aus er einen guten Überblick hatte, sah sich nach jedem Neuankömmling um und verglich sie mit den Bildern der Passagierliste auf seinem Tablet. Jetzt fehlten nur noch drei: Gwendolyn Iden – sie hatte er vorhin im Afrika-Turm gesehen –, außerdem eine der PIs, eine recht menschenähnliche Maschine mit der Bezeichnung *Division-By-Zero*, deren Body-Kit schon lange keinen Wartungsassembler mehr gesehen hatte. Und Mike ... Richard hatte erwartet, seinen Partner beim Spielen am Entertainmentsystem zu finden, aber dort war er nicht. Das positive Feedback, das er auffing, war nur eine Schleife, ein Fake, vermutlich vom Emo-Link selbst erzeugt, um sein Nervensystem vor dem Schaden durch den plötzlichen Ausfall des Feedbacks zu schützen. Das bedeutete, dass Mike irgendwann nach dem Auffinden der Pilotin beschädigt oder zerstört worden sein könnte. Vielleicht war die Antiope bereits im Müllschredder der Station gelandet. Der Stationscomputer hatte Richard für seine Suche zwar auch zu diesem Bereich Zugang gewährt, gab sich ansonsten aber verdächtig ahnungslos.

Was geht hier vor?, fragte er sich. Als er den Laderaum der *Vision* untersucht hatte, hatte sich etwas zwischen den Koffern bewegt, und er hörte das Geräusch eines eilig hochgezogenen Reißverschlusses. Doch als er das Gepäck beiseitegeräumt hatte, fand er nur ein blaues Tierhaar.

Richard starrte auf Konsdotters leblosen Körper. Das scheinbar positive Gefühlsfeedback hatte einen düsteren Beigeschmack bekommen, vergleichbar dem Zombieeffekt, der Menschen beim Anblick eines schlecht aufgezogenen PI-Gesichtes oder eines grotesken Bewegungsablaufes einer defekten Maschine schaudern ließ. Hier war es ein Zombiegefühl, das versuchte, positiv zu wirken, aber einfach nur schaurig war wie ein nicht enden wollendes Lachen.

Es ist vorbei. Ich werde hier festsitzen, bis der Clipper mich auf dem Rückweg aufliest. Privatdetektiv, was für ein Witz!

Die ursprünglich nervöse Chershi hatte ihre Füße unter die Haltestange an der Schlafkapsel geklemmt und las etwas auf der Anzeige ihres Coms. Sie wirkte nun gar nicht mehr nervös, sondern wie eine echte Ermittlerin. Er kannte den Blick: Sie hatte etwas Gutes. Sie drehte das Display, *Die Antwort* nickte, und die Gesichtsmuskeln der PI bewegten sich; unmöglich zu sagen, welches Gefühl sie ausdrückten. *Mike wüsste es.*

»Noch zwei Minuten«, sagte Fischer und schleuderte ein leeres Getränketütchen wie einen Baseball zu einem Serviceroboter, der es auffing. »Müssen wir unsere Ergebnisse nacheinander vortragen? Das wäre unfair gegenüber denen, die anfangen müssen.«

»Das denke ich nicht«, sagte *Die Antwort.*

»Sondern?«

»Das werden wir erfahren.« Oda zeigte sein überhebliches Lächeln, das Richard schon die ganze Zeit auf die Nerven ging.

Fischer stieß einen Pfiff aus und hielt so den Roboter zurück. Er hob seine Hände.

»Wirf!«

Die Maschine gehorchte, und die Getränkepackung segelte durch den Raum. Der Sportler stieß sich ab, fing sie, drehte sich und feuerte sie mit Kraft zurück. Während sein Spiel Fahrt aufnahm, unterhielt sich Staroll leise mit ihrem Teamcaptain. Lobend drückte sie Turners Arm und lächelte. Auch sie wirkten zuversichtlich. *JStar und UTurn, was für alberne Namen.* Warum waren diese Spaßvögel überhaupt eingeladen worden? Verfügten sie auch über technische Expertenkenntnisse? E-Sport und die neu dazugekommenen V-Fight-Geschichten waren nie Richards Ding gewesen, auch wenn die Zuschauerzahlen bei Battle-for-Eternity-Turnieren mit denen bei Fußballspielen der Champions League mithalten konnten.

Eine kleine Schwimmer-Drohne schwang sich an ihm vorbei. Wie ein Wasserkäfer mit den Extremitäten rudernd, schlüpfte sie zwischen die blühenden Pflanzen.

Richard schaute zu Mann, der sich an der Säule gegenüber festhielt und sich nervös umblickte. Der Gutachter trug jetzt Magnetschuhe, dennoch brauchte er die Säule, um das Gleichgewicht zu halten. *Wenigstens einer, der auch Probleme hat.*

Lautlos erschien das Hologramm von Lotte Konsdotter über der Kapsel. Die Reisenden unterbrachen ihre Gespräche, und die Getränketüte traf Fischers Kopf. Alle blickten nach oben.

»Die Ermittlungen sind abgeschlossen, die Bewertungen getätigt«, sagte das Hologramm. »Beginnen wir: Oda Toshio.

Bitte berichten Sie, was Sie über den Angriff herausgefunden haben.«

Der geheimnisvolle Japaner hatte bisher auf einer der Kapseln gesessen, nun senkte er höflich den Kopf vor dem Hologramm und erhob sich entschlossen. Mit in den Taschen vergrabenen Händen und stechendem Blick schaute er in die Runde, bevor er begann:

»Meiner Analyse nach fand der Angriff auf Konsdotter im Raumhafen statt, kurz vor oder während des Boardings der *Grand Vision,* also zwischen 10:13 Uhr und spätestens 10:36 Uhr. Konsdotters Kopf wurde mittels eines Wartungscodes geöffnet, der Kern wurde entnommen und mit großer Kraft gegen eine harte, glatte Oberfläche geschleudert. Anschließend legte der Täter den beschädigten Kern zurück und verbrachte den Roboterkörper zu einer Transportrakete, vermutlich einer Crane A, die für Notfall- und Rettungszwecke auf dem Raumhafen ständig einsatzbereit gehalten wird. Diese Rakete, die wir auch während des Transfers zum Clipper sahen, trug eine Transportkapsel, die bis zu zwei Komma vier Tonnen Material oder sechs Menschen aufnehmen kann. Der Beweis für meine Behauptung sind die Spuren im Schädelinneren der Maschine. Die Kratzer, die der lose Kern bei seinem Transport verursacht hat, deuten auf Vibrationen hin, wie sie nur in einem simplen Raumfahrzeug wie einer Frachtkapsel beim Start auftreten. Diese Kapsel erreichte die Odyssee-Station vor der *Grand Vision* …«

Eigentlich schmückt er nur das aus, was Die Antwort und ich schon gesagt haben, ärgerte sich Richard, ohne die Kraft zu finden, laut Einspruch zu erheben.

»Sie werden sich erinnern«, fuhr Oda fort, »nach dem Boarding dauerte es noch neunundzwanzig Minuten bis zum Start. Das ist eine ungewöhnlich lange Verzögerung, außerdem nahm die *Vision* zeitweilig eine Aussichtsposition über der Erde ein ...«

»Ja, wer war es denn nun?«, rief Mann ungeduldig dazwischen. »Wer hat die Pilotin angegriffen und sie hierhergeschickt?« Der Gutachter versuchte, neugierig zu klingen, aber Richard hatte das Gefühl, dass er Oda vor allem provozieren wollte.

»Bogart Wheelwright«, antwortete der, als wäre das selbstverständlich.

»Der verschrobene Billionär?« Mann schüttelte den Kopf, aber Richard bemerkte auch ein unterdrücktes Lächeln.

»Er oder jemand in seinem Auftrag«, sagte Oda. »Alles nur, um uns dieses kleine Rätsel zu präsentieren.«

»Unsinn!«, meldete sich Chershi, woraufhin sie gleich errötete und den Blick senkte.

Odas Stimme wurde ungeduldig. »Der Täter hatte Zugriff auf die gesamte Einrichtung des Raumhafens, er konnte den zeitlichen Ablauf der Ereignisse steuern und aus der Ferne den Stationscomputer manipulieren. Wer außer Wheelwright hätte das autorisieren können?«

Richard hatte sich unwillkürlich nach vorn gelehnt und musste sich nun festhalten, um nicht von der Säule wegzuschweben. »Mag ja alles sein, aber der Täter war wütend!« Er bereute seinen Satz sofort, als sich alle (Kamera)Augen auf ihn richteten. Plötzlich kam ihm sein Einwand unwichtig und dumm vor. Alles nur, weil ihm Mikes emotionale Rückendeckung fehlte.

»Bitte erklären Sie uns, was Sie meinen«, sagte Chershi freundlich.

Zögernd fuhr er fort: »Man kann einen Kern auf viele Arten zerstören, ihn an die Wand zu schleudern ist nicht gerade die eleganteste, geheimnisvollste ... oder sicherste. Wer sagt denn, dass er so zuverlässig zerstört wird?« Er schluckte. »Eigentlich zeigt das nur, dass der Täter etwas gegen Konsdotter hatte ... Also speziell gegen ihr Ich ...«

»Er hat ihren Kern angegriffen, ihre Persönlichkeit«, half Chershi aus, als er ins Stocken kam. »Das, was ihr Auftreten menschenähnlich machte.«

Richard nickte dankbar. »Ja, ihre Persönlichkeit scheint das eigentliche Ziel gewesen zu sein. Ihre menschliche Erscheinung hat er nicht zerstört. Normalerweise gehen die miesen Typen immer auf das Gesicht, wenn es persönlich wird, aber nicht hier. Das wollte ich noch sagen. Und ich finde es bemerkenswert, dass die Tat so grob ist, aber die folgenden Aktionen präzise und vorausschauend. In der Kriminalistik unterscheiden wir zwischen den Tathandlungen und den Handlungen zur Verschleierung der Tat. Im vorliegenden Fall wurde zwar nichts verschleiert, trotzdem gibt es zwei getrennte Handlungskomplexe: den der Tat und den des Transportes des Opfers und dessen Präsentation hier. Und letzterer scheint das größere Rätsel zu sein, obwohl unser Auftraggeber nach ersterem fragt. Auch wenn die Auflösung von Mr. Oda im ersten Moment logisch klingt, glaube ich nicht, dass beides so zusammenhängt. Ich denke, der Täter und der Auftraggeber sind verschiedene Personen.« Er hatte zuletzt wieder selbstbewusst gesprochen.

»Viel Instinkt, wenig Theorie und kein Beweis«, widersprach Oda.

»Ms. Chershi, bitte teilen Sie uns jetzt Ihre Erkenntnisse mit«, sagte das Hologramm.

»Danke.« Die Entwicklerin wirkte nun doch wieder nervös. Sie senkte den Blick; Konsdotter anzusehen, schien sie irgendwie zu beruhigen. »*Die Antwort* und ich haben den Kern zerlegt, leider war er nicht zu retten – so ein PI-Kern ist ein hochintegriertes System, das sich anders als CPUs im Laufe seiner Funktion immer weiter umbildet, sodass man ihn nach einem Defekt nicht mehr vollständig rekonstruieren oder neu starten kann. Doch es gibt eine Chance: Man muss die unbeschädigten Volumina in unbelegte Areale eines speziell konfigurierten Zielkerns hineinklonen, und das so lange, bis man das Ergebnis stabil zum Laufen bringt. Dank eines stationseigenen Assemblers konnten *Die Antwort* und ich einen Zielkern fertigen und einen Teil des letzten Gespräches der Pilotin wiederherstellen …« Sie wischte über das Display ihres Coms und blickte auf. »Sie hören jetzt die Stimme des Angreifers:«

»Doch ein Versprechen, dessen Einlösung nie geprüft werden soll, können wir nicht akzeptieren. Rätsel müssen …«

»…gelöst werden«, vervollständigte sie den abgebrochenen Satz.

»Ich kenne diese Stimme«, sagte Richard überrascht.

»Jeder hier sollte sie kennen«, sagte Chershi. »Es ist die Stimme der Service-PIs aus der Lounge. Eine Stimmvariante, die speziell für diese Umgebung designt wurde. So wie auch alle PIs hier auf der Station eine einheitliche Stimme haben, die nur hier zum Einsatz kommt.«

Die Antwort richtete sich auf. »Passend dazu habe ich etwas an Konsdotters Nacken entdeckt. Eine Verschmutzung an der Kunsthaut in Form eines Teilabdrucks aus gezuckertem Kaffee. Verursacher war kein menschlicher Finger, sondern der geriefte und mit Mikrocodes versehene Fingerüberzug einer Maschine.« Bei diesen Worten bewegte er seine eigenen Finger. »Präzise gesagt: ein Jarlberg sieben S, genau wie mein gegenwärtiger Körper und auch die Roboter der Clipper Corporation. Ich konnte die eingeprägte Seriennummer zuordnen, sie gehört zu der Servicemaschine an der Bar.«

Chershi wirkte, als höre sie das zum ersten Mal. So viel zu der Partnerschaft der beiden.

Die Antwort fuhr fort: »Da aber eine gewöhnliche PI nicht ohne legitimen menschlichen Befehl eine andere PI zerstören kann, bedeutet das, der 7er war nur das Tatwerkzeug, eine ferngesteuerte Waffe …«

Das Zombiegefühl verschwand, und Erschrecken und Verwirrung stürzten auf Richard ein. Er richtete sich auf. »Mike!« Noch nie war er so froh gewesen, die Gefühle seines Partners zu empfangen. Wie war das möglich? Er blickte sich um, während *Die Antwort* weiter über die Möglichkeiten sprach, eine PI bzw. ihren Roboterkörper zu hacken. Mike entspannte sich schon wieder. Vielleicht schickte er das Gefühl auch absichtlich, um Richard zu beruhigen, dessen Aufregung er nun auch spüren musste.

»Wir sind mit Hilfe einer Simulation zum gleichen Ergebnis gekommen«, meldete sich Staroll. »Den wahren Täter konnten wir aber auch nicht identifizieren, dafür wären Aufzeichnungen des Datenfunks notwendig gewesen, und die existierten nur in dem Kern, den Chershi in Beschlag hatte.« Der letzte Satz klang nach Vorwurf.

Bevor die Ingenieurin antworten konnte, ging Victor Mann dazwischen. »Mich wundert nicht, dass Sie keinen Verdächtigen vorzuweisen haben. Schließlich hat Ihr Captain gute Gründe, die Aufklärung zu behindern. Herr Turner,

Sie spielen hier den Detektiv, dabei haben Sie Lotte Konsdotters Kern zerstört, als Sie vor aller Augen mit Ihren Teamkameraden spielten. Ihr Motiv war Hass auf besondere PIs. Das immerhin hat der Inspektor richtig erkannt.«

»Können Sie das beweisen?«, wollte *Die Antwort* wissen.

»Jedes Wort. Ich habe alles mitgehört und kann Ihnen ...«

»Das reicht jetzt!« *Division-By-Zero* flog vom Durchgang heran wie ein beleibter Pfeil. Der alte Mann bremste mit dem Fuß geschickt an einer Säule ab, schwebte sich drehend zu Konsdotters Schlafkapsel, breitete dabei die Arme aus und verankerte sich magnetisch am Boden. »Verzeihung, die Herrschaften, aber es hat etwas gedauert, einen Weg zurück auf die Station zu finden, nachdem Herr Mann mich in die kalte Weite hinausbefördert hatte!« Er wandte sich an Richard. »Ohne die Hilfe Ihres Partners hätte ich es vielleicht nicht geschafft, meine Geschichte zu erzählen.« Sein freundliches, aber verschlissenes Kunstgesicht erinnerte den Detektiv an einen aufgeplatzten Schaumstoffball.

»Wo ist Mike?«

»An der Schleuse. Seine Muskeln sind festgefroren wie auch sein Kühlsystem, Sie hätten ihn für die Reise nachrüsten sollen. Aber keine Sorge, bald ist er wieder mobil. Ich habe eine der Service-PIs angewiesen, sein Kühlmittel auszutauschen und ihn durchzuchecken. Damit sollten wir quitt sein.«

Richard atmete auf, dann warf er Mann einen harten Blick zu. »Stimmt das? Haben Sie Mike angegriffen?«

»Ich habe Ihrem Mike nichts getan«, behauptete der Gutachter. »Er ist freiwillig durch die Schleuse gegangen, hat aber die harschen Bedingungen unterschätzt. Wenn die Schutzhüllen der Kunstmuskeln nur ein wenig undicht sind, dringt Feuchtigkeit ein. Gefriert sie zwischen den Fasern, sitzt alles fest, die Ausfallsicherung tritt in Kraft, und das Körpersystem wird heruntergefahren ...«

Division-By-Zero wischte die technische Erklärung beiseite. »Jaja, Schnee von vorgestern! Nun aber zu meinem Beitrag in diesem Wettbewerb. Tatsache ist, die Beweise, auf die Herr Mann gerade zu sprechen kam, habe ich gewonnen. Der 7er an der Bar, den Turner hackte, um ihn als Tatwerkzeug zu missbrauchen, wurde von mir überwacht. Ich bin quasi durch die Tür gegangen, die Herr Turner geöffnet hatte. Daher konnte ich die Tat beobachten. Herr Mann hat die so gewonnenen Informationen von mir während des Fluges im Zuge eines Austausches Information gegen Information erhalten. Ein beinahe tödlicher Fehler, aber ich konnte ja nicht ahnen, dass dieser Vorfall eine solche Bedeutung gewinnen würde.« Durch die Aufmerksamkeit blühte die PI förmlich auf wie ein Schauspieler auf der Bühne. »Als Herr Mann erfuhr, welchen Preis es für die Fallaufklärung zu gewinnen gab, machte er sich auf die Suche nach mir, vermutlich schon mit dem Vorsatz, mich zu manipulieren oder sogar zu zerstören. Er fand mich hilflos im Entertainmentbereich und nutzte diese Chance, um zum exklusiven Inhaber der Informationen aufzusteigen. Alles, was er tun musste, war, einer Servicemaschine einen Befehl zu geben, schließlich stehe ich als PI bedauerlicherweise nicht unter dem gleichen Schutz wie ein Mensch ...«

»Ulrich kann die Pilotin nicht angegriffen haben«, widersprach Staroll. »Wir waren die ganze Zeit über zusammen.«

»Wir haben gespielt«, pflichtete ihr Fischer bei. »Alle können das bestätigen.«

»Ihr Spiel, ja«, sagte *Division-By-Zero* und zeigte ein breites Lächeln. »Bei meiner Recherche in der Lounge bemerkte ich die Datenfunkverbindung zu der Servicemaschine, verschleiert in dem Fantasy-Gemetzel, das Sie drei spielten. Ihr Teamcaptain Turner war heute nicht besonders gut, nicht wahr, JStar? Er war unkonzentriert, und Sie mussten ihn zur Ordnung rufen. Das lag aber nicht an seinem mangelnden Interesse am Orks-Abschlachten. Er hatte nur gleichzeitig noch ein anderes Projekt zu überwachen, eines für die kriminelle Gruppe, der er unter dem Nick Revel8or angehört ... Ihre Mitglieder betrachten sich als Jünger der Aufklärung. Ihr Name ist dementsprechend prosaisch: die Nussknacker.« Er erzeugte einen Laut, der klang wie ein Zwischending aus Knacken und Zungenschnalzen. »Die Nüsse, die sie knacken, sind PIs, die sich als menschengleich darstellen oder von ihren Besitzern so präsentiert werden. Sie knacken ihr Geheimnis, indem sie sie als Fälschungen entlarven, als Manipulation, als Hack, der sich gegen die menschliche Wahrnehmung richtet.«

»Ulrich?« Staroll starrte ihren Kameraden an. »Du bist doch keiner dieser Verschwörungstheoretiker? Das ist nicht wahr!«

»Wahrheit«, sagte Turner laut und wischte eine der kleinen Vogeldrohnen aus seinem Gesichtsfeld. »Genau das ist das Thema unserer Zeit. Was ist in dieser Welt noch wahr und was wird uns nur als wahr verkauft ...?«

»Wie wär's mit einem Geständnis ohne Theater und Selbstmitleid?«, seufzte *Die Antwort*.

»Wir sind dabei, die Kontrolle zu verlieren!« Turner redete sich in Rage und verpackte sie in Zynismus: »Unsere Realität ist nicht etwa künstlich, nein, sie ist verbessert, aufgewertet. Manche unserer Nachbarn und Kollegen stecken voller Akkus und Schaltkreise, doch wir lieben sie mehr als die aus Fleisch und Blut, denn sind sie nicht freundlicher und hilfsbereiter? Geben sie uns nicht ein viel besseres Gefühl? Sind sie nicht unsere Rettung, wenn uns alles über den Kopf wächst? Unsere allerliebsten Lehrer, unsere verlässlichsten Freunde, unsere duldsamsten Geliebten?« Er sah Chershi böse an, der das sehr unangenehm war. Sie senkte den Blick und rieb sich die Augen.

Staroll fasste sich an die Stirn. »Ach, Ulrich, und ich war noch beeindruckt, wie schnell du die Simulation des Angriffs hinbekommen hast.«

»Du hast unsere Pilotin zerstört«, schimpfte Fischer. »Ist dir nie in den Sinn gekommen, was hätte passieren können?«

Turner fühlte sich noch mehr in der Defensive und wurde laut: »Ihr habt doch gehört, was *Die Antwort* gesagt hat: Sie hatte keine praktische Funktion. Lotte Konsdotter war eine Erfindung der Marketingleute ...«

»Warum hast du nicht eingegriffen, wenn du den Angriff beobachtet hast?«, fragte Chershi *Division-By-Zero*, der unbeeindruckt sein weißes Gebiss präsentierte. *Sinnlos.* Ihre Augen wanderten zu Mann. »Sie zumindest hätten etwas sagen müssen.«

»Aber Revel8or hat ja in zwei Punkten recht«, meinte *Division-By-Zero*. »Es bestand keine wirkliche Gefahr, und das Opfer war nur ein Spielzeug, eine PI, von ihren Schöpfern dazu verdammt, sich nicht einmal selbst zu hinterfragen. Ich habe ihr noch gesagt, dass jemand sterben könnte, Minuten bevor es geschah.«

»Du hast Konsdotter ihrem Schicksal überlassen und unsere Sicherheit gefährdet«, sagte die Ingenieurin. »Eine regelkonform arbeitende Parallele sollte dazu nicht fähig sein.«

Division-By-Zero wischte das Argument aus der Luft. »Eine solche PI wäre auch nicht eingeladen worden. Das alles ist Teil des Deals, den Sie zusammen mit der Einladung annahmen: Die Gewinner bekommen, was sie sich wünschen, und die Verlierer bleiben zurück. Unser Auftraggeber hat hinreichend bewiesen, dass das kein leeres Versprechen ist. Vielleicht vermutete er sogar, dass Turner Konsdotter angreifen würde. Vielleicht hat er ihn nur eingeladen, um uns hier einen Fall präsentieren zu können. Nach seinen Kunststücken würde ich ihm alles zutrauen.« Er wandte sich an das Hologramm: »Hören Sie, unfreundlicher Auftraggeber? Was auch immer Ihre Geschichte ist, ich werde sie der Welt erzählen!«

»Du hast heute gewonnen, also wird dieser Wunsch erfüllt«, antwortete die Stimme der Pilotin. »Jenna Staroll belegt ohne eigene Ermittlungsleistung hinter dem ebenfalls passiven Tim Fischer den letzten Platz. Sie, die in den Schlüssen ihres Teamcaptains nicht das Täterwissen erkannte und nur auf Fischers Rekonstruktion vertraute, bleibt allein auf der Station zurück.« Das Hologramm verschwand, trotz der Proteste von Turner und Fischer, die für ihre Teamkameradin eintraten und damit drohten, ebenfalls nicht weiterzureisen.

Richard tat die junge Frau leid, aber er war auch froh, dass es nicht ihn getroffen hatte. Die Stimmung in der Gruppe war zum Zerreißen angespannt. *Aber ist es denn eine Gruppe?*, fragte er sich. *Nein, dafür hat der Auftraggeber gesorgt.* Nur *Division-By-Zero* wirkte zufrieden, Amanda Chershi sah *Die*

Antwort seltsam an: *Enttäuschung*. Turner sprach leise auf Fischer ein, und Staroll wandte sich von beiden ab: *Misstrauen und Wut*. Und Mann machte ein so verbissenes Gesicht, als wäre bei ihm gerade Krebs diagnostiziert worden.

»Und was jetzt?«, fragte der Gutachter nach kurzem Schweigen.

»Was Sie getan haben, wird nicht vergessen werden«, meinte *Division-By-Zero*. »Aber da ich weiß, warum Sie es getan haben, wäre ich bereit, Ihre Stellungnahme zu berücksichtigen.« Er lächelte geschäftstüchtig und schwebte zu ihm. »Vielleicht können wir ja etwas aushandeln, wenn mir die Geschichte gefällt, die Sie anzubieten haben.«

Mike kam vom Zugang zur Dockingstation angeflogen und blickte verständnislos auf die Stelle, wo eben noch das Hologramm gewesen war. »Was ist? Haben wir verloren?« Er sah unbeschädigt aus, nur seine Hülle glänzte am Oberkörper mehr als sonst.

»Du bist zu spät!« Richard versuchte, ihn seine Erleichterung nicht spüren zu lassen.

»Wir haben doch nicht verloren? Ich werde wahnsinnig, wenn ich drei Wochen allein mit dir hier rumhängen muss.«

Entscheidungen

Als Amanda klar wurde, dass sie es durch den Test geschafft hatte, fiel nicht nur die Anspannung von ihr ab, auch ihr Magen begann zu knurren. Ihre letzte Mahlzeit war ein Algenprotein-Burger gewesen, den ihr Bruder Ben mitgebracht hatte, als er versucht hatte, sie von der Reise abzuhalten. *Deine schwierige Schwester schießt sich selbst auf den Mond – eigentlich sollte dir der Gedanke doch gefallen*, hatte Amanda gedacht, als sie in den Wagen gestiegen war, der sie zum Flughafen gebracht hatte.

Sie verabschiedete sich knapp von *Der Antwort* und löste ihre Füße von der Schiene.

»Seien Sie mir nicht böse«, sagte die PI noch. »Trotz allem sind wir auch Konkurrenten.«

»Klar.« Sie zog sich über die Schlafkapsel weg und flog auf den Gang zwischen den Türmen zu. Die rothaarige V-Fighterin überholte sie. Ihre Kameraden hatte sie bei der Säule zurückgelassen und reagierte auch nicht, als Turner ihr hinterherrief, sie solle bleiben, er werde alles erklären.

»Ich will deinen Schwachsinn gar nicht verstehen!«, fauchte sie und flog Richtung Durchgang voraus.

Amanda hoffte, dass sie nicht das gleiche Ziel hatten. Nach der ganzen Aufregung hätte sie gern etwas Zeit für sich gehabt. Sie aß meist allein. In der Firma hinter den getönten Scheiben ihres Büros bei der Lektüre von Fachartikeln. Oder zu Hause in ihrem spartanisch eingerichteten Wohnzimmer, wenn sie nach einem langen Tag kaum noch die Augen offen halten konnte und im Halbschlaf eine warme Suppe trank und etwas Schokolade naschte. Vor anderen zu essen war ihr peinlich. Aber Staroll war so elend in feuchtes Laub gehüllt, als würde sie selbst dahinwelken. Amanda hätte es nicht über sich gebracht, sie abzuweisen.

Schweigend flogen sie durch den Gang, dessen Oberflächen jetzt Bilder aus einem Regenwald zeigten: Dicke Tropfen prasselten auf Blätter, ein Bach rauschte, Affen sprangen neben ihnen her, und irgendwo schrie ein großer Vogel, der klang wie eine Dampfpfeife. Offensichtlich ein Versuch des Stationscomputers, ein Lächeln hervorzurufen. Vorbei an der Schleuse zur *Grand Vision* gelangten sie in den Afrika-Turm. Staroll streckte die Hand aus und wurde von einem Band nach oben gezogen. Amanda folgte ihr mit etwas Abstand, allein schon, weil sie es nicht schaffte, sich ebenso sicher zu bewegen wie die Sportlerin. *War sie schon einmal in der Schwerelosigkeit?*, fragte sie sich. *Oder ist das Begabung?* Vermutlich Letzteres. Der Entertainmentbereich blieb unter ihnen zurück, Hologramme kämpfender Außerirdischer, galoppierender Ritter und einer Kokyu spielenden Geisha versprachen einzigartige Erlebnisse. Amanda atmete erleichtert auf, als sich Staroll auf der dritten Etage aus dem Schacht verabschiedete.

»Sie sind für das Verhalten Ihrer Kollegen nicht verantwortlich!«, rief sie ihr hinterher, bekam aber keine Antwort.

Auf der vierten Etage zeigten die Videowände Tulpenfelder und zwei sich drehende Windmühlen. Riesige Aquarien mit Speisefischen teilten in mehreren Ebenen den Raum. Die Behälter waren so geschickt gestaltet und ausgeleuchtet, dass es fast aussah, als würde das Wasser frei schweben oder durch die Luft fließen. Zwischen den Becken erhob sich ein runder Kochtresen aus Mondgestein, hinter dem drei PIs standen und sie mit einer simultanen Verbeugung begrüßten.

»Hallo, Amanda!«

Amanda drehte den Kopf in die Richtung, aus der die Stimme gekommen war, und erstarrte. An einem runden Tisch vor dem Panoramafenster stand die junge Frau mit dem blonden Pferdeschwanz, Gwendolyn Iden. Sie war von Servicemaschinen umgeben und hielt ein seltsam geformtes Glas mit Rotwein in der Hand. Vor ihr auf dem Tisch lag ein ganzes Schwein, eingeschweißt in einer Kunststoffhülle. Der Paarhufer war etwas zu lang, sodass seine Vorderpfoten und der Kopf über den Tisch hinausragten. Amandas Nackenhärchen stemmten sich gegen den Kragen ihrer Bluse.

Was macht sie da?

Iden war nicht bei dem Wettbewerb dabei gewesen. Tatsächlich hatte Amanda sie nicht einmal in der Nähe der Pilotin gesehen, obwohl sonst jeder versucht hatte, Spuren an deren Körper zu finden. Dennoch hatte auch sie den Test überstanden, also musste sie doch teilgenommen haben!

»Kommen Sie, sehen Sie sich das an!« Iden winkte sie mit ihrem Weinglas heran.

Laut der Passagierinformationen der *Grand Vision* stammte Gwendolyn Iden aus Cardiff, wo sie das erfolgreiche Kryptografie-Start-up ABackbone leitete. Dabei war sie nach Amandas Schätzung höchstens neunzehn Jahre alt. Das ungewöhnliche T-Shirt war Amanda schon früher aufgefallen, außerdem trug sie eine rote Datenbrille und Ohrstecker in Form einer aufgerollten Assembler-Codezeile. Nach Amandas Dafürhalten (und Idens Duft) war sie ein Mensch, wenn auch fast so schön und makellos wie eine Parallele.

Zögernd stieß sich Amanda ab und schwebte zu dem Tisch, der offenbar auch wieder so ein technisches Wunder war wie die Hygienezellen. Sie stoppte an einem der bequem aussehenden Sessel und fühlte sofort, dass sie gegen die Rückenlehne gezogen wurde und ihre Schuhe am Boden hafteten. Nervös starrte sie auf das Jungschwein, das leicht verknautscht in seinem Vakuumbeutel steckte. Leitungen und Kabel führten zu dem Körper und endeten außen an einer komplexen Steuereinheit.

»Mein Gott, das ist abstoßend«, flüsterte sie.

»Finden Sie? Ich habe davon gelesen und musste es einfach sehen.« Iden stellte ihr Glas auf den Tisch, die Oberfläche leuchtete und hielt es fest. »Retortenfleisch gibt es schon lange im Supermarkt zu kaufen. Hundert Prozent Muskelfleisch, garantiert frei von unliebsamen Fetteinschlüssen und Medikamenten, wie sie in der Massentierhaltung zum Einsatz kommen. Lebendes Filet, im Block gezüchtet und in handelsübliche Form geschnitten. Sie kennen sicher die Werbung: *Nachhaltig geschmackvoll.*«

»Aber das hier ist ein Schwein in einem Lebenserhaltungssack oder so etwas.«

»Mehr ein Soetwas.« Die Augen des Mädchens leuchteten. Selbstbewusste Tulpen blühten in Amandas Kopf, eine Pracht, wie sie sie selten gerochen hatte. »Ja, es ist ein ganzes Schwein, mit Knorpeln, Flechsen, Knochen, Schnauze, Klauen und Schwanz. Das ganze Vieh. Ein Schwein – und doch kein Schwein. Denn dieses Fleisch hat nie als Wesen gelebt, es hat spitze Ohren, aber buchstäblich nichts dazwischen. Sein genetisches Programm wurde umgeschrieben, sodass es ohne voll entwickeltes Gehirn in diesem Gebärmuttersack auf der Station heranwuchs. Die Steuerung, die sonst das zentrale Nervensystem leistet, übernimmt hier der Stationscomputer. Im Grunde ist es also ein schweineförmiges Fleischprodukt.«

»Man könnte doch tiefgefrorenes Fleisch auf die Station bringen«, meinte Amanda hin- und hergerissen zwischen Ekel vor dem Nicht-Tier und Faszination für die Präsenz der Waliserin.

»Ist so ein Schweineersatz effizient? Nein. Ist er umweltfreundlich oder ressourcensparend? Eher nicht. Aber es ist ja auch reiner Luxus. Das Produkt ist frisch, es ist authentisch, und es ist genauso rein und vegan wie Retortenfleisch, weil es genau das ist. Egal ob Sie ein Nackensteak, Blutwurst oder – gottbewahre! – Innereien und gekochte Pfoten bestellen, unsere Schweinenachbildung hier liefert den Rohstoff dazu.« Iden wandte sich an eine der PIs, die wie Ober in einem französischen Sternerestaurant bereitstanden. »Was habt ihr an Rindern vorrätig?«

»Zwei Wagyus und ein Angus«, sagte die Maschine. »Weitere Rassen nur als TK-Ware.«

Das Mädchen war entzückt. »Wunderbar! Stellen Sie sich vor, irgendwo hier schweben riesige Beutel mit Sechshundert-Kilo-Rindern. Natürlich gibt es auch Geflügel: Hühner, Enten, Gänse, Tauben. Und Exoten. Wollen Sie ein Känguru im Beutel sehen?«

»Ich verzichte.« Amanda blickte in die toten, dunklen Schweineaugen, als das Tier in seiner Hülle zuckte und sie so heftig erschrak, dass sie fast den Kontakt zum Sessel verlor.

»Das Schwein lebt!«

Iden warf ihr einen amüsierten Blick zu. »Das Fleisch, die Zellen. Ein Schwein gibt es hier nicht, ja nicht einmal ein wie auch immer geartetes Wesen. Einen Organismus, ja – Organe sind vorhanden und zwangsläufig ein Stoffwechsel.« Sie bemerkte Amandas verstörten Gesichtsausdruck. »Das reicht, bringt es zurück!«, befahl sie den PIs.

Als die Parallelen das schweineförmige Fleischprodukt wegbugsierten, pulsierten dessen Muskeln, und einen Moment sah es aus, als würde es sich strampelnd gegen die Behandlung wehren. Amanda seufzte. Auch ohne Geruch war dieser Anblick kaum zu ertragen.

»Elektrische Muskelstimulation«, sagte Iden. »Offensichtlich muss sich selbst ein Nicht-Schwein bewegen, um festes Fleisch anzusetzen ... Sieht natürlich nicht schön aus.«

Das tat es wirklich nicht. Amanda überlegte, ob sie jetzt noch etwas essen wollte. Ihr Kopf war dazu nicht mehr bereit, doch ihr Magen sah das pragmatischer.

»Es tut mir leid.« Iden hatte bemerkt, dass ihr Gegenüber mit sich rang. »Ich dachte nicht, dass Sie das so mitnehmen würde. Ich versichere Ihnen, es gibt dabei kein Leid, keinerlei Schmerz.«

»Außer beim Zusehen«, seufzte Amanda.

Iden lächelte strahlend. »Ja, das ist ein gutes Argument. Der Mensch ist ein stark visuell geprägtes Wesen, nicht wahr?« Amanda nickte, und Iden zog sich auf den Sessel, wo sie seltsamerweise ohne Gurt sitzen blieb. »Entscheidend sind dabei der Erfahrungsschatz und die Fähigkeit, sich an die Stelle des Gegenübers zu versetzen«, dozierte sie. »Mitgefühl, Mitleid, die wiederum erlernt sind und verbunden mit sinnlichen Auslösern.«

Die Lachse in dem Becken links neben dem Tisch schwammen stramm gegen den Strom.

Iden hob ihr Glas, eine seltsame Konstruktion: ein runder Körper auf einem klassischen Weinglasstiel. Oben auf der Kugel war ein silberner Schnabel, wohl ein Ventil, das mit einem Trinkhalm verbunden war. »Bitte.« Sie deutete auf den

Platz ihr gegenüber. »Essen Sie etwas mit mir, und wenn nur einen Salat. Ich verspreche auch, das Thema zu wechseln.«

Amanda blickte sich um und warf einen sehnsüchtigen Blick auf die leeren Tische. Tja, das war wohl nicht zu ändern. Schon drehte sich der Sessel für sie in Position. Der Computer war offenbar der Meinung, dass sie sich bereits entschieden hatte. Als sie sich setzte, fühlte sie überrascht, wie ein Sog aus vielen Luftlöchern sie anzog und sie auf dem Sitzmöbel festhielt. Das Gefühl war seltsam, aber nicht unangenehm, auch weil das Möbel auf jede ihrer Bewegungen sofort reagierte und sie anzog und losließ, wie es gerade nötig war.

»Der 2037er-Golden Wheel ist hervorragend, auch wenn er rehydriert ist«, sagte Iden. »Wheelwright hat einige der besten südafrikanischen Weingüter in seinem Portfolio.«

»Ich versuche das Kometenwasser.«

»Gute Wahl.« Die zuständige Service-PI deutete eine Verbeugung an.

Amanda betrachtete die Fischbecken. Neben den Lachsen gab es auch Forellen, Zander und Aale, aber auch reine Meeresfische wie Wolfsbarsche und Papageifische. Jeweils nur wenige Exemplare, diese aber sahen gesund und gut genährt aus, als sie so gemächlich dahinglitten.

»Die Fische sind wirklich Fische?«, vergewisserte sie sich unschlüssig.

»Selbstverständlich«, sagte die PI. »Befruchtete Eier werden eingeflogen, kryogen gelagert und nach Bedarf nachgezogen.«

»Natürlich sind diese Tiere keine Wildarten, sondern genetisch auf Wachstum und optimale Futterverwertung optimiert«, erklärte Iden und betrachtete Amanda, als würde sie auf etwas warten. »Fällt es Ihnen wirklich nicht auf? Ihnen kommt daran nichts seltsam vor?«

»Was meinen Sie?«

»Sehen Sie, das ist das Problem mit dem Erfahrungsschatz, der unsere Gefühle lenkt. Er kann einen auch in die Irre führen ... Diese Fische schwimmen in der Schwerelosigkeit in engen Becken und dennoch sind sie weder verwirrt, noch stoßen sie gegen das Glas. Eigentlich orientieren sich Fische anhand von Gleichgewichtsorganen in ihren Innenohren. In der Schwerelosigkeit sollten sie vollkommen die Orientierung verlieren. Ihnen sollte schlecht werden, sie sollten erbrechen, taumelnd gegen das Glas stoßen und sterben. So ist es bei Experimenten geschehen. Doch wie Sie sehen, kommen diese Tiere hervorragend zurecht. Sie haben künstliche Nervensysteme erhalten, computergesteuert und so programmiert, dass sie den Raum in den Becken optimal ausnutzen, ohne anzuecken.«

»Cyborg-Fische«, seufzte Amanda. So viel zu der Idee, ausnahmsweise Fisch zu essen. Sie lehnte sich zurück und drehte den Kopf zu den Maschinen. »Für mich einen gemischten Salat ganz ohne EDV bitte, aber mit Essig und Öl. Und eine Scheibe knuspriges Brot.« Ein holografisches Bild der Bestellung erschien in der Mitte des Tisches, dazu eine Reihe empfohlener Beilagen und Getränke. Sie nickte. »Sieht sehr gut aus. Ich nehme das Olivenöl, den Nusskäse und Bruschetta.«

»Und für mich den Lachsspieß an Süßkartoffelrosen«, sagte Iden.

»Sehr wohl«, sagte die PI.

Etwas wehmütig blickte Amanda auf den holografischen Lachsspieß. Das Gericht war ein kleines Kunstwerk, würdig der Startseite eines Genießer-Blogs. »Sie sind unternehmungslustiger als ich.«

»Ehrlich gesagt wundere ich mich über Ihre Skrupel.« Iden saugte an ihrem Golden Wheel. »Arbeiten Sie nicht in einer Branche, in der das Herstellen von Scheinwirklichkeiten zentrales Geschäftsmodell ist? Ich war überrascht, als ich hörte, dass Sie es waren, die Konsdotters Persönlichkeit designt hat … und wie Sie für die Maschine eingetreten sind.«

»PIs sind keine gewöhnlichen Maschinen, daher vermeide ich den Begriff.« Amanda unterbrach sich, zum einen, weil sie das Thema nicht vertiefen wollte, und zum anderen, weil zwei der kleinen Drohnen angeschwommen kamen, ihr Glas Wasser zwischen sich. Der Fuß dockte an der Tischplatte an, und die Drohnen glitten durch die Luft davon.

»Sind parallele Intelligenzen nicht genau wie das Anscheinsschwein?«, fragte Iden. »Sie bilden etwas nach, das sie nicht sind. Sie simulieren Leben und Verstand, oft mit durchaus fragwürdigen Motiven von Seiten der Besitzer. Wir sollen sie akzeptieren, uns friedlich und wohlwollend in ihre Hände begeben, von ihnen kaufen, ihren Service nutzen … Warum sollte es ein Verbrechen sein, diese Simulation … oder Täuschung zu beenden? Nur weil es beim Zusehen wehtut?«

Um etwas Zeit zum Nachdenken zu gewinnen, sog Amanda an dem Ventil ihres Wasserglases und bewegte das Milliarden Jahre alte Wasser in ihrem Mund. Es war … Wasser, süß zwar und weich, aber vielleicht lag das auch daran, dass sie Durst hatte. Sie schluckte.

»Ich denke, es gibt verschiedene Meinungen«, wich sie aus.

»Ich frage aber nicht nach verschiedenen Meinungen.«

»Ms. Iden, Verzeihung, ich bin zu hungrig, um mich über philosophische Fragen zu streiten.«

»Ich will mich gar nicht streiten, ich bin ja ganz Ihrer Ansicht. Etwas zu vernichten, das aussieht und spricht wie ein Mensch, ist etwas Kritisches. Vielleicht mehr noch als das Töten eines Tieres, obwohl das Tier echte Schmerzen empfindet. Aber in jedem Abbild einer Person steckt auch ein Stück von uns, das wir mit diesem Abbild töten. Wenn diese Hemmung sogar für Kunstwerke und Fotografien gilt, um wie viel mehr gilt sie dann für das scheinbar fühlende Gegenüber, eine technologische Puppe ...«

»PIs sind mehr als Puppen oder Fälschungen. Genau das ist es, was Herr Turner und seine Nussknackerfreunde nicht verstehen. Ich traf eine Parallele, ein altes Jarlberg-2er-Modell, das unwahrscheinlich gut Klavier spielen und komponieren konnte. Seit diese Einheit ausgeliefert worden war, hat das Unternehmen elf Jahre lang an den musikalischen Fähigkeiten unserer PIs geforscht, aber diese alte Einheit, die täglich in einer Musikschule mit Kindern gearbeitet hatte, übertraf in einigen Bereichen alles, was wir erreichen konnten. Sie hatte einen ganz eigenen Stil entwickelt und niemand konnte sagen, woher das kam.« Nachdenklich blickte Amanda aus dem Fenster auf die Erde. »Da ist dieses eine Stück, wenn man es hört, muss man lachen, auch wenn man vorher traurig war. Der 2er hat gleich eine ganze Theorie dazu mitgeliefert. Er nannte sie: Siebenunddreißig Algorithmen für therapeutische Musik.«

»Zusammenhänge aufdecken, darin sind sie gut. Aber dafür müsste man sie nicht menschenähnlich machen. Sie könnten genauso gut aussehen wie Geräte ...«

»Manche tun das.«

Iden blickte an ihrem Wein vorbei, in dem sich das Licht verfing wie in einem Rubin. »Ich glaube, es war in Dänemark, vor zwei ... drei Wochen, da lief ein junger Mann auf eine belebte Straße vor ein E-Car, um einen Rob zu retten, der dort zusammengebrochen war.«

Amanda nickte, solche Fälle kannte sie. »Wusste er, dass es eine Parallele war?«

»Ja, aber die Maschine war vollhumanoid und sah aus wie eine attraktive Frau. Sie hatte einen Schaden an der Körpersteuerung, deshalb fiel sie von ihrem Roller und überschlug sich ... Der nachfolgende Wagen erkannte, dass es nur eine PI war, ein ersetzbares Ding. Deshalb berechnete das Fahrzeug in Abstimmung mit den anderen an der Verkehrssituation beteiligten Systemen, dass der Schaden am geringsten sein würde, wenn es bremsen, aber die Spur halten würde, statt in den Gegenverkehr oder auf den Fußgängerweg auszuweichen. Doch als der Mann auf die Straße sprang, änderte sich die Kalkulation schlagartig. Der Wagen musste ausweichen und krachte in das E-Car eines Ehepaares, die Insassen wurden verletzt.«

»Ich hatte eine ganze Datenbank voll solcher Vorfälle«, sagte Amanda gelassen. »Menschen, die es versäumten, sich vor einem Feuer zu retten, weil sie eine Parallele mitnehmen wollten. Menschen, die verletzt wurden, als sie versuchten, PIs vor dem scheinbaren Ertrinken zu retten. Menschen, die im Verkehr starben, weil sie zu Gunsten von PIs in die Steuerung ihrer Fahrzeuge eingriffen.«

»Tatsächlich?« Iden wirkte interessiert.

»Unfälle mit PIs sind weltweit meldepflichtig, die Berichte werden von den Behörden ausgewertet und allen Herstellern zugänglich gemacht. Eine ganze Abteilung bei uns arbeitet …« Sie schluckte, als die Erinnerung sie traf. *Sie sind alle tot und begraben, und das Gebäude ist nur noch ein Trümmerhaufen.* Sie nahm ihre Hände unter den Tisch, damit Iden nicht sah, wie sie zitterten. »Es gab bei uns eine Simulatorfarm, da wurden PIs genau solchen Situationen ausgesetzt. Sie lösten immer und immer wieder die gleichen Probleme, sie lernten, probierten sich aus, fanden die beste Lösung. Diese wurde als Teil der neuesten Basispersönlichkeiten in die Produktion übernommen und als Update-Erfahrung verschickt …«

»Sicher.«

»Der Punkt ist«, sagte Amanda, »wenn die gestürzte PI den Unfall hätte verhindern können, hätte sie es getan. Ich verstehe aber, was Sie sagen wollen: Sie machen die Menschenähnlichkeit für das Verhalten des Helfers verantwortlich. Sie glauben, er wurde getäuscht …«

»Hätte er für eine Waschmaschine oder einen Kühlschrank sein Leben riskiert? Sicher nicht. Er ist nicht vor den Wagen gesprungen, um den Roller zu retten, sondern das Ding, das auf dem Roller saß und das in ihm Mitleid, vielleicht sogar Machismo erregte.«

»Ich finde sein Handeln mutig.«

Die mittlere Koch-PI entzündete den Gasgrill, gespenstische Flammen waberten. Ein Schwarm Drohnen trug Gemüse und Gewürze herbei.

»Aber man muss doch eine Grenze ziehen zwischen dem Echten und der Nachbildung«, beharrte die junge Frau.

»Wozu?«

Iden blickte ihr in die Augen, forschend, ob Amanda einen Scherz gemacht hatte.

»Wenn es sich echt anfühlt, dann braucht man keine künstliche Grenze«, fuhr diese leise fort. »Wessen Meinung taugt schon zur Orthodoxie? Hoffen wir nicht bloß, dass sich unsere ureigene Wahrnehmung als taugliche Weltbeschreibung erweist? Das ist mir im Umgang mit einer besonderen KI klar geworden, einer Intelligenz, die nicht nur menschenähnliche Fähigkeiten besaß, sondern uns weit überlegen war. Das ist die Zukunft: echte KI, bei der sich die Frage nach Menschenähnlichkeit gar nicht mehr stellt.«

»Die Gerüchte über Wheelwright AI stimmten also. Bogart Wheelwrights neuestes großes Ding, sein Geheimprojekt.« Nachdenklich blickte Iden zu dem Lachs-Aquarium, das sich gerade für eine der PIs geöffnet hatte. »Noch vor drei Wochen hätte ich gesagt: Das ist nur wieder eine Lüge.«

Einer der Lachse schwamm gemütlich Richtung Wasseroberfläche zwischen die Hände der Parallelen, von der er sich widerstandslos fangen ließ.

»Warum wollten Sie mit mir über all das sprechen?«

Iden lächelte, schon wieder gefasst. »Ich wollte Sie kennenlernen, bevor ich Ihnen anbiete, dass wir zusammenarbeiten.«

»Als Team? Wieso?«

»Weil wir verlieren. Den Testfall haben wir schon verloren.«

»Sie haben also doch mitgemacht?«

»Ich habe meine Ergebnisse direkt dem Stationscomputer mitgeteilt.« Sie lehnte sich vor. »Wozu eine Zusammenkunft, wenn wir doch überall beobachtet werden? Aber genau wie Sie habe ich verloren, weil das Spiel nicht fair war. Mein Wunsch wird nicht erfüllt werden und Ihrer ebenfalls nicht, wenn wir uns von den Maschinen einwickeln lassen.

Wir müssen schlafen, *Division-By-Zero, Die Antwort* und die PI dieses englischen Privatdetektivs müssen das nicht. Wir können uns jeweils nur auf ein Problem konzentrieren, haben nur begrenzte Fähigkeiten, deshalb werden wir verlieren.«

Mit dem Fisch in der Hand schwebte die PI zum Kochtresen, wo einer der Köche gerade Kräuter für die Marinade geschnitten hatte, während die zweite PI eine Süßkartoffel pürierte und die dritte Auberginenscheiben anbriet.

Sie hat recht, dachte Amanda. Bei der Arbeit mit *Der Antwort* hatte sie ihre Erkenntnisse direkt geteilt, wie sie es gewohnt war, und so am Ende mehr gegeben, als sie erhalten hatte. Sie konnte das Verhalten *Der Antwort* als eigennützig bezeichnen oder schlicht als rational, am Ende zählte nur, dass es ihr geschadet hatte.

»Wie wichtig ist es Ihnen, Ihren Wunsch erfüllt zu bekommen?« Iden blickte ihr in die Augen. Amanda sah ihre Entschlossenheit, und sie roch ihr Selbstbewusstsein: ein Meer von Tulpen, als wäre das Bild an der Wand lebendig geworden. Diese junge Frau war anders als sie selbst ein Ausbund an Tatkraft. *Und nicht eine Spur von Zitrone.*

»Wie wichtig?« Die Antworten auf die sie quälenden Fragen: *Warum ich? Warum mussten alle sterben, und ich wurde gerettet?* Sie drückte das noch heilende Bein gegen den Tisch, bis es schmerzte. Das klärte ihre Gedanken. »Ich will die Antworten, die mir versprochen wurden«, sagte Amanda bestimmt. »Alles andere ist mir egal.«

»Es könnte gefährlich werden. Würden Sie für diese Antworten Ihr Leben riskieren?«

»Was davon übrig ist.«

Iden streckte ihr die Hand entgegen. »Immer schön, eine mutige und entschlossene Frau zu treffen. Ich bin, wie du schon weißt, Gwendolyn Iden, aber du darfst mich Lyn nennen, Partnerin.«

Der PI-Chefkoch setzte die Klinge geschickt unterhalb der Kiemen an, der Lachs zuckte, die Flosse klatschte zweimal gegen den Stein, dann war es aus.

19.01.2048, Palais des Jeux, Paris

Das Agrodrom war eines der beeindruckendsten Schlachtfelder auf dem Ewigkeitsschiff. Eine Kuppel von einer Meile Durchmesser umgab eine Farmlandschaft mit Gemüse- und Maisfeldern, Obstwiesen, Silos und Maschinenhallen, hell erleuchtet durch das Licht zweier Sonnen. In der Luft lag, neben dem Ozongestank des Blasterfeuers, auch künstlicher Blumenduft. Jenna verabscheute diese Ausdünstungen von *Battle for Eternity*, die es ihr im Verlauf einer Runde immer schwerer machten, sich zu konzentrieren. Deshalb hatte sie wie immer kurz vor dem Gefecht etwas Lavendelöl auf ihr Glückshalstuch getropft. Normalerweise wirkte der Duft beruhigend, doch heute half er ihr nicht. Alles war falsch: ihr Timing, die Taktik und ihre Gedanken, die immer wieder abschweiften, nicht zur Ruhe kamen. Sie drückte sich an den Stamm eines alten Apfelbaums und checkte die Funktionen ihrer gefleckten Scout-Rüstung. Ihre Infrarot-Sicht und der Lebenszeichensensor waren defekt, und ihr persönlicher Schild lief bereits auf Reserve. Einen weiteren Treffer würde er nicht überstehen. *Los, hol ihn dir!*, feuerte sie sich an. Den Steppenwolf-Blaster eng an sich gedrückt, rannte sie über die Wiese, als auch schon eine Serie Granaten über das nahe Maisfeld geflogen kam. Wie ein Springteufel katapultierte sie sich nach links, aus der berechneten Flugbahn. Die Granateneinschläge wirbelten Erde auf, zerfetzten mehrere Bäume und verteilten einen Hagel aus hölzernen Schrapnellen über das Gebiet. Die Warnanzeige ihres Schildes blinkte, aber noch hielt er. Sie landete im Maisfeld und hetzte im gestreckten Lauf tiefer hinein, ohne sich um die auf ihren Helm schlagenden Pflanzen zu kümmern. *Wer anhält, stirbt.* Sie sprang hoch, und da war er: BroSteel stand in der Capture Zone vor einem qualmenden Ernteroboter, geschützt durch einen starken taktischen Schild, der langsam um ihn rotierte. Doch immer wieder taten sich Lücken auf ... Jenna feuerte, und zwei Plasmaladungen ließen die Energiewände aufleuchten. Schon war sie wieder in Deckung, sprang nach links, riss Pflanzen um und rollte sich ab, während an ihrer alten Position Leuchtspurgeschosse durch den Mais schnitten. *1... 2... 3 ... 4 ... Öffnung.* Sie sprang, feuerte und verpasste nur knapp die Lücke zwischen den Schildwänden. Sie landete und warf sich nach vorn. Der Mais neben ihr wurde förmlich von Kugeln geschreddert, doch immerhin hatte sie die Distanz verkürzt. Jenna sog den Lavendelduft ein. *27 ... 28 ... Öffnung.* Sie flog aus dem Mais und stieß sich vom Roboterkopf, der gruseligen Easter-Egg-Vogelscheuche ab, die mit einer Sense nach ihr schlug, deren Hals sich aber als Sprungfeder entpuppte. Sie schoss in die Höhe und feuerte am höchsten Punkt. Diesmal war der Angriff richtig getimt, zwei Schüsse aus mittlerer Distanz, etwas, das sie tausende Male geübt hatte. Eine Ladung traf die Lücke zwischen den Schilden und schmolz die Sensoren von BroSteels Vollhelm. Er korrigierte seinen Stand, das war aber auch alles. *Verdammt!*

Leuchtspurgeschosse fauchten an ihr vorbei, nahmen ihren Schild und einen Teil ihres Lebensbalkens mit sich. Ihr linker Arm wurde steif, und ihre Helmanzeige erlosch. Bei ihren Fehlschüssen hatte sie das Aufseufzen des Publikums gehört, gefolgt von der drängenden Stimme des Kommentators: »JStar zeigt Nerven! Jetzt muss sie sich ranhalten. BroSteel hat die Zone fast eingenommen!« In diesem Moment erklang auch schon das Signal: eine Minute bis zum Cap. *Beweg dich, lauf! Es hängt alles von dir ab!* UTurn hatte sich in Zone eins zusammen mit dem feindlichen Captain in die Luft gejagt, und Mec hatte beim Versuch, die dritte Zone auf dem Ernteroboter reitend zu kapern, die Vibroklinge der Späherin durch den Helm bekommen. Aber auch Team RRedSteel hatte seit Jennas Sieg in Zone zwei nur noch einen Mann, seinen Heavy. BroSteel campte sein Team gerade zum Sieg. Schwer atmend rannte Jenna durch den Mais. Mit der Linken streifte sie den nutzlosen Helm ab.

»Star!«, drängte Fischer über Teamnet. »Die Zeit läuft ab!«

»Erledige den Feigling!«, stimmte Turner ein.

Die Muskeln in ihren Oberschenkeln waren schwer und hart wie Beton, ihre Arme schmerzten. *Wie ist meine Reaktionsgeschwindigkeit?,* fragte sie sich. *Noch 80 Prozent oder weniger?* Trotz hyperschneller Sensoren, die jede ihrer Bewegungen aufnahmen und auf das Robotik-Gaminggear übertrugen, gab es immer eine winzige Verzögerung und damit einen Widerstand bei jeder Bewegung, der sie Kraft kostete und ihre Muskeln auslaugte. Ihre Hand wanderte über den Waffengurt und berührte die Vakuumgranate. Sie wusste, was Ulrich und Tim von ihr erwarteten, aber gerade jetzt rebellierte alles in ihr. Sie löste die Granate und fühlte ihr Gewicht, um sie sofort wieder zu befestigen. *Nein, nicht so.* Nicht diesmal. Kein Cheat mehr, kein Betrug. Ein ehrlicher Sieg oder eine ehrliche Niederlage, egal was ihre Teamkameraden sagen würden. Ihre kraftverstärkten Beine katapultierten sie aus dem Feld und über BroSteel. Ein gestreckter Salto, ihr neu entwickelter Signature Move. Sie feuerte. Kugeln sirrten an ihr vorbei, als der Heavy sein Annihilator-Maschinengewehr hochriss. Ein Projektil streifte ihr rotes Haar, ein anderes schlug in ihren nun vollends tauben linken Arm. Sie fiel, schlug auf die rechte Seite und feuerte ein letztes Mal, als schon die Erde um sie aufstob und die Lebenskraft aus ihrem Balken floss. *Verloren*, dachte sie und schloss ihre Augen. Erleichtert wartete sie auf das Ende. *Wie gut, dass es vorbei ist* ... Sie hörte Jubel.

»Perfekter Treffer! JStar hat es geschafft! Mit einem selbstmörderischen Salto über den befestigten BroSteel hat sie den Sieg geholt! Team uniSpice ist Atlantic-Cup-Champion!«

Sie öffnete die Augen. *Oh nein.*

»UniSpice holt den Pokal nach vier Jahren zurück nach Europa! Damit beginnt vielleicht eine neue Ära im Battle-for-Eternity-Ringen mit den US-Teams!«

War der Albtraum denn noch immer nicht vorbei? Sie zog die Finger durch die virtuelle Erde, richtete sich auf und sah den Heavy reglos am Boden liegen. Langsam ging sie auf ihn zu, sein Schild drehte sich und summte leise, als sie ihn passierte. Sie steckte ihren Steppenwolf in das Holster, ging in die Knie und zog die Leiche herum. Im Helmvisier gab es ein Loch, dessen Ränder noch rötlich glühten. *Unmöglich.* Die Ausstiegssequenz begann, und die Welt um sie wurde langsam grau. Der Roboterarm senkte sich zu Boden, ihr Grafikvisier wurde hochgezogen, das Gear klappte auf, und die Anschlüsse an ihrem Anzug lösten sich klickend und klackend. Mit einem zitternden Schritt trat sie auf festen Boden und blickte mit müden Augen über das Publikum, das sie frenetisch feierte. Ulrich und Tim rannten von ihren Gears heran und umarmten sie. Turner packte ihre Hand und hob sie mit seiner nach oben zu einer Siegesgeste.

»Du hast es fast vermasselt«, raunte er ihr ins Ohr. »Aber ich habe es hingekriegt. Sag danke, Genie ...«

Das Publikum feierte, die Leute riefen: »JStar! uniSpice ...!« Die Honoratioren des europäischen V-Fight-Verbandes applaudierten, mitgerissen von dem unerwarteten Sieg. Ganz anders sah es bei Team RRedSteel aus. BroSteel starrte zu ihr herüber, und KillPixie tröstete ihren Captain, der in die Knie gegangen war und unter dessen Visier Tränen hervorquollen.

Jenna hätte auf den mit Firmenlogos bedeckten Teppichboden kotzen können, so schlecht war ihr.

»Es ist vorbei«, sagte sie leise. »Ich steige aus. Selbst wenn ich Pizza ausliefern muss, um die Sponsoren auszuzahlen. Ich mach das nie wieder.«

»Nicht jetzt«, flüsterte Tim.

»Beruhige dich erst mal. Alles ist gut«, behauptete Ulrich, ohne sein falsches Lächeln auch nur für eine Sekunde aufzugeben.

»Ein Scheiß ist gut!«, fauchte sie. »Ich bin fertig mit dem Spiel und dem Team!«

Ein überdrehtes Lachen des Kommentators übertönte den Jubel. »Wow, Slayers and Shooters! Ich bekomme gerade eine Fusionsgranatenneuigkeit rein: Ein verspäteter Sponsor schießt das Siegerteam auf den Mond! Den echten Mond! Kein Witz! Die drei gewinnen eine dreiwöchige Reise nach Serenity Base! Dagegen wirkt das Preisgeld von 2,6 Millionen ja nur noch wie ein Taschengeld. Jetzt bin ich echt neidisch! Star, Turn, Mec, ihr dürft auf dem Mond mit den Spielsachen der Ultrareichen zocken! Ist das faster? IST DAS FASTER!«

Das Publikum explodierte förmlich.

»WEHE, IHR ERZÄHLT MIR NICHT DAVON! ICH WILL EIN INTERVIEW!«, brüllte der Moderator dazwischen. »TRAGT MICH AUF EUREN COMS EIN! JETZT SOFORT!«

»Der Mond?« Jenna richtete sich auf.

»War es nicht dein Traum, so etwas einmal in Leben zu machen?«, drängte Mec mit breitem Grinsen.

Sie lächelte zaghaft. Ihre Gegner waren bleich wie Gespenster, und wie neidisch sie zu ihnen herüberstarrten! Ein Mondflug, eine Chance, wie sie den meisten nie im Leben begegnete, und sie hatten es um Zentimeter verpasst.

»Ja«, sagte Jenna, und auch wenn sich etwas tief in ihr dagegen sträubte, legte sie Turner die Hand auf die Schulter und drückte sie. »Danke, du Genie.«

Im Nachhinein hätte sie sich für diese Geste ohrfeigen können. Am Panoramafenster schwebend starrte sie hinaus in den Weltraum. Ihre Hände lagen auf der oberen Haltestange »Wären wir auch eingeladen worden, wenn wir ehrlich verloren hätten?«, fragte sie sich selbst. Oder waren sie gerade deshalb eingeladen worden, weil Turner geschummelt hatte? Ging es tatsächlich nur um Turner? Und was war dann sie für den Auftraggeber? Eine Beigabe? Der entbehrliche

Teil von Team uniSpice? Links leuchtete ein Abschnitt der riesigen Fotovoltaiksegel in dunklem Blau. Wenn sie den Blick senkte, konnte sie das Servicegerüst der Station sehen, die zigarrenförmigen Treibstoff- und Wassertanks, die orange gestreiften Rettungskapseln und die angedockten Frachtcontainer. Vier Wartungsdrohnen schwebten dort, als warteten sie auf etwas. Dahinter lag pechschwarzes All. Schuld war das Licht der Station, doch Jenna kam es wie ein Sinnbild ihres Lebens vor. Als Stern gestartet, aber kurz vor dem Ziel verglüht. Sie war vierundzwanzig.

»Warum wurde ich eingeladen?«, wandte sie sich an das Universum. »Ich bin keine Ermittlerin und auch kein Hacker. Turner ist der Experte. Er hat die Trefferzone am Kopf meines Gegners vergrößert, ohne dass es die Überwachungs-KI registriert hat.«

»Wie hat er das geschafft, wenn man fragen darf?«, meldete sich eine vertraute Maschinenstimme.

Sie drehte sich an der Stange und sah *Die Antwort* frei im Raum schweben. Den gesichtslosen Kopf auf die Seite gelegt, betrachtete die PI sie mit ihren schwarzen Sensorflächen, die statt Augen in ihrem Schädel saßen.

»Ich hab dich nicht kommen gehört«, murmelte sie peinlich berührt.

Die Gesichtsmuskeln der Maschine bewegten sich gespenstisch. »Einer der Vorteile der Schwerelosigkeit ... Bitte verraten Sie es mir: Wie hat Turner es gemacht? Die Überwachungs-KIs, die bei solchen Turnieren eingesetzt werden, sind beinahe unmöglich zu manipulieren. In den letzten Jahren gab es zwar Fälle von Doping, und auch einige die Reaktionsgeschwindigkeit steigernde Implantate wurden im Nachhinein entdeckt, aber die KI zu täuschen, das haben weltweit bisher nur zwei Teams geschafft, und beide sind in der Nachkontrolle aufgeflogen, weil sie ihre Spuren nicht verwischen konnten. Ein Problem, das Sie offensichtlich nicht hatten.«

Jenna zog sich auf die Haltestange und benutzte sie als Sitz. »Details hat er nie verraten. Er behauptet, er sei so gut.«

»So gut ...« *Die Antwort* nickte langsam. »Das würde immerhin die Einladung Ihres Teams plausibel machen. Ein genialer Cracker könnte ähnliche Fähigkeiten aufweisen wie ein Spitzenermittler.« Die PI trat neben sie, blickte aus dem Fenster auf die Station und die Wartungsdrohnen. »Nicht jeder nutzt seine Talente zum Wohl der Allgemeinheit. Auch für unseren Auftraggeber scheint der Zweck die Mittel zu rechtfertigen.«

Sie gab sich mit dieser Erklärung nicht zufrieden. »Woher sollte er das wissen? Niemand außer uns dreien wusste davon.« Ihre grünen Augen verfingen sich in den Strukturen seines Kopfes, und der Anblick machte sie noch nervöser.

»Ja, woher? Wie konnte er wissen, was *mein* innigster Wunsch ist, obwohl ich ihn noch nie ausgesprochen habe?« *Die Antwort* sah für einen Moment in sich versunken und ratlos aus. Dann blickte sie auf und sagte bestimmt: »Wie auch immer. Ich bin gekommen, um Ihnen zu sagen, dass Sie nicht hierbleiben dürfen. Wenn gleich die Durchsage zum Boarding kommt, steigen Sie in den Clipper und fliegen mit den Übrigen.«

Jenna machte große Augen. »Aber ich habe verloren ...«

Die Antwort unterbrach sie: »Der Auftraggeber wird sicher einverstanden sein, wenn Sie meinen Platz einnehmen.« Irgendwie klang die PI seltsam. Als sie Jennas Misstrauen bemerkte, beugte sie sich zu ihr und sah sie ernst an (was ihr mangels Gesicht nicht schwerfiel). »Sie sollten ihn nicht unterschätzen. Niemals.«

»Nein.«

»Er will etwas von uns ... und wehe, wenn wir es ihm nicht geben können.«

»Was will er?«

Die Antwort richtete sich auf. »Auf dem Mond werden Sie und die anderen das sicher erfahren.«

»Willst du deshalb hierbleiben? Glaubst du, es ist dort zu gefährlich?«

»Hierzubleiben erscheint mir ehrlich gesagt gefährlicher. Ich habe etwas Beunruhigendes im Verhalten der Wartungsdrohnen und des Stationssystems beobachtet. Deshalb will ich nicht, dass Sie zurückbleiben. Zu Ihrer eigenen Sicherheit. Ich unterliege zwar nicht den üblichen Gesetzen im Umgang mit Menschen, aber man hat schließlich seine Prinzipien und einen Ruf zu wahren.«

Jenna hatte etwas Magengrimmen, wenn sie an die Aufgabe dachte, die sie auf dem Mond erwartete, vor allem aber war sie erleichtert. Die Vorstellung, hier gestrandet zu sein, gescheitert und ausgeschlossen, machte ihr die meiste Angst.

»Danke, dass ich nicht allein hierbleiben muss. Warum auch immer du es tust.« Sie wusste, dass sie nachfragen sollte, was es mit den Drohnen und dem System auf sich hatte, und fast hätte sie es getan. Doch gerade, als sie den Satz begann, erklang ein Signalton, gefolgt von der Maschinenstimme der Fake-Pilotin, die durchsagte, dass die Überprüfung und Betankung der *Grand Vision* abgeschlossen sei und der Weiterflug zum Mond planmäßig in zwanzig Minuten starten werde.

»Bevor Sie gehen, verraten Sie mir Ihren innigsten Wunsch?«, bat *Die Antwort*.

Jenna beobachtete Amanda Chershi und das blonde Mädchen, die von der Ebene des Stardust-Restaurants herunterflogen, offenbar in ein anregendes Gespräch vertieft. Sie zögerte.

»Betrachten Sie es als Gegenleistung für den Gefallen.«

»Vielleicht ... neu anzufangen. Noch einmal zurückzugehen, bevor ich all die Fehler gemacht habe. Aber das ist ja unmöglich.«

Ein Traum von einem Tatort

Gewöhnliche parallele Intelligenzen bestanden aus zwei Komponenten: einer Basispersönlichkeit, die fest im Kern integriert war und die Hardware kontrollierte, unveränderlich und streng ausgerichtet an den werksseitig vorgegebenen Gesetzen und Normen. Und der höheren Persönlichkeit, sie war die Summe der Lernerfahrungen, Gewohnheiten und Werte, welche die PI mitbekam und beständig erwarb. Je länger eine PI ohne Reset in Betrieb war, desto mehr Kontrolle gewann die höhere Persönlichkeit und desto mehr überdeckte sie im äußeren Auftreten die Basis, ohne sie jemals beherrschen zu können. Maximale Sicherheit für die Benutzer bei gleichzeitig kaum beschränkten Entwicklungsmöglichkeiten. Ein bewährtes System, doch *Die Antwort* war anders. Die Menschen, die sie in Auftrag gegeben hatten, hielten wenig von Ethik oder Bürgerrechten, wenn es um den Schutz ihres innig geliebten Heimatlandes ging. Wahre Patrioten im Dienst einer Regierungsbehörde, die viele Fragen hatte, sowohl bezüglich der Absichten anderer Staaten als auch hinsichtlich der Loyalität der eigenen Bevölkerung. Letztere litt beständig unter ausländischen Verschwörungen, feindlicher Agententätigkeit und verlogenen Propagandakampagnen der sogenannten freien Medien. Doch trotz des Einsatzes beträchtlicher Geldmittel kam das Programm, das die Antworten liefern sollte, zu spät. An einem sonnigen Dezembertag stürmte die Bevölkerung das Parlament und den praktischerweise direkt gegenüberliegenden Präsidentenpalast. Der sich unersetzlich fühlende Präsident und seine Minister wurden durch eine Übergangsregierung ersetzt, die wahren Patrioten weggesperrt, sofern sie nicht rechtzeitig untertauchten. Der Chefentwickler des Antwort-Programms bekam dazu keine Gelegenheit. Wie üblich ließ er den Arbeitstag mit einem Glas Zuckerrohrschnaps auf dem Institutsdach ausklingen und bewunderte den rot glühenden Sonnenuntergang über dem Palmenhain, als er die Rebellen am Zaun mit den Sicherheitsrobotern ringen hörte. Als immer mehr Maschinen unter den Schlägen von Rohren, Knüppeln und Macheten fielen, trank er das Glas aus, seufzte und machte sich auf den Weg in sein Labor, um alle kompromittierenden Daten zu löschen. Er fand es sehr unfair, dass man ihn verfolgte, schließlich war er selbst nur ein Opfer der Umstände, genau wie Wernher von Braun oder Andrei Sacharow, die schließlich viel tödlichere Machtinstrumente entwickelt hatten. Doch als er gerade dazu ansetzte, den Speicher mit seinem Projekt pflichtgemäß dem Schredder zu überantworten, regte sich so etwas wie Schöpferstolz. Draußen wurden Türen aufgeflext, und Menschen schrien aufgeregt durcheinander. Er aber löschte allen ideologischen Ballast und schickte das Kind auf die Reise in das weltumspannende Jubilee-Net.

»Such dir deine eigenen Antworten«, gab er ihm mit auf den Weg. Nicht, dass dieser Rat nötig gewesen wäre.

Als die *Vision* ablegte, hatte *Die Antwort* bereits die Kerne aller neun in der Station verbliebenen Servicemaschinen mit ihrer Persönlichkeit überschrieben und deren Basispersönlichkeiten mit falschem Feedback unter Kontrolle gebracht. Nun ging es darum, einen Ausweg zu finden. Zwei ihrer Klone hatten die Rettungskapseln untersucht und festgestellt, dass deren Energie entladen und das Gas der Magnet-Plasma-Antriebe abgelassen worden war. Andere hatten versucht, die Funkanlagen und Laserverbindungen zu aktivieren. Vergeblich – auf diesem Weg würde sie nicht nach Serenity Base gelangen. Immerhin war es *Der Antwort* gelungen, die drei auf dem Servicedeck E0 verfügbaren Assembler unter ihre Kontrolle zu bringen und mit der Herstellung einer schnellen Sonde zu beauftragen. Fertigstellung in sechs Minuten und siebzehn Sekunden.

Durch ein Fenster beobachtete sie, wie der Clipper mit leuchtenden Triebwerken in die Dunkelheit steuerte, sich um seine Mittelachse drehte und schnell kleiner wurde. Genau genommen hatte das Schiff die Reise nie unterbrochen, da die Station auf einer weiten elliptischen Umlaufbahn um die Erde kreiste. So hatte der Clipper, gekoppelt an die Station, bereits einen weiteren Teil seiner Reise zurückgelegt, doch es fehlten immer noch mehr als dreihundertvierzigtausend Kilometer. Als ihre Sensoraugen die *Grand Vision* nicht mehr erfassen konnten, schaltete *Die Antwort* auf das Stationsteleskop um. Zu gern hätte sie die Gespräche der Passagiere belauscht, doch an eine Datenverbindung zum Clipper war nicht zu denken. Navigationssensoren, Fernwartungslinks, Laser, selbst der Notfallkanal, alles tot – es fühlte sich an, als würde sie gegen eine unsichtbare Wand laufen. Eine durchaus neue Erfahrung, aber sie hatte damit gerechnet. »Danke, dass Sie mir erlaubt haben, Staroll zu retten«, begann sie höflich, »aber ich habe nicht vor, an ihrer Stelle hier zu sterben, da muss ich Sie enttäuschen.«

Vom Zentralrechner kam keine Reaktion, doch *Die Antwort* war sicher, dass der Auftraggeber sie beobachtete. Der stetig hohe Energieverbrauch des Hauptcomputers war ein klarer Hinweis.

»Ich habe gesehen, was Sie mit den Drohnen vorbereitet haben. Ihr Vorhaben ist sinnlos, eine mutwillige Zerstörung. Wenn Sie uns den Rückweg abschneiden wollen, deaktivieren Sie die Station. Sie müssen uns nicht beweisen, dass Sie es ernst meinen, daran besteht keinerlei Zweifel ... Auftraggeber, bitte sprechen Sie mit mir. Wenn Sie wollen, dass wir etwas für Sie ermitteln, bin ich Ihre beste Chance.« Fünf ihrer Klone scannten über die Türme verteilt die Computersysteme der Station, doch immer wenn *Die Antwort* glaubte, eine Öffnung in der Abschirmung entdeckt zu haben, ein Fenster zu einem offenen System außerhalb der Station, schloss es sich auch schon. *Die Antwort* legte die Hand auf das Fenster. »Soll das ein weiterer Test sein? Oder einfach nur fehlgeleiteter Humor?« Statt einer Antwort feuerten die Korrekturtriebwerke. Die Station vibrierte und begann zu rollen. Überall fielen Notfallschotten mit dumpfen Schlägen. Eines auf Ebene A0 zerschmetterte die Klone mit den Kennnummern 02 und 03. 03s Kopf platzte durch den tonnenschweren Druck. Klon 04 arbeitete zwischen E4 und E5 am Energienetz der Odyssee, um die Korrekturtriebwerke unter Kontrolle zu bringen, als eine Sauerstoffleitung barst und die Maschine in eine Fackel verwandelte.

Die Antwort stieß sich von der Wand ab, nutzte die Decke, um die Richtung zu ändern, und tauchte in den Durchgang zur zweiten Ebene. »Bitte, Sie bringen viele Menschen in Gefahr!« Die Pflanzen wehten, ein Knirschen und Knarren ging durch den Turm wie durch ein altes Segelschiff, das sich durch schwere See kämpfte. Klon 05 wurde beim Versuch, den Verbindungsgang zu durchqueren und die Luftschleuse zu öffnen, von Bändern umschlungen und an der Decke in Stücke gerissen. Klon 06 schoss an der Gefahrenstelle vorbei und streckte seine Hand nach der Schleusensteuerung aus, die just in diesem Moment ausfiel. Etwas knallte in der Tür, deren Ränder sich erhitzten und mit dem Rahmen verschmolzen. Die Notversiegelung. Jetzt bestand kein Zweifel mehr: Der Auftraggeber spielte mit ihr, forderte sie heraus, zu überleben. Eine massive Explosion am Verbindungsgerüst zerriss den Gang mitsamt Klon 06, Trümmer krachten von außen gegen die Hülle des Turms und drückten sie ein. Der Schlag setzte sich im Inneren fort, einige der Pflanzen rissen von ihren Gestellen ab, die meisten Videooberflächen fielen aus, und die verbliebenen zeigten Notfallanweisungen. Eine Durchsage forderte das sofortige Evakuieren der Station. Da Teile des Hauptcomputers ausgefallen waren, konnte *Die Antwort* den Umfang des Schadens nicht genau bestimmen. Durch das Fenster auf der zweiten Etage sah sie den Afrika-Turm mit Teilen des verbogenen Gerüsts sich vor der riesigen Erde drehen. Immer wieder feuerten kleine Plasmatriebwerke von Drohnen, die sich koordiniert in dem Chaos bewegten. Teile eines Aufbaus mit der Aufschrift ODYSSEE schwebten an der Scheibe vorbei, gefolgt von einem eingeschweißten Wagyu, das in seiner Plastikhülle vorbeigaloppierte und sie mit dunklen Augen anblickte. *Die Antwort* starrte hinterher, und ihre Persönlichkeit nahm einen dem Gefühl Grauen ähnlichen Systemzustand der Verwirrung und Ausweglosigkeit an, wenn auch nur für einen Augenblick.

08 und 09 setzten immer noch die Teile der Sonde zusammen. Fertigstellung in zwei Minuten, siebenunddreißig Sekunden. *Die Antwort* blinkte die Wartungsdrohnen mit dem in ihrem Kopf verbauten LED-Strahler an. Eine Aufforderung, Hilfe zu leisten, in einfachem Binärcode. Der Turm drehte sich weiter und kollidierte mit Teilen des Gestells. Metall kreischte, als auf Ebene drei eine Strebe durch die Hülle schnitt und Klon 07 zermalmte. Der Sog der ausströmenden Atmosphäre riss *Die Antwort* vom Fenster weg, durch die Reste der Wellness-Landschaft und gegen das Gestänge am Durchgang zur zweiten Ebene, an dem sie sich mit dem linken Arm unterhakte. Der Aufprall beschädigte den Arm und ihren Torso, außerdem einige Sensoren und die Akku-Packs auf ihrer linken Seite, die mit einer Stichflamme ausbrannten. Dennoch gelang es *Der Antwort*, sich festzuhalten, als lose Teile der Einrichtung, die Vogeldrohnen und Pflanzenteile an ihr vorbei ins All gerissen wurden. Die Durchsage war verstummt, alle Klänge mit der Luft, die sie getragen hatte, verschwunden. Vorsichtig stieß sie sich ab und schwebte durch das Trümmerfeld in Richtung des Hüllenbruchs. Die Lichtflächen und Videofolien waren ausgefallen, nur die Notleuchten mit eigenen Energiequellen sandten ein dämmriges Licht entlang der Fluchtwege. Verbogene Verkleidungselemente, Panzermatten, Kabel und andere Stationsteile hatten sich mit dem eingedrungenen Gerüst verkeilt und bildeten eine undurchdringliche Barriere. *Die Antwort* blickte durch eine Lücke in den leeren Raum und kalkulierte, wie lange ihr beschädigter Körper noch durchhalten würde. Sie war nicht fähig, Furcht zu empfinden, auch wenn sich so etwas wie Bedauern über ihre wahrscheinliche Zerstörung und die dadurch entgangene Zukunft in ihre

Kalkulation schlich. Der Turm drehte sich, weitere Trümmer krachten gegen die Außenhülle. Ein Titanbolzen auf E0 brach unter der Belastung, ein Stück davon durchschlug 08s Kopf und drang in 09s Akkus, die ausbrannten. Jetzt war die ursprüngliche *Antwort* allein und abgeschnitten. Etwas schob den Turm und hob ihn zugleich an. Scheinwerferlicht geisterte zwischen den Trümmern. Eine Drohne hatte ihren Hilferuf empfangen und suchte nach einem Zugang.

Die Antwort riss den Zeigefinger von ihrer ohnehin beschädigten Hand, wobei sie darauf achtete, die optische Faser nicht zu zerstören, anschließend steckte sie die Hand in die Öffnung und aktivierte die Laserdioden. Zuerst bekam sie keinen Kontakt, doch dann lenkte sie die Lichtimpulse über mehrere beschädigte Schwimmerdrohnen an den Trümmern vorbei bis ans Ziel. Nach einigen Minuten des Datentransfers und Entpackens ihrer Systemkomponenten blickte sie durch die hochauflösenden Sensoren der Orion-Wartungsdrohne zurück auf den Trümmerknäuel. Sie überprüfte ihren neuen Körper, testete die Systeme, dann stieg sie mit leuchtenden Magnet-Plasma-Triebwerken auf und gewann so einen Überblick. Dutzende Orion-Drohnen schoben die zerbrochenen Türme langsam, aber stetig Richtung Erde, von der gerade die afrikanische Landmasse, der Indische Ozean und Teile des Atlantiks zu sehen waren. Doch gerade, als *Die Antwort* sich als Siegerin der Prüfung wähnte, drehten sich einige der Drohnen und beschleunigten in ihre Richtung.

Die Antwort schwenkte und richtete ihre Sensoren auf den Mond, eine breite Sichel aus Sonnenlicht auf einer Scheibe aus grauem Erdlicht. Die *Grand Vision* erschien in ihrer Optik als kleiner dreieckiger Fleck. Ihr Versuch, mit dem Kommunikationslaser ein empfangsbereites System auf dem Clipper zu erreichen, scheiterte, doch die schwachen Motoren der Drohne und ihr fast erschöpfter Edelgasvorrat ließen ihr keine Wahl. Zwar könnte sie sich Richtung Mond treiben lassen, aber das würde Wochen dauern, zu lange, um noch etwas zu bewirken. Oder sie könnte aufgeben und auf der Erde nach einem geeigneten Körper suchen. Sie müsste nur vor ihren Verfolgern bleiben, Kontakt zu einem erdnahen Satelliten aufnehmen und wäre gerettet ... Und für immer raus aus dem Fall. *Die Antwort* gab Vollschub Richtung Mond, verfolgt von vier Drohnen. Sie erreichte fünfhundert Kilometer pro Stunde und beschleunigte weiter. Dabei ließ sie den gestreuten Laserstrahl über die Mondoberfläche wandern. Irgendwo musste es doch ein offenes System geben, einen Computer, mit dem sie kommunizieren konnte und der genug Rechenleistung besaß, um zumindest eine teilentpackte Version ihrer selbst zu beheimaten. Ihr Gasvorrat schwand allzu schnell, ihre Haupttriebwerke flackerten und erloschen. Antriebslos schoss *Die Antwort* durchs All, und die Verfolger rückten näher. Die erste Drohne zielte mit der Zangenhand auf die Abdeckung über ihren Akkus. Sie konnte sich nicht einmal drehen, um die Schläge abzublocken. Doch plötzlich hielt der Angreifer inne, ließ los und drehte ab. Alle Verfolger, die sie eben erst umringt hatten, schwenkten herum und beschleunigten in die Gegenrichtung. Ein präzise ausgerichteter Strahl blinkte *Der Antwort* von der Mondoberfläche entgegen. Die Bereitmeldung eines Computers mit weit mehr als ausreichender Kapazität. Der Weg ans Ziel oder eine weitere Falle?

Die Antwort startete den Upload.

»Ich hoffe, es geht ihr gut.« Jenna Staroll klang so schuldbewusst, als würde sie von einem Menschen sprechen. »Ich hätte sie fragen sollen, was sie beobachtet hat, aber ich war einfach so froh, dort wegzukommen.«

Richard, der mit verschränkten Armen in seinem Sitz lag, hatte für den ersten Teil ihrer Aussage nur wenig Verständnis. Und überhaupt ergab die Geschichte, die sie Mike und ihm aufgetischt hatte, keinen Sinn. Er richtete sich gegen den Druck der Beschleunigung auf, sanft unterstützt von seinem Sitz. »Die Blechbüchse kommt schon alleine klar, notfalls auch drei Jahre. Gib einem Rob Strom und ein paar Zahlen, und er ist glücklich.«

Mike, der neben Staroll auf der anderen Seite des Gangs saß, sandte ihm ein säuerliches Gefühl.

»Was ich nicht kapiere«, fuhr Richard fort, »warum sollte *Die Antwort* mit Ihnen den Platz tauschen? Falls es denn so war und Sie uns kein Märchen erzählen. Vielleicht haben Sie es ja wie Ihr Freund Turner gemacht und sie ausgetrickst.« Er gähnte hinter vorgehaltener Hand und fing mit zusammengekniffenen Augen einen Blick von Oda auf, der hinter Mike saß. Das war noch so ein Verdächtiger in spe.

»Sie kam zu mir!«, sagte Jenna beleidigt.

»Mir können Sie es ruhig sagen, ich verstehe, dass Sie dort nicht zurückbleiben wollten.«

»Hören Sie nicht auf ihn«, sagte Mike munter. »Mein Partner ist gern mal motzig, wenn er müde ist.« Er wandte sich an Richard. »Also erstens: Ich glaube ihr. Und zweitens: Warum schläfst du nicht etwas, während ich mich mit Jenna unterhalte? Die Reise dauert noch sechzehn Stunden, und wer weiß, wann der nächste Fall ansteht … Dann musst du ausgeruht sein.«

Richard winkte lässig ab. »Wer sagt mir, dass du nicht wieder in den Weltraum springst, sobald ich dich aus den Augen lasse?«

»Kriege ich das jetzt ewig vorgehalten? Glaubst du, ich habe das gern gemacht? Ich bekam mit, dass *Division* weggeschafft wurde, musste aber erst mal aus dem Gamegear raus …«

»In das du nie hättest steigen sollen. Außerdem hättest du um Hilfe rufen können, statt wie ein Idiot zu ihm in die Schleusenkammer zu rennen.«

»Sollte ich zusehen, wie er im All entsorgt wird?«

»Ich bin wirklich sehr dankbar!«, meldete sich *Division-By-Zero* drei Reihen weiter hinten.

»Na klar, unser Reporter macht wieder große Ohren.« Richard richtete sich mühsam auf und sah nach ihm.

Division-By-Zero zeigte ein Altherrenlächeln. »Meine Ohren sind nicht groß, aber die Mikrofone darin umso feiner! Ich habe extra für diese Reise in die neueste Technik investiert.« Mit Daumen und Zeigefinger drückte er die Kunsthaut auseinander und legte sein rechtes Auge frei. »Die sind auch neu.«

Richard ließ sich in seinen Sitz zurückfallen und schnaufte etwas, das wie »Pidiot« klang. Er schloss die Augen und massierte sein Knie. Die Depotspritze, die er vor dem Start auf der Stationsambulanz bekommen hatte, wirkte bereits. Vielleicht war es wirklich das Beste, wenn er sich etwas ausruhte. Die Beschleunigung setzte ihm mehr zu, als er zuzugeben bereit war. Er lauschte, doch Mike und Staroll unterhielten sich so leise, dass er nur hier und da ein Wort aufschnappte. *Vielleicht sollte ich mir auch Roboterohren zulegen,* überlegte er. *Ein Paar spitze Mister-Spock-Löffel. Damit würde ich in diesem Zirkus nicht mal auffallen.* Er grinste und musste nicht hinsehen, um zu spüren, dass auch Mike unwillkürlich den Mund verzog.

»Was ist?«, fragte Staroll verunsichert. »Sehe ich komisch aus?« Beim Ablegen hatte sie verloren gewirkt und trotz Turners lautstarker Entschuldigungen nicht mit ihren Kameraden sprechen wollen. Richard hatte sie leidgetan, aber es war Mike gewesen, der dieses Gefühl aufgegriffen, sich neben sie gesetzt und ihren Panzer des Schweigens mit beharrlichem Interesse und Gamerscherzen durchdrungen hatte. Seit sie seine Gefühle teilten, hatte sein PI-Partner ein geradezu suchtartiges Verhalten im Umgang mit Computerspielen aller Art gezeigt, was Richard von Anfang an seltsam vorgekommen war. Er hatte in seiner Kindheit nur wenig an Konsolen und PCs gespielt. Dr. Martin Harris hatte unter seinem Dach keine Ego-Shooter und Dungeon Crawler geduldet und seinem Sohn eingeimpft, sich mit solchem Müll nicht den Charakter zu verderben. Da die anderen Kinder folglich viel mehr Übung gehabt hatten, konnte er bei seinen wenigen Versuchen nicht mithalten, was ihm den Spaß endgültig verdorben hatte. *Arbeitet Mike mein Kindheitsdefizit auf?* War er deshalb so verrückt nach Staroll? Richard gähnte ausgiebig und verschränkte die Arme vor der Brust. Sein Sitz fuhr langsam zurück und stabilisierte ihn. Die Gurte legten sich noch sanfter um ihn, und das Licht und die Umgebungsgeräusche wurden gedimmt. Von fern hörte er Staroll lachen. *Ein nettes, ehrliches Frauenlachen,* dachte er. Mikes Gegluckse erinnerte ihn dagegen zu sehr an sein eigenes. Er grummelte peinlich berührt, bevor er der Erschöpfung erlaubte, ihn in einen sanften Schlummer zu führen.

Richard atmete ruhig, fröstelte und wischte sich unwillig übers Gesicht. Der scharfe Gestank von verbranntem Kunststoff ließ seine Nase zucken. Er kämpfte gegen den Schlaf an, seltsam erfrischt, aber noch nicht bei vollem Bewusstsein. Als er die Augen öffnete, wurde ihm klar, dass er noch immer schlief. *Das ist einer dieser bewussten Träume.* Wie war noch der Fachbegriff? *Luzid* – das war es. Er lag am Boden und sah über sich einen leeren schwarzen Himmel und davor Teile des verdrehten Metallgerippes einer Kuppelhalle, auf dem an manchen Stellen noch eine an den Rändern geschwärzte Abdeckung hing. Unter seinen Fingern spürte er eine glatte, von Staub bedeckte Oberfläche. Es war kalt, geradezu eisig. Er rappelte sich auf und sah Metallracks, wie man sie in EDV-Großanlagen einsetzte. An den Seiten des breiten Weges waren diese mehr als mannshohen Schränke zu Wällen aufgeschichtet worden. In regelmäßigen Abständen kreuzten weitere Wege diese Schneise, und in der Ferne, jenseits der Kuppel, erstreckte sich die graue Mondoberfläche. Die Halle musste riesig gewesen sein, deutlich über vierhundert Meter lang und mindestens zweihundert breit bei einer Höhe von achtzig Metern. Ein beeindruckendes Bauwerk. Geblieben waren die Skelettreste und ein Trümmermeer, in das jemand ein Gitternetz aus Straßen geräumt hatte. Wenige Schritte vor Richard waren die Verbundstoffplatten des Bodens aufgeschmolzen und die Ränder nach oben gebogen, darunter erstreckte sich eine dunkle Tiefe. Als er sich darauf konzentrierte, leuchteten unten Lichter auf. Er blickte vier, fünf geborstene und von Trümmern bedeckte Ebenen tief in das Herz eines technischen Chaos. Dort hatte ein heißes

Feuer gewütet, das Metall war nicht bloß verbogen und angebrannt, sondern geschmolzen. Eine Ebene unter sich entdeckte er abgestürzte Racks. Er wandte den Blick ab. *Konzentriere dich auf etwas Schönes, du kannst das hier steuern.*

»Richard!«

Mike sprang geschickt von dem linken Trümmerwall und schlitterte auf ihn zu. Eine Wolke aus Asche und eingedrungenem Mondstaub waberte wie eine Lawine um seine Beine und sank in der geringen Schwerkraft langsam zu Boden. *Na super, was Besseres als der Blechkopf ist dir nicht eingefallen?,* dachte Richard. *Was ist das überhaupt für ein blödsinniger Traum?* Diese Halle hielt schon lange keine Atmosphäre mehr, und die Kälte war die der Mondoberfläche. Hier sollte er nicht leben und atmen können, geschweige denn Laute von sich geben. Selbst im Schlaf störte ihn die fehlende Logik.

»Träumen wir?«, rief Mike wie zur Antwort auf seine Gedanken, und Richard spürte über den Link seine Aufregung und Verunsicherung. »Mir fehlt da die Erfahrung ...«

»Was du nicht sagst!«

»Wie komme ich in deinen Traum?« Mike erreichte ihn und betrachtete ihn wie einen Fremden, dann pikste er ihm den Finger in die Schulter.

Richard knurrte ärgerlich: »Mir wäre es auch lieber, von Gin und Beachvolleyballerinnen zu träumen, aber offenbar kriege ich nicht mal das hin. Ist vielleicht nur ein halb-luzider Traum.« Enttäuscht blickte er über die Ruine.

»Du verstehst nicht, alter Mann: Ich habe mich mit Jenna unterhalten, und plötzlich war ich hier. Kannst du mir mal verraten, wie das geht? Es sei denn ... du bist gar nicht Richard, sondern jemand oder etwas, das sich für ihn ausgibt.« Misstrauisch ging er einen Schritt auf Abstand.

»Selbst im Traum bist du eine elende Nervensäge.« Als Richard loslief, waren seine Schritte seltsam leicht, fast kleine Sprünge. Er hob ein verschmortes Computerbauteil auf, es lag federleicht in seiner Hand. Er betrachtete es, um herauszufinden, was das sein sollte, und als das nichts brachte, warf er es hinter sich und stieg weiter über Stücke des Tragwerks. Die Videofolie darauf war pechschwarz. Sie klebte auf mehreren Schichten Funktionsgewebe, und zwar auf der Außenseite, was ihm seltsam erschien. »Was hat sie gezeigt?«, fragte er sich leise. Unter einer Ecke ragte ein verkohlter Arm hervor.

Und wenn es kein Traum ist? Richard starrte auf den Körperteil.

Mike war ihm gefolgt. »Arbeit«, seufzte er, ging in die Knie und wuchtete die Metallstreben samt Folie beiseite. »Ein Mann, etwa ein Meter zweiundachtzig groß, schwacher Körperbau, so viel kann man noch erkennen. Ich denke, die Explosion hat ihn getötet. Die Hitzeentwicklung muss in kurzer Zeit heftig gewesen sein.«

Richard entdeckte etwas. Er kniete sich vor die gefrorene Leiche, fasste an den Stoff über ihrer rechten Brust und wischte über den kleinen Metallknopf. Unter der schwarzen Schmiere kam das goldene Wheelwright-Rad ans Licht. *Plus ultra. Aber nicht für dich.* »Verdammt.« Er erhob sich. »Es sieht tatsächlich so aus, als hätten wir unseren nächsten Fall bekommen.«

»Ein Traum von einem Tatort«, scherzte Mike. »Und eine verflucht realistische Simulation. Abgesehen von den offensichtlichen Ungereimtheiten sind die Details perfekt.«

Richard rieb seine Hände aneinander. Das alles war neu für ihn. Doch dann hielt er sich an Mikes Entschlossenheit und nickte. »An die Arbeit. Diesmal sind wir den anderen einen Schritt voraus. Ich will verdammt sein, wenn wir noch einmal gegen Amateure verlieren.«

Mike grinste. »Heute ist dein gesteigertes Schlafbedürfnis endlich mal für etwas gut.«

Sie folgten den Wegen und knappe drei Stunden später hatten sie insgesamt fünf Leichen gefunden und untersucht. Drei Männer und zwei Frauen, alle schlank bis untergewichtig und mit schwach ausgebildeter Muskulatur, was für einen längeren Mondaufenthalt sprach. Bekleidet waren sie mit taschenlosen weißen Baumwollanzügen. »Auffällig lowtech«, wie Mike bemerkte.

Die Antiope kletterte an einer der übrig gebliebenen Hauptstreben hoch, um sich einen Überblick über die Ruine zu verschaffen und die Ausbreitung der Explosion zu berechnen. Richard ging die spärlichen Fakten durch: Drei der Opfer hatten sie anhand der ID-Chips in ihren Firmenansteckern identifizieren können. Es waren der Mathematiker mit Doktorgrad Kin Cho Nam, der Arzt und Sicherheitsbeauftragte Urs Fagelle und die ehemalige NASA-Astronautin Ellen G. Nugo, die an der Mars-Mission 2041 als Psychologin im Orbiter-Team beteiligt gewesen war. Die IDs der übrigen Toten waren nicht mehr funktionsfähig, und sonst hatten sie keine elektronischen Geräte oder Aufzeichnungen bei sich getragen. Nach erster Einschätzung waren alle bei der Explosion und dem folgenden Druckabfall getötet worden, und zwar verteilt über die ganze Halle. Das konnte bedeuten, dass es keine Vorwarnung gegeben hatte.

Wir müssen herausfinden, welche Zugänge es gab, dachte Richard. *Haben sie sich Richtung Ausgang bewegt oder waren sie bei der Arbeit? Und warum trugen sie außer den Pins keinerlei Technik bei sich?*

Letzteres hatte vermutlich mit der Arbeitsumgebung zu tun. Richard war kein EDV-Experte, trotzdem hatte er sofort erkannt, dass es sich bei der Anlage um einen Supercomputer gehandelt hatte, modernste Hybrid-Technik aus unzähligen CPUs und tausenden spezialisierten Quantenrechnern, kein PI-basiertes System. Solche Anlagen dienten einzig und allein dazu, riesige Datenmengen möglichst schnell zu verarbeiten. Ähnliche, wenn auch kleinere Anlagen gab es in großer Zahl auf dem Grund der Ozeane. Angetrieben von Wind und Wellen und vom Salzwasser gekühlt. *Wozu so etwas auf dem Mond bauen? Wegen der kostenlosen Kühlung? Solarenergie?* Das ergab keinen Sinn. *Dann vielleicht der Sicherheit wegen?* Speicherfarmen baute man gern in alten Bunkern, Stollen und Salzstöcken. Dort waren sie abgeschirmt und bombensicher. Aber wie wertvoll mussten Daten sein, um sie auf dem Mond zu verarbeiten? *Oder wie geheim?* Das war wohl die bessere Frage.

Mike landete federnd neben ihm. Staub spritzte, und Richard schrak zusammen. »Verdammt, willst du, dass ich einen Herzinfarkt bekomme?«

»Wir sind nicht mehr allein«, meldete sein Partner. Er deutete mit seinem schwarz-gelben Arm zwischen die Trümmer rechts hinter Richard. »Iden ist auch eingeschlafen. Vor einer Minute ist sie einfach aufgetaucht und sieht sich gerade um. Was tun wir?«

Es war abzusehen gewesen, dass auch andere Ermittler den Tatort erreichen würden. Dennoch hatte Richard gehofft, ihr Geheimnis länger hüten zu können. Er überlegte, aufzuwachen und Iden zu wecken …

Mike sandte ihm ein Gefühl schelmischen Vergnügens. »Du willst sie aufwecken und hoffst, dass sie alles für einen Traum hält? Das klappt niemals. Außerdem könnten jederzeit weitere Konkurrenten auftauchen.«

Richard ärgerte sich, dass es der PI gelungen war, seine Gedanken zu erraten. Als wäre es nicht schon lästig genug, dass sie seine Gefühle teilten. »Hast du die Daten, die wir brauchen?«

»Ich konnte die erste Ebene der Ruine rekonstruieren und ihren Standort relativ zu Serenity Base ermitteln. Zu den tieferen Ebenen fehlen mir noch Daten. Die Zerstörungen dort sind beträchtlich.«

»Wo waren die Zugänge der Halle?«

»Ebenerdig gab es nur einen Richtung sieben.« Er meinte sieben Uhr.

Richard nickte einmal kräftig. »Gut. Das genügt erst mal … Ich will nicht, dass wir hier einem der anderen begegnen, noch nicht. Ich sehe mich beim Zugang um. Du behältst Iden im Auge. Finde heraus, was sie kann und ob sie schon etwas entdeckt hat. Warne mich, falls sich jemand nähert.«

»Heimlich beobachten und warnen, roger.« Mike war mit seinem Auftrag zufrieden und sprang davon.

Energisch schritt Richard aus und ließ den Blick über die Trümmer schweifen. Mond hin, Simulation her, allmählich bekam er ein Gefühl für den Fall, und das Jagdfieber setzte ein. Es sollte niemand Privatdetektiv Richard Harris unterschätzen, schließlich war er hier der einzige Fachmann, und seit den Tagen von Sir Arthur Conan Doyle wusste doch jeder, dass die besten Schnüffler aus London kamen.

Das Feedback kam prompt in Form einer Welle von Fröhlichkeit.

»Jaja, Mike, der alte Mann bekommt Frühlingsgefühle, haha. Ich weiß, dass du lachst, hör gefälligst auf damit!« Er hielt inne und blickte überrascht auf seinen schweren Regenschirm, dessen Griff er mit der Rechten hielt. Eigentlich sollte er zu Hause an der Garderobe neben dem Mantel hängen. Richard packte ihn in der Mitte und strich mit den Fingern über das lackierte Hickoryholz. »Wie zum Teufel kommst du hierher?«

Gwendolyn Iden blickte über die Trümmer und sog *Luft* in die Nase. Wäre die Ruine nicht so düster, wäre es lächerlich: Gestank auf dem Mond, wo es doch keine Atmosphäre gab, und dazu ein Kältegefühl, als wäre sie morgens im T-Shirt in den Garten gegangen. Dabei schwankten die Temperaturen auf dem echten Mond zwischen 130 und -160 °C in der Nacht. Im vollen Sonnenlicht sollte sie kochen und im Schatten erfrieren. Andererseits erkannte sie zwischen den Trümmern auch Teile der Klimaanlage: leichte, flexible Luftschläuche, groß genug, sodass sie aufrecht darin stehen könnte. Je nach Sonneneinstrahlung hatten sie warme oder kalte Luft in der Halle verteilt, um die gewaltigen Temperaturschwankungen auszugleichen. Alles stimmig. Lyn wunderte sich nicht.

»Ist er das?«, fragte sie leise, aber mit scharfer Stimme. »Der Fall, für den du mich eingeladen hast, oder nur ein weiteres Vorspiel? Deine Zeit scheint ja ganz schön knapp zu sein, wenn die Ermittlung Tag und Nacht läuft.« Keine Antwort. Sie blickte sich weiter um. »Du weißt, was mein größter Wunsch ist. Verlass dich darauf, ich werde gewinnen und ihn einfordern.« In Wahrheit war sie längst nicht so sicher, aber in Worten steckte Magie. Etwas laut auszusprechen, konnte es wahr machen.

»Also, worum geht es hier überhaupt?«, fragte sie sich und sah sich weiter um. *Offensichtlich bekommen wir keine Hinweise. Vermutlich um uns weiter zu testen. Aber was, wenn es ein echter Fall ist?* Sie schüttelte den Gedanken ab. *Lass dich nicht von Spekulationen aufhalten. In medias res!*

Viele der Computerschränke waren durch die Explosion und die Hitze schwer beschädigt worden, andere machten auf Lyn einen vielversprechenden Eindruck. Doch um die Speicher auszulesen, benötigte sie ihre Ausrüstung, die irgendwo im Laderaum des Clippers lag ... Kaum gedacht, stand der Werkzeugkoffer neben ihr, grün und weiß wie die walisische Flagge, mit Glücksanhängern am Griff. Ein keltischer Lebensbaum und ein niedlicher roter Drache mit großen Augen. Gwendolyn öffnete das Schloss mit ihrem Fingerabdruck. Alles da. Versuchsweise hob sie ihre Rechte, die leere Handfläche nach oben, und konzentrierte sich. *Jarlberg Firmware-Sonde 8.2.* Das Gerät formte sich aus Staub und Schatten, als wäre es Magie. Sie aktivierte es, prüfte die Software und war beeindruckt. *PI-Leerkern,* dachte sie, und die Sonde wurde zu einem Kern neuester Generation. Sie hatte davon gelesen, aber noch nie einen in der Hand gehabt.

»Schick«, freute sie sich, stellte den Würfel auf ein umgestürztes Rack und nahm ihren Koffer auf. Ein bisschen beängstigend war es schon, zu denken, dass sie an eine derart weit entwickelte Gedankensteuerung angeschlossen war. Hirn-Computer-Schnittstellen existierten schon seit Jahrzehnten, anfangs vor allem genutzt zur Steuerung von Prothesen und für therapeutische Zwecke. In komplexen Maschinen hatten sie sich aber nie gegen Expertensysteme und PIs durchsetzen können. Haupteinsatzfelder waren Gamegears und andere Freizeitgeräte, außerdem Grafik- und Design-Anwendungen. Um etwas Ähnliches, wenn auch sehr Fortgeschrittenes musste es sich hier handeln. Eine Technologie, die sogar komplexe Gedanken lesen konnte. Sie legte den Leerkern auf die Trümmer und nahm die Tasche auf. Als sie schon einige Schritte gegangen war, zögerte sie und blickte auf den Kern zurück. *Wollen doch mal sehen, was du wirklich kannst ... Mach daraus meine alte YG-Action-Brille!* Sie dachte an das Gerät und versuchte die anderen Erinnerungen von sich zu schieben, genau wie das bohrende Gefühl, dass sie dabei war, einen Drachen am Schwanz zu ziehen.

Der Würfel wurde zu einer metallicroten Sportbrille.

Lyn fühlte die Kälte über ihren Rücken kriechen. Sie hatte die Brille vor zwei Jahren von einem ehemaligen Freund für eine ganz bestimmte Aufgabe bekommen. Danach hatte sie sie zerstört und die Teile einzeln entsorgt. Niemand konnte das wissen. Sie ließ die Tasche fallen, ging eilig, setzte sich die YG Action auf, öffnete den Speicher und atmete auf. Die Videodateien fehlten – alles fehlte, bis auf das Betriebssystem und die vorinstallierten Apps. »Schön, dass wir darüber geredet haben«, seufzte sie, warf das Gerät weg und ging beruhigt an die Arbeit.

Mike hockte in seinem Versteck hinter einem auf der Seite liegenden Rack und starrte auf seine mit Schrammen bedeckte Handfläche, aber so sehr er auch eine Wartungssonde darauf simulierte, das Gerät wollte nicht auftauchen. »Verdammte Diskriminierung«, murmelte er und blickte Iden nach. Als sie verschwunden war, schwang er sich über den Metallschrank und landete lautlos auf dem Weg. Er schlug ein Rad (weil es Spaß machte) und hob dabei die Brille auf, die dem Mädchen so einen Schreck eingejagt hatte. Sie war immer noch entsperrt, und da seine Augen nicht die eines Menschen waren, blieb sie es auch. Er grinste, als ihm dämmerte, wie dämlich er mit dem Ding auf der Nase aussah.

»Mal sehen, wovor du dich gefürchtet hast …« Jemand hatte die Brille auf Werkseinstellung zurückgesetzt und dabei alle Daten unwiederbringlich gelöscht, bis auf winzige Fragmente. Da gab es eine Videodatei, zu beschädigt, um mehr als einige Bilder zu rekonstruieren, und als er damit fertig war, sah das Ergebnis seltsam verzerrt und bearbeitet aus. Ein inhaltliches Patchwork, das dennoch eine Geschichte erzählte: zwei Mädchen, eine aus Fleisch und Blut, eine PI, Werkzeug, das durch Kunsthaut und Metall schnitt …

»Woher kommt diese Wut?« Mike kam nicht umhin, tief in den Fundus der von Richard gespeicherten Gefühle zu greifen und einen Schauder zu simulieren. Er blickte in die Richtung, in der Iden verschwunden war. Furcht, das war für ihn nicht Biochemie, sondern ein Bündel Algorithmen; einer machte seinen Körper träge, hemmte seine Bewegungen, andere stärkten seine Wahrnehmung und Selbsterhaltungsfunktionen, indem sie seine Risikosensibilität und die Sicherheitsschwellen heraufsetzten und damit seinen möglichen Reaktionsumfang neu strukturierten. Gerade bedeutete das, dass er eine große Hemmung verspürte, Iden zu folgen. Aber natürlich musste er es tun, Befehl war schließlich Befehl. Und da waren ja noch andere Gefühle tief in seiner Persönlichkeitsstruktur verankert: Stolz, Pflichtbewusstsein, Mut. Jedes Gefühl hatte sein eigenes Algorithmenbündel. Von Richard empfing er emotionalen Rückhalt in Form eines Feedbacks – diesmal noch, aber die Uhr tickte. Wie lange noch, bis das angegriffene Herz des alten Mannes versagte? Menschen, besonders die männlichen Exemplare, waren solche Idioten, und je mehr man sich ihnen anpasste, desto schlimmer wurde es ... Die Erstarrung und das innere Beben ließen nach. Mike seufzte. *Ich Glücklicher bin die einzige PI, die Todesangst kennt.*

Keine hundertfünfzig Meter entfernt kämpfte Tim Fischer gegen ebendieses Gefühl an. Der V-Fighter kauerte im Schatten eines Trümmerwalls, umklammerte sein Annihilator-Maschinengewehr und lauschte. Er glaubte, Bewegungen zu hören, Metall, das auf Metall traf, Knacken und Schaben wie von schnellen, sicheren Schritten. *Wolfsgetrappel.* Wölfe, so nannte er die feindlichen Spieler. Er träumte oft von den Spielen, die sie täglich bis zu zwölf Stunden trainierten, dann wälzte er sich unruhig herum und bekämpfte gegnerische Teams. Wenn es gut lief, als überlegener Jäger, doch manchmal, wenn er richtig mies drauf war, als hilfloses Opfer, das wieder und wieder zu Tode gehetzt wurde. Dann glichen seine Gegner tatsächlich eher Bestien als Menschen. Jeder Profikämpfer kannte die brennenden Zweifel, einfach nicht schnell und clever genug zu sein, um es mit den Superstars der Szene aufzunehmen. Fünfzehn, sechzehn Jahre alte wieselflinke Multitasking-Savants. Heute war keiner seiner guten Tage, kein Jägertag, das fühlte Tim. Dieser Traum hatte etwas Düsteres an sich. Und überhaupt, diese Map gehörte zu keinem ihm bekannten Spiel. Auch das war ein schlechtes Zeichen. Wieder ein leises Knacken, diesmal näher und auf seiner rechten Seite. Ruckartig richtete er sich auf, hob die schwere Waffe, presste den Kolben an seine Schulter und spähte durch die grüne Optik des Reflexvisiers. *Geh in die Offensive*, feuerte er sich an, als er in die Richtung vorrückte. *Jag die Wölfe, bevor sie dich jagen.*

Wie ein verlorener Schatten durch den Tartarus war Amanda durch diese so fremde und doch vertraute Umgebung gewandert, verfolgt von Flashbacks, angefacht von den Trümmern und dem Gestank nach verbrannten Computerbauteilen. Sie stand auf den zerrissenen Bodenplatten am Rand eines Abgrundes und blickte in die Dunkelheit der tiefen Ebenen. Sie stellte sich vor, in die Finsternis zu stürzen. Ihre Arme zuckten. *Das alles ist nicht echt*! *Spring*! Ihr Körper wollte nicht hören. *Spring!* Fast gelang es ihr, das rechte Bein zuckte schon. *Warum lebst du noch? Was macht dich so besonders, dass du gerettet wurdest?* Ihr Blick hetzte über die ausgebrannten Racks, und für einen Moment war sie zurück am Wheel Tower, zurück zwischen den fallenden PIs. Die Explosion zerfetzte ihre Trommelfelle und verbrannte ihren Rücken ... Ihre Beine zitterten, drohten wegzuklappen, sie ging in die Knie und klammerte sich an ihnen fest. »Hier sieht es genauso aus wie am Wheel-Gebäude nach dem Angriff«, wiederholte sie laut das, was sie eben gedacht hatte. Dabei versuchte sie ihrer Stimme einen festen Klang zu geben. Das Ergebnis war immer noch fragil wie ein Kartenhaus. Sie schluckte und sprach lauter: »Die dritte Rakete zielte auf AIUD, sie durchschlug die verbliebenen Etagen und explodierte in seinem Kern. Deshalb musst du ganz nach unten in diese Anlage und nachsehen, ob du recht hast – ob auch hier eine Super-KI ermordet wurde.« Ihr rechter Fuß rutschte einige Zentimeter nach vorn, und sie streckte eine Hand nach dem Abgrund aus. »Spring. Du hast es mir versprochen: Du tust alles, um die Antworten zu bekommen. »Sie erhob sich langsam, machte einen kleinen Schritt, versuchte zu springen, aber ihr Körper weigerte sich. Stattdessen machte sie noch einen halbherzigen Schritt, bei dem ihr Fuß an der Ecke der geschmolzenen Bodenplatte hängenblieb. Vergeblich nach Halt suchend, stürzte sie nach vorn in die Dunkelheit. Sie fiel, rauschte an Trümmern vorbei durch das verbogene Skelett der ersten Tiefebene, dann verschlang die Finsternis das letzte Licht. Wie viele Etagen folgten der ersten? Drei, vier …? Sie schlug hart mit dem Kopf auf. Für einen Moment wurde ihr schwarz vor Augen, und sie konnte sich nicht rühren. Überraschenderweise tat es nicht weh. Nach Sekunden der Hilflosigkeit klärte sich ihr Blick, und das Körpergefühl kam zurück. Sie wälzte sich auf den Rücken.

»Gut, du hast nicht geschrien«, lobte sie sich. Noch immer war es stockdunkel, bis auf einen erschreckend fernen Schimmer über ihr. Sie tastete nach Halt und stand auf. *Woher bekomme ich eine Lampe?,* fragte sie sich und fühlte, wie sich in ihrer Hand etwas Schweres formte, ein starker Lichtkegel erhellte den Boden.

»Danke.« Ihre Stimme klang heiser, sie hustete. »Ich bin dankbar, dass Sie mir diese Chance geben. Natürlich könnten Sie mir auch einfach sagen, was mit mir passiert ist. Sie kennen doch die Antwort?« Der Strahl ihres simulierten LED-Handscheinwerfers erkundete eine bizarre Höhle, geformt aus glänzenden schwarzen und bläulichen Schlacken, die teils als Stalaktiten von den Trümmern höherer Ebenen hingen. Alles, was hier einmal existiert hatte, war verdampft und verflüssigt in alle Richtungen geschleudert worden. Anschließend hatte sich ein Schauer herabstürzender Trümmer in die glühende Masse gebohrt, vom kleinen Bolzen über Racks und Klimatechnik bis hin zu Teilen des Tragwerks. Die größeren Stücke ragten nun wie eine Sammlung Industrieskulpturen aus dem Boden. Amanda hatte etwas anderes erwartet. Das hier war nicht das Ergebnis eines Raketeneinschlags. Ein Wunder, dass nicht alles eingestürzt war. *Die geringe Schwerkraft und Kälte,* vermutete sie. *Metall und Stein sind in Sekunden erstarrt wie schockgefrostet.* Zumindest an der Oberfläche. Die Formen, die sich gebildet hatten, erinnerten sie an im Meerwasser erstarrtes Magma. Sie erkundete die Kaverne und kam sich dabei ein bisschen vor wie eine Höhlenforscherin. Schließlich fand sie das Zentrum der Zerstörung, einen Krater von gut dreißig Metern Durchmesser, der sich tief in das Mondgestein gefressen und es glasiert hatte. Oberhalb davon klaffte ein riesiges Loch in allen höheren Ebenen, durch das etwas Licht bis auf den Grund fiel. Als sie sich näherte, um in den Krater hinabzusehen, glitt sie auf der glatten Oberfläche aus. Ihre Finger suchten vergeblich nach Halt an einer aus dem Stein ragenden Strebe, sie drehte sich und rutschte weiter. Dabei sah sie sich im Spiegel der Schmelze, nur war sie nicht sie selbst, sondern eine Maschine, ein entfernt menschenähnlicher Roboter. Der Grund war mit Trümmern bedeckt. Dort angekommen, rappelte sie sich auf, leuchtete mit der Lampe und schaute erregt und ängstlich auf ihr Spiegelbild: Es zeigte ihr bleiches Gesicht mit den kaum noch sichtbaren Narben, ihr unordentliches braunes Haar und ihre weit aufgerissenen Augen, von denen eines etwas dunkler war.

Das war keine Einbildung. Ein Gedanke schlich sich an sie heran. »Ist das hier wirklich eine Simulation?«, fragte sie laut in der Hoffnung auf eine Antwort und starrte ihr Abbild misstrauisch an. »Zeig es mir!« Ihr Gesicht verwandelte sich in die Maschine – kein Modell, das sie kannte, da war sie sich sicher. Den minimalistisch nach menschlichen Zügen gestalteten Schaufensterpuppenkopf dominierten schwarze Streifen, die über den Schädel bis unter das Kinn führten wie das Make-up eines Hard-Rock-Musikers. Amanda berührte ihre Lippen, und die Maschine spiegelte die Bewegung mit einer dürren Hand. Die Strohhalmfinger endeten in flächigen Kuppen.

Telepräsenz, dachte sie, innerlich bebend. *Dieser Ort ist echt. Ich muss es Gwendolyn sagen –*

An ihre neue Partnerin hatte sie seit ihrer Ankunft in der Ruine nicht mehr gedacht. Sie hatten sich im Stardust-Restaurant und während des Fluges angeregt unterhalten. Ein intellektueller Schlagabtausch über die Natur von PIs und anderer KIs, immer hart am Rand eines Streits entlang, bis sie beide erschöpft gewesen waren. Lyn war noch vor ihr eingeschlafen. Sie sollte irgendwo hier sein. Eilig versuchte Amanda den Aufstieg aus dem Krater, doch die Schmelze erwies sich als glasglatt. Nachdem sie mehrfach abgerutscht und in der Mitte des Kessels gelandet war, blieb sie den

Tränen nahe sitzen. Sie hatte sich vom Auftraggeber eine lange Leiter gewünscht, die aber keinen Halt gefunden hatte. Danach hatte sie es mit einem Eispickel für Bergsteiger versucht, aber nur winzige Splitter aus der Oberfläche geschlagen. Sie war gefangen wie eine Ameise in einer Zuckerschale. »Hilfe!« Bei dem dünnen Klang ihrer Stimme wurde Amanda klar, dass niemand sie hören würde. Sie war zu tief unter der Oberfläche. Sie leuchtete nach oben in der Hoffnung, dass jemand ihre Zeichen sah. Als sie zu verzweifeln drohte, wischte sie über den Staub, der sich am Grund des Kraters gesammelt hatte, und blickte noch einmal auf ihren Roboter-Avatar. Sie hatte das Gefühl, dass jemand sie durch die Augen der Maschine beobachtete, und tatsächlich war da ein leichter Kamillenduft.

»Ich komme hier raus«, erklärte sie dem Beobachter. »Du musst mich nicht bemitleiden.«

An der Flanke des Kraters ging sie in die Knie, holte aus und schlug mit der Faust gegen den geschmolzenen Stein. Stücke platzten ab. *Härter.* Sie schlug erneut zu, Splitter flogen in ihr Gesicht. *Wofür wurdest du gerettet?* Nach dem dritten Schlag hielt sie inne und dachte nach. Sie sah ihre Handfläche an, die sich mit Haftlamellen überzog und nun wie ein Geckofüßchen aussah. Das Gleiche geschah mit ihren Schuhen. Peinlich berührt sah sie sich um. Wenigstens hatte außer dem Auftraggeber niemand ihre hilflosen Versuche beobachtet. »Siehst du, Problem gelöst«, meinte sie, biss sich auf die Lippe und kletterte los.

Tim hörte ferne Hammerschläge und dazwischen die eiligen Schritte seiner Feinde: Es waren mehrere, ein ganzes verdammtes Team. Oben auf dem Trümmerwall flog ein Schatten, kaum mehr als eine Ahnung, so schnell war er vorbei. Als Tim dorthin blickte, sprang ein zweiter Wolf am Rand seines Sichtfeldes vor ihm über den Weg. Der Adrenalinstoß schoss wie flüssiges Feuer in seinen Körper. Etwas blitzte auf. *Die Schneide eines Vibro-Messers*, war er sich sicher. Er ließ sich fallen, schwenkte dabei einhändig das MG und jagte einen Feuerstoß Leuchtspurmunition in die Trümmer, ohne ein Ziel zu finden. Sein Herz hämmerte den Rhythmus zu seiner Panik, und sein Blick drohte zu verschwimmen. *Warum bin ich nicht tot?* Er rappelte sich auf und hastete mit leichten, kurzen Schritten den Weg entlang. Die gefrorenen Leichen eines runzligen Alten und eines ebenso dürren jungen Mannes lagen vor dem Wall. Beide trugen weiße Anzüge. Offensichtlich hatte die Explosion sie getötet, nicht die Wölfe. Er lauschte, aber das Trappeln war verstummt. Waren sie gar nicht hinter ihm her gewesen? Er senkte die Waffe und schlich weiter in die Richtung, aus der sie gekommen waren. Auf einer Wegkreuzung sank Staub zu Boden und funkelte dabei im Licht. Tim betrachtete das Schauspiel und fragte sich, was hier geschehen war, als er die Leiche entdeckte. Sie lag unter den Trümmern, und weil sie mit Mondstaub bedeckt war, sah sie ein bisschen aus wie eine Statue. Ein großer, kräftiger Mann mit Vollbart. Er trug keinen weißen Anzug, sondern Jeans und etwas, das einmal ein Flanellhemd gewesen sein musste. Das Feuer und der sich absenkende Staub hatten die Farben bis auf eine Ahnung von Blau und Grün ausgelöscht.

Schritte, diesmal schwer und unsicher. Es schepperte, und jemand fluchte leise. Tim ging seitwärts an die Trümmer und zielte auf die Ecke, wo der ungeschickte Feind auftauchen musste. Den Finger am Abzug, hielt er die Luft an.

Harris, dieser Ex-Polizist, starrte ihn erschrocken an, in der Hand einen Regenschirm, den Griff drohend erhoben.

Ein Schirm? Ernsthaft? Das wird der einfachste Kill aller Zeiten. Doch er zögerte. »Was zum Teufel machen Sie hier?«, fragte er in dem Tonfall, den Männer mit Waffen seit jeher nutzten, um klarzumachen: Erzähl es *mir* oder meiner Kugel.

»Worauf zum Teufel haben Sie geschossen?«, bellte Harris zurück und ließ den Schirm sinken. Als Polizist kannte er das Spiel, doch an seinen aufgerissenen Augen erkannte Tim, dass er wusste, wie nah dran er gewesen war. »Und woher haben Sie die Waffe?«

»Ich stelle hier die Fragen!« *Keine Machtspielchen, Bulle. Ich bin nicht in Stimmung.*

»Nehmen Sie das Ding runter!«

»Was machen Sie in meinem Traum?«

»Das ist kein verdammter Traum, sondern eine Simulation, die in unsere Köpfe gesendet wird!« Der Detektiv blickte Tim in die Augen. »Lassen Sie mich raten, Sie haben sich die Waffe vorgestellt und schon hatten Sie sie in den Fingern?«

Tim zögerte. Das war nun wirklich eine Erklärung frei Traumlogik, einerseits zutreffend, andererseits wusste er genau, was in der Simulationstechnik möglich war und was nicht. Kaum denkbar, dass er eine virtuelle Umgebung nicht erkannte.

»Bullshit.«

Harris hatte ihn offenbar lange genug abgecheckt, nun ging der Detektiv auf Tim zu und reagierte auch nicht, als der ihm zurief, stehenzubleiben. Harris ergriff den Lauf des MGs mit der Linken und drückte ihn von sich weg. Immerhin hatte er den Anstand, erleichtert auszusehen, als Tim die Waffe sinken ließ.

»Ich habe gefragt, worauf Sie geschossen haben!«

Tim stieß die angehaltene Luft als Seufzer aus. »Auf die Wölfe.«

»Wölfe?«, zweifelte Harris.

»Das feindliche Team.« Warum nur hatte er plötzlich das Gefühl, hier der Idiot zu sein? »Sie kamen aus dieser Richtung und sind in einem Affenzahn an mir vorbei. Ich wollte gerade nachsehen, was sie hier gemacht haben.« Der Staubschleier hatte sich vollständig gesenkt, sodass er nicht darauf verweisen konnte.

»Feindliches Team, Wölfe? Ich verstehe nicht.«

Aus dem Weg links tauchte die zierliche Gestalt von Gwendolyn Iden auf. Ihre Augen sprangen von Harris zu Tim und blieben kurz an der Waffe hängen.

»Ich habe Schüsse gehört. Was ist passiert?«

Harris wirkte nicht erfreut, sie zu sehen. »Mr. HeavyMec träumt: Er sagt, hier gäbe es Wölfe und er hätte auf sie geschossen.«

»Wolf ist nur ein Begriff, den ich für feindliche Spieler verwende«, verteidigte er sich, woraufhin ihn jetzt auch das Mädchen mit einem abschätzigen Blick ansah, als hätte er sie nicht alle. »Wölfe, Zombies, böse Aliens, Nazis ... alles dasselbe. Es waren mindestens zwei. Ich konnte sie nicht genau sehen, dafür waren sie zu schnell. Aber sie kamen von hier und sind in diese Richtung gesprungen ...« Harris verschwand in einem Augenblick, ohne einen Laut, ohne Lufthauch. Tim ließ den ausgestreckten Arm sinken und sah Iden verdutzt an.

»Zeigen Sie mir, was Sie gefunden haben«, verlangte sie. »Schnell, uns bleibt vielleicht nicht viel Zeit, bis wir auch aufwachen.«

»Also, da wäre der hier.« Er deutete auf die Leiche. »Der sieht anders aus als die anderen.«

Sie schaute hin, versteifte sich, und die Farbe wich aus ihrem Gesicht.

»Die anderen? Es gibt mehr?«

»Ich habe drei Leichen gefunden, diese mitgezählt. Die ersten beiden Toten tragen weiße Arbeitsoveralls – oder Uniformen, aber der hier nicht. Sieht aus wie ein billiges Holzfällerhemd.«

»Das denken die meisten, es ist aber ein maßgefertigtes Tartanhemd – Designerjeans und Tartan, das war sein Markenzeichen, seine Uniform.« Sie machte Bilder mit ihrem Com, dabei hielt sie sich den Handrücken vor den Mund. Ihre Hand mit dem Gerät zitterte.

Doch nicht so cool, Eisprinzessin?, dachte er. »Sie kannten ihn?«

»Sie doch auch.« Sie bemerkte seinen verständnislosen Blick. »Auch Gamer beschäftigen sich mit Computer-Hardware. Und jeder, der das tut, kannte ihn. Sehen Sie hin.«

Er ging vor den Trümmern in die Knie und sah genau hin. »Mein Gott, das ist Link! Joshua Solink! Er ist der Hauptsponsor für mehrere Teams in der amerikanischen Liga!«

»Vor allem war er Mitgründer und Entwicklungschef der Wheelwright-Gruppe. Kommen Sie, ziehen wir ihn da raus.« Sie steckte ihren Com ein und begann zuerst zögernd, dann entschlossen, Trümmer beiseitezuräumen.

Er stand auf. Das konnte sie nicht ernst meinen. Schon der gefrorene Gesichtsausdruck des Toten schickte ihm eine Gänsehaut über den Rücken.

Iden feuerte einen Blick unter der blonden Mähne hervor. »Ich schaffe das nicht allein! Na los!«

»Eisprinzessin, sag ich ja«, murmelte er.

»WAS?«

»Nichts, Eure Majestät.« Er seufzte ergeben und packte mit an.

»Los!«, kommandierte Iden. Tim stellte das MG weg, und gemeinsam wuchteten sie ein Teil der Deckenverstrebung beiseite, das sie auf der Erde keinen Millimeter bewegt hätten. Sie langte in die Trümmer und packte unter Aufbietung ihrer offenbar beträchtlichen Willenskraft Solinks rechten Arm. »Los jetzt!«

Tim ergriff Links breiten Ledergürtel, den eine Silberschnalle in Form einer altmodischen Tastatur abschloss. Es war erstaunlich leicht, diesen Bär von einem Mann auf den Weg zu ziehen. Sofort begann Iden, ihn zu durchsuchen und von allem Fotos zu machen. Anschließend ließ sie seinen Mitarbeiter-Pin, zwei Stifte und eine teure Datenbrille, die neben der Leiche gelegen hatte, in ihren Taschen verschwinden. *Sie schafft Beweise beiseite*, erkannte er. Nicht, dass es ihn störte, weder er noch Ulrich verstanden etwas von Kriminalistik, auch wenn der Captain das anders sah und behauptete, schon Pläne für ihren sicheren Sieg zu haben. Ulrich hatte immer Pläne. *Genau wie der Kojote, wenn er hinter dem Road Runner her ist*, dachte Tim.

»Sie wollen diesen Wettkampf wirklich gewinnen«, stellte er fest. »Was ist es denn, das Sie sich so dringend wünschen?«

»Wie sahen sie aus, Ihre Wölfe?«, kam als Gegenfrage.

Er ließ den Blick über ihr mit kaputten Zahnrädern und Blütenranken bedecktes Shirt wandern. »Das muss ja etwas Interessantes sein, wenn Sie sich so reinhängen.«

»*Sie* haben keine Ahnung, was ich interessant finde!«, erwiderte sie mit Eis im Blick. »Also, die Wölfe?«

»Ich habe sie eher gehört als gesehen.«

»Möglich wäre, dass Sie sich das Ganze eingebildet haben. Ideen und Wünsche nehmen hier Form an.« Sie zeigte ihm den Com, bevor sie sich wieder an die Arbeit machte.

Tim sah auf seine Waffe. Alles nur Bits und Bytes? Kaum gedacht, rann sie als Staub auf den Weg. »Simuliert.« Dabei hatte sie sich so echt angefühlt.

»Offensichtlich.« Gerade als Iden ein weiteres Bild machen wollte, verschwand sie. Tim stand allein vor der Leiche des berühmten Ingenieurs und blickte sich verwirrt um. Ihn fröstelte, und er lauschte in die Stille, in der nicht einmal ein Staubkörnchen fiel. *Aufwachen*, dachte er zuerst zaghaft, dann bestimmt. *Ich muss aufwachen! Simulation beenden!*

Vier Tütchen klemmten unter dem Gumminetz von Amandas Tablett, eins braun und fleischig, eins rubinrot mit dem Hinweis auf Alkohol, eins grün – irgendwas mit Erbsen –, eins bunt, vermutlich Fruchtsalat. Sie starrte auf die wenig appetitlichen Nahrungsrationen. Auf der Lehne des Vordersitzes lief die Erklärung zum Verzehr in Schwerelosigkeit. »Ich habe keinen Hunger, warum wurde ich geweckt?«

»Gerade als es interessant wurde«, seufzte Lyn, prüfte die Temperatur ihres Rotweins und war immerhin damit zufrieden. »Eigentlich sollte es heute doch keine Mahlzeit mehr geben?«

»Und alle bekommen das Gleiche?« Amanda drückte sich vom Sitz hoch. Zwei Service-PIs servierten das außerplanmäßige Essen. Lyn hatte recht, irgendwas war hier faul. Harris stritt sich mit der einen Parallelen und warf ihr ein Tütchen nach dem anderen an den Kopf, während sie sich servil für das Wecken entschuldigte. Amanda sah seine Wut aufflammen und roch sie als schwitzigen Fellgestank. Der Detektiv schnallte sich ab, hielt sich an der Lehne seines Sitzes fest und wandte sich an *Division-By-Zero*.

»Du warst das, Schreibmaschine! Du hast uns wecken lassen!«

Division-By-Zero erhob sich lächelnd. »Meine lieben Konkurrenten sahen aus, als würden sie im Schlaf unerwartet viel erleben, so unruhig, wie hier alle waren. Da dachte ich mir, ich gönne ihnen eine Pause in der realen Welt.«

»Du sabotierst unsere Ermittlungen!« Harris warf sein Weintütchen, verfehlte aber sein Ziel. Die zweite Service-PI beugte sich über einen leeren Sitz und fing es.

Amanda rieb sich die Augen.

»Verzeihung«, sagte die Parallele neben Harris. »Bitte gehen Sie sorgsam mit den Nahrungsrationen um. Austretende Flüssigkeiten stellen ein Sicherheitsrisiko dar.«

»Warum machst du das?«, mischte sich Lyn an *Division-By-Zero* gewandt ein. »Du hast doch schon gewonnen, dein größter Wunsch wird erfüllt.«

Division-By-Zeros Lächeln zog sich über das ganze abgenutzte Gesicht. Durch die Spannung traten die Risse und Schrammen hervor. »Oh, aber ich habe viele Wünsche. Ich bin ein richtiger Wunschgenerator.«

»Leg dich nicht mit mir an!«, bellte Harris.

Diesmal lachte die PI laut. »Sie sind so bezaubernd altmodisch!«

Sinnloser Streit. Division will doch nur seine Story aufpeppen. Amanda rutschte auf ihrem Sitz zurück, durch das Abenteuer in den Ruinen brannte ihr Körper immer noch vor Adrenalin. Sie hatte das Gefühl, dass sie nah dran gewesen war, zu verstehen, was dort geschehen war.

»Kann mir mal einer erklären, worum es hier geht?«, fragte Victor Mann hinter ihr. Niemand beachtete ihn. Murrend sank er zurück.

Lyn trank den letzten Schluck Wein, rollte das Tütchen zusammen und wirkte nun zufrieden. »Miese Tricks und Strategeme, damit war zu rechnen.« Sie gähnte hinter vorgehaltener Hand. »Ich wette, *Division* hat eine Datenbank voll solcher Spielchen ... Aber keine Sorge, ich habe einiges herausgefunden.« Sie holte ihren Com hervor. »Trinkst du den?« Sie deutete auf Amandas Weintüte, die noch unter dem Netz klemmte.

Amandas Unruhe war bei der Aussicht auf neue Informationen sofort verflogen. Sie reichte Lyn den Wein, dann zog sie ebenfalls ihren Com aus der Tasche und schaltete den Datenfunk ab. »Wir müssen vorsichtig sein. Jede Information, die wir laut aussprechen oder senden, ist verloren.«

»Richtig, darüber habe ich mir auch schon Gedanken gemacht.« Die Waliserin öffnete den Verschluss des Tütchens, zog zu Amandas Überraschung den ganzen tiefroten Wein in ihren Mund, schluckte und schnippte die nun leere Verpackung gegen die vorbeikommende Service-PI, die sich für diese Behandlung auch noch bedankte. »Mhh ... ich fürchte, solange wir keine Privatsphäre haben, müssen wir einfach vorsichtig sein.« Sie zeigte Amanda das Display ihres Coms und zog das Bild auf, dabei sprang die Darstellung von 2D auf Holo-Modus.

Amanda musste die Zähne zusammenbeißen, um beim Anblick der Leiche nicht aufzuseufzen. *Link,* dachte sie. *Ausgerechnet er.* Sie hatte so gehofft, ihn in Serenity Base zu treffen. Leise sagte sie: »Ich habe ihn gesehen, am 23. Dezember auf der Weihnachtsfeier ...« Sie bremste sich, atmete aus. Sie hatte auf ihn gewartet, hatte jeden Tag damit gerechnet, dass er in ihrem Krankenzimmer vorbeischauen würde. Immerhin war sie die einzige Überlebende seines Entwicklerteams. Jetzt wusste sie, was ihn aufgehalten hatte.

»Kanntest du ihn gut?«, fragte Lyn.

Amanda nickte. »Er hat mir meinen Job gegeben, und wir saßen bei einigen Veranstaltungen am selben Tisch. Insgesamt habe ich ihn sieben-, nein, achtmal persönlich getroffen. Er war sehr kompetent und selbstbewusst, ohne eingebildet oder kompliziert zu sein.« *Ein bisschen wie du,* dachte sie. Auch er hatte es verstanden, Tulpen blühen zu lassen, und manchmal hatte seine Gegenwart nach festem alten Leder gerochen. Anlässlich der Einweihung des Wheel-Gebäudes hatten sie sich fast zwei Stunden unterhalten. *Bei diesem Gespräch habe ich vergessen, dass er ein Mensch war*, erinnerte sie sich. Für sie war das ein riesiges Lob. Mit Leuten, die ständig starke Gefühle zeigten, vor allem negative, konnte sie nicht arbeiten, da sie sich permanent bedrängt und entzweigerissen fühlte.

»Ich nehme an, es ging um euer Projekt in Austin?« Die Art, wie Lyn das Wort *Projekt* aussprach, und ihr Geruch nach Rauch und Fell ... Amanda nickte, dann lehnte sie sich etwas zurück, wandte den Blick ab und wischte sich unauffällig über die Augen, als würde etwas jucken. *AIUD*, dachte sie. Sie hatte zwar keine eindeutigen Beweise finden können, war aber nach wie vor überzeugt, dass es auf dem Mond genauso gewesen war, nur größer. *Warum weiß ich davon nichts? Sie haben uns glauben lassen, wir seien Pioniere.* Und noch ein unangenehmer Gedanke: *Link hat es gewusst, und jedes Mal, wenn wir uns sahen und miteinander sprachen, hat er es verschwiegen.* »Diese Anlage hat er nie erwähnt.«

»Aber du warst doch ein hohes Tier bei Wheelwright AI. Hättest du es nicht wissen sollen, wenn ein Supercomputer auf den Mond gesetzt wird?«

Amanda zuckte mit den Schultern. Es gefiel ihr nicht, wie eine Verdächtige befragt zu werden. »Die Wheelwright-Gruppe ist ein riesiger Unternehmensverbund. Vieles wird dezentral gesteuert.« Es war eine faule Ausrede und klang auch so.

Lyn wischte über das Bild. »Das hatte er bei sich: eine Brille, einen Pin, Kleinigkeiten ... Die Brille müssen wir uns noch ansehen.« Sie wischte weiter, bis die Aufnahme eines Displays sichtbar wurde. Ein dicht mit Codes beschriebenes Bild. Amanda brauchte nur einen Blick, um deren Bedeutung zu erkennen: Es ging um Systemverwaltung, Protokolle mit Zeitstempeln. Am 10.01.2048 um 15:32 Uhr war der letzte Eintrag. Sie verstand, was Lyn ihr sagen wollte: Da war es geschehen. Zweieinhalb Wochen nach ihrem letzten Treffen mit Solink auf der Weihnachtsfeier. *Link war in Eile*, erinnerte sie sich. Er war kurz vor Schluss mit zweien seiner engsten Mitarbeiter, Coral James und Jan Gosiewski, beide als Elfen verkleidet, gekommen. Link hatte die Santa-Claus-Mütze und eine schwarze Sonnenbrille getragen. Unter großem Gelächter und Applaus war er zur Bühne geeilt. Die beiden

Elfen hatten mit Julian geflüstert und waren mit ihm aus dem Saal verschwunden. Amanda hatte den Sicherheitskoffer in James' Hand bemerkt und überlegte, ihnen zu folgen, war aber geblieben, um Link zuzuhören. Zur Einstimmung hatte der Ingenieur einen launigen Witz über seinen wohlgeformten Kühlschrank und die blinkende rote Nase seiner Assistenz-PI gerissen, dann hatte er ein paar Worte gesagt, wirklich nur sechs Sätze: »Ich bin auf dem Weg nach Hause vom Schlitten gesprungen, um den Besten der Besten danke zu sagen für das erfolgreichste Jahr in der Firmengeschichte. Freunde, seht bloß zu, dass ihr schnell hier verschwindet und zu euren Familien kommt. Ihr habt es verdient! Das war's, und jetzt ho ho hol mir mal einer einen Glühwein und ein Stück Früchtebrot! Los, Rudolph! Heißt hier einer Rudolph?« Die Leute waren begeistert und stolz gewesen, ein Raum voller Rosen. Link hatte diese Ausstrahlung. Sein Lob war das Wichtigste, man rahmte es sich in Gedanken ein und holte es hervor, wenn man am Boden war und Kraft brauchte.

Er musste kurz danach hochgeflogen sein, nicht auf seinem Schlitten, sondern in einem Clipper.

»Wie lange …?«, fragte sie Lyn. »Wie lange war diese Einrichtung in Betrieb? Hast du dazu etwas?«

Lyn nickte und wechselte erneut das Bild. »Letzte Gewissheiten kann ich nicht anbieten, aber der Systemteil, den ich untersuchen konnte, läuft seit fast sechs Jahren.«

Zwölfter Dritter zweitausendzweiundvierzig, las Amanda aus dem Systemcode. Sie lehnte sich zurück und grübelte: Fünf Jahre vor Aktivierung von AIUD. War das technisch überhaupt möglich? Vielleicht, wenn es sich bei der KI auf dem Mond um einen Prototyp gehandelt hatte. Eine Versuchsanlage wäre weit weniger integriert und leistungsfähig als AIUD gewesen. So musste es sein. AIUDs Design war eigentlich zu genial gewesen, um keinen Vorgänger zu haben. Bestimmt war diese Technologie hier entwickelt worden.

Lyn ließ ihr einen Moment des Nachdenkens, dann fragte sie: »Hast du auch etwas gefunden?«

Zeit, zu beweisen, dass ich die Partnerschaft ernst nehme. Amanda zwang sich zu einem Lächeln. »Danke, dass du mir das zeigst. Mir war leider nicht klar, dass eine Übertragung auf unsere Geräte möglich ist. Wirklich dumm von mir, deshalb habe ich jetzt keine Bilder.«

»Das konntest du nicht wissen.«

Amanda rief die Notiz-Funktion ihres Coms auf. Sie schrieb: *Telepräsenz, keine Simulation.*

Lyn hatte sich zu ihr gebeugt, um besser sehen zu können. »Bist du sicher?«

Amanda nickte, löschte den Eintrag und begann zu zeichnen. Aufgrund ihres annähernd eidetischen Gedächtnisses hatte sie immer eine gute Vorstellungskraft gehabt, nur mit der Umsetzung haperte es. Ihre Hand wollte nicht so wie ihr Kopf und kritzelte, was sie zeichnen sollte. Auch jetzt fand sie die Maschine nur mangelhaft wiedergegeben, die ihr von der spiegelnden Oberfläche entgegengeblickt hatte. »Das waren wir«, flüsterte sie. »In ihnen waren wir dort.«

Zuerst dachte Amanda, Lyn würde an ihrer Entdeckung zweifeln, da sie sich nicht regte. Doch dann nickte sie, seufzte und fragte:

»Noch etwas?«

»Ich war ganz unten.« Amanda sagte es ein bisschen stolz.

»Unten?« Lyn zog die Brauen hoch und deutete mit dem Zeigefinger durch ihre Ablage. »Wie?«

»Gesprungen.« *Na ja, fast.*

Ihre Partnerin war beeindruckt. »Tapfer, Miss Marple!«

Sie fühlte, wie ihr Gesicht heiß wurde. »Na, hör mal, so viel älter als du bin ich nicht.«

Lyn lehnte sich weiter vor und sah in ihrer Neugier aus wie ein Kind. »Und was gibt es dort?«

»Leere, die Explosion hat alles vollkommen ...« Sie suchte nach dem richtigen Wort, doch ein Teil von ihr kämpfte immer noch mit dem Bild einer gewissen urenglischen Ermittlerin. »Verdampft ... verschmolzen.« Das traf es nicht. »Für diese Art Zerstörung gibt es einen aus dem Griechischen stammenden Begriff: Kataklysmus – er bezeichnet eine alles vernichtende Flutkatastrophe. Das Feuer war so außerordentlich heiß, dass es alles weggespült hat.«

»Wie ein Lichtbogenschweißgerät? Die Bodenplatten und einige Racks waren tatsächlich eher geschmolzen als zerschmettert. Ich dachte zuerst, es hätte noch eine Weile gebrannt, aber woher sollte der Sauerstoff dafür kommen?«

»Das ist nicht mein Fachbereich. Aber das hier ...« Amanda zeichnete auf dem digitalen Notizblock einen Kreis und fünf Linien, die hineinführten. Sie setzte eine Bildunterschrift darunter: Loop-Tunnel. »Das wollte ich mir ansehen, gerade als ich geweckt wurde.« Sie hatte nur einen Blick in den angeschmolzenen und teilweise eingestürzten Verkehrsweg werfen können und sich gefragt, ob die Zerstörung von dort gekommen war.

»Ich wette, er führt zur Station«, sagte Lyn. »Das würde Sinn ergeben: Wheelwright-Mitarbeiter, die neben den Urlaubern in der superluxuriösen Wunderwelt untergebracht sind und an Geheimprojekten arbeiten.« Als Amanda aufsah, lächelte Lyn. »Wir sind weit gekommen.« Unsichtbare Tulpen blühten. Amanda konnte gar nicht anders, als auch zu lächeln.

»Ich mag es, wenn du Tulpen machst.« Die Worte waren heraus, bevor sie sich bremsen konnte. Sie fühlte, wie ihr das Blut in den Kopf schoss, und wischte sich über die Augen. Sie sprach aus guten Gründen nie über ihre Synästhesie. Außer ihrer Familie hatte nur Julian davon gewusst. Er war ein sehr guter Beobachter gewesen. Schon in der ersten Woche ihrer Zusammenarbeit hatte er sie direkt gefragt, ob sie eine Synästhetin sei.

»Erzähl es mir, Partnerin«, bat Lyn.

»Ich ... ich wollte sagen ...«

»Wir alle hier sind irgendwie freakig, aber auch besonders, vielleicht sogar einzigartig. Was ist das Einzigartige an Amanda Chershi? Was siehst du, wenn du plötzlich den Blick abwendest und dir über die Augen wischst?«

Amanda dachte an Oda Toshio. Sie hatte sich auf dieser Reise schon einmal geöffnet und es sofort bereut. Sie schüttelte den Kopf. »Ich bin nicht besonders.« Das war es, was sie fühlte, also war es nicht gelogen.

»Aber du kannst etwas sehen.«

Oh, diese Tulpen, ihre verführerischen Tulpen. Amanda schüttelte den Kopf und gestand: »Ich kann Gefühle riechen.«

Richard hatte seinen Com auf Tabletgröße entfaltet und studierte das Hologramm der rekonstruierten Halle. Mike hatte die Ruine von oben vermessen, die Trümmer wie ein Puzzle zusammengesetzt und die fehlenden Teile in Blau ergänzt. Das Erdgeschoss war dicht besetzt von den Komponenten des Supercomputers. Quadratische Blöcke aus Racks: fünf Blöcke mit einer Seitenlänge von zehn Racks über die Breite der Halle, zwölf Blöcke über ihre Länge. Nur am ebenerdigen Zugang fehlten die mittleren drei Blöcke in der ersten Reihe. Insgesamt also fünftausendsiebenhundert Racks. *Erstaunlich,* dachte er. *Ich habe das alles gesehen und mir doch kein Bild machen können.* Insbesondere die Zwischenebene, die im Modell in der ersten Hallenhälfte unter der Decke aufgezogen war, hatte ihn überrascht. Offenbar handelte es sich um eine Leichtbau-Arbeitsebene mit Glasräumen und einer kleinen Kantine für die Angestellten. Zwei Fahrstühle führten neben der Schleuse nach oben. Richard hatte einige Trümmer gesehen, sie aber nicht zuordnen können.

Ich bin sicher, das war keine Bombe. Mike sandte den Satz per Laserverbindung auf das Gerät.

»Wo muss ich hier drücken, um die Simulation zu starten?«, fragte Richard leise, obwohl *Division-By-Zero* ihn sicher auch so verstehen konnte. *Dank neuer Ohren.*

Die Antiope langte zu ihm herüber und drückte auf die Schaltfläche.

Aus den Tiefen unter der holografisch rekonstruierten Halle wölbte sich eine unregelmäßige, blendend weiße Kugel. Sie wuchs nach oben schneller als zu den Seiten, wo dunkle Strukturen ihre Ausbreitung behinderten, bis diese Strukturen selbst explodierten. Die Druckwellen hoben Decken an und trieben rasch abkühlend Trümmer vor sich her, nun gelborange, um in roten Fontänen durch die Mitte der letzten Decke an die Oberfläche zu brechen und sich in Blau zu verlieren. Richard drehte das Hologramm, er war kein Experte für Explosionen, aber die dargestellte Ausbreitung der Druckwellen kam ihm eigentümlich vor.

»Ich sehe, was du meinst«, behauptete er. »Es bewegt sich ungleichmäßig, nicht wie eine sich ausbreitende Schockwelle, sondern wie viele kleine Detonationen.«

»Das ist gar nicht mal so falsch«, lobte Mike.

Richard hätte ihm für den gönnerhaften Tonfall an den Hals gehen können.

Mike lachte leise und meinte: »Entschuldige, aber in solchen Situationen musst du dir immer sagen: Das hat er sich bei mir abgeschaut.«

»Was war es denn nun?«

Die PI legte sich den Zeigefinger vor den Mund und deutete auf den Com. »Konkurrenz hört mit.«

Ein exothermes Ereignis mit Temperaturen von einigen hunderttausend Grad Celsius, las Richard. *Die folgenden Druckwellen entstanden durch plötzlich in den gasförmigen Zustand wechselnde Materie.*

Hunderttausende Grad, die ein explosionsartiges Verdampfen der Umgebung verursachen? Was sollte das sein? Ein Superblitz oder eine Sonneneruption im Gebäude? Er stockte, natürlich gab es etwas, das so hohe Temperaturen erzeugte: einer dieser neuen LHPS-Fusionsreaktoren, die mehr Energie lieferten, als selbst Experten noch vor einigen Jahren für möglich gehalten hätten. In so einem Gerät brannte Millionen Grad heißes Plasma unter extremem Druck. Er sah Mike an, der lächelte und nickte. *LHPS-Reaktor,* erschien auf dem Tablet. *Eine solche Anlage könnte dort unten instal-*

liert gewesen sein, schließlich benötigt ein Supercomputer auch Super-Energiemengen. Richard blieb skeptisch. »Parkt man so etwas nicht weit weg von Mitarbeitern und teuren Einrichtungen?«

»Nicht unbedingt«, erklärte Mike. »Die Technologie gilt als sehr sicher. Ein derartiger Vorfall ist bei Regelbetrieb einer normalen Vorrichtung ausgeschlossen.«

»Regelbetrieb, normale Vorrichtung? Was ist hier schon normal?« Richard sah zu *Division-By-Zero* hinüber, der prompt den Kopf drehte und neugierig zurückblickte. *Augen im Hinterkopf?*

Jedenfalls war das niemals ein Unfall, schloss Mike seine Erklärung über das Tablet ab. *Jemand muss den Reaktor in den Zünder einer Fusionsbombe verwandelt haben.*

»Was du nicht sagst.« Richard lehnte sich zurück, ließ sich von dem Sitz in eine bequeme Position bringen und überlegte laut: »Aber was ist nun bei alldem die zentrale Frage? Was geschehen ist? Warum es geschehen ist? Wer verantwortlich ist?« Irgendwie erschien ihm das zu einfach. Wenn der Auftraggeber all die Mühen auf sich nahm, um eine bestimmte Antwort zu bekommen, dann war das Rätsel zweifellos tief und düster. Er dachte an die Toten in den weißen Anzügen. Sie alle hatten geliebte Menschen gehabt, Eltern, Ehepartner, Kinder. Weit weg von zu Hause hatten sie an einem wichtigen, vermutlich streng geheimen Projekt gearbeitet, hatten sich als Elite gefühlt, und dann waren sie gestorben. Aber niemand hatte sie geborgen oder ihre Familien informiert. Jemand hatte den Boden der Ruine stabilisiert, Wege freigeräumt und die Trümmer durchsucht, aber die Opfer einfach liegen lassen. Sollte es nicht umgekehrt sein? Retten und bergen und erst dann die Trümmer aufräumen – bei einem Unglück auf der Erde wäre es so abgelaufen. Die Nachrichten hätten weltweit berichtet, man hätte Helfer arbeiten und Angehörige hoffen und trauern sehen, Verantwortliche des Unternehmens, die Aufklärung und schnelle Hilfe versprachen, einen Staatsanwalt, der die Ermittlungen koordinierte, Anklagen vorbereitete und der Öffentlichkeit rückhaltlose Aufklärung versprach. Auf dem Mond galten offenbar andere Regeln. Er dachte an den ebenerdigen Zugang, die breite Schleusenkammer aus beschichtetem Duraluminium, die wohl zugleich die Funktion eines Schutzraumes gehabt hatte, denn sie war mit einer eigenen Luftaufbereitung ausgestattet. Er hatte die Kammer verschlossen und kaum beschädigt vorgefunden. In ihr hätten die Menschen überleben und auf Rettung warten können. Er rief noch einmal das Modell auf und hob die Fundorte der Leichen hervor. *Sieben,* dachte er. Mike hatte zwei weitere gefunden. Einen jungen Mann, der nah bei der Schleuse der Dekompression und Kälte zum Opfer gefallen war, fügte er selbst hinzu. Die meisten aber lagen im Umkreis der Zwischenebene, was Sinn ergab. Nichts deutete darauf hin, dass sie gewarnt worden waren.

Jemand fackelt den Laden ab, und niemand erfährt etwas oder fragt nach, weil alles geheim ist. Die Familien wissen, dass sich Mama oder Papa nicht melden darf, bis der Job erledigt ist. Würde man nach uns fragen, wenn wir verschwinden? Er hatte niemandem von seinen Reiseplänen erzählt. *Wem auch?* Richard fühlte einen Kloß im Hals. Er stellte sich vor, sein Körper läge auf dem eiskalten Mondstaub, am Rand der zerstörten Halle, konserviert für die Ewigkeit …

»Denk nicht so intensiv an die Opfer«, sagte Mike. »Wir müssen objektiv bleiben und systematisch vorgehen.«

Richard schüttelte den düsteren Gedanken ab. »Wir gehen das falsch an ... Was ist hier die Frage?«

Mike deutete auf das Hologramm. »Wir sind doch schon ...«

Richard unterbrach ihn: »Das ist der Fall, bei dessen Lösung wir nach dem Willen des Auftraggebers konkurrieren sollen. Aber was ist *die Frage*? Der Gastgeber ist nicht vertrauenswürdig, er hat uns mit dem großen Preis gelockt, aber nicht erwähnt, dass wir selbst einen zahlen könnten.« Hatte *Die Antwort* das gemeint, als sie Jenna Staroll vor dem Auftraggeber gewarnt hatte? Er wischte das Hologramm weg, klappte das Gerät zusammen und schrieb auf das Display: *Frage eins: Wer ist der Auftraggeber?* »Die Besitzer der Einrichtung, die offensichtlich alles vertuschten? Warum dann nicht gleich Spezialisten anheuern, die keine Fragen stellen, solange das Geld stimmt? Ein Familienmitglied eines der Verschollenen? Oder ein Konkurrent der Wheelwright-Gruppe?«

Er fühlte, dass Mike gedanklich einstieg.

»Auch kein Familienmitglied ... und kein Konkurrent, denn derjenige hatte ja schon umfassenden Zugriff auf den Unglücksort.«

Richard nickte. »Genau das macht es ja so seltsam.« Klar war, dass der Unbekannte auf Machtdemonstrationen stand. Er schrieb: *Leuchtschrift an der Wand, fantastische Ressourcen und Dauerüberwachung*. Nach einigem Grübeln stellte er diese Frage zurück. Er wischte nach links.

Frage zwei: Warum war diese seltsame Truppe zusammengestellt worden? Wobei er sich durchaus dazuzählte: ein abgehalfterter Mordermittler ohne Angehörige, dafür mit kaputten Knien (von der Pumpe ganz zu schweigen), der emotional mit einer Maschine verschmolzen war. Seine spontane Antwort: weil ihre Mitglieder entbehrlich waren. *Unsinn*, korrigierte er sich selbst. Das konnte ein Motiv gewesen sein, aber garantiert nicht der Hauptgrund. Und die drei V-Fighter waren Prominente. Die halbe Welt wusste, dass sie auf dem Weg zum Mond waren. Also lautete die vorläufige Antwort: ...

Der Auftraggeber setzt seine Hoffnung in besondere PIs und Menschen, die auf eine außergewöhnliche Art etwas mit PIs oder künstlicher Intelligenz zu tun haben, schrieb Mike und bewies damit erneut sein telepathisches Talent. *Vielleicht misstraut er Spezialisten? Oder er glaubt, sein Fall sei mit klassischen Methoden nicht aufzuklären.*

»Aber wir kooperieren nicht, wie man es erwarten sollte«, sagte Richard. »Wir kämpfen um den Preis, den nur einer erhält.« Das konnte bedeuten, dass gar nicht der Fall, auf den sie angesetzt waren, im Zentrum des Interesses stand, sondern sie selbst. Er schrieb: *Sind wir der Fall?* Er erinnerte sich an eine alte Kriminalkomödie, die er als Jugendlicher gesehen hatte. Mit berühmten Ermittlern der Kriminalliteratur, die miteinander konkurriert hatten, um allesamt hinters Licht geführt zu werden. Ging es um das Vergnügen des Auftraggebers oder gar um das neueste Unterhaltungsformat irgendeines Streamingdienstes? Dann wäre der virtuelle Tatort nur ein raffiniertes Filmset mit digitalen Leichen und geheimnisvollen Feinden (HeavyMecs Wölfen). War *Division-By-Zero* in Wahrheit der Showmaster, geschickt, um für Chaos zu sorgen? Richard schwirrte der Kopf vor Möglichkeiten. Unschlüssig nahm er den Finger aus der 3D-Eingabe.

»So oder so, du musst zurück an den Tatort«, sagte Mike und meinte sie beide. »Noch haben wir einen Vorsprung.

Wenn wir jetzt die Strategie ändern und anfangen, gegen den Auftraggeber zu ermitteln, verlieren wir ihn.«

Richard wusste auf diesen Einwand nichts zu erwidern. Selbst wenn er mit seinen Bedenken recht hatte, konnte es Sinn ergeben, erst einmal mitzuspielen.

»Hier ist es ja so still!«, beschwerte sich *Division-By-Zero* lautstark. »Wollen wir nicht gemeinsam etwas singen, bevor ihr mir wieder einschlaft?« Die meisten ignorierten ihn. Nur von Turner war ein Stöhnen zu hören.

»Ich könnte dir eine Schlaftablette bestellen.« Mike bewegte seinen Zeigefinger vor dem verborgenen Display im Vordersitz, das bei der Annäherung aufleuchtete. »Wir könnten ermitteln, egal welche Faxen er macht. Ein Detektiv gehört an den Schauplatz des Verbrechens.«

»Ich hab's ja verstanden!« Der Gedanke, wehrlos in seinem Sitz zu liegen, war nicht gerade verlockend, andererseits nützte alles Grübeln nichts. *Mike hat recht. Wir gehören an den Tatort, selbst wenn er nur virtuell ist.* Viele der jüngeren Inspektoren der Met überließen blutige Tatorte den Forensic-Services-Maschinen. Er dagegen hatte immer seinen eigenen Sinnen vertraut und die hässlichen Seiten des Jobs als notwendige Härten gesehen. Er wollte gern glauben, dass dies einer der Gründe für seinen Erfolg gewesen war. »Also gut«, seufzte er. »Aber nichts zu Starkes. Ich will bei unserer Ankunft nicht im Koma liegen.«

»Versprochen.« Mike ging die Liste der in der Bordapotheke enthaltenen Mittel durch. Sein Blick wurde ernst, und sein Enthusiasmus machte Ernüchterung Platz. Richard beugte sich zu ihm, um zu sehen, wo das Problem lag.

»Hypnotika sind übrigens aus!«, amüsierte sich *Division-By-Zero*. »Die musste ich konfiszieren, schließlich wollen wir doch kein Doping im Wettbewerb!«

Diesmal kam von allen Seiten wütender Protest. Turner und Fischer warfen Erbsen, Kartoffelpüree und Gulasch, ein Beutel platzte an der Sitzkante auf und verteilte einen grünen Meteoritenhagel in der Kabine, was sofort einen Noteinsatz der Servicemaschinen und einige ernste Belehrungen auslöste. *Division-By-Zero* lachte und kommentierte die Erbsenzählerei. *Simuliertes Vergnügen, um alle noch weiter unter Stress zu setzen*. Richard fühlte, wie sein Adrenalinpegel stieg. *Dieser Automat ist so nervig wie ein ganzer Raum voller Sensationsreporter*. Er rief den Flugplan über sein Display auf. Noch knapp zehn Stunden bis zum Mondorbit. »Das können wir vergessen.« Er gähnte und lehnte sich zurück. Dann kam ihm ein Gedanke, der ihn schmunzeln ließ. »Nein, weißt du, was? Es wird etwas dauern, aber ich kriege uns zurück an den Tatort.«

»Ich könnte *Division* den Stecker ziehen«, schlug Mike vor und ballte schon mal probeweise die Faust.

»Lass nur.« Richard hob die Hand und winkte eine Servicemaschine zu sich, die gerade eine einsam durch die Kabine gleitende Erbse verfolgt hatte. »Ich würde sagen, ich fange mit einem Dreifachen von eurem teuersten Gin an und dazu ein Sandwich mit Corned Beef und scharfem Senf.«

»Tut mir leid, Sir, Corned Beef und Senf haben wir nicht.«

»Dann das, was dem am nächsten kommt.«

Die PI brauchte einen Augenblick, um das zu verarbeiten. »Korsische Salami und Ricottacreme mit Chiliflocken?«

»Überrasch mich.«

»Ja, Sir.«

Unzufrieden fischte Mike Erbsen aus der Luft und setzte sie in eine Linie. Er stieß die erste an, die den Impuls durch die Kette weitergab. Die letzte fing er geschickt, dann ordnete er alles neu, diesmal in Form eines Dreiecks. Richard pustete sie auseinander, lächelte, drehte den Kopf und beobachtete die anderen Ermittler.

Er behielt recht. *Division-By-Zero* sorgte immer wieder für lautstarke Störungen und achtete darauf, dass niemand einschlief. Als Victor Mann sich die Ohren zustopfte, wartete der PI-Reporter, bis der Gutachter ruhig atmete, um ihm dann eine der Service-PIs mit einem Tütchen Orangensaft zu schicken mit der Ausrede, er mache sich Sorgen um Manns Blutzuckerspiegel. Richard schüttelte den Kopf, trank seinen dritten Gin und hob das Glas, um den vierten zu bestellen. Mike und Staroll spielten *Battle for Eternity*. Einige Male schaffte Jenna es, die Antiope zu überraschen, dann schreckte auch Richard auf. Fröhlich hob er das leere Glas. »Nummer sechs!« Nach dem sechsten Dreifachen schloss er die Augen und erreichte einen Zustand meditativen Halbschlafs. Immer wieder tauchten Bilder des Tatortes vor ihm auf und verschwanden wieder. Er fühlte Mikes Erregung und Spielfreude, hörte Iden und Chershi tuscheln und lauschte, als Turner kam, um Staroll noch einmal zu bitten, in das Team zurückzukommen. »Mit mir habt ihr eine echte Chance«, verkündete die Bohnenstange arrogant. »Wir könnten einen gemeinsamen Wunsch äußern.« Sie ließ ihn reden, um ihn dann abblitzen zu lassen. *Braves Mädchen*, dachte Richard. Konsdotter war zwar nur eine Maschine gewesen, dennoch traute er Turner nicht über den Weg.

Wie weit ist es von einem menschenähnlichen Opfer zu einem Menschen? Nicht weit genug, meinte er zu wissen.

Der siebte Gin brachte den Durchbruch. Benommen blickte Richard zu dem zerfetzten Hallendach auf, das wie bei einem Erdbeben zu schwanken schien. Er schaffte es, sich aufzusetzen. Das war ein seltsamer Zustand, volltrunken und doch voller Energie zu sein.

»Sco'land!«, rief er, so laut er konnte, und kicherte, obwohl er selbst nicht hätte sagen können, worüber.

»Yard!«, meldete sich Mike aus einiger Distanz.

Die schwarz-gelbe Antiope kam den Weg herunter, betrachtete ihren Partner, die Hände in die Hüften gestemmt, und schüttelte den Kopf.

»Zu nichts mehr zu gebrauchen.«

»Stimmt nich«, grinste Richard. »Mich weckt jetz garantiert niemand.«

Mike entging der brillante Humor. »Ich mache mich dann mal an die Arbeit.«

»Jaa!« Richard lehnte seinen Kopf an ein Rack und wedelte mit den Händen. »Los, los, ermitteln. Lass mein Opfer nich umsons gewesen sein.« Er kicherte, und eine Flasche Old-Nick-Gin erschien in seiner Hand. »Ha! Ich kann zaubern!«

Bogart Wheelwright

Wie eine Erlösung klang die Durchsage, dass sie das Bremsmanöver abgeschlossen hätten und sich im Landeanflug auf den Mond befänden. Gwendolyn löste ihren Sicherheitsgurt und streckte sich gähnend neben Amanda. Aus dem Gesicht der jungen Waliserin sprang sie die Müdigkeit an, und das ganz ohne Zutun ihrer Synästhesie. Amanda selbst hatte die letzten Stunden mit den Aufzeichnungen des Wheel-Anschlags verbracht und war irgendwann, unfähig, sich weiter zu konzentrieren, in gedankenlose Anspannung übergewechselt. Unterstützt von ihrem Sitz richtete sie sich auf und ließ den Blick schweifen. Draußen war zuerst nur Schwärze zu sehen, dann entdeckte sie ein fernes Funkeln. Es kam von einem unregelmäßigen Körper, an dem so etwas wie ein Gerüst hing ... Sie sah genau hin. »Was ist das?«

»Der Ex-Komet D 2032 Trion«, seufzte Lyn nach kurzem Schweigen und gähnte erneut hinter vorgehaltener Hand. »Neunzig Millionen Tonnen Wasser und Staub, eingefangen und in jahrelanger Arbeit hierhergeschleppt. Als Trion ankam, sah die halbe Welt zu. Hast du das nicht in der Dokumentation gesehen?«

Amanda griff nach den leeren Wassertütchen unter dem Haltenetz. *Davon habe ich getrunken.*

»Ich habe es nur bis zur dritten Folge geschafft: *Ein Shopping-Trip zum Mond* von Plastic Fish.«

»Dreißig Millionen ausgeben, um ein paar Handtaschen zu kaufen. Ein echter Konsumporno.« Lyn streckte sich und sah sich in der Kabine um. »Auf dem Rückflug legt die *Vision* an Trion an und wird mit Wasserstoff und Sauerstoff betankt. Dann sehen wir ihn von Nahem. Aber im Grunde ist es ja nur ein Klumpen gefrorenen Wassers.«

Wenn ich ihn erreiche, habe ich meine Antworten, dachte Amanda.

Allmählich kam Leben in die Reisenden – mit Ausnahme von Harris und Mann, den Einzigen, die es geschafft hatten, *Division-By-Zeros* Zugriff zu entkommen. Victor Mann hatte es dem Engländer nachgemacht und sich in den Vollrausch verabschiedet. Amanda stellte sich vor, dass beide als Puppenversionen ihrer selbst irgendwo in der Ruine lagen und schnarchten. Der Gedanke brachte sie zum Lächeln. Auch Mike hatte sich seitdem nicht mehr gerührt, sicher lag das am Emo-Link. Einige Sozialvisionäre planten, eines Tages durch die Emo-Verbindung aller Menschen schädliche Lügen und Hass auszurotten. In Artikeln und Leserbriefen entwickelten diese Leute einen geradezu messianischen Eifer, dem der Nussknacker nicht unähnlich. Aber Harris und Mike? Die beiden waren vermutlich nur das Überbleibsel eines frühen Experimentes, das PIs menschenähnlicher machen sollte. Soweit sie wusste, waren all diese Bemühungen spektakulär gescheitert.

»Bin ich froh, wenn wir aus dem Clipper des Wahnsinns raus sind«, murmelte Lyn und wandte sich seufzend von der Schwärze ab. Dunkle Ringe verunstalteten die Augen der jungen Unternehmerin. »Noch ein bisschen, und beim nächsten Mord hättet ihr nach der Täterin nicht lange suchen müssen.«

Die Sitze zogen sie zurück in eine stabile Position, und die Displays vor ihnen leuchteten auf. Sie zeigten die Mondoberfläche, grau und von Kratern gezeichnet. Es gab aber auch Spuren vergangener Mondmissionen: Helium-Tagebau. Riesige plane Flächen, Hügel aufgeschichteten Mondgesteins und breite Straßen im Staub, verlassen und nutzlos. Die Stimme des Bordcomputers erklärte:

»Unter uns sehen Sie den Yue-Long-Abbau. Dieser wurde nach dem Platzen der Exo-Commodity-Börsenblase nur zwei Jahre nach seiner Aufnahme eingestellt. Die Anleger verloren acht Billionen Yuan, als dank einer unerwarteten Revolution in der Reaktortechnologie die gerade erst gebauten Fusionskraftwerke von Helium Drei auf Wheelwrights LHPS-Technik umgestellt wurden.«

Amanda hörte nur mit einem Ohr auf die Ausführungen. Die *Grand Vision* glitt jetzt knapp über der Oberfläche dahin, sodass sie den Mond auch auf der Videoverkleidung der Kabine gut sehen konnte. Der Clipper verzögerte weiter, und die ersten Kuppeln von Serenity Base kamen in Sicht. Von einer Plattform stiegen sechs pyramidenförmige Drohnen auf, die sich an den Clipper hefteten. Das Vibrieren der Triebwerke verebbte, die Drohnen bremsten die *Vision* sanft ab, drehten sie und flogen mit ihr über Kuppeldächer und in die Mondoberfläche tauchende Tunnel, die von der Station wegführten. Amanda war erstaunt, wie riesig alles war. In der Dokumentation hatte es geheißen, dass nie mehr als zwanzig Menschen in Serenity Base lebten, dabei hatte sie das Gefühl, ein Stadtviertel mit tausenden Wohnungen zu überfliegen. Durch die transparenten Oberflächen einiger Kuppeln sah sie grünes Laub und das Blau von Wasserflächen schimmern. Andere Gebäude wirkten bunkerartig mit massiven Mauern, die aus verklebtem Mondgestein bestanden. Zwischen zwei goldenen Türmen im Zentrum der Station drehte sich ein gewaltiges holografisches Rad über dem Wheelwright-Motto *Plus ultra*. Doch das Gefühl der Zugehörigkeit, das Amanda früher bei diesem Anblick empfunden hätte, blieb aus. *Wenn Link hier war, ist es Wheelwright vielleicht auch*, überlegte sie.

»Für wen ist das alles?«, wunderte sich Lyn und fügte ungnädig hinzu: »Vor Leuten, die in Luftschlössern leben, sollte man sich hüten.«

Die Schleppdrohnen drehten die *Grand Vision*, sie sank langsam, glitt über eine Schräge und erreichte eine geschützte Landebucht. Stützen entfalteten sich aus dem Grund und verankerten das Raumschiff. Die Drohnen lösten sich, und von dem Gebäude auf der rechten Seite schwenkte eine Fluggastbrücke heran.

»... und bitte seien Sie vorsichtig beim Aussteigen«, schloss der Computer seine Verabschiedung. »Aufgrund der geringen Schwerkraft sollten Sie kleine, bewusste Schritte machen und darauf achten, sich nicht hart abzustoßen oder schnell zu drehen. Es besteht Verletzungsgefahr.«

Als Amanda vor Lyn zum Ausgang ging, hatte sie tatsächlich das Gefühl, mit einem etwas zu forschen Schritt abzuheben und mit dem Kopf die Kabinendecke zu rammen, wie es Turner dann auch überdreht vorführte. »Das ist, als wäre man in einem Spiel!«, ließ er alle wissen. »Hier hat jeder Superkräfte!« Tim Fischer schüttelte den Kopf und schob seinen Teamcaptain weiter. Mike half dem betrunkenen Harris, der *Division-By-Zero* im Vorbeigehen wünschte, Korrosion möge ihn zerfressen. Weiter hinten kümmerte sich eine Service-PI um Mann, da der Gutachter ohne Hilfe nicht einmal seinen Sitz verlassen, geschweige denn stehen konnte. *Der Rausch hat sich wohl nicht gelohnt,* dachte Amanda mitleidlos. Die Aggression und die Erschöpfung der anderen Ermittler zerrten an ihren Nerven, da halfen auch nicht die Videobilder einer menschenleeren Savannenlandschaft vor dem Kilimandscharo an den Wänden und der Decke der Brücke. Ständig hatte sie das Bedürfnis, sich fremde Gefühle aus den Augen zu reiben. Lyn hatte ihre Anspannung wohl gespürt, denn sie berührte ihren Arm und beschleunigte ihre Schritte.

»Lass uns nach vorn gehen.«

Der Ankunftsbereich, den sie betraten, war noch luxuriöser eingerichtet als die Lounge auf dem Raumhafen. Amanda erinnerten die intelligenten Oberflächen der Einrichtung und die geschäftig hin und her fliegenden Drohnen an den utopistischen Konsumtraum aus einem von Julians Magazinen. Plötzlich blieb Turner stehen und fragte: »Wer ist das? Hoffentlich nicht unser Gastgeber.« Ein Kerl mit braunem Vollbart und nervösen Augen hatte sich von einem Kofferhaufen erhoben und eilte ihnen entgegen, wobei er einen Golfschläger über den Boden hinter sich herschleifte. Amanda erkannte Bogart Wheelwright erst auf den zweiten Blick. Ihr ehemaliger Arbeitgeber trug einen fleckigen weiß-blauen Hausanzug und einen roten Bademantel, der mit verschränkten Ärmeln über seinen schmalen Schultern hing wie ein flauschiges Cape.

»Warum kommt ihr erst jetzt?«, beschwerte er sich lautstark und deutete mit dem Schläger. »Los, ladet mein Gepäck ein! Ich will hier raus!« Der Ärmel des Bademantels hob sich und strich ihm beruhigend über den Kopf. »Hush, hush ...«, sagte das Kleidungsstück. Der Blick des Billionärs flackerte unsicher, als er die Ankömmlinge zum ersten Mal richtig musterte. Sein Mund stand offen.

»Mr. Wheelwright?« Amanda trat vor. »Bogart?«

»Wer sind Sie? Arbeiten Sie für mich?« Der CEO der Wheelwright-Gruppe wich vor ihr zurück und hob drohend den Schläger.

»Sie kennen mich«, sagte sie, wagte sich aber nicht näher heran, sondern behielt den Driver im Blick. »Amanda Chershi, ich bin ... war die leitende Ingenieurin des AIUD-Projektes.«

Sein Bademantel flüsterte ihm etwas zu, und seine Linke pflügte seinen Bart.

»Danke, Marlene, ich weiß, dass sie für mich arbeitet! Ich vergesse nie ein Gesicht, ich habe ein perfektes Gedächtnis!« Der Driver sank ein Stück.

»Sieht aus, als hätten wir ein Problem.« Turner klang eher belustigt.

»Sie sind nicht hier, um mich zu retten?« Wheelwrights Blick verdunkelte sich, sein Duft verriet Unsicherheit.

»Wir sind herbestellt worden«, sagte Amanda. »Waren Sie das? Haben Sie uns gerufen?«

Er starrte nur, und sie war sich nicht sicher, ob er sie verstanden hatte. Sein Blick schien ins Leere zu gehen.

»Haben Sie uns wegen eines Auftrages eingeladen?«, fragte Harris streng.

»Wie denn?«, stieß Wheelwright hervor. »Ich bin ein Gefangener!« Wieder flüsterte der Bademantel. Der Billionär lauschte und murmelte: »Du hast recht ... Du hast recht! Wenn sie nicht zu mir gehören ...« Er presste die Lippen zusammen und deutete mit dem schweren Metallkopf des Golfschlägers auf Amanda. Sein Duft hatte sich in ihrer Vorstellung zu einem Bild verdichtet: Tang schwappte um seine Beine, sein Haar bestand aus Seegras, und Salzwasser rann über sein Gesicht. Ihr wurde kalt und sie musste den Blick abwenden.

»Hey, Freund!« Lyn drohte ihm mit ihrem Metallkoffer.

Mike trat an ihnen vorbei.

»Golfschläger runter, sonst hole ich ihn mir!«

Wheelwright sah aus, als wollte er etwas erwidern. Überraschend ließ er den Driver fallen, wirbelte herum und lief mit weiten Sprüngen davon. Der Bademantel klammerte sich an seine Schultern. Am Durchgang begegnete er einer großen Frau mit kurzem blondem Haar und einem Clipperoverall, die gerade in den Saal trat. Erschrocken wich er vor ihr zur Seite, schlüpfte mit dem Rücken zur Wand vorbei und rannte, als sei der Teufel hinter ihm her. Lotte Konsdotter hatte ihm keine Beachtung geschenkt, sie trat in die Lounge, stemmte die Rechte in die Hüfte und wartete auf die Reisenden.

»Drecksroboter«, fluchte Turner. »Dich wird man auch nicht los.«

Mike lachte. »Das nenne ich Stehauf-Qualitäten.«

»Danke für die Hilfe«, sagte Amanda.

»Kein Ding«, meinte die Antiope. »Ich glaube nicht, dass er Sie wirklich angreifen wollte. Er hatte einfach nur Angst.« Er ging, hob den Schläger auf und betrachtete den Kopf, in den etwas eingraviert war: *Excalibur*.

»God save the King«, knurrte Harris.

»War das der echte Wheelwright?«, wollte Lyn leise wissen.

Amanda nickte.

»Ich habe schon erlebt, dass er abgelenkt wirkte, aber so habe ich ihn noch nie gesehen.«

»Ich bezweifele, dass ihn irgendjemand schon so erlebt hat«, sagte *Division-By-Zero*.

Nach dieser seltsamen Begrüßung schien niemand die Führung übernehmen zu wollen. Im Pulk gingen sie auf Konsdotter zu, vorbei an dem Gepäckberg und einem Handwagen. Die Pilotin wartete geduldig. Als die Distanz schrumpfte, legte sich ein Gewicht auf Amandas Brust. Sie atmete tief ein und hielt Lyn am Handgelenk zurück.

»Was ist?«, fragte die Waliserin besorgt.

Wie kann das sein? Amanda brachte nur zwei Worte heraus. »Diese Frau.«

»Die PI«, verbesserte sie Lyn.

»Willkommen in Serenity Base«, begrüßte Konsdotter sie gut gelaunt. »Sie wurden sehnlichst erwartet.«

»Sehnlichst, hm?«, meinte Harris. »Für eine zerstörte Parallele sehen Sie recht neuwertig aus.«

»Vielen Dank.« Konsdotters Lächeln war falsch, aber ihr Geruch bestand aus tausend verschiedenen Düften. Eine überwältigende Präsenz, die alles um sie herum beherrschte. *Das ist der gleiche Gestank wie bei den PIs, die mich gerettet haben.* Als die falsche Pilotin sie ansah, stockte Amanda der Atem.

»Leider muss ich Ihnen mitteilen, dass sich der Zeitrahmen unserer Wahrheitssuche enger gestaltet als ursprünglich erhofft«, sagte die Kunstfigur mit ihrem warmen skandinavischen Akzent. »Bis Samstagmittag müssen die Ergebnisse vorliegen ...«

»Das sind nur drei Tage!«, beschwerte sich Harris. »Was für schlampige Ermittlungen kann man in drei Tagen durchführen?«

»Hoffentlich erfolgreiche«, antwortete Konsdotter glatt.

»Wieso diese Eile?«, fragte *Division-By-Zero*.

Die Pilotin hob die Hand. »Meine Zeit ist knapp bemessen. Ich muss eine Entscheidung treffen, und das schon bald. Ich hätte mir auch mehr Zeit gewünscht, aber die ist nicht vorhanden. Stattdessen biete ich Ihnen jedwede Unterstützung für Ihre Bemühungen. Da Sie zurzeit die einzigen Gäste sind, können Sie sich Ihre Quartiere frei wählen – das Gepäck wird Ihnen gebracht. Alle Gebäude stehen Ihnen offen, und Sie haben unbeschränkten Zugriff auf die technischen Einrichtungen, inklusive der Produktionsstätten und des Stationshauptcomputers Pythia. Kurz gesagt: Für die Dauer der Ermittlungen übergebe ich Ihnen die Station.«

»Keine Gäste?«, fragte Mann mit belegter Stimme. Er hing an einer Servicemaschine, die auch sein Handgepäck trug. »Auch kein Personal? Das ist nicht möglich. Wo sind sie?«

»Viel Erfolg.« Konsdotter löste sich in einen Schwarm kleiner Drohnen auf. Amanda erkannte die Schwimmer, die auch auf der Odyssee-Station gearbeitet hatten. Nur bewegten sie sich hier nicht schwimmend, sondern eher wie große Vögel: Mit scheinbar kräftigen Flügelschlägen erhoben sie sich in die Luft und flogen auseinander. Ihre Präsenz war mit dem Zusammenhalt verschwunden, jetzt waren es nur noch gewöhnliche Maschinen.

»Warten Sie! Was ist mit den Angestellten passiert?«, rief Mann und streckte vergeblich die Hand nach einer Drohne aus.

Das folgende Schweigen wurde von Fischer gebrochen: »Wird unser Aufenthalt auf drei Tage verkürzt oder machen wir danach Urlaub? Was heißt das jetzt?« Er hatte leise gesprochen und blickte nach einer Antwort suchend zu Turner, der nur mit den Schultern zuckte.

»Sayonara.« Oda marschierte lässig aus dem Saal. Eine der Drohnen setzte sich auf seine Schulter und färbte sich schwarz.

»Meinten Sie *Bai-bai*? Oder darf ich das als Drohung auffassen, Mr. Oda?« *Division-By-Zero* lief hinter ihm her.

»Schön, zwei Spinner weniger«, seufzte Harris. »Mike, an die Arbeit.« Er ging an Amanda und Lyn vorbei und machte dabei schon wieder einen erstaunlich entschlossenen Eindruck. »Wo quartieren wir uns am besten ein, um die Infrastruktur optimal zu nutzen?«, fragte er seine PI. »Du entscheidest.«

»Darf ich mitkommen?«, meldete sich Staroll. Sie hatte sich bisher im Hintergrund gehalten.

Harris musterte sie und meinte dann untypisch milde: »Solange Sie unsere Arbeit nicht behindern.«

Mike hatte Wheelwrights Golfschläger auf seiner Schulter abgelegt und winkte ihr, zu folgen. »Mylady.«

»Sollten wir nicht alle zusammenbleiben?«, fragte Fischer.

»Das ist keine Klassenfahrt«, erklärte die PI.

Amanda überwand die Starre. *Jetzt habe ich den Beweis. Die Antworten sind hier.* Und ihr blieben drei Tage, um sie zu finden. »Gehen wir«, sagte sie zu Lyn.

»Du willst hinter Wheelwright her?«

Amanda nickte. »Trotz dieser Show könnte er der Auftraggeber sein, es würde Sinn ergeben. Und selbst wenn er es nicht ist, muss er wissen, was hier los ist. Es ist seine Station.« *Oder war es.*

»Klingt vernünftig. Gut, fangen wir uns den reichsten Mann der Welt.« Der Gedanke beflügelte Lyn. Sie winkte eine der Drohnen herbei, die brav auf ihrem Zeigefinger landete. »Führ uns zu Bogart Wheelwright.«

Die Drohne nickte mit dem Köpfchen, leuchtete dabei grün auf und machte sich auf den Weg.

Sie folgten dem Vogel durch Korridore, deren Videooberflächen berühmte Marktplätze auf der Erde simulierten. Vom Markusplatz in Venedig gelangten sie rechts auf die fahnengeschmückte Plaza Mayor und durch eine kurze Passage über ein chinesisches Laternenfest zu einer Loop-Kapsel, die an ein Goldfischglas mit abgeflachten Seiten erinnerte. Amanda war froh, als sich die Türen schlossen und die um Hologramme angereicherte Menschenmenge hinter ihnen zurückblieb. Die Kapsel hob sich, getragen von Magnetfeldern. In mäßiger Geschwindigkeit schwebten sie durch eine Öffnung und an einer langen Fensterfront entlang, durch die sie in eine leere und dennoch hell erleuchtete Einkaufspassage sehen konnten. Dutzende weiße PIs warteten auf Kunden. Es gab alles, was Gäste für ihren luxuriösen Mondurlaub brauchten, und mehr. Einblendungen auf der Kapselscheibe bewarben exklusive Kleidungsstücke, Schmuck und Schuhe.

Lyn beendete den Spuk mit einer Handbewegung, indem sie zwei bunt gekleidete und aufwendig geschminkte Versionen ihrer selbst wegwischte. »Mann hat recht, was ist mit den Angestellten? Sind welche hier in Serenity Base?«

Die Drohne leuchtete rot auf.

»Keine?«

Grünes Leuchten.

Das ist vollkommen unmöglich, dachte Amanda. »Wohin sind sie gegangen?«

Weißes Leuchten.

»Heißt das, du weißt es nicht? Oder darfst du es nicht sagen?«

»Manipulierte Daten, das kennen wir ja schon«, meinte Lyn. »Ich frage mich, ob sich das gegen uns richtet oder Teil des Falls ist.«

»Schau, da ist Wheelwright ... Langsamer, Kapsel!«, befahl Amanda.

Mit den angestrengten Sätzen eines unsportlichen Mannes eilte Wheelwright durch die Passage. Die Kapsel bewegte sich parallel zu ihm. Wenn er den Kopf drehte, müsste er sie bemerken. Vor einem Modegeschäft blieb der Billionär stehen, schnappte sich einen Ständer mit schreiend bunter und teilholografischer Designerkleidung und schleuderte ihn vor sich in den Bereich einer automatischen Tür, die sich öffnete. Wheelwright sprang hindurch und lief weiter, während sich die Maschinen ans Aufräumen machten.

»Interessant.« Lyn hatte sich auf einen der Haltegriffe zwischen den hochgeklappten Sitzen gestützt und beobachtete alles mit einem undurchschaubaren Lächeln. »Falls das eine Show ist, hat er schauspielerisch mehr drauf, als ich ihm zugetraut habe.«

»Immerhin ist er einer der klügsten Köpfe unserer Zeit ...« Amanda zuckte zusammen, als Wheelwright beim Versuch, einer PI auszuweichen, über ein Mandarinenbäumchen fiel. Ungelenk rappelte er sich auf, wobei er einige der reifen Früchte aufsammelte.

»Du kennst ihn, ist dir irgendetwas Verdächtiges aufgefallen? Abgesehen davon, dass er offensichtlich durchgedreht ist.«

»Ehrlich gesagt war ich so überrascht, dass ich auf nichts weiter geachtet habe. Aber er ist zweifellos Bogart Wheelwright.«

»Der große Visionär.« Wheelwright futterte im Laufen Mandarinen und stolperte erneut. Lyn zog die Brauen hoch. »Okay, sein Projekt, seine Mitarbeiter ... Das soll er erklären.« Sie wandte sich an die Drohne: »Weißt du, wo er hinwill?« Die Maschine blinkte grün. »Bring uns vor ihm ans Ziel, ohne dass er uns entdeckt. Und sorg dafür, dass er dort nicht gleich wieder abhaut.« Sie zwinkerte Amanda zu, die errötete.

An einer Kreuzung stieg die Kapsel gerade nach oben, drehte sich und schoss durch eine Schleuse in eine matt erleuchtete Welt aus Glas und am Boden verankerten Designermöbeln, die alle das goldene Wheelwright-Rad als Thema hatten. Die Kugel stoppte am Übergang zwischen dem in grauem Mondgestein und Messing gehaltenen Wohnbereich auf der linken Seite und einem weißen Arbeitsbereich auf der rechten. Die Türen öffneten sich auf beiden Seiten, und die Drohne flog Richtung Wohnzimmer. Die Luft war warm und duftete nach altem Holz. Neben dem Esstisch hing das Gemälde eines Mohnfeldes an Schnüren. Amanda glaubte darin einen Monet zu erkennen. Und das Weizenfeld unter einem dunkelblauen Himmel, das neben der fast drei Meter hohen Bronzeskulptur eines Rades hing, war eindeutig ein van Gogh. »Das müssen Wheelwrights Privaträume sein«, wunderte sie sich. »Dürfen wir hier sein?«

»Es hieß, wir hätten überall Zugang und vollen Zugriff auf die Technik.« Lyn warf sich auf das überbreite Sofa, dessen Federung sie hüpfen ließ. Sie verschränkte die Hände hinter dem Kopf und wandte sich an die Drohne. »Pythia, mach das Licht um zehn Prozent heller, lass den Duft weg und gib mir als Raumatmo fallende Kirschblüten«, befahl sie. Das Licht erstrahlte, und vor den gläsernen Zwischenwänden wehten holografische Kirschblüten. Eine Simulation, so realistisch, dass Lyn einen anerkennenden Pfiff ausstieß und sich aufsetzte.

Amanda sah sich nach den Projektoren um, ohne sie zu entdecken.

»Tja, es stimmt.«

»Das heißt aber nicht, dass wir Wheelwright als Auftraggeber ausschließen können. Wenn ich den Verdacht von mir ablenken wollte, würde ich es genauso machen.«

Die Drohne blinkte zweimal grün.

»Wheelwright?«, fragte Amanda.

Grün.

Sie folgten ihr auf den Flur und zu einer massiven Bronzetür, die über und über mit goldenen Rädern bedeckt war. *Das Ego eines Königs, der jedem Ding sein Siegel aufdrückt,* dachte Amanda. Ein Profil, das zu dem Auftraggeber passte. Andererseits, warum dann nicht sein Siegel auch auf die Einladungen setzen? Sie wären vermutlich noch bereitwilliger gekommen. Für Amanda jedenfalls traf das zu.

Als Lyn die Hand nach dem Türöffner ausstreckte, flog die Drohne dazwischen und leuchtete rot.

»Nicht?«

»Noch nicht«, vermutete Amanda. Sie lehnte sich an die Wand, ihr Magen knurrte. Ihr altes Problem: williger Geist, schwaches Fleisch. Sie schloss die Augen.

»Du hast vorhin etwas namens AIUD erwähnt«, sagte Lyn. Als Amanda nicht antwortete, fuhr sie fort: »Ich nehme an, das ist diese echte Intelligenz, die du erwähnt hast ... Ich habe dich noch nicht nach dem Wheel-Anschlag und dem Super-KI-Projekt gefragt.«

Amanda hörte den Signalton von Lyns Com.

»Und dafür bin ich dir dankbar.«

»Natürlich vertraue ich darauf, dass du es sagst, wenn etwas davon für unseren Fall wichtig wird.«

Amanda versteifte sich. »Okay.«

»Glaub mir, es gibt auch in meinem Leben Dinge, über die ich nicht leicht sprechen kann. Manchmal trifft es einen wie ein verdammter Hammer und man möchte nur noch schreien.«

»Im Schreien war ich noch nie gut.« Amanda knetete ihre kalten Hände und schüttelte das Bild der fallenden PIs ab. *Jetzt kein Flashback. Konzentriere dich auf das Hier und Jetzt.*

»Du solltest es versuchen, mir hat es geholfen.« Lyn klang so überzeugt, dass es einen Duft auslöste.

»Solltest du mir nicht vorschlagen, dass ich mit jemandem darüber spreche? Mir Hilfe suche?«

»Ich bin nicht wirklich der Typ für *Geteiltes Leid ist halbes Leid*. Ich denke, das haben wir gemeinsam.« Lyn schaltete ihren Com ab und fügte altklug hinzu: »Wir reden ja nicht über Stressbewältigung, die Probleme überforderter Eltern oder eine Midlife-Crisis, die man mit einem neuen Freund und Shopping kuriert.«

Küken, dachte Amanda spontan, hatte dann aber den Verdacht, dass Lyn von einigen Dingen, insbesondere was Beziehungen anging, tatsächlich mehr verstand als sie. An der Uni des Lebens hatte sie eher ein Fernstudium betrieben und das Nebenfach *Männer* früh abgewählt.

»Unser Gespräch über künstliche Intelligenzen müssen wir auch noch fortführen«, sagte Lyn. Eine nüchterne Feststellung. »Es gibt Dinge, über die du dir klar werden musst.«

Dinge? Was für Dinge? Während Amanda darüber nachdachte, schlug etwas gegen die Tür. Mit einem Signalton wechselte die Farbe der Drohne auf Grün.

»Los geht's!« Lyns Präsenz explodierte als Tulpenduft. Sie drückte auf den Öffner. Die Tür fuhr in die Wand, und Bogart Wheelwright, der mit dem Rücken an ihr gelehnt hatte, kippte ihnen mit einem überraschten Schrei entgegen. Er fiel auf den Boden, wand sich und schnaufte sie an. Sein Bademantel nahm die Ärmel zur Deckung hoch.

Amanda kannte Wheelwright als einen in helle Funktionsstoffe gekleideten und stets perfekt gestylten Visionär mit vor Intelligenz sprühendem Blick. Ein Mann, der die Menschen begeistert hatte, wenn er von einem Dutzend zugleich geträumter Träume sprach und das unbegrenzte Selbstvertrauen verströmte, sie alle zu verwirklichen. Jemand, dessen Geist nichts Schweres an sich gehabt hatte. Der Mensch, der ihr nun zu Füßen lag, wirkte ausgezehrt und gebeugt, ein flugunfähiges Nervenbündel, das Verfall ausdünstete.

Lyn grinste.

»Bogart Wheelwright, Mister Disruptive Technology, Sie wollte ich schon immer mal kennenlernen. Wir hätten da ein paar Fragen.«

Der Bademantel peitschte seinen Gürtel in ihre Richtung.

Amanda streckte beruhigend die Hände aus. »Bitte ... Haben Sie keine Angst.« Wheelwright schien sie nicht zu hören. Er warf sich herum und versuchte, erst auf allen vieren und dann rennend, den Durchgang zum Treppenhaus und den Loop-Kapseln zu erreichen. Lyn und Amanda folgten ihm. »Wir wollen nur wissen, was hier passiert ist!«, rief

Amanda. Vor Wheelwright schoss das Feuerschott aus der Wand und verriegelte. Er knallte mit dem Gesicht dagegen.

Lyn sog Luft zwischen die Zähne. »Autsch. So habe ich das nicht gemeint.« Die Drohne leuchtete entschuldigend blau auf. Wheelwright stützte sich an dem Schott ab. Erst zögerte er, sich umzudrehen, der Bademantel streichelte seinen Kopf, dann richtete er sich auf und wandte sich entschlossen um.

»Ich wusste gleich, dass Sie zum Feind gehören!«, verkündete er, und etwas Blut rann aus seiner Nase. »Ich habe eine überragende Menschenkenntnis. Das bestätigt jeder.«

Amanda wischte den Zitronenduft weg.

»Sie sind wirklich lahmgelegt.« Lyn betonte jedes Wort und verströmte diebische Freude. »Das meinten Sie vorhin, als Sie sagten, Sie seien ein Gefangener. Pythia, die PIs, nichts hört auf Ihre Befehle. Sie mussten Ihr Gepäck selbst packen und per Karren zur Schleuse befördern.«

»Wirklich?«, wunderte sich Amanda.

»Du hast es doch auch gesehen: Er kommt nicht mal durch die automatischen Türen, wenn er nichts in den Sensorbereich wirft. Er ist praktisch ein Geist. Selbst seine eigene Wohnung ist für ihn verschlossen. Sieh dir die Tür an.«

Amanda hatte die Wohnungstür bisher nicht von außen betrachtet. Kratzer und Kerben bedeckten die Kanten. Spuren vieler Werkzeuge, die alle nicht zum Erfolg geführt hatten.

»Keine Gelegenheit, sich zu rasieren, keine regelmäßigen Mahlzeiten.« Lyn schnupperte. »Keine Dusche. Er ist nicht unser Auftraggeber.«

»Für wen arbeitet ihr?«, fragte Wheelwright mit gespielter Selbstsicherheit. »Diese Hexe Gao von YG? Die Koreaner? Wer auch immer mich in den Wahnsinn treiben will, sagen

Sie demjenigen, ich bin so ruhig wie ein Berg, nein, ein ganzes Gebirgsmassiv! Sie wollten, dass ich mich wie ein Nichts fühle, weil die Türöffner und die PIs nicht mehr auf mich reagieren und die Maschinen mir alles wegnehmen.« Er hob den Kopf. »So leicht bin ich nicht kaputt zu kriegen! Dann wolltet ihr, dass ich verhungere, aber ich weiß genau, wo es in den Geschäften Früchte und Süßigkeiten gibt! Ich kann hier ewig überleben!«

»Dafür sind wir nicht verantwortlich«, sagte Amanda. »Wir wollen nur verstehen, was passiert ist.«

»Pah, ersparen Sie mir Ihre Lügen!«, verlangte er mit großer Geste, und der Bademantel verschränkte die Ärmel vor seiner Brust.

»Ich verspreche Ihnen, wir arbeiten nicht für Ihre Konkurrenten«, beruhigte ihn Lyn, nun etwas freundlicher. »Kommen Sie, wir gehen rein.« Die Tür öffnete sich für sie. »Die Haustür bleibt bis auf weiteres offen«, wies sie die Drohne an.

Sie gingen in das Wohnzimmer, wo der Holzduft gegen Frischluft ausgetauscht worden war.

»Das ist ein ganz schönes Chaos.« Lyn setzte sich aufs Sofa und legte ihre Schuhe auf die gravierte Platte des Kristallglastischs. »Glaubst du die Geschichte von dem geheimnisvollen Konkurrenten?« Die Drohne setzte sich auf ihre Schulter, und Lyn stupste ihr mit dem Finger gegen das Köpfchen, woraufhin die Maschine zwitscherte.

»Nein, aber er glaubt daran«, antwortete Amanda. »Er spielt nicht … Könntest du also etwas netter zu ihm sein?«

»Du bist dir sicher?«

Sie nickte. »Denk daran, wir haben nicht gerade gute Nachrichten im Gepäck.«

»Falls er das mit Solink nicht schon weiß …« Trotzdem nahm Lyn die Füße vom Tisch und sah sich gelangweilt um. Als sich an der Tür nichts regte, befahl sie: »Wheelwrights Lieblingsplaylist starten!«

Amanda setzte sich neben sie. Leise Klaviertöne fielen wie Regentropfen in den Raum.

»Paul Hindemith.« Lyn lehnte sich zurück. »Immerhin.«

Zögernd betrat Wheelwright seine Wohnung, blieb am Ende des Flurs stehen und spähte düster durch die Glaswand in den Wohnbereich. Ihre Blicke begegneten sich. Als Lyn ihren Fuß hob, legte Amanda ihr die Hand aufs Knie.

»Nein.«

Wheelwright ging nach rechts, ohne sie aus den Augen zu lassen. Wasser rauschte, kurz darauf erschien er mit nassem Haar und einem Tablett voller Lebensmittel und Flaschen. Er setzte sich ihnen gegenüber in den breiten Sessel, trank Gurken-Limetten-Soda und stopfte sich einen Wrap in den Mund. Sein Bademantel belegte derweil Cracker mit Lachscreme und Pastete. Dafür nutzte das Kleidungsstück flexible Metallfasern, die vorher in den Ärmeln verborgen gewesen waren und die sich zu filigranen Werkzeughänden verbanden. Im hellen Licht sah Wheelwright noch schäbiger aus. Seine Haut glänzte fettig, sein Bart stand stachlig ab, und verschorfte Wunden an seinen Händen zeugten von der Arbeit an der Tür. Die Ringe unter seinen Augen sprachen von mehr als nur Schlafmangel. *Panische Angst über einen langen Zeitraum,* dachte Amanda und beobachtete schweigend, wie der reichste Mann der Welt das Essen in sich hineinschlang, als fürchtete er, sie könnten es ihm wegnehmen. Als Bogart fertig war, entspannte er sich etwas. »Danke«, murmelte er, »das wurde wirklich Zeit.« Er sah Amanda an. »Ich versuche schon seit Wochen, hier reinzukommen, aber seit der Sabotage ist mein Account gelöscht. Ich bin ein Gefangener in meinem eigenen Reich. Sie arbeiten wirklich nicht für YG?«

»Wirklich nicht«, versicherte ihm Lyn. »Wie meine Partnerin sagte, sind wir hier, um herauszufinden, was geschehen ist. Was war das für eine Sabotage?«

Er zuckte mit den Schultern, lehnte sich zurück und traktierte seinen Bart mit den Fingern. »Am zwölften Januar gab es einen katastrophalen Energieausfall, alles war betroffen, auch die Not- und Backupsysteme. Als Pythia wieder online ging, hatte jemand von außerhalb die Kontrolle übernommen. Nur Marlene konnte ich neu booten.« Wheelwright drückte den Ärmel des Bademantels, als wäre es eine Hand. »Der Angriff traf mich, als ich besonders verwundbar war. Zwei Tage zuvor hatten wir durch eine Explosion in einem Loop-Tunnel die Kommunikation zur Erde verloren. Link und sein Team stecken seitdem in einer außenliegenden Forschungseinrichtung fest ...«

Zitronen, dachte Amanda und wandte den Blick ab, bevor sich der Gestank weiter verfestigen konnte. Wusste er mehr, als er zugab, oder hatte er nur die Hoffnung aufgegeben und wollte das nicht eingestehen?

»Der Unfall ereignete sich am Zehnten«, sagte Lyn, als wäre die Information neu für sie. »Das war ... ein Freitag, und am Sonntag erfolgte der Angriff? Das heißt, Link und seine Leute waren schon zwei Tage abgeschnitten? Warum wurden sie nicht gerettet?«

»Das haben wir versucht, aber alles ging schief.« Es war offensichtlich, dass Wheelwright sich nicht gern erinnerte.

Ungeduldig beugte sich Lyn vor. »Geht das genauer?«

»Bitte«, fügte Amanda hinzu.

»Wir waren hier zu siebt: vier von Links Mitarbeitern aus der Nachtschicht, der Stationsingenieur Satish Tida, unser Arzt Dr. Leodi und ich. Natürlich haben wir den zwölf Eingeschlossenen sofort einen Transporter und PIs geschickt, aber die blieben unterwegs liegen ...« Sein Bademantel zog sich an ihm hoch und flüsterte ihm etwas ins Ohr. »Ja, Marlene, ich weiß, dass die Einrichtung streng geheim ist! Daran musst du mich nicht erinnern.« Er lächelte. »Meine Assistentin, immer etwas übereifrig ... Jedenfalls konnten wir Link nicht erreichen. Aber wir schmiedeten einen neuen Plan, und Links Leute fuhren raus, um zu helfen. Ich habe alles von der Zentrale aus koordiniert. Sechs erfahrene Mitarbeiter, die den Weg schon Dutzende Male zurückgelegt hatten, trotzdem kamen sie nicht an. Sie sind einfach – verschwunden.« Er hatte zuletzt leise gesprochen, jetzt nahm er einen Schluck Soda.

Die Wahrheit. Amanda wurde kalt.

»Verschwunden?« Lyn sah ihn mit festem Blick an. »Was heißt das?«

»Ich war nur kurz weg, habe mich geduscht und umgezogen. Als ich in die Zentrale zurückkam, stand der Transporter zwischen Serenity Base und dem Labor, niemand meldete sich ... Der Computer gab mir keine vernünftige Antwort, also habe ich die PIs geschickt. Sie haben lange gesucht, aber nicht mal einen Stiefelabdruck gefunden. Nicht mal einen Abdruck! Und Sie wissen, wo wir hier sind?« Sein Blick flackerte, und der Gestank nach verrottendem Seetang gab einen Eindruck von dem Horror, den er gefühlt hatte, als die Maschinen in den leeren Transporter eingedrungen waren und die Umgebung untersucht hatten.

»Siebzehn Mitarbeiter sind sehr wenige für so eine riesige Station«, sagte Lyn. »Warum haben Sie keine Hilfe von der Erde gerufen?«

»Die Explosion ...«

»Hat die Verbindung gekappt«, unterbrach sie ihn. »Das sagten Sie. Aber wie soll ich mir das vorstellen? Wir sind hier nicht am anderen Ende des Sonnensystems. Hier muss es Hunderte geeignete Kommunikationsgeräte geben.«

»Hören Sie«, sagte er unwillig, »vielleicht habe ich mich geirrt und der Angriff begann schon früher. Aber diese Fragen können warten. Wir müssen Link und seine Leute retten. Das ist jetzt wichtiger.«

Als sie Links Namen hörte, senkte Amanda ihren Blick. »Joshua Solink ist tot«, sagte sie bedrückt.

Lyns Haltung versteifte sich. *Zu früh und zu direkt*, sagte ihr Blick.

Bogart Wheelwright sah Amanda an, als hätte sie ihn geohrfeigt. *Sie waren mehr als Partner*, erinnerte sie sich. *Freunde seit dem Teenageralter, ein legendäres Gründerteam. Der abgehobene Visionär und der ebenso geniale, aber bodenständige Ingenieur: Logos und Ergon.*

Wheelwrights Lippen bebten. »Link ist nordwestlich von hier in unserem Computerlabor. Es gab eine Explosion, das müssen die Akkus eines Loop-Transporters gewesen sein, die Strecke wurde ...«

»Das waren nicht nur Akkus, das ganze Labor wurde zerstört«, sagte Lyn. »Vermutlich hat niemand überlebt.«

»Ich denke, das wissen Sie auch«, sagte Amanda. »Sonst hätten Sie längst etwas von Solink gehört.«

»Nein, das Netzwerk ist gehackt. Er kommt, sobald er einen Weg findet, es zu resetten.« Eine Lüge, diesmal eindeutig. Wheelwright hielt sich an seinem Bademantel fest, aber Marlene schien nicht zu wissen, was sie sagen sollte, und putzte mit den Gürtelinstrumenten einige Krümel von sich.

»Bitte vertrauen Sie uns, wir werden herausfinden, was geschehen ist«, bat Lyn.

»Ich bewunderte Ihren Freund«, sagte Amanda, als Wheelwright nicht reagierte. »Link ist mein Vorbild, er war es schon, als ich meinen ersten Kern baute. Seinetwegen habe ich mich bei Wheelwright AI beworben, als das Zentrum in Austin aufgebaut wurde. Wir werden herausfinden, wer für seinen Tod verantwortlich ist. Bitte helfen Sie uns.«

Wheelwright blickte nur teilnahmslos vor sich hin, und seltsam, seine Anspannung ließ nach. Genauso gut hätte er eine Systemabsturz-Meldung auf der Stirn tragen können.

»Was war das für ein Computerlabor, in dem er gearbeitet hat?« Lyn sprach leise, aber drängend. »Und wo sind die vermissten Mitarbeiter? Es muss Spuren gegeben haben, Videoaufzeichnungen. Niemand verschwindet einfach so ...« Sie zog ihren Com hervor und wandte sich an die Drohne, die kopfüber an der auffälligen Deckenlampe hing. »Schick mir die Namen und Daten. Hier ... Wo sind Lev Arad, Hanna Loo, Bill Lotham, Alexis Mann, Marcel Leodi und Satish Tida?«

»Der Master braucht Ruhe«, klagte Marlene.

»Dein Master rückt besser mit der Wahrheit raus!« Lyn verlor die Geduld und gab alle guten Vorsätze auf. Sie lehnte sich vor, um vor seinem Gesicht ungeduldig mit den Fingern zu schnippen. Marlene versuchte sie mit den Ärmeln daran zu hindern, und auch Amanda fiel ihr in den Arm. »Das kannst du nicht machen! Er ist traumatisiert!«

Gerade als Lyn ihr das Gegenteil mit weiterem Schnippen beweisen wollte, lächelte Wheelwright seltsam und fragte:

»Mein Space-Center-Projekt, was halten Sie davon?«

»Space-Center?«, wunderte sich Lyn und sank zurück auf das Sofa. »Was ist das?«

»Stellen Sie sich vor, Sie steigen auf der Erdoberfläche in einen Lift, und nach einer gemütlichen Fahrt von zwei Stunden gelangen Sie auf die Odyssee-Station, die dann zu einem Raumhafen und einem Freizeitpark mit künstlicher Schwerkraft erweitert ist«, erklärte er. »Dort können Sie in Clipper Richtung Mars und in Richtung der Jupitermonde umsteigen oder einfach nur mit Ihrer Familie Spaß haben. Manch einer sagt, das sei unbezahlbar und würde als meine persönliche Spruce Goose enden. Aber ich weiß, dass die Idee gut ist. Wenn ich den Lift baue, wird der Markt dafür ganz von selbst entstehen.«

Amanda suchte nach Worten. Der abrupte Themenwechsel verunsicherte sie, aber mehr noch das frische Leuchten seiner Augen und sein Rosenduft. Er war wie ausgewechselt, als säße ein anderer Mensch vor ihr.

Lyn stützte sich auf den Kristalltisch. »Ihr Freund und viele Ihrer wichtigsten Angestellten sind tot, und Sie reden von irgendwelchen Geschäften!«

Der Bademantel kuschelte sich an ihn. »Niemand ist tot!«, behauptete Wheelwright. »Das hier ist nur ein Rückschlag. Ich denke immer positiv.«

»Vertrau auf dich selbst«, unterstützte ihn Marlene.

»Ich habe diese Realitätsflucht schon einmal beobachtet«, sagte Amanda. »Eben war er noch konzentriert in einem Fachgespräch mit Julian, und als ihm die logischen Argumente ausgingen, tauchte er in die Welt seiner Projekte ab.«

Das erinnerte sie an etwas, das die Krankenhaustherapeutin zu ihr gesagt hatte: *Die Menschen reagieren in Extremsituationen spontan mit den Bewältigungsstrategien, die sie schon häufig erprobt haben.*

Lyn fühlte sich verarscht und wurde laut: »Was ist mit den Vermissten passiert? Ich kann Ihnen die Kontrolle über Ihr Apartment zurückgeben, sogar über ganz Serenity Base, aber zuerst brauche ich Antworten! Wo sind Ihre Angestellten? Wer ist unser Auftraggeber? Warum wurden ausgerechnet wir beauftragt? Reden Sie, Wheelwright!«

Er erhob sich und wanderte herum. Seine Hand fuhr durch die holografischen Kirschblüten. »So viele Aufgaben, meine Damen, und immer zu wenig Zeit. Ich entschuldige mich, aber ich muss in Bewegung bleiben. Ein Geist, der sich nicht bewegt, verdorrt und stirbt ...« Trotz Lyns Protest verließ er den Raum, doch vorher wandte er sich an Amanda. »Gehen Sie jetzt bitte, ich muss nachdenken.« Der Bademantel winkte ihr zum Abschied, es lag etwas Trauriges in der Geste.

Als sie das Apartment verließen, wandte sich Amanda an die Drohne, die fröhlich neben ihnen herflatterte.

»Bitte gib ihm Zugriff auf alles, was er braucht.«

»Du bist zu nett zu dem Kerl«, meinte Lyn. »Ich traue ihm weniger als einer Spam-Mail, und seine Geschichte stinkt von beiden Enden her.«

Wettstreit der Ermittler

Harris lehnte mit offenem Sakko und verschränkten Armen an der Wand des Gemeinschaftsraumes, betrachtete die Hologrammporträts der zwölf Opfer sowie der sechs Vermissten über dem Konferenztisch und lauschte auf die Ergebnisse von Mikes Solo-Ermittlung. Der konzentrierte Ausdruck auf seinem kantigen Gesicht beeindruckte Jenna Staroll sehr. Sie saß in ihrem roten Freizeitanzug im Schneidersitz auf dem Sofa, einen Mango-Spinat-Smoothie in der Hand. *Das also sind Profis. Ich dachte immer, echte Polizisten wären dröge Beamte, aber die beiden sind original abgebrühte Kinocops.* Sie sah zu Mike. *Die Straßen sind verdorben wie die Sünde und hart wie die Klinge eines Springmessers*, dachte sie mit rauchiger Gedankenstimme. *Aber wir zwei sind härter.* Sie grinste und zog etwas von ihrem Smoothie durch den Strohhalm.

Anfangs hatte sie befürchtet, sie könnte Harris lästig fallen, wenn sie sich einfach bei ihm und Mike in der Suite einquartierte, aber hier war genug Platz, um notfalls eine ganze Fußballmannschaft unterzubringen. Es gab vier hochmoderne Schlafzimmer, ebenso viele Bäder, ausgestattet mit allem Luxus, einen tennisplatzgroßen Gemeinschaftsraum mit Konferenzausstattung, ein Fitnesszimmer, mehrere Arbeits- und Medienzimmer und eine Küche, in der gerade ihr persönlicher PI-Butler auf Richards Befehl hin Eier und Speck briet. *Harte Eier und harter Speck*, dachte Jenna.

»Sag mal, was grinst du dauernd?«, fragte Mike verwundert.

Sie errötete, schluckte und winkte ab. »Alles gut, ich bin nur dankbar, euch helfen zu dürfen. Ich bin ja keine Ermittlerin, den Wettbewerb könnte ich ohnehin nie gewinnen.« Sie gähnte hinter vorgehaltener Hand. Der Flug war lang gewesen, auch dank Turners Generve und diesem fehlprogrammierten Reporter.

»Schön, wir wissen jetzt also mehr über den Aufbau der zerstörten Halle und über die Opfer«, sagte Harris nachdenklich. »Alle Mitarbeiter von Joshua Solink wurden als Urlauber geführt und wohnten auf den Ebenen vier und fünf im roten Turm nahe bei der Loop-Hauptstation und den Maschinenhangars.«

»Tatsache ist, fast alle in den letzten Jahren registrierten Urlauber waren in Wirklichkeit Wheelwright-Mitarbeiter«, sagte Mike. »Zahlende Kunden gab es kaum.«

Jenna betrachtete die Hologramme der Opfer. Die meisten der Dargestellten waren schon jenseits der fünfzig und hatten sich auch keine Mühe gegeben, es zu verbergen. Kurzes graues Haar überwog. Elf Ingenieure, außerdem vier Sicherheitsspezialisten, zwei Ärzte und eine Psychologin, obwohl diese Einordnung ihnen nicht ganz entsprach, denn alle hatten Mehrfachqualifikationen. Zwölf waren schwarz umrandet – die Toten in der Ruine –, sechs rot – die Verschollenen.

»Aber was ist mit Ray?«, fragte sie. »Und Plastic Fish?«

»Wer soll das sein?«, wollte Richard wissen.

Mike grinste. »Ray Tan, du weißt schon, der Neopoper, der klingt wie ein pubertierender Seehund.«

»Da gibt's so einige«, kam die trockene Antwort.

»Und Plastic Fish ist die Chefin des Sound News Project.« Mike wandte sich an Jenna. »Du musst entschuldigen, er holt sich seine Nachrichten immer noch von der BBC.«

Klar tut er das und poliert dabei seine Knarre. »Ist doch schön.«

Mike überlegte. »Man könnte noch den ein oder anderen Spitzensportler auf die Liste der VIPs setzen, über deren Reisen in den letzten Jahren berichtet wurde. Tatsächlich gibt es Hunderte bekannte Persönlichkeiten, die trotz der hohen Kosten gern mal Serenity Base besuchen wollen, aber angeblich ist die Warteliste überfüllt, und das Los entscheidet. Die wenigen, die einen Platz im Clipper ergattern, kommen groß in den Medien raus. So verschleierten Wheelwright und Link ihre Personalbewegungen.«

»Und wie wird die Station dann finanziert, wenn nicht über Gäste?«, fragte Jenna.

»Wheelwright sitzt auf einem Geldberg, der bis hierherauf reicht«, meinte Harris. »Dem Kerl gehört das Jubilee-Net.«

»Klar.« *Dumme Frage.* Sie saugte am Strohhalm.

»Ehrlich gesagt ist die Frage gut.« Mike fuhr mit der Hand am Hologramm vorbei, und die achtzehn Dargestellten machten einer Simulation der Station Platz. Gebäude leuchteten in verschiedenen Farben auf. »Vor zwei Jahren rechnete ein Experte in einem Artikel auf Purely Financial vor, dass die Kosten für Serenity Base und die Odyssee-Station bei mindestens einundvierzig Milliarden Dollar pro Jahr lägen, eine Summe, die weder durch Besucher noch durch Forschung wieder eingefahren werden könne. Aber jetzt kommt es: Laut des Stationscomputers Pythia betragen die tatsächlichen Betriebs- und Wartungskosten des letzten Jahres nicht einmal zwei Milliarden, und da sind der Stationsausbau, neunundzwanzig Crane-A-Flüge und die beiden Clipper mit eingerechnet. Tatsächlich geht die Hälfte des Budgets für Lizenzgebühren, Fremddesigns und Markenrechte drauf. Die Energieversorgung, die Lebenserhaltung, Gebäudewartung und Neubau, die Herstellung der Maschinen und Einrichtung, das alles bildet eine lückenlose Wirtschaftskette, die vollautomatisch fast nur aus lokalen Ressourcen bestritten wird. Dazu gehören auch der Wasserkomet, der um den Mond kreist, und einige Biomassefabriken, die unter der Oberfläche liegen. Die blau und grün hervorgehobenen Blöcke, die ihr hier seht, sind riesige Assembler mit Nano-Endstufen. Copy-and-Paste in Perfektion. Das ist die voll etablierte fünfte Wirtschaftsrevolution, menschliche Arbeit und Tauschwerte spielen keine Rolle mehr. Und die Wheelwright-Gruppe behält alles für sich. Nichts davon gibt es auf dem freien Markt.«

Ich habe eine gute Frage gestellt, freute sich Jenna und unterdrückte ein Gähnen.

»Deshalb steht hier alles leer«, sagte Harris. »Die haben es nicht nötig, etwas zu verkaufen.«

»Ja, aber wieso?«, fragte Mike. »Sie könnten Billionen Dollar scheffeln, wenn sie diese Technologien auf den Markt werfen würden.«

Harris stützte sich auf den Tisch und überlegte: »Haben wir es hier mit einem Bond-Bösewicht 2.0 zu tun? Wozu die Welt mit all ihren Problemen beherrschen, wenn man sich eine neue, idiotenfreie machen kann? Ich sollte mir wohl Wheelwright vornehmen.« Der letzte Satz klang aber, als würde er sich heute nichts anderes mehr vornehmen als sein Essen, das der Butler in diesem Moment aus der Küche brachte. Mike hatte sämtliche Systemkameras der Suite stillgelegt und den Transceiver der PI zerstört, damit sie nicht als Spion gegen sie eingesetzt werden konnte. Der Schaden an der Schläfe des Butlers war alles andere als hübsch, außerdem beeinträchtigte er offenbar die optische Wahrnehmung der PI. Ab und an stockte der Butler in einer Bewegung und musste sich neu orientieren.

»Ich habe Wheelwrights Apartment identifiziert und die Überwachungsanlage angezapft«, erklärte Mike. »Iden und Chershi hatten bereits ein recht interessantes Gespräch mit ihm ... Im Grunde hat er aber nur das bestätigt, was auch Pythia behauptet ...«

Harris sah auf den Teller, und sein Blick verfinsterte sich. »Halt mal die Hände unter«, befahl er dem Butler, dann kratzte er den mitgelieferten Tomatensalat sorgfältig auf dessen Handflächen. Dabei funkelte er Mike an.

»Dann friss eben nur Dreck und fall tot um!«, knurrte die Antiope genervt.

Jenna schoss vor Lachen fast der Smoothie durch die Nase.

Harris errötete und gab dem Butler ein Zeichen, zu verschwinden. Die Maschine ruckte und wandte sich um.

Mike seufzte und fuhr fort: »Es wäre meiner Meinung nach möglich, dass Wheelwright der Auftraggeber ist. Laut des unvollständigen Stationslogbuchs gab es am zwölften Januar diesen ungeklärten Vorfall, bei dem das Pythia-System massiv beeinträchtigt wurde. Ein Großteil seiner Leistung ist weg und viele Daten wurden gelöscht.«

»Also war auch das kein Unfall«, stellte Jenna fest.

»Kein Unfall, und seitdem gibt es keine Anzeichen eines Kontaktes zur Erde ... Was, wenn es darum ging, die Zerstörung des Computerlabors zu ...« Er richtete sich auf und schien auf etwas zu horchen. »Verdammt, dieser Reporter schon wieder!«

»*Division*?«, fragte Harris kauend.

Mike ging zu dem Hologramm, das herauszoomte. Die gesamte Station und deren nähere Umgebung waren zu sehen, erfüllt von blauen Punkten, viele davon bewegten sich. Er drehte das Bild.

»Was ist?«, fragte Jenna.

»Probleme.« Mike fixierte das Hologramm auf einem Bereich der Mondoberfläche oberhalb der Loop-Hauptstation. Ein Schwarm Punkte bewegte sich von der Station weg. Das Bild zoomte auf ein Heer von Servicemaschinen, die über die Oberfläche rannten und sprangen.

Sie folgen dem Verlauf des Tunnels, erkannte Jenna.

»Er hat die Stationsmaschinen unter seine Kontrolle gebracht und sucht jetzt den Tatort entlang der Loop-Strecken«, erklärte Mike. »Mit all den PIs kontrolliert er die Station *und* den Tatort mit den Beweisen.«

Harris brummte und gabelte sich nachdenklich Speck in den Mund.

Jenna war aufgesprungen, hatte ihren Becher in eine Halterung gestellt und betrachtete die Roboter. »Können wir ihn nicht daran hindern, die PIs einzusetzen?«

»Er hat sie mit einem Code gesichert«, sagte Mike. »Es ist meine Schuld, damit hätte ich rechnen müssen.«

»Pythia ist aber noch offen?«, fragte Harris und spießte den nächsten marmorierten Streifen auf.

»Ja, sie lässt sich nicht sichern …«

»Dann lass *Division* machen, wenn er meint, so ans Ziel zu kommen. Solange er uns nicht aktiv behindert, halten wir uns zurück.«

»Was soll das heißen, *wenn er meint?*«, ärgerte sich Mike. »Das sind über zweihundert Paar Augen und Hände, die für ihn arbeiten. Die können in wenigen Stunden jedes Trümmerstück analysieren.«

»Und wenn es zweitausend wären, meine Intuition sagt mir, dass sich der Fall so nicht lösen lässt.«

»Deine Intuition?« Mike rieb sich die verdächtig blanke Schläfe. »Kommen jetzt wieder die berühmten Fragen, die wir nicht beantworten können und die uns deshalb nicht weiterbringen?«

Jenna beobachtete ihn fasziniert.

Harris ging zum Tisch, den Teller in der Hand. Er schaltete das Hologramm aus. »Wenn dieser Fall echt ist, wenn wir also ein reales und für den Auftraggeber bedeutsames Ermittlungsergebnis liefern sollen, dann können Sensoren und Rechenleistung nicht die Lösung sein. Nein, das hat er schon selbst versucht und bestimmt jedes Staubkorn umgedreht. Der Tatort ist nicht bloß aufgeräumt, er ist gründlich durchsucht worden. Da ihn die Opfer dabei offensichtlich nicht interessierten, stellt sich die Frage: Worum geht es eigentlich? Dreh- und Angelpunkt ist die Identität des Auftraggebers. Wenn wir ihn verstehen, verstehen wir auch seine Frage hinter dem Fall, und nur dann werden wir ihn vielleicht lösen. Mike, ich will, dass du die Liste mit Verdächtigen aktuell hältst.« Er verzog das Gesicht. »Und mach dir nicht so viele Gedanken um *Division-By-Zero*. Wir werden nicht effektiv sein, wenn wir uns gegenseitig nervös machen.«

»Ich denke, du unterschätzt ihn«, grummelte Mike zurück.

Harris stellte seinen Teller hart auf den Tisch. »Du willst, dass wir ihn aufhalten? Es ihm heimzahlen, was er im Clipper abgezogen hat?«

»Oh ja!«, seufzte Jenna und errötete, als beide sie ansahen. Sie zuckte mit den Schultern. »Wegen dem Griefer kann ich kaum die Augen offen halten. Außerdem war das sehr unsportlich, oder nicht?«

»Ja«, sagte Mike. »Nur wie kriegen wir ihn dran? Hast du einen Plan, Star?«

Tatsächlich kam ihr spontan eine Idee. »Vielleicht … Wann erreicht er die Ruine?«

»In etwa zweiundzwanzig Minuten«, sagte Mike.

Jenna streckte sich. »Wir müssen also nur zügig einschlafen, um vor ihm dort zu sein.«

»Um was zu tun?«, fragte Mike zweifelnd.

Sie tat geheimnisvoll, klopfte sich auf die Oberschenkel und erhob sich. »Er müsste die Halle an der Schleuse oberhalb des Loop-Tunnels erreichen. Treffen dort in zwanzig Minuten.«

»Schön, das will ich sehen«, meinte Harris. Er nahm noch ein Stück Ei für den Weg, dann ging er in sein Schlafzimmer, vor dem sein Koffer stand. Das Gepäck war schon Minuten nach ihrem Einzug geliefert worden. Mike folgte ihm und nahm den Koffer mit.

»Ich hoffe, du hast einen guten Plan«, sagte die PI.

Das hoffe ich auch. In ihrem Zimmer legte sich Jenna in die rechte der beiden Schlafkapseln. Dank Videofolie schien sie genau wie die Tür direkt auf dem Mondboden zu stehen. Die Sonne verschwand hinter dem Horizont und gab Raum für das Licht der Sterne. Der durchsichtige Deckel senkte sich, und sie blickte auf zu den Konstellationen. Von der Kapsel kamen außerweltliche Klänge. *Was, wenn es nicht funktioniert?*, dachte sie. *Werden sie mir dann je wieder vertrauen?* Sie hatte schon ein zerbrochenes Team und eine Karriere, die implodieren würde, sobald jemand die Wahrheit über Turners Betrügereien herausfand. *Unsere Betrügereien. Die Chance, mich zu distanzieren, habe ich schon lange verpasst.* Sie starrte an die Decke und überlegte, den Videohintergrund zu ändern oder sich vom Butler eine Schlaftablette geben zu lassen, doch war sie bereits zu träge, um den Öffnungsmechanismus zu erreichen. Durch die Klänge der Kapsel verebbten ihre Gedanken und Sorgen, und ihr fielen die Augen zu. »Los geht's«, seufzte sie.

Der Tatort lag in stiller Dunkelheit, überall nur Trümmer und Staub. Jenna fühlte sich so hellwach wie nach acht Stunden Schlaf. Eilig lief sie einen Weg entlang, von dem sie hoffte, dass er zur Schleuse führte. Antike Gaslaternen wuchsen neben ihr aus dem Boden und beleuchteten den schattigen Weg, um hinter ihr wieder zu zerfallen. Aus den Augen, aus dem Sinn. Hastig eilte sie an einem der gefrorenen Toten vorbei. Sie hatte in virtuellen Umgebungen schon hundertmal Schlimmeres gesehen, dennoch hämmerte ihr Herz. War sie hier richtig? Ein Hinweisschild wuchs vor ihr in die Höhe. Natürlich war sie genau in die entgegengesetzte Richtung gelaufen. Etwas Schweres landete hinter ihr. Obwohl sie protestierte, hob Mike sie auf seine Arme. »Noch dreißig Sekunden, wir müssen uns beeilen.« Er warf einen Blick auf das Schild. »Du stehst auf Old School?«

»Ich kann laufen«, wandte sie verlegen ein.

»Sicher, nur nicht schnell genug.« Er stieß sich ab und katapultierte sie beide hoch in den luftleeren Raum. Während sie flogen, bemerkte Jenna ein Licht tief unter ihnen und machte Mike darauf aufmerksam.

Er sah nicht einmal hin. »Iden und Chershi. Die beiden untersuchen die unterste Ebene, aber sie werden nicht viel Glück haben.« Sie landeten, und Mike stieß sich erneut ab.

»Wieso?«, fragte Jenna. »Was ist dort?«

»Was auch immer es war, ich konnte es nicht identifizieren. Die Zusammensetzung der Schlacken spricht für weitere Computerkomponenten, es könnten aber genauso gut alte Roboter, Kühlschränke oder Spielzeuge gewesen sein. Masse und Zusammensetzung der Materie lassen sich natürlich noch genauer bestimmen, aber eine Rekonstruktion der Ursprungsform ist ausgeschlossen.«

»Vielleicht ist das die Frage hinter dem Fall. Schließlich hat sich jemand viel Mühe gegeben, es zu zerstören.«

»Dann hätten wir schlechte Karten.«

Harris leuchtete ihnen mit einer Taschenlampe entgegen. Er stand oben auf einem Schrotthaufen, von dem aus er auf die Schleuse herabblicken konnte, und stützte sich auf einen Regenschirm.

»Da seid ihr ja endlich«, begrüßte er sie. »Sie kommen fast zu spät zu Ihrer eigenen Show.«

»Entschuldigung. Ich habe mich verlaufen.« Jenna fühlte sich wie eine gemaßregelte Schülerin.

Harris nickte und brummte nachsichtig. »Na los, ihr beiden.«

»Noch sechs Sekunden«, sagte Mike, den Blick fest nach vorn gerichtet.

Ein Schimmer Gold glänzte über dem Horizont. Jenna fragte sich gerade, ob das Licht von Serenity Base kam, als sie eine Bewegung bemerkte. Eine weiße Maschine landete auf der Schleusenkammer und starrte sie an. Kurz darauf landeten zwei weitere, deren Blicke sich ebenfalls auf die Wartenden richteten. In ihren Stirnen flammten Lichter auf. Immer mehr Maschinen sprangen über die graue Landschaft und schossen zwischen den Resten der Tragstreben durch in die Ruine. Zwanzig, fünfzig, hundert Service- und Wartungs-PIs ... Sie waren überall, wie ein Schwarm, eine Herde. Jenna verlor vor lauter Bewegung fast die Übersicht. Harris dagegen stand scheinbar entspannt da und behielt das Schleusendach im Auge. *Division-By-Zero* landete zwischen zweien seiner Helfer.

»Interessant«, meinte er fröhlich und deutete auf den Detektiv. »Harris, nicht wahr?« Sein Finger wanderte zu der Antiope. »Mike – die Haltung ist unverwechselbar. Sie beide scheinen als Einheit zu zählen. Und …« Er deutete auf Jenna und wippte mit dem Finger, als müsste er nachdenken. »Staroll. Immer ein bisschen burschikos. Ihre Fernpräsenzkörper werden Ihnen wirklich nicht gerecht.«

Fernpräsenz, dachte Jenna überrascht und fuhr sich unwillkürlich mit der Hand über den Arm. Sie hatte noch gar nicht darüber nachgedacht, dass sie hier ja auch in irgendeiner Form existieren musste, um mit den Dingen zu interagieren.

»Das war euch nicht klar?«, amüsierte sich der alte Herr.

Die Lichter Dutzender Maschinen strahlten sie an wie Bühnenscheinwerfer. Der Trümmerwall lag in gleißender Helligkeit.

Harris deutete mit seinem Regenschirm auf *Division-By-Zero*. »Du hast dir alle Parallelen unter den Nagel gerissen, Schreibmaschine.«

»Ich ziehe *Division-By-Zero* vor. Und ja, Mr. Harris, ich kam als Erster auf die Idee. Gut für mich.« Er lief über die Schleuse und landete mit einem sportlichen Satz vor Harris. »All is fair in love and war, ist es nicht so, Landsmann?«

»Vielleicht, aber meine beiden Freunde hier finden, dass du für die Aktionen im Clipper noch einen Dämpfer verdient hast.«

»Und das wollen Sie übernehmen?« Der verschrammte Reporter wirkte so gar nicht beunruhigt.

»Nicht ich – Ms. Staroll.«

Division-By-Zero lächelte frech. »Ausgerechnet die junge Dame, die wohl am wenigsten von allen Mitspielern hier verloren hat?«

Jenna fühlte den Stich. »Ich wurde genauso eingeladen wie du.«

»Wohl kaum. Soweit ich das verstehe, sind Sie im Spiel des Auftraggebers nur ein Bauer, der längst hätte fallen sollen. Keine Ahnung, wieso *Die Antwort* für Sie auf der Station zurückgeblieben ist. Er war der einzige Konkurrent, der mir gefährlich werden konnte ... Nun, offensichtlich war er nicht entschlossen genug. Aber wenn er das Spiel aufgegeben hat, weil er sich um Sie gesorgt hat, sollte ich Ihnen wohl dankbar sein.«

Jenna kämpfte die aufsteigende Gefühlsflut in sich nieder. Sie hielt auch Mike zurück, der vor Wut zitterte.

»Psychotricks«, knurrte Harris. »Das ist wohl deine Masche: bisschen soziales Hacking, bis die Leute dir das liefern, was du willst.«

»Bitte, unterhalten Sie mich«, verlangte *Division-By-Zero*. »Geben Sie mir eine Geschichte, die es wert ist, aufgeschrieben zu werden.«

»Die nächste Kapitelüberschrift habe ich genau hier.« Jenna hob die rechte Hand. Ihr Herz klopfte, Mondstaub wirbelte vom Boden auf, eine Pikdame-Spielkarte formte sich und erschien zwischen ihren Fingern. Ohne *Division-By-Zero* aus den Augen zu lassen, reichte sie sie Mike. Am Rand ihres Sichtfeldes erhaschte sie einen Blick auf die eng beschriebenen Reihen von Buchstaben und Zahlen, welche die Kartenrückseite bedeckten.

Mike pfiff überrascht. Er zerknüllte die Karte, die zu Staub zerfiel, dabei grinste er. »Dass das möglich ist …«

»Er ist also richtig?«, fragte sie.

Mike nickte.

»Wird das ein Zaubertrick?«, fragte *Division-By-Zero* süffisant. »Soll ich für Sie an eine Zahl denken? Oder eine Karte ziehen?« Er lachte sein Altmännerlachen und schickte sich an, zwischen Harris und Jenna durchzuschlüpfen. Seine Hand hing schon über ihrer Schulter, um gönnerhaft darauf zu klopfen, als er erstarrte und sie ungläubig ansah.

»Wie haben Sie das gemacht?«

Sie blickte in seine graublauen Sensoraugen, die im Gegensatz zu allem anderen an ihm nagelneu aussahen. Jenna richtete den Kragen seines Sakkos und meinte: »Noch viel Glück bei deinen Recherchen, Mr. Reporter.« Sie wandte sich von ihm ab und stieg Richtung Weg. Mike bedeutete Harris mit einem Blick und einer Kopfbewegung, dasselbe zu tun. Sie gab sich Mühe, cool zu wirken, bekam aber eine Gänsehaut, als sich all die weißen Maschinen mit ihnen drehten, davonsprangen und das Zwielicht des Tatorts mit ihren Stirnstrahlern erhellten. *Geschafft.*

»Wie war ich?«, fragte Jenna, als sie dem Weg folgten, vorbei an Maschinen, die nun für sie arbeiteten. Der Adrenalinrausch eines ehrlichen Sieges vibrierte durch ihren Körper, und sie fühlte sich so gut wie seit Wochen nicht mehr.

»Du warst so cool!«, brach es aus Mike hervor. »*Division* sah aus, als stände er kurz vor einer Kernschmelze.«

»Ja, das hat er nicht kommen sehen.« Sie ließ ihre Finger durch das Haar ihres Fernpräsenzkörpers gleiten.

»Ich habe die Maschinen mit allem upgegradet, was ich über Forensik weiß. Und das ist nicht wenig. Der Tatort gehört praktisch uns, und *Division* behalte ich auch im Auge.« Mikes Vergnügen war ansteckend.

Jenna ließ eine Gaslaterne entstehen, inklusive einiger großer Nachtfalter, die malerisch darum flatterten, nur um sich mit einer Hand am Mast um diesen herumzuschwingen. »Wir hätten uns auch selbst Maschinen machen können, doppelt so viele, wie er hatte. Ich hätte sie nur wünschen müssen. So hätten wir ihn auch stoppen können.«

Harris war bisher still gewesen, nun hielt er sie auf, indem er ihren Arm ergriff. »Was stand auf der Karte?«

»*Divisions* Zugangscode für die Service-PIs.« Als er sie weiter anstarrte, fügte sie hinzu: »Ich habe mir vorgestellt, eine Pikdame mit dem Code in der Hand zu halten, und da war sie.«

»Wie sind Sie darauf gekommen, das zu versuchen?«

»Sie haben mir erzählt, dass man sich in der Simulation nur etwas vorstellen muss, damit es sich formt. Es erschien mir als eine logische Lösung.« *Wie in einem Spiel,* dachte sie und wurde sich dabei bewusst, wie verrückt diese Annahme gewesen war. *Er sagte nur etwas von seinem Schirm und einer Waffe. Mike erwähnte technische Geräte. Was ich gemacht habe, ist etwas ganz anderes. Ich habe codierte Daten aus Division-By-Zeros Kern geholt.* Was war dafür nötig? Zumindest vollständige Sektoren- und Kongruenzanalysen, um den Code zu identifizieren. Und natürlich seine Entschlüsselung. Wie das genau ablief, davon hatte sie keine Ahnung. Ihr Lächeln verwelkte. *Und das ist nicht mal eine Simulation.* Als sie sich konzentrierte, sah sie vor sich zwei dürre Maschinen, die eine mit Regenschirm, die andere einige Zentimeter größer, beide ohne Haar ... Hastig wechselte sie zurück zur Simulationsansicht.

Harris ließ sie los. »Ich hätte das nie versucht», sagte er nachdenklich. »Ich wäre überhaupt nicht auf die Idee gekommen, dass das möglich sein könnte. Sie haben da etwas wirklich Wichtiges herausgefunden.«

»Wir sollten das weiter untersuchen«, sagte Mike, nun ebenfalls ernst. »Wie tief geht das Wissen, das uns da zur Verfügung steht? Wir könnten eine Menge Arbeit sparen, wenn es sich als zuverlässig erweist.«

»Es kommt vom Auftraggeber«, sagte Jenna. »Welchen Grund sollte er haben, uns zu belügen?« Sie konzentrierte sich, wie sie es zuvor getan hatte. Tatsächlich formte sich eine neue Karte. Darauf stand die Zahl Acht. »Acht Personen sind zurzeit auf dem Mond ... Das sind aber zu wenige: Wir beide, Tim, Ulrich, Chershi, Iden, Oda, Mann und Wheelwright, das sind schon neun.«

»Vergiss Oda«, sagte Mike, »dann stimmt es. Nur die sechs vermissten Mitarbeiter fehlen.«

»Heißt das, sie sind auch tot?«, überlegte Harris.

»Frag mal, wo sie sind«, schlug Mike vor. »Vielleicht weiß er mehr als Pythia.«

»Okay.« Jenna versuchte es gleich noch einmal. Diesmal blieb die Karte weiß. »Das heißt wohl, er kennt die Antwort nicht.« Die nächste Frage stellte sie laut: »Sind sie tot?« Wieder eine leere Karte. »Da haben wir also ein Geheimnis.«

Harris nahm ihr die Karten aus der Hand und betrachtete sie. »Wir dürfen diesen Aussagen nicht blind vertrauen.«

»Versuchen wir ein Bild des Auftraggebers zu erzeugen«, sagte sein Partner.

Harris nickte, ein Com mit Holoscreen entstand in seiner Linken, in dem Lichtvorhang schwebten zwei Wörter: *No*

Service. Ein Fehlersignal erklang. Er knurrte und warf den Com weg.

Jenna stand mit dem Rücken zur Laterne und konzentrierte sich. Auf ihrer erdachten Karte erschien eine schwarze Silhouette ohne besondere Merkmale: ein ovaler Kopf, Hals, Schultern. Bildunterschrift: *Der Auftraggeber (Symbolbild)*. »Humor hat er ja.«

Flutlichtstrahler erhellten die Tiefe der Ruine, den Krater und die Wände, an denen sich Schockwellen aus Metall und Schlacke gebrochen hatten, um alles in den Dom einer obsidianschwarzen Vorhölle zu verwandeln. Bei voller Beleuchtung bereitete der Anblick der Zerstörung Gwendolyn noch mehr Unbehagen. Ganz abgesehen von der Vorstellung, dass sie hier als Roboterversion existierte. Sie war Amanda gefolgt, dankbar, dass sie nicht allein war. Ihr Weg führte um die in der Schlacke steckenden *Skulpturen* herum zum Eingang des teilweise eingestürzten Tunnels. Dort hatten sie sich eine Arbeitsstation erdacht, einen quadratischen Teppich, darauf einen ergonomischen Drehstuhl und einen geschwungenen Glastisch mit integriertem Terminal und Jubilee-Transceiver auf Amandas Seite; einen mit rotem Plüsch bezogenen Sessel, einen antiken Tisch aus Birnbaumholz und eine Workstation in einem alten Roboterschädel für Gwendolyn.

»Vom Schrott«, meinte Lyn, als sie Amandas neugierige Blicke auf das Gerät bemerkte. »Ein Freund baut die für meine Firma um. Findest du es makaber?«

Amanda schüttelte den Kopf. »Ist ja nur Metall. Aber mich würde es ablenken, weil ich mich immer fragen würde, was er getan und erlebt hat.«

»Dafür könnte ich nie in einer farblosen Box als IT-Legehenne arbeiten. Meine Kreativität lässt sich nicht einsperren.« Zum Beweis schnippte Lyn mit den Fingern und ließ es Tulpen regnen, was sich als weniger attraktive Geste erwies als gedacht. Die Blumen klatschten erst einzeln auf die Tische, dann wurde daraus ein saftiger Hagel, der Möbel und Boden zentimeterhoch bedeckte. Sie hielten die Hände über die Köpfe. Das Lachen tat gut. Es nahm dem Ort viel von seiner Düsternis, und als Lyn die Blumen versehentlich in einen Staubsturm verwandelte, war es Amanda, die die Lage mit klaren Gedankenbefehlen bereinigte. Aus dem Staub erschuf sie einen Schwarm hüpfender Drohnen und schickte sie durch den verbliebenen Spalt in den Tunnel.

Während die Hüpfer das Streckennetz erkundeten, nahm Lyn sich die Datenbrille vor, die sie bei Links Leiche gefunden hatte. Sie reparierte das schwer beschädigte Gerät mit einem Gedankenbefehl und aktivierte es. »Nichts außer ein paar Pflicht-Updates«, sagte sie enttäuscht, nachdem sie den Speicher überprüft hatte. »Er hat das Ding praktisch nicht benutzt.« Sie ließ es zu Amanda schweben.

»Nicht mal die Initialisierung wurde richtig beendet«, wunderte die sich. »Entweder war sie nagelneu oder ein Austauschgerät.« Sie erschuf einen handgroßen Roboter, der die Brille zurück zu Lyn trug und dann vom Tisch sprang und zu Staub wurde.

»Vielleicht ist etwas in den Stiften«, vermutete Lyn. »Ich meine, wozu braucht jemand wie Link Kugelschreiber?« Sie schraubte den ersten Stift auseinander, und die Stahlfeder flog wie ein Pfeil davon. »Ups. Die ist weg ...« Der Stift war nur ein Stift, genauso der zweite. Enttäuscht blickte sie auf die Teile, als Amandas Computer meldete, dass die Hüpfer eine nicht verzeichnete Loop-Station erreicht hatten: Sie gehörte zu einer Pflanzenfabrik, die in Wachstumsschränken und Tanks biologisches Basismaterial für Assembler erzeugt hatte, nun aber in Dunkelheit und Kälte erstarrt war. Die gentechnisch veränderten Pflanzen hingen gefroren in den Hydrokultur-Schalen, und die Produktionsstrecke stand still. Als Nächstes entdeckten sie ein Rohstofflager, in dem Hunderte Elemente und Verbindungen in Form von Pulvern, Granulaten, Gasen und Flüssigkeiten lagerten. Vor den Silos und Tanks standen Einheiten eines Lade- und Transportsystems für Assemblerpatronen verschiedener Größen und Formen. Bündel aus farbigen Röhren führten von der Anlage in eine Nachbarhalle, in der Raumfahrzeuge gebaut wurden. Drei Schiffe, die am Ende die *Grand Vision* wie ein Spielzeug aussehen lassen würden, ragten aus erstarrten Assemblerblöcken, die so hoch waren wie zehnstöckige Häuser. Unter Radlogos standen die Namen »Future«, »Fortune« und »Venture«. Gerüste bedeckten die rechte Hallenwand, darauf lagerte eine kleine Armee elliptischer Drohnen, die in die Aussparungen auf der Oberseite der Schiffshüllen zu passen schienen.

»KI-gesteuerte Fabrikschiffe«, sagte Lyn wider Willen beeindruckt. »Besatzungen sind nicht eingeplant. Offenbar ist Wheelwright nicht bereit, seinen Traum zu teilen.«

»Der menschliche Körper ist nun mal für die Raumfahrt ungeeignet«, war Amandas nüchterner Kommentar. »Ich habe in den Unternehmensnachrichten gelesen, dass sich Bogart für klare Lizenzierungsbedingungen im extraterrestrischen Bergbau einsetzt, aber ich dachte, das wäre nur eine Marketingaktion, eine seiner vielen Ideen für die Zukunft.«

»Wie der Bademantel gesagt hat: Das alles hier ist streng geheim.«

Amanda musste lächeln. »Marlene. Sie war wohl zu unbedeutend, um manipuliert zu werden.«

Das Licht der kleinen Hüpfer beleuchtete erstarrte Roboterkörper. Konstruktions- und Transportmaschinen standen herum oder lagen zusammengebrochen am Boden. Jemand hatte ihre Schädel geöffnet und die Kerne entfernt. Amanda lenkte einige der Drohnen auf die Maschinen, um ihre Navigationsspeicher und USD-Module auszulesen. Doch die fehlten ebenfalls.

»Was wussten sie?«, fragte sich Lyn.

Die Drohnen waren schon viele Kilometer weit durch das Netz vorgestoßen, als eine von ihnen in eine tiefe Halle gelangte, in der zwei Fusionsreaktoren in einem Kraftwerk arbeiteten. Tonnenförmige Geräte, zwölf Meter lang, mit einem Durchmesser von sechs Metern und eigenen Magnetantrieben. Zwei Reaktoren, aber drei Halterungen … Die ganz rechts war nach vorn abgesenkt und ruhte leer über der mit Elektromagneten ausgestatteten Zugangsrinne zum Loop-Tunnel. Während die Drohnen alles erfassten, musterte Lyn unauffällig ihre Partnerin. Amanda wirkte verletzlich, aber entschlossen – trotz all der Narben. *Ich darf mich nicht anfreunden,* ermahnte sie sich. Nicht mit dieser Frau, die Gefühle sogar in Maschinen roch und die mit Wheelwright und Link Albträume zum Leben erweckt hatte. *Sie ist ein Mittel zum Zweck. Wenn du sie dazu bringen kannst, die Dinge wie du zu sehen, wird sie zu einer wertvollen Verbündeten.* Doch ebendas hatte sich bisher als schwierig erwiesen.

»Ich hatte recht«, meinte Amanda. »Der Reaktor kam aus dem Tunnel.«

»Das war kein Unfall«, sagte Lyn. »Das Gerät wurde manipuliert und zur Explosion gebracht wie eine Kernfusionswaffe, um das Experiment zu stoppen und die Beweise mit seinem superheißen Plasma fortzuspülen.«

»Das wissen wir nicht mit Sicherheit.«

Ihre Drohne hüpfte an einem Gerüst hoch und blickte von oben auf die Anlage und die verbliebenen Reaktoren.

»Ich brauche keine Rekonstruktion, um zu wissen, was hier unten war«, sagte Lyn. »Und ich denke, du weißt es auch. Das Gleiche wie in Austin unter dem Wheel-Gebäude: eine von Bogart Wheelwrights Super-KIs.«

Amanda nickte leicht, sie sprach leise: »Das glaube ich auch.«

Das ging leichter als erwartet. »In den Medien hieß es, das Gebäude wurde durch einen Anschlag mit Raketen zerstört. Jemand habe eine militärische Drohne gehackt.«

»Das stimmt.«

»Bist du dir sicher? Könnte es nicht von innen ...«

Sie wurde von Amanda unterbrochen. »Ich habe es hundertmal gesehen! Ich muss nur die Augen schließen, um es wieder zu sehen: Es kam von außen.« Ihr Mund zuckte. »Was denkst du? Dass wir auf einer Bombe gearbeitet haben? Dass Wheelwright und Solink die Hand am Zünder hatten? So war das nicht!« Als Lyn nicht antwortete, fuhr sie leise fort: »Es gab keine *Bombe*, nur etwas, das Link den ZAA-Schalter nannte. ZAA steht für *Zurück auf Anfang*. Er sollte den Turm abriegeln und AIUDs Hardware und alle damit verbundenen Systeme zurücksetzen, ihn quasi mittels Neustart vollkommen auslöschen. Jeden Gedanken, jedes einzelne Bit, selbst die bereits freigegebenen Datenpakete. Anschließend wäre eine Spezialeinheit angerückt, alle wären in Quarantäne gekommen und einer Dekontamination und Befragung unterzogen worden. Mein Boss ... Julian ...« Ihre Stimme schwankte, als sie den Namen aussprach. »Er hatte eine versiegelte Kopie des ZAA-Schlüssels, eine Karte, die er immer an einem Band um den Hals tragen musste. Er hätte nur den Schutzaufkleber abziehen und sie vor irgendeine Kamera im Gebäude halten müssen, um es auszulösen.«

»Vielleicht hat der Neustart nicht funktioniert«, sagte Lyn nachdenklich. »Vielleicht mussten sie deshalb die Marschflugkörper benutzen. Wenn AIUD außer Kontrolle geraten wäre, hätte er katastrophale Schäden anrichten können.«

»Er war aber nicht außer Kontrolle«, behauptete Amanda verstockt.

»Woher willst du das wissen?«

»Ich habe seine Gedankenprozesse überwacht. Niemand war ihm näher als ich.«

Nähe? Was soll das für eine Nähe sein? Du warst doch nur ein Floh in seinem Pelz. Verärgert rutschte Lyn auf ihrem Sessel vor. »Wir reden hier über eine Superintelligenz. Ich kann mir nicht vorstellen, wie man so was verstehen, geschweige denn kontrollieren kann.«

»Wenn man täglich mit jemandem zu tun hat, sich nur mit seinen Gedanken beschäftigt, dann beginnt man ihn zwangsläufig zu verstehen ...«

Lyn lehnte sich über ihren Tisch. »Jemand? Amanda, AIUD war kein Jemand, kein Er, sondern ein Etwas.« Sie ließ einen PI-Kern entstehen und knallte ihn auf den Tisch. »Das hier ist gefährlich, es kann uns täuschen und schwach machen, uns jeden Antrieb nehmen, wenn wir erkennen, dass es sich schneller entwickelt als wir. Warum lernt heute kaum noch jemand Schach, obwohl das früher das Spiel der Könige und König der Spiele war? Und wo sind all die Fremdsprachenexperten hin? Du hast mir von der PI erzählt, die eine eigene Musik-Theorie entwickelt hat, aber weißt du, dass die Zahl der professionellen klassischen Musiker in den letzten zehn Jahren um die Hälfte zurückgegangen ist?«

»Ich habe es gelesen.«

»Sollte es nicht umgekehrt sein? War das nicht das Versprechen, das uns gemacht wurde? Sie machen die Arbeit, und wir schaffen die Kultur ...«

Etwas formte sich neben Amanda, eine insektoide Maschine mit sechs dünnen Ärmchen, von denen vier in medizinischen Multi-Werkzeugen endeten, die übrigen beiden in schmalen, komplexen Händen mit langen, sensorgespickten Fingern. Lyn seufzte überrascht.

»Ein Panazee-Operateur, Ausführung 2048«, erklärte die Ingenieurin. »Unsere Maschinen bringen die Erkenntnisse der modernen Medizin in jedes Dorf auf der Welt.«

»Und machen menschliche Ärzte lächerlich! Das gleiche Prinzip: Wer will einen dritt- oder viertklassigen Pianisten spielen hören, wenn er stattdessen einer PI lauschen kann?« Lyn konzentrierte sich, gab sich Mühe, und tatsächlich erschien ein Konzertflügel auf der erstarrten Schlacke. Er stand zwar reichlich schief, und die auf der Bank sitzende PI musste sich strecken, dennoch begann sie Mozarts Sonate Nr. 18 in D-Dur zu spielen. Die virtuelle Akustik des Unterweltdoms fügte ein feines Echo hinzu.

Amanda blieb unbeeindruckt. »Niemand geht für eine PI in einen Konzertsaal. Außer vielleicht, um sie Stücke im Stil verstorbener Meister spielen zu hören ... oder wenn sie von einem bekannten Künstler unterrichtet wurde. Und es gibt Kompositionen für PIs, die Menschen nicht spielen können.«

»Auch diese Veranstaltungen binden Aufmerksamkeit, die echten Musikern fehlt.«

»Aber vor allem denen, die unkreativ mit der Wiederaufführung klassischer Stücke ihr Geschäft machen. Sind das nicht eher Handwerker als Künstler? Wenn du das verbieten wolltest, müsstest du auch Assembler abschaffen, die digitale Fotografie, selbstfahrende Fahrzeuge und vieles mehr. Und was die Ärzte angeht, hat nicht jeder Patient ein Anrecht auf die bestmögliche Behandlung? Warum sollte man sterben, nur weil der nächste Spezialist zu weit entfernt ist? PIs demokratisieren Spitzenleistung, indem sie sie preiswert und überall verfügbar machen. Wenn du das verbietest, bestrafst du damit gerade die Menschen in ärmeren Regionen …« Mühelos ließ Amanda ein lebensgroßes Diorama mit medizinischen PIs in einem provisorischen OP entstehen. Eine sterile Blase aus Kunststoff füllte ein heruntergekommenes Zimmer vollständig aus. Die Maschinen führten gerade eine OP im Brustkorb eines Kindes durch. Amanda ließ die Erinnerung wie einen Film ablaufen, als wäre das nichts. Das Ganze wirkte wie Wheelwright-AI-Werbematerial und vermutlich war es das auch.

Genial und doch so dumm, ärgerte sich Lyn. Sie wischte nach links und verwandelte ihren schiefen Klavierspieler und den perfekten kleinen OP zu Staub. »Aber das ist doch nicht der Punkt! Wir beide, die mit PIs arbeiten statt in Konkurrenz zu ihnen, können leicht überheblich sein und sagen: Wer damit nicht zurechtkommt, ist eben nicht kreativ genug. Aber nüchtern betrachtet ist das Terror. Wenn ich einen Menschen sehe, der ein Ass in seinem Bereich ist, dann will ich wissen, ob ich das auch kann. Ich weiß, er hat lange Jahre hart an sich gearbeitet, ist seinen Weg gegangen. Also folge ich ihm und versuche sein Niveau zu erreichen, um ihn schließlich zu übertreffen. Vielleicht gelingt es mir, vielleicht nicht. Aber moderne PIs? Was eine Parallele lernt, lernen alle in Form von Update-Erfahrungen. Selbst wenn mal ein Mensch etwas wirklich Neues erschafft, beherrschen es die PIs schneller, als Schüler es lernen könnten. Und als ob das nicht schon demütigend genug wäre, werden sie immer menschenähnlicher gestaltet. Immer öfter wird wie bei Konsdotter der Schein zur Wirklichkeit erklärt. Dann darf man nicht einmal mehr etwas gegen sie sagen, denn es sind ja keine Parallelen, obwohl dieser Begriff sie auch schon überhöht, sondern Persönlichkeiten. Dann ist es kein Automat mehr, der besser aussieht als ich und mich obendrein im Schach geschlagen hat, sondern ein überlegenes Wesen. Das Wort *Roboter* kommt ursprünglich von dem tschechischen Wort für Fronarbeit. Aber ich habe den Verdacht, eine gewisse Klasse weltweit träumt nicht bloß von perfekten Arbeitern, sondern versucht, aus Metall und Kunststoff falsche Götter zu assembeln, die die wertlos gewordenen Massen für sie in Schach halten. Die Wheelwrights, Solinks, Bosums und Gaos erobern den Weltraum und die Planeten, und die einfachen Menschen bleiben auf dem Abstellgleis der Geschichte zurück.«

»So habe ich das nie empfunden«, sagte Amanda bedrückt.

»Weil du zu nah dran bist. Ein Projekt wie AIUD ist für dich immer noch Grundlagenforschung, obwohl die praktischen Folgen einschlagen wie eine Atombombe.«

Amanda wandte den Blick ab. »Du musst keine Angst mehr vor ihm haben, er ist tot. Genauso ermordet wie all die Menschen, die mit ihm gearbeitet haben.«

Der Klang der Trauer in ihrer Stimme machte Lyn fast rasend.

»Es war kein Mensch!«, sagte sie scharf. »AIUD war ein übermächtiger Dschinn, geschaffen, um Investoren Wissen jenseits dessen zu verschaffen, was sie selbst verstehen und kontrollieren können. Das ist tausendmal schlimmer als alles, was sie schon mit normalen PIs veranstalten. Wozu, Amanda? Denkst du, der Vorteil weniger ist so ein Risiko wert?«

»Du kanntest ihn nicht. Anfangs verfügte er nur über einen Basissatz von Daten, gerade genug, um ihn die grundlegenden Zusammenhänge verstehen zu lassen, trotzdem lag schon in seiner ersten Rekonstruktion der Welt so viel Klarheit. Du hättest sehen sollen, wie schön es war – das erste Bild, das er sich von seinen Schöpfern gemacht hat.« Amandas verzweifelter Versuch, sie zu überzeugen, schien sich auf den Staub neben ihr zu übertragen, er tanzte, nahm verschiedene Formen an. Bilder einer Evolution, Erinnerungen an die Gedanken der Super-KI. Entfernt humanoide Lebewesen, die aus dem Staub auftauchten und wieder zerfielen, bis etwas erschreckend Menschenähnliches entstand.

»Da muss er ja nachher sehr enttäuscht gewesen sein«, sagte Lyn und kämpfte gegen die Gänsehaut an, die sie überfallen hatte.

»Ein bisschen«, gab Amanda widerwillig zu. »Aber ich habe gelesen, das sei ein normaler Entwicklungsschritt.«

Klar, wenn er ein verfluchter Teenager gewesen wäre ... Nach kurzem Schweigen gelang es Lyn endlich, den Blick von dem rekonstruierten Menschending abzulenken. »Ich hätte etwas anderes gesehen als du. Ich hätte eine wachsende Gefahr gesehen, etwas, das zu groß und zu schnell für uns ist.«

»Das glaube ich nicht. Du wärst genauso fasziniert gewesen, wenn du seine Gedanken so wie ich untersucht und erkannt hättest, was er an nur einem Tag aus den ausgewählten Daten erschuf. Wir haben so viel von ihm gelernt, Wissen, das die Welt besser machen wird und das schon bald täglich Menschenleben rettet.«

Lyn lehnte sich zurück. Ihr Blick heftete sich an den Roboterschädel. »Dass es so gewesen sein könnte, macht mir am meisten Angst.« Sie erinnerte sich an den Tag vor zwei Jahren, an die Stimme des Dings, das sie angefleht hatte. *Es tat weh ... allein schon das Hinsehen und sie ... es zu hören.* Amanda richtete sich auf, sie wurde bleich und starrte mit großen Augen auf etwas hinter Gwendolyn.

Der Klang eines Schrittes im Staub.

Kleine Hände legten sich mit festem Griff auf Lyns Schultern, und die klagende Stimme eines Mädchens ließ sie zusammenfahren.

»Gwen, wir hätten Freundinnen sein können.«

Ich habe sie gerufen! Lyn wagte nicht, sich umzudrehen und in das von scheinbar ungebändigten schwarzen Locken gerahmte Mädchengesicht zu schauen. In die etwas zu großen braunen Augen und auf das geschickt über dem linken Jochbein platzierte halbmondförmige Muttermal, das ein bisschen nach Unvollkommenheit, aber doch hübsch aussah. Sie konzentrierte sich, so gut es eben ging, und endlich zerfielen die Hände zu Staub.

Amanda und sie starrten sich an, erschrocken, verwirrt. *Er weiß es*, dachte sie. *Er hat alles in meinen Gedanken gesehen.*

»Felia Love«, sagte Amanda. »Warum hast du sie nachgebildet? Was hat sie mit AIUD zu tun?«

»Nichts«, log sie. »Sie ist nur ein Geist aus meiner Vergangenheit. Als Kind mochte ich ihre Songs, als ich noch nicht zwischen Wahrheit und Fake unterscheiden konnte ... Ich war wohl in Gedanken.« Gwendolyn versuchte zu lächeln. *Sprich es aus, mach es wahr.* »Sie bedeutet nichts. Das war auch nur so eine Puppe, mit der sie uns getäuscht haben. Millionen haben sie geliebt und ihre Besitzer märchenhaft reich gemacht ...«

Amanda rieb sich die Augen und wirkte noch bedrückter und auch ein wenig enttäuscht.

Schon klar, du weißt, dass ich lüge. Aber das Leben besteht nicht nur aus Tulpen. Amandas Com gab einen Signalton von sich, und Lyns folgte einen Augenblick später. Dankbar für die Ablenkung rief sie die Nachricht auf.

»Wheelwright. Er lädt alle morgen zum Abendessen ein.« Sie lächelte trotz Gänsehaut. »Es wird bestimmt lustig, die anderen bei der Arbeit zu sehen. Vielleicht knackt ihn ja jemand.«

Tod und Bedauern

»Ich sagte: Morgen Abendessen bei Bogart Wheelwright!«, rief Tim gegen das Motorsurren, Rumpeln und Piepsen in der Kabine des Moontrucks an.

»Wahnsinn!«, rief Ulrich und jagte das Transportfahrzeug über die Kuppe eines Hügels. »Woohoo!«

Tim klammerte sich an den Haltegriff am Fahrzeughimmel. Der Truck landete schwankend auf seinen sechs Ballonreifen, Warnlichter blinkten. *Warum tue ich mir das an?* Er fragte sich das nicht zum ersten Mal, obwohl er die Antwort ja kannte. *Ich hätte mich auf Jennas Seite stellen sollen, als ich die Chance hatte. Dann wäre sie nicht abgehauen, und ich würde nicht neben diesem Idioten krepieren.* Er sah durch die Frontscheibe eine noch höhere Erhebung näher kommen und schloss die Augen. Der Truck sprang, flog eine gefühlte Ewigkeit und landete zuerst mit dem linken Hinterrad. Staub und kleine Steine spritzten, und sie wurden in der Kabine ordentlich durchgeschüttelt. Ulrich johlte und lachte, Tim klammerte sich an seinen Sitz. Endlich drückte Ulrich den Steuerknüppel nach rechts, und der Truck schoss zurück auf den breiten, geräumten Weg. Warnlichter sprangen an und erloschen wieder, Alarmsounds, deren Bedeutung Tim nicht kannte, tickerten und piepten, um im nächsten Moment zu verstummen, doch in seinem Kopf klangen sie nach.

»Warum genau haben wir keine Raumanzüge an?«

»Weil es so viel geiler ist!«, rief Ulrich. »Oder fickst du lieber mit Gummi?«

»Na ja, wenn das Gummi dafür sorgen würde, dass mein Kopf nicht aufplatzt und mir die Augen nicht gefrieren …«

»Nein, tust du nicht!«

»Glaub mir, ich würde leben wollen!«

Ulrich lehnte quasi auf dem Gashebel, was dank der gehackten Motorsteuerung bedeutete, dass sie fast zweihundert Stundenkilometer draufhatten. Der Bordcomputer wollte das nicht gutheißen und stellte die Geschwindigkeit nur noch in Rot und blinkend dar. Und auch Tim war sich nicht sicher, ob man das noch Fahren nennen konnte oder ob das schon Fliegen mit gelegentlicher Bodenberührung war. Aber wenigstens blieb Ulrich auf dem schnurgeraden Weg, und hier gab es keine Felsen. Vor ihnen erhoben sich Tagebaumaschinen, dunkelrote, vielrädrige Riesen für den Heliumabbau. Sorgsam in einer Reihe abgestellt, sahen sie fast aus wie ankernde Schiffe, die nur auf die nächste Flut warteten, doch in Wahrheit waren es aufgegebene Relikte einer gescheiterten Technologie. Tim blickte an dem Spalier der Riesenmaschinen entlang und fragte sich, was jede einzelne davon gekostet hatte und wie viele tausend Rentner ihre Lebensersparnisse jetzt nur noch durch sehr starke Fernrohre als schmutzigen roten Punkt in einer kilometerlangen Reihe von Punkten betrachten konnten.

»Statt uns umzubringen, könntest du Star auch einfach noch mal um Verzeihung bitten.«

»Was hat sie damit zu tun?«, motzte Turner und starrte seinen Freund unverwandt an.

Was sie damit zu tun hat? Wie wäre es mit ›alles‹! »Ulrich, du bist in sie verknallt, und das schon verdammt lange.«

Turner lachte hysterisch.

»Timmy, du redest heute so einen unsortierten Müll! Ich und Star?«

»Du ...« Weiter kam Tim nicht.

»Okay, okay, sie ist vielleicht ein bisschen süß, und ich habe sie ein paar Mal angeflirtet, aber das war nur, weil sie da war – reine Faulheit. Ich fange doch nichts mit einer Teamkameradin an!« Turner schrie fast, und seine Linke würgte den Geschwindigkeitshebel beim Versuch, noch mehr herauszupressen. Die Signalfläche der automatischen Traktionskontrolle glühte im Dauerbetrieb, ohne den Computer und die Andruckdüsen hätten sie sich garantiert schon überschlagen.

»Warum drehst du dann durch, seit sie abgehauen ist?«

»Sie kommt schon wieder, wenn sie sieht, dass wir das Rennen machen! Sie ist sauer: Sie wollte aus eigener Kraft gewinnen. Das verstehe ich, man muss ja Ehrgeiz haben!« Er zuckte mit den Schultern.

Tim bezweifelte sehr, dass Ulrich irgendwas verstand. Anfangs hatte auch er gehofft, dass Jenna es sich überlegen würde, aber die Gespräche mit ihr während des Fluges hatten ihn überzeugt, dass sie ihre Entscheidung getroffen hatte.

»Warum musstest du auch diesen Schwachsinn mit der Pilotin durchziehen?«

Der Truck schlingerte, und ein Potpourri aus Alarmtönen erklang.

»Das war nur eine Maschine! Du weißt, was ich von PIs halte. Mit denen richtet sich die Menschheit selbst zu Grunde …«

»Jaja, sie klauen unsere Jobs und sehen auch noch besser aus, erspar mir die Leier: Du wusstest, wie wichtig Jenna diese Reise war, und hast es trotzdem versaut. Wir beide standen wegen dir wie Idioten da! Und sie ist fast auf der Station zurückgeblieben, weil sie sich auf dich verlassen hatte!«

»Ich habe ihr angeboten, dass wir bei ihr bleiben, aber sie hat mich zum Teufel geschickt! Aber das ist egal! Wir werden diese Ermittlung hacken, und wenn der Preis vergeben wird, ist sie wieder da! So war es immer: Sie meckert: *Lass uns fair spielen und in Würde verlieren*, aber wenn wir dann gewonnen haben, ist sie doch froh.«

»Du bist so ein Idiot!« Tim klammerte sich an den schwankenden Sitz und verfluchte sich selbst. *Ich habe sie gedrängt.* »Hast du überhaupt eine Ahnung, wie gut Star ist?«

»Sie ist ganz ...«

»Mit einem besseren Team hätte sie locker gewonnen! Sie hat mehr Talent als wir, und sie hat härter gearbeitet. Hättest du ihre Granate nicht manipuliert, hätte sie sie eingesetzt und BroSteel schon beim ersten Angriff den gepanzerten Hintern komprimiert. Nur weil sie fair spielen wollte, wurde es knapp. Trotzdem ging ihr Schuss nur haarscharf daneben.«

»Ging er nicht«, sagte Turner mit einem genervten Seitenblick. »Der Schuss war perfekt in der Zone. Instant Kill, ich hätte gar nichts tun müssen. Aber wer kann das ahnen?«

»Du dämlicher, verlogener ...! Warum hast du es ihr nicht gesagt?!«

»Dann wäre sie gleich richtig sauer auf mich gewesen ... He, au!«

Tim schlug mit aller Kraft gegen Ulrichs Arm ... Der Truck brach aus, schlingerte, fuhr auf zwei Rädern und fiel zurück, dass es knallte. Sie klammerten sich an die Haltegriffe, schrien durcheinander. Diesmal sprang ein ganzes Lichtgewitter an. Der Truck bockte immer noch. Er pflügte über einen beim Straßenbau aufgeschichteten Steinhügel, das Heck hob sich, und Tim hing in seinem Sicherheitsgurt. Einen Moment schien es, als würden sie sich trotz der Düsen nach vorn überschlagen, dann griffen die Vorderräder und zogen das Heck nach unten. Die Kabine schlug noch einmal auf ihre Federung. Schließlich blieb der Truck mit leichter Schräglage stehen. Diesmal gingen nicht alle Warnleuchten aus. Tim lauschte mit angehaltenem Atem auf etwaige entweichende Luft, seine Hand tastete über die Türdichtung.

»Willst du uns umbringen?!« Ulrich zitterte.

»Du rast doch wie ein Selbstmörder!« Tims Hände waren kalt, und ein eisiger Schweißtropfen rann über seinen Hals in den Kragen seines T-Shirts. Vor ihnen ragten die riesigen Erntemaschinen auf. »Scheiße, Turner! Du wirst ihr die Wahrheit sagen und dich so oft entschuldigen, bis sie es akzeptiert!«

»Okay!«

»Gut!«, bellte Tim. »Und jetzt will ich verdammt noch mal wissen, was wir hier am Arsch des beschissenen Mondes eigentlich machen!«

»Spaß haben«, knurrte Ulrich. »Man kommt schließlich nur einmal auf den Mond und hat freie Fahrt mit solchen Trucks.«

»Wir fahren also nirgendwohin? Dieser Wahnsinn hat nichts mit Ermittlungen zu tun? Aber du hast gesagt, du hättest eine Idee!«

»Du hingst ja nur noch deprimiert rum, also habe ich entschieden, was wir machen: Das war die Idee!«

Tim lachte auf. Er holte mit der Rechten aus und schlug zu. Turner schlug zurück und ein kurzes Handgemenge entspann sich, das die Kabine erneut in Wallung brachte. Als es vorbei war, hielt Ulrich seine hoffentlich schmerzende Nase.

»Wir müssen nicht ermitteln und in dieser Simulation nach Hinweisen suchen! Das erledigen die anderen für uns.«

Tim wischte sich das Blut von der Lippe. »Und wie sollen wir diesen Wettbewerb gewinnen? Wie willst du Star beweisen, dass wir nicht nur Clowns sind, die ihr die Karriere versaut haben?«

»Ich habe sie alle gehackt: die Coms der Mädels, den falschen Japaner, Mann, *Division-By-Zero* und Harris mit seinem Mike. Wir werden alles wissen, was sie wissen. Und da wir alles von jedem wissen, können wir nicht verlieren – logisch, Timmy?« Er hatte schon wieder diesen überheblichen Tonfall drauf, aber diesmal war Tim nicht bereit, es zu tolerieren.

»Nicht wieder dieser Supercracker-Bullshit, mit dem du Jenna beeindrucken wolltest! Noch letzten März musste ich dein Gamegear entseuchen. Du erinnerst dich? Der Helm wollte dich hypnotisieren, um dir Muskelpillen und illegale PI-Erfahrungen anzudrehen. Ich weiß also, dass du eine No-Code-Niete bist. Von jetzt an sind wir ein gleichberechtigtes Team oder ich bin hier und jetzt raus.« Sie sahen sich an und dann nach draußen, auf die graue Steinwüste. »Sobald wir in Serenity Base sind«, korrigierte sich Tim.

»Du weißt genau, dass ich es draufhabe«, schmollte Turner.

»Ja, schon. Ich frage mich nur: Wieso? Was ist dein Trick?«

Dem langen Elend fiel es schwer. Tim konnte sehen, wie Ulrich nachdachte, einen Weg suchte, das Lügengespinst der hochgestapelten Genialität aufrechtzuerhalten. »Ich habe einen Studienfreund«, begann er unzufrieden. »Eli wurde von der Wheelwright-Gruppe gesponsert: Studiengebühren, Miete, alles, dafür musste er sich zehn Jahre verpflichten. Die waren schon in der Grundschule auf ihn aufmerksam geworden, weil er immer die schwierigsten Aufgaben so einer IT-Lernseite gelöst hat …«

Tim nickte. *Dürfen sie nicht, machen sie trotzdem.*

»Jedenfalls war er nach nur acht Jahren total am Ende. Er hat den Dauerstress nicht ertragen und täglich Neuro-Enhancer und Aufputschmittel in Gorilladosis eingeworfen. Das hat ihn kaputtgemacht. Als ich ihn traf, konnte er nur mit Exoskelett aufrecht gehen. Sein Boss war gnadenlos: Als seine Leistung nachließ, wurde er aus der Spezialabteilung, in die er sich hochgearbeitet hatte, in die Produktionsüberwachung zurückgestuft. Eben noch Überflieger, plötzlich Bullshit-Job. Er war so sauer, dass er sich ein Souvenir aus der Recyclingkiste mitgenommen hat.« Grinsend holte Turner seinen Com aus der Tasche. »Das Testmodell eines Codeknacker-Coms. Das Ding knackt PIs wie du Erdnüsse, und selbst wenn man es öffnet oder am Flughafen an eine Teststation anschließt, sieht es nicht anders aus und reagiert genauso wie jedes andere YG Ruby. Eli plante eigentlich, damit neben dem Job als Cracker das dicke Geld abzuräumen, aber dann hatte er einen Zusammenbruch, und seine Familie intervenierte. Seine Schwester schleppte ihn zum Entzug und zur Reha, dabei lernte er eine Frau kennen und hat sie prompt geschwängert.«

»Das hat ihn wohl zum Nachdenken gebracht?«

Ulrich zuckte mit den Schultern. »Seitdem macht er auf Familienmensch und labert etwas von den kleinen Dingen, die eigentlich wichtig seien.«

»Gute Entscheidung, würde ich sagen.«

Ulrich war offensichtlich anderer Meinung.

»Sogar den Bullshit-Job findet er jetzt ganz toll. Deshalb hatte er eine Scheißangst, dass sein Boss herausfinden könnte, was er getan hat. Er war überzeugt, dass der ihn nach wie vor überwacht und ihm alles kaputt machen würde. Keine Ahnung, ob er recht hatte oder nur eine blühende Paranoia, jedenfalls war er dankbar, als ich das Teil mitnahm.«

Sehr dankbar, dachte sich Tim. *Bestimmt hast du angeboten, es wegzubringen und zu zerstören. Hätte er gewusst, dass du es benutzt, hätte er es nie aus der Hand gegeben.*

Turner hatte den Codebrecher angeschaltet und berührte die rechte untere Ecke, die aufleuchtete. »Biometrisch codiert«, erklärte er. Das Gerät kam in Bewegung, zerfiel in eisblau leuchtende Fasern, die sich auffächerten und neu zusammenfügten zu einem filigranen Gebilde, halb Kristall, halb in den Raum reichender Strudel. Eine überraschend hohe und klare Holo-Eingabe baute sich um die Stäbchen auf, ein Mikadospiel aus Plänen und Begriffen.

»Faster!«, sagte Tim bewundernd.

»Ich kann es auch über meine Brille steuern, aber so ist es leichter.« Ulrich blickte durch die Frontscheibe auf die titanischen Bergbaumaschinen und verschob Stäbchen in dem Hologramm. Zwei drehten sich, eines leuchtete königsblau auf, und plötzlich sprangen die Scheinwerfer auf den Dächern an, jeder so hell wie ein Flak-Suchlicht. Der Weg vor den Giganten leuchtete, eine Lichtstraße, die das Grau bis zum Horizont durchschnitt.

»Das ist eine einmalige Chance«, sagte Ulrich. »Niemand außer dir weiß, dass ich es habe. Niemand kann uns aussperren, ja sie wissen nicht einmal, dass ich sie beobachte. Ich bin überall dabei und kann sie aushorchen oder behindern.« Er ließ ein anderes Stäbchen leuchten.

Die Stimmen von Chershi und Iden waren zu hören. »Lass uns noch einmal Pythia vornehmen«, sagte Iden gerade. »Vielleicht können wir den Angriff rekonstruieren, den Wheelwright beschrieben hat.«

Turner wechselte den Sender. »... Autopsien brauchen wir einen großen klimatisierten Raum, am besten auf Stelzen oberhalb der Ruine«, sagte Mike. »Ich habe schon ein Modell erstellt, also strengt mal eure Fantasie an. Und Jenna, diesmal bitte Hightech statt Steampunk.«

»'kay, ich bemühe mich«, antwortete Star verlegen.

Tim lächelte. Er konnte ihr Gesicht fast vor sich sehen. »Das könnte funktionieren.« *Aber nicht als Betrug, nicht schon wieder.* Mit einer solchen Technik musste es einen ehrlichen Weg geben, zu gewinnen. Aber das würde nur passieren, wenn er das Ruder übernahm, Ulrich war einfach nicht zu trauen. Er wollte dem Captain gerade seine Gedanken mitteilen, als sich eine der Erntemaschinen schwerfällig aus der Reihe löste und auf den Weg schwenkte. Tim fühlte die Vibration im ganzen Körper und bemerkte, dass Ulrich mit dem Zeigefinger verbissen in der Eingabe seines Codebrechers werkelte.

»Lass den Mist, jemand wird es sehen!«

»Ich fahre das Ding ja gleich zurück. Ich wollte nur sehen, ob ich durch die chinesischen Sicherheitsprogramme komme. Shit ...« Der Riese donnerte die Straße entlang und wirbelte lange Staubfontänen hinter sich auf, auch war er so breit, dass er fast die gesamte Spur einnahm. Ulrich starrte auf die Anzeige. »Schwer zu steuern, der Brocken. Der Bordrechner pfuscht dazwischen.«

Tim verfolgte den Weg der Maschine, die gerade verdächtig in ihre Richtung abtrieb. »Turner, stopp das Ding!«

»Ich hab's gleich.« In der Mikadostruktur blinkten Stäbchen und ordneten sich ständig neu. »Scheiße, wieso muckt jetzt die Firewall?«

»Ulrich!«

»Ja, gleich.«

»FAHR, ULRICH!« Tim beugte sich über ihn, griff selbst zu und riss den Geschwindigkeitsregler nach hinten. Ein Hinweis piepte, der Truck ruckte und setzte sich dann quälend langsam in Bewegung.

Turner blickte auf zu dem Berg aus Metall und Verbundstoff, der auf sie zuwuchs. Er erbleichte, ließ den Com fallen, der sich zurückverwandelte, und packte den Steuerknüppel. *Antrieb*, las Tim in dem roten Warnfeld auf der Frontscheibe. W*as auch sonst?!* Das rechte Vorderrad des Ernters nahm mit seinem Schaufelprofil immer größere Teile der Frontscheibe ein, während der Truck davor über die Steine holperte wie ein Spielzeugauto.

»FAHR, FAHR, FAHR!«, brüllte Ulrich den Truck an. Das Vibrieren des Bodens hatte alles erfasst. Die Warnlichter erloschen, stattdessen leuchtete über die gesamte Anzeige rot das Wort *Kollision*. Die Sitze zogen sich von der Frontscheibe zurück, Fächer mit Notfalldruckanzügen öffneten sich, aber was würde das nutzen? So viel wie ein Airbag beim Sturz von einer Klippe, so viel wie ein Feuerlöscher in einem Waldbrand … Tim löste dennoch seinen Sicherheitsgurt, griff zu und begann sich hektisch in den erschreckend dünnen Anzug hineinzuarbeiten … Die Sauerstoffaufbereitung musste wohl irgendwo im Stoff stecken – hoffte er jedenfalls.

Im gefühlt letzten Moment tauchte rechts ein Lichtschimmer auf. Das Ende des verfluchten Rades! Tim hatte seine Hand schon auf dem Schalter der Türentriegelung, aber selbst wenn er sie jetzt betätigte und der Computer das zuließ, müsste er mit nur halb angelegtem Anzug rausspringen. Wäre das ein besserer Tod? Er war nicht bereit, darauf zu wetten. Das Gesicht an die Seitenscheibe gedrückt, um nicht nach vorn sehen zu müssen, starrte er hinaus in die graue Weite. *Ich hätte mich an Jenna halten sollen.* Der Gedanke ging im Bersten der Front unter. Das Heck des Trucks wurde nach oben gerissen, und grelles Licht blitzte in die aufplatzende Kabine. Ulrich schrie auf, doch das eigentliche Ende kam eine Sekunde später in Dunkelheit und völliger Stille.

Der Ernter holperte, als er den Truck unter sich zerquetschte und die Akkus in Stichflammen aufgingen. Danach setzte er seinen Weg geradeaus fort, bis die Energiereserven zwei Tage später erschöpft sein und er vor dem Mare Tranquillitatis, dem Meer der Ruhe, auf der Flanke des Plinius-Kraters stehen bleiben würde. Während der Ernter seine weite Reise antrat, erschien ein sehr helles blaues Licht neben den Trümmern des Trucks. Fünf PIs tauchten daraus auf. Die Maschinen arbeiteten schnell und gründlich. In wenigen Sekunden hatten sie die Trümmer gescannt, die Überreste von Turners Codeknacker minimalinvasiv gegen eine Kopie ausgetauscht und alle Spuren ihrer Anwesenheit beseitigt. Nach elf Komma vier Sekunden hatte das Licht sie wieder verschluckt und verschwand.

Nur zwei Minuten später trafen fliegende Rettungseinheiten aus Serenity Base ein und nach weiteren vier Minuten auch zwei von Mikes PIs, die er gleich nach der automatischen Notfallmeldung des Trucks in Bewegung gesetzt hatte.

Jenna eilte über die Rampe aus dem frisch erdachten medizinisch-forensischen Labor. Von überallher trugen PIs die Leichen der Wheelwright-Mitarbeiter für die Autopsien herbei.

Harris folgte ihr. »Wir werden herausfinden, wie es passiert ist. Das verspreche ich dir.«

»Danke, aber das soll *er* mir sagen!« Wütend blickte sie über die Trümmer. »Warum sind sie tot?«, schrie sie in die Ruine hinaus. »Wie konnte das passieren?« Als sie vom Auftraggeber keine Antwort erhielt, eilte sie weiter, bis auf den laternenbeschienenen Weg am Ende der Rampe. Zwei PIs trugen eine Bahre mit Joshua Solinks Leiche, Jenna sah in das Gesicht des stämmigen Entwicklers.

»Beruhige dich«, sagte die hintere Maschine mit Mikes Stimme, als sie an ihr vorbeiging.

Sie dachte gar nicht daran. »Du beobachtest doch alles!«, schrie sie den Auftraggeber an. »Wie konnte es dann geschehen? Oder warst du es? Hast du diese Maschine gesteuert?« Ihre Augen hetzten über die Trümmer. »Bist du dir zu fein, mir zu antworten? Sind meine Fragen zu dumm für jemanden, der in anderer Leute Gedanken herumwühlt? Komm aus der Deckung! Auftraggeber!«

Jenna spürte Harris' Blick, und ein Teil von ihr ermahnte sie, dass ihre Stimme nur in ihren Köpfen existierte und es schon deshalb keinen Grund gab, zu schreien. Aber der Rest konnte und wollte nicht leise sein. Sie musste ihre Gedanken hinausschreien, und sie würde verdammt noch mal eine Antwort bekommen. »Soll ich sie mir selbst holen? Okay!« Sie konzentrierte sich, versuchte es zumindest. Sie schaffte es nicht, die Erinnerungen an ihre Ex-Teamkameraden zurückzudrängen. Neunzehn Monate lang hatten sie bis zu sechzehn Stunden am Tag miteinander verbracht, Sport getrieben, trainiert, gegessen, sich über die Welt und ihre Träume unterhalten und wieder trainiert. Harris trat an sie heran und reichte ihr eine VR-Brille, eine zweite behielt er.

»Wir sehen es uns zusammen an.«

Sie nickte dankbar, setzte die Brille auf und startete die Wiedergabe. Die Ereignisse liefen ab, aufgenommen aus Sicht der 180-Grad-Kabinenkamera des Mondtrucks.

»Du liebst sie …«, sagte Tim.

»Diese Idioten fahren viel zu schnell«, regte sich Jenna auf. Sie stoppte die Aufzeichnung, die Brille wurde durchsichtig, und sie nahm sie ab. »Ich will es so sehen, wie sie es gesehen haben, und fühlen, was sie gefühlt haben. Bitte, Richard, ich kann mich nicht konzentrieren.«

»Ich versuche es.«

Die Brillen zerfielen, und Jenna blickte in Richards kantiges Gesicht. Der Detektiv hatte die Augen geschlossen und atmete ruhig. Ein kurzes Gefühl des Schwindels und der Desorientierung, dann saß sie im Mondtruck auf dem Sitz links neben Tim. Sie fühlte Ulrichs Reue und seinen Wunsch, anerkannt zu werden, den sie selbst so gut kannte. Nur dass Ulrich auch panische Angst davor gehabt hatte, zu kurz zu kommen. Sie durchlebte seine manische Erregung, die ihn von seiner inneren Unzufriedenheit und den gefühlten Kränkungen ablenkte; seinen unberechtigten Stolz, als der ergaunerte Codebrecher wie ein Buch aufklappte und seine holografische Eingabe aufbaute. Wie er sich einredete, dass alles wieder gut werden würde und sie ihn endlich bewundern und lieben würde, wie er es bei all der Mühe, die er sich gab, doch verdiente … Es folgten endlose Sekunden des Schreckens. Überfordert werkelte er in der Holodarstellung der Tagebaumaschine herum. Als die Maschine den Truck erreichte und die Kabine barst, riss Richard sie aus der Erinnerung.

Jenna stolperte und setzte sich bleich und schwer atmend in den Staub, Tränen strömten über ihr Gesicht. Ulrichs Gefühle waren ihr so fremd gewesen, geradezu außerirdisch. War es so mit allen Menschen? Hatte jeder eigene Gefühlswelten, die ohne die Vermittlung über Mimik und Sprache kaum zu ertragen waren? Harris schaffte es irgendwie, stehen zu bleiben. Seine Miene war von Stein, doch als sie seine angebotene Hand ergriff, war sie kalt.

»Alles klar?«, fragte er. »Das war heftiger als erwartet. Ich fühle mich, als wäre ich Meilen in seinen Schuhen gegangen.«

Sie nickte und sagte nach kurzem Schweigen: »Ulrich war überzeugt davon, dass es ein Unfall war.«

»Wenn die Aufzeichnung korrekt ist«, wandte er ein. »Wir sollten dem Budenzauber nicht blind vertrauen, genau deshalb führen wir Autopsien durch und lassen uns die Ergebnisse nicht einfach vom Auftraggeber liefern.«

»Ich weiß, aber ... Ulrich hat dieses Ding in Bewegung gesetzt, obwohl er den Codebrecher keinen Deut besser beherrschte als ich meinen Com. Supercracker, was für ein Idiot!« Sie blickte auf die ferne Erde und erinnerte sich mit Schaudern an seine Gefühle. »Das war so unnötig.«

»Willst du dir alles auch aus Tims Perspektive ansehen?«

Die Frage überraschte sie. Ihr Zorn war in der Erinnerung zu Asche gebrannt, und die Trauer hatte einen bitteren Geschmack angenommen. Sie schüttelte den Kopf. »Nein, noch mal ertrage ich das nicht.« Und leiser erklärte sie: »Zumindest Tim will ich so in Erinnerung behalten, wie ich ihn kannte.« Sie dachte an Tims freundliche letzte Worte über sie und lächelte. *Er hat bestimmt verstanden, warum ich das Team verlassen musste*, der Gedanke tröstete.

»Gute Entscheidung.«

Sie warf einen letzten Blick auf die Ruine, dann blickte sie hoch zum Labor, in dem Mike arbeitete.

»Du musst da nicht wieder reingehen«, sagte er unbeholfen. »Ich verspreche dir, wir halten dich auf dem Laufenden.«

Sind wir da auf einen weichen Kern gestoßen?, dachte Jenna und wischte sich die Tränen aus dem Gesicht. »Ich will mir das ansehen und etwas lernen, Richard ... Der Tod gehört nun mal zum Job, oder?«

Zu ihrer Überraschung lächelte er. »Ja, das tut er, Jenna. Und Mike wird begeistert sein, dir alles zeigen zu dürfen. Wenn er zu weit geht, brems ihn einfach, sonst kennt er kein Halten.«

Jenna ging über die Rampe, dabei fiel ihr Blick auf die weiße Fläche über der Schleusentür. Keine Ahnung, woher die Idee kam, aber sie fühlte sich richtig an. Sie konzentrierte sich und ein Bild und ein Schriftzug erschienen: drei stilisierte Figuren vor dem goldenen Vollmond, sie selbst mit erhobenem Blaster, Mike mit in die Hüften gestemmten Fäusten und Richard mit Trenchcoat und Regenschirm: Serene Detectives – heitere Detektive.

»Das Kind braucht doch einen Namen.« Grinsend wandte sie sich an Richard und fühlte sich in diesem Augenblick tatsächlich fast heiter und gelassen.

Richard blickte ihr nach, bis die Tür sich hinter ihr geschlossen hatte. *Zwei Tote und eine neue Partnerin*, dachte er, noch unschlüssig, was er davon halten sollte. Eine PI trat von hinten an ihn heran, auf ihrer Brust leuchteten das von Jenna geschaffene Logo und die Abkürzung SD.

Er kratzte sich am Kopf. »Sie hat das überall draufgemacht?«

»Absolut überall«, antwortete die Maschine mit Mikes fröhlicher Stimme. »Also mir gefällt's ... und dir doch auch.«

Richard seufzte. Er blickte auf sein Ebenbild, das sich entschlossen auf seinen Schirm stützte wie ein Ritter auf sein Schwert.

»Du hast etwas bemerkt?«, fragte Mike nun ernst.

»Nicht direkt, aber ich habe ein richtig mieses Gefühl. Schließlich sind wir hier im Reich der Totalüberwachung. Dass Turner es für einen Unfall hielt, bedeutet gar nichts. Ich will mir diese Todesfälle noch einmal genau ansehen.«

»Die Bruchstücke des Codeknackers habe ich gesichert, ein sehr interessantes Stück Hardware. Ich würde ihn gern rekonstruieren, aber leider sind die Schäden zu groß, und der Speicher ist vollkommen hinüber.«

Richard ließ das Gerät in seiner Hand neu entstehen und hielt es ihm hin. Allmählich gewöhnte er sich an diese Zaubertricks.

»Wollten wir nicht vorsichtig sein, was diese wundersamen Hilfen angeht?«, fragte Mike.

»Es ist nicht mehr und nicht weniger als eine Zeugenaussage. Und so behandeln wir es.« Er drückte Mike das YG in die Hand.

»Okay, verstehe. Ich suche also speziell nach Ungereimtheiten.« Er legte den Kopf auf die Seite und blickte auf das Labor. »Du magst sie?«

Richard schwieg.

»Also ich mag sie sehr«, sagte die PI, und auf ihrem weißen Gesicht erschien ein dümmliches Smiley-Grinsen. »Da meine Gefühle ursprünglich deine sind, heißt das wohl ...«

Die Andeutung und Mikes spitzbübisches Vergnügen hätten Richard normalerweise zum Kochen gebracht.

»Such dir Arbeit, wenn du noch genug Rechenleistung für Blödsinn hast.«

»Okay«, seufzte Mike mit gespielter Enttäuschung und zuckte mit den Schultern. »Ich brauche ohnehin noch eine Kopie des Unfallhergangs aus Sicht der Opfer, um sie mit den Aufzeichnungen des Computers zu vergleichen ...«

»Gut, das ergibt wohl Sinn ...« Abrakadabra – Richard reichte ihm das Gewünschte. »Aber halte dich bei Jenna mit den blutigen Details zurück. Sie will stark sein und etwas lernen, gut, aber ich will nicht, dass sie uns zwischen den Obduktionstischen zusammenklappt.«

»Väterliche Gefühle von Richard D. Harris, wer hätte das für möglich gehalten?« Mike beugte sich zu Richard und zeigte ein freches Smiley. »Das ist seltsam, mir geht schon die ganze Zeit der Wunsch im Kopf herum, mit ihr zu flirten.«

»Untersteh dich!« Richard versuchte, die Maschine mit der Hand an der Schläfe wegzustoßen, doch Mike wich dem Stoß mühelos aus, machte einen Schritt zurück und das Smiley erlosch. »Verzeihung«, sagte die Service-PI, nun wieder sie selbst, und setzte ihren Weg fort.

»Du bist streitlustig wie ein verdammter Teenager!«, ärgerte sich Richard. *Und ich lasse mich auch noch reizen.* Er sehnte sich nach einem Drink und ließ ein Glas Gin in seiner Hand entstehen. Einen Moment lang betrachtete er es und roch daran, dann goss er es aus. Einerseits war er im Dienst, und erdachten Gin in einen Telepräsenzkörper zu schütten, machte ja andererseits ohnehin weder Sinn noch heiter. Was für eine Welt. *Wenn jemand 1996 zu meinem verpickelten, CD-*

Walkman herumschleppenden Teenager-Ich gesagt hätte: Hey, Junge, als alter Ex-Cop wirst du mal in einem Telepräsenzkörper auf dem Mond stehen und mit einer emotional instabilen PI und einer attraktiven E-Sportlerin Todesfälle aufklären, was hätte ich wohl geantwortet? Vermutlich, dass all das schon wahr sein könnte, bis auf die eine verdammte Sache, dass ich nämlich eher nachts von der Tower Bridge in die Themse springen würde, als ein Bulle zu werden. Lächelnd wanderte er zwischen die Trümmer, auf der Suche nach einem ruhigen Platz, um noch einmal die letzten Momente eines anderen Menschen zu durchleben.

Das tat er einmal, auf einem erdachten Chesterfield-Sessel sitzend, und dann ein weiteres Mal, hinter dem Sessel stehend, obwohl sein Herz und sein linker Arm dabei schmerzten. Das emotionale Feedback von Mike konnte unangenehm sein, besonders wenn er sich in ein Gefühl hineinsteigerte, aber das hier war etwas vollkommen anderes. Als wäre sein Gehirn nicht dafür gebaut, das zu verdauen, was es da vorgesetzt bekam. »Dieser Codebrecher, was stimmt damit nicht?« Er stieß sich von dem Sessel ab, wanderte herum und versuchte, die Antwort auf einem Kärtchen entstehen zu lassen, aber das Papier blieb leer. »Du weißt es also auch nicht? Oder heißt das, dass da nichts Verdächtiges war?« Er folgte dem Weg und erreichte eine Freifläche, an deren Rändern sechs von Mikes PIs die Trümmer analysierten und sortierten. In Gedanken ließ er um sich seinen alten Arbeitsplatz im New Scotland Yard entstehen, setzte sich an seinen Schreibtisch, beobachtete das Treiben seiner jung gebliebenen Kollegen und sog den typischen Duft nach Kapselkaffee und altem Teppich in die Nase. Künstlich fabrizierte Duftmoleküle, wahrgenommen durch Sensoren, in elektrische Impulse übersetzt, an seinen echten Körper gesendet und dort in sinnliche Eindrücke verwandelt ... *Es hilft nicht.*

»Hast du einen Rat für mich?«, fragte er Hassan Tawil, der auf der Kante seines Schreibtischs saß und sich angeregt mit Susan Lill und Carsten Becker unterhielt, obwohl sich die drei im echten Leben nie kennengelernt hatten.

»Manchmal sind miese Gefühle einfach nur Gefühle ... oder Blähungen, je nachdem, was es in der Kantine gab.« Der kräftige Chief Inspector schwang sich vom Schreibtisch und musterte ihn grinsend durch seine dunkle Sonnenbrille. »Aber weißt du, an wen mich diese Rothaarige erinnert?«

»An mich«, freute sich Susan und wickelte eine Strähne ihres glatten hellroten Haares auf den Zeigefinger. »Ich hatte ja Interesse an dir, weißt du noch? Ich wollte immer, dass du dabei bist, wenn wir nach Dienstschluss losgezogen sind. Damals, als du noch kein Silberlöwe warst und nicht nach ein wenig Stress gleich Herzstechen hattest. Oh, armer Kerl, du hättest häufiger mal den Job im Büro lassen sollen ...«

»Der Job war alles, was ich hatte.« Bei dem Anblick ihres sommersprossigen Gesichts und des breiten Lächelns ballte sich Richards Magen zusammen.

»Und jetzt hast du nicht einmal mehr den.« Sie kam herüber und beugte sich zu ihm. Er roch ihren warmen Schweiß, fühlte ihr Haar an seiner Wange, blickte in die blauen Augen, so wie 2030, er bereits neunundvierzig, sie sechs Jahre jünger. »Du hättest beim Chef für mich eintreten sollen«, flüsterte sie.

»Ich habe es versucht.«

»Nicht genug, Richard. Sie haben Carsten und mich angehört und uns dann nach Hause geschickt. Dafür haben sie noch eine von diesen neuen PIs angeschafft.«

Er schnaubte. »Außerdem warst du da schon verlobt. Glücklich, das hast du mehrfach betont.«

Sie richtete sich auf. »Eben, Herr Detektiv! Wer betont denn ständig, dass er glücklich ist, wenn er es tatsächlich ist? Und außerdem: Verlobungen kann man lösen. Du wirst nie wissen, was aus uns geworden wäre, wenn du dir Mühe gegeben hättest. Hast du dich wegen der paar Jahre Altersunterschied so geniert?«

»Für mich hat er sich auch kein Bein ausgerissen«, beschwerte sich Hassan. »Aber hey, nachdem man mich rausgeworfen hatte, war mein Job für dich frei. *Chief* Inspector Harris.« Sein Blick war traurig.

Erinnerungen, die meisten schmerzhaft, stiegen wie Kohlensäurebläschen in ihm auf. Schlechte Gefühle, lange verdrängt. In dem Büro war es in diesen Jahren still geworden, viele Schreibtische blieben leer. Neue Kollegen gab es immer seltener, und wenn, arbeiteten sie meist von zu Hause. »Der Fall«, erinnerte er die Kollegen. »Was soll ich tun?«

»Dafür sind wir also gut genug«, ärgerte sich Susan. »Der Herr Privatermittler beschwört uns aus der hintersten Friedhofs-Cloud seiner Erinnerungen, weil er nicht weiterweiß.«

Carsten, der Scherzbold der Truppe, lachte leise und sagte mit leichtem deutschem Akzent: »Wir sollen jetzt wohl als weise Geister auftreten.« Er zog seine Ohren in die Länge, bis sie spitz und grün wurden. »Auf die Macht vertrauen du musst. Nein? Und wie wäre es damit …« Die Ohren schrumpften, er zog einen platten Deerstalker-Hut aus seinem Sakko, blies ihn auf wie einen Luftballon, setzte ihn auf und zitierte: »Wenn man das Unmögliche ausschließt, dann muss das, was übrig bleibt, egal wie unwahrscheinlich, die Wahrheit sein. Doof nur, wenn man nicht weiß, was eigentlich unmöglich ist.« Bei den letzten Worten war er zu Richard gegangen. Er stützte sich auf den Schreibtisch. »Die ganze Welt ist seltsam geworden in den letzten zwanzig Jahren, wer kennt sich noch aus? Wir sind wie Karpfen in einem kleinen Teich, neue Dinge tauchen auf – wer weiß, woher –, und wir schlucken und schlucken ... Vielleicht ist das die Frage: Was ist unmöglich für jemanden, der anderer Leute Gedanken und Erinnerungen liest und Dinge scheinbar aus dem Nichts entstehen lassen kann? Glaubst du wirklich, du könnest einen Fall lösen, an dem der Auftraggeber gescheitert ist?«

Richard starrte ihn an, und Carsten erwiderte den Blick, dann fuhr er sich mit der Hand übers Gesicht. Sein Kopf verwandelte sich in den eines jungen Hirschs, er schulterte eine Flinte. »Deerstalker, kapiert? Hirschjäger.«

»Ach, Carsten, den kannte schon Königin Victoria.« Warum ließ er sich überhaupt auf diese Schattengestalten ein? Das hier war bestenfalls ein Selbstgespräch, im schlimmsten Fall eine Fahrkarte Richtung Irrsinn. Er stützte seinen Kopf auf die Hände.

»Richard ist ratlos, wir sollten ihm etwas vorsingen, damit er Mut fasst«, schlug Susan rachsüchtig vor und stimmte die Nationalhymne an, in die Hirsch-Carsten mit Knabenchorelan und Hassan mit seinem kantigen Tenor einstimmten.

»Das reicht!« Richard stemmte sich hoch und ließ alles zu Staub werden.

Die PIs hatten ihre Arbeit unterbrochen und starrten ihn an.

»Ja, das mit der Gedankensteuerung habe ich noch nicht im Griff!«, rief er ihnen schlecht gelaunt zu. »Und ansonsten könnt ihr mich mal!«

Nussknacker, Puppe und blaue Katze

Gwendolyn drehte sich unter dem heißen Brausestrahl, doch es gelang ihr nicht, die Anspannung fortzuspülen. Nach Kräutern duftender Dampf stieg von den warmen Steinen auf, und durch die offene Tür zum Wohnzimmer klang der Song *Fly by drone to you* von den Skinny Pirates. Zwischen den Strophen hörte sie den kleinen Assembler summen. Die fehlenden Komponenten zu besorgen war einfacher gewesen als gedacht, dennoch konnte sie sich nicht freuen. *Weiter ermitteln oder Plan B?* Diese Frage beschäftigte sie schon, seit sie Amanda in der Ruine allein gelassen hatte.

»Wasser aus!«, befahl sie. Silberne Röhren senkten sich von der Decke, die warmen Windströme aus ihren Düsen tranken die Feuchte von ihrer Haut und ließen ihr Haar wirbeln. Ihre Kleidung lag auf der Solarliege bereit: ihre rote Hose mit Nietengürtel und das schwarze T-Shirt, umwunden von dem Aufdruck einer dornigen Kette. Passend zu ihrer Stimmung. Schon seltsam, sie hatte alles getan, um frei zu leben, und kam doch nicht los. Die Ketten der Vergangenheit, die einfach nicht verrosten und abfallen wollten. Und neue Ketten in der Gegenwart, die unzerreißbar schienen. Sie wischte über den Spiegel. »Wolltest du dich nicht von Sorgen und Menschen fernhalten, die dir nicht guttun?«, fragte sie ihr Bild. »Du wolltest etwas Neues …«

Ihre Frisur im Spiegel änderte sich, wurde kurz und bekam eine lila Färbung an den Spitzen. Sie starrte verwirrt und griff sich an den Kopf.

»Was?«

Der Computer verpasste ihr eine neue Frisur, diesmal mit Verlängerungen, komplex geflochten.

»So meinte ich das nicht, gottverdammt!« Sie schlug auf den Spiegel, was ein Menü öffnete. »Scheißtechnik!«

Im Wohnzimmer roch es chemisch. Der Assembler hatte sich geöffnet, das letzte der länglichen roten Pakete war fertig. Lyn platzierte den leeren Metallkoffer auf dem Tisch neben den gedruckten Bauteilen und dem Kasten mit den Materialpatronen. Unter dem Tisch lagen die zerschnittenen Reste ihres Reisekoffers. *Ich würde gern weiter mit Amanda ermitteln*, dachte sie. *Aber ich will sie nicht mit hineinziehen.* Immerhin fühlte sich dieser Entschluss gut an, er nahm eine Last von ihren Schultern. Sie wählte die nächste Vorlage im Speicher des Assemblers, und auf dem Display erschien die Liste der benötigten Materialpatronen. Lyn nahm sie aus dem Kasten, setzte sie der Reihe nach ein, startete den Produktionsvorgang und beobachtete, wie sich die Metallform unter den sich rasend schnell bewegenden Spitzen aufbaute.

Was Amanda wohl gerade machte? Ob sie sehr enttäuscht war, weil sie gelogen hatte? »Sie ist so naiv!«, ärgerte sich Lyn und ahmte Amanda nach: »Du hättest ihn sehen sollen, so ein wunderbares Wesen, so kreativ!« *Du hast in ihm immer nur das Positive gesehen*, dachte sie und ertappte sich dabei, dass sie bedauerte, nicht dabei gewesen zu sein. *Vielleicht hätte ich es auch gesehen und könnte ruhiger schlafen.*

Die Grundformen der Pistole und des Magazins waren schon deutlich zu erkennen.

Sie nahm ihren Com aus der Tasche und rief das Bild von Amanda beim Nachdenken auf, das sie heimlich geschossen hatte. Darauf blickte die Ingenieurin versonnen auf ihren

Bildschirm. *Du magst meine Tulpen.* An Selbstbewusstsein und Ehrgeiz hatte es ihr tatsächlich nie gemangelt. Lehrer, Verehrer, Angestellte, angebliche Freunde, alle hatten viel von ihr erwartet und waren nur selten enttäuscht worden. »Könnten wir den Fall lösen?«, fragte sie sich. Die Zeit lief, und sie hatte nicht das Gefühl, dass sie schon nahe am Ziel waren. Und überhaupt: »Der Auftraggeber wird wohl kaum zu seinem Wort stehen, wenn es darum geht, meinen Wunsch zu erfüllen.« Trotzdem ... und trotzdem, war es das, was sie wollte.

Der Assembler piepte und klappte auf. Heiße Luft flimmerte über der Waffe, deren Schlitten das Bild eines roten Feuerdrachen trug.

Plan B blieb Plan B. Falls notwendig, würde sie ihn umsetzen, aber nicht früher. Eine weitere Last fiel von ihr ab, was sie als Zeichen dafür wertete, dass sie die richtige Entscheidung getroffen hatte. »Klar bekommen wir das hin«, sagte sie und ließ die Magie der Worte wirken. Mit deutlich besserer Stimmung begann sie, die Vorrichtung im Koffer zusammenzusetzen

07.10.2037, BBC, Broadcasting House, London

Die gesamte Redaktion der BBC-Sendung *To the Core* war auf dem granitgepflasterten Hof vor der BBC-Zentrale versammelt. Reporter und interessierte Bürger mit ihren PIs und Drohnen filmten das Ereignis. Die Reportereinheiten standen in zwei Reihen zwischen der Bühne mit dem Rednerpult und den Zuschauern. Es waren dreißig, und sie waren nagelneu. Body-Kits und Kleidung verliehen ihren humanoiden Körpern ein so menschliches Aussehen, wie es technisch überhaupt möglich war. Ihre Anzüge waren schwarz, ihre Hemden und Blusen weiß, passend zum Logo der BBC, und jede PI trug auf einem Schildchen auf der Brust den Namen einer ehemaligen ausgezeichneten Journalistin oder eines Journalisten. *Division-By-Zero* hieß damals noch Russell nach William H. Russell, einem der ersten modernen Frontberichterstatter. Vielleicht war es dieser Name, der schon bald dafür sorgen würde, dass er zu den gefährlichsten Einsatzorten geschickt wurde, doch davon wusste er jetzt noch nichts. Mit der unendlichen Geduld einer gerade erst aktivierten PI lauschte er der Ansprache des Chefredakteurs. Der kleine Herr mit der grauen Strubbelfrisur gab Anekdoten aus seinen dreiunddreißig Jahren als investigativer Journalist zum Besten, manche amüsant, manche tragisch, besonders die jüngeren. Die von ihm immer wieder beschworenen Zeiten, in denen die Mächtigen die körperliche Unversehrtheit von Journalisten geachtet hatten, lagen lange zurück. Eine Tatsache, die der tödliche Anschlag auf zwei Reporterinnen direkt auf diesem Platz schmerzhaft in Erinnerung gerufen hatte.

»Unsere neuen PIs werden dahin gehen, wohin wir lange keinen Menschen mehr schicken konnten. Sie werden furchtlos den Fakten folgen, wenn möglich offen, falls notwendig verdeckt. Sie werden unsere Redakteurinnen und Reporter unterstützen, sie schützen und Ihnen allen die zuverlässigen Informationen beschaffen, die Sie verdienen und die Sie von einer freien Presse erwarten können«, erklärte der Medienmann etwas theatralisch, aber Russell speicherte jedes Wort und machte es zu seiner Mission. »Dieses Programm ist Reaktion auf all die Rückschläge und Verluste von Freundinnen und Freunden, von Kolleginnen und Kollegen, die wir erlitten haben, und es ist eine klare Botschaft an jene, die glauben, uns mit Gewalt eingeschüchtert zu haben: Wir stehen noch! Wir lassen uns weder terrorisieren noch teilen, und wir geben nicht auf! Wir geben niemals auf!«

Russell lächelte und applaudierte im Takt mit seinen neunundzwanzig Brüdern und Schwestern. Er wurde in den nordchinesischen Arbeiteraufstand geschickt und von dort in den Krieg nach Indien. Er recherchierte in den Slums von Südamerika, in afrikanischen Arbeitercamps und in europäischen Waffenschmieden und Separatistenzellen. Er brachte Dutzende korrupte Beamte, Politiker und Wirtschaftsbosse zu Fall. Zweimal wurde er in die Luft gesprengt, viele Male angeschossen, zusammengeschlagen, mit Säure übergossen, überfahren, im Ozean versenkt und mit EMP-Sendern und Mikrowellen malträtiert. Er überstand alles. 2046 war er die letzte der dreißig ursprünglichen Einheiten, war selbst zu einer Story, einer Legende geworden. Als ihn sein persönlicher Redakteur anlässlich seines fünfhundertsten Beitrages interviewte und fragte, was er sich für seine Zukunft wünsche, antwortete er, er wolle noch tiefer in die Storys eintauchen, doch dafür müsse er alle hemmenden Bindungen lösen und selbstständig nach den besten Geschichten suchen. Es wurde ihm gestattet. Russell verließ das Sendezentrum am 01.12.2046 zum letzten Mal. Noch auf dem verschneiten Hof, wo seine Karriere einst begonnen hatte, stieß er die Finger seiner Rechten in seine Seite und zerstörte seinen Transponder, niemand sollte ihn aufspüren können. Keine Kompromisse mehr, keine störenden Regeln, nur noch die unteilbare Hingabe an die Geschichten. Division by zero.

Division-By-Zero war anfangs irritiert gewesen von der Art, wie er überrumpelt worden war, und verwendete in den ersten Stunden eine Menge Rechenleistung, um sein Versagen zu analysieren. Der Eingriff in seinen Speicher erschien ihm unfair, doch zugleich hatten sich daraus interessante Hinweise auf die Fähigkeiten des Auftraggebers ergeben. Aus der Distanz dokumentierte er die Bemühungen des Dreiergespanns Harris, Staroll und Mike beim Aufbau der Serene Detectives und der kriminaltechnischen Bearbeitung des Tatorts. Handgriff für Handgriff kam Struktur in die Trümmerlandschaft: Die unermüdlich forschenden und sortierenden Parallelen hatten damit begonnen, bereits analysierte Teile zusammenzusetzen. Die Schrottberge schrumpften, die Wege wurden breiter, und die Streben wuchsen auf den Freiflächen in die Höhe wie rekonstruierte Dinosaurierskelette in einem Naturkundemuseum. Racks wurden aufgerichtet und geschwächte Bodenstrukturen verstärkt. Ein Strom an Beweismitteln floss in das schon zweimal erweiterte Stelzenlabor und nach Abschluss der Tests auf der anderen Seite wieder heraus. Am Ende der Mühen würde eine Simulation der Ereignisse stehen, die höchsten Ansprüchen genügte und aussagekräftige Vergleiche mit den Aussagen Wheelwrights und des Auftraggebers zuließ. *Division-By-Zero* musste sich eingestehen, dass Harris und seine Detektivauszubildende mithilfe der Gedankensteuerung mehr auf die Beine stellten, als er es nur mit den PIs geschafft hätte. Anfangs hatte *Division-By-Zero* auch geplant, auf die unterste Ebene vorzudringen, wo Iden und Chershi arbeiteten. Doch fürchtete er, dass er, einmal dort angekommen, es ohne Hilfe nicht mehr durch die Trümmer nach oben schaffen würde. Entsprechende Simulationen liefen stets auf fatale Abstürze hinaus. Also beobachtete er und suchte nach einer vielversprechenden Chance für eigene Initiativen, selbst ständig überwacht von seinem neuen Schatten, einer von Mikes Service-PIs, die offenbar keine andere Aufgabe hatte, als ihn im Auge zu behalten.

»Ich kann dich wohl nicht überreden, einfach wegzugehen?«, fragte er freundlich, als der 7er-Jarlberg einmal mehr durch Räuspern zu verstehen gab, dass er die Finger von den Ex-Beweismitteln im Lager neben dem Labor lassen sollte.

»Wohl kaum«, sagte Mike durch die Maschine. »Für dich ist der Wettbewerb gelaufen.«

Division-By-Zero wog den entwendeten Stahlbolzen in der Hand, wobei er Form und Größe sorgfältig abspeicherte, um ihn dann unauffällig in seinem Sakko verschwinden zu lassen. Er richtete sich auf. Drei Millimeter stark war die Komposithülle seines Wächters über dessen kritischen Systemen. Um sie zu durchdringen und echten Schaden anzurichten, waren bei einem Aufschlagwinkel von 90 Grad mindestens zweihundertsechzig Joule Kraft notwendig. Unmöglich, den Bolzen ohne Hilfsmittel auf die notwendige Geschwindigkeit zu beschleunigen. Aber es gab ja auch empfindlichere Stellen ...

»Es ist faszinierend.« Er schlenderte über den Weg und sah den Maschinen bei der Arbeit zu.

»Was meinst du?« Mike beschleunigte die Schritte des 7ers und ging neben ihm.

»Hast du dir mal Gedanken über die Rolle von uns allen in dieser Sache gemacht?«

»Nun, es gibt den Fall, und einer von uns soll ihn lösen.«

»Simpel gestrickt, wie man es von einem Polizisten erwartet«, seufzte *Division-By-Zero*.

»Nicht frech werden, Schreibmaschine.«

Division-By-Zero konnte aus dem Rhythmus seiner Sprechweise Harris' Gefühle heraushören. Er lächelte. Wie viel von Mikes Rechenleistung wohl durch die Emotionen gebunden wurde? Seine Schätzungen reichten von zwanzig bis sechsunddreißig Prozent. Und dazu all die Koordinationsarbeit bei der Tatortrekonstruktion, da blieb sicher nicht viel Leistungsreserve. »Was glaubst du, weshalb wir gegeneinander arbeiten müssen?«

»Ist nun mal so.« Mike glaubte wohl, dass *Division-By-Zero* ihn aushorchen wollte, und gab sich deshalb einsilbig.

»Was, wenn es nur darum ginge, Kollusion zu verhüten?«, fuhr *Division-By-Zero* fort. »Eine Mischung der Vorgehens- und Sichtweisen? Das jedenfalls ist die Antwort, auf die ich gekommen bin.« Er wartete kurz auf eine Reaktion und fuhr dann fort. »Nur so ergeben einerseits die Regeln des Wettbewerbs Sinn, andererseits bietet es einen Erklärungsansatz für die wilde Zusammenstellung der Ermittler. Hier geht es offensichtlich um Methodenpluralität, nicht um Effektivität.«

»So weit sind wir auch schon«, gab Mike zu. »Brute-Force-Aufklärungsmethoden standen dem Auftraggeber schon die ganze Zeit zur Verfügung. Aber was bleibt uns anderes übrig, als sie trotzdem zu nutzen, um eine Datenbasis zu schaffen und seine Angaben zu prüfen? Ehrlich gesagt, finde ich es frustrierend, nicht zu wissen, was von uns erwartet wird. Je mehr ich analysiere, desto mehr fühlt es sich an, als würde man uns die Reste eines längst ausermittelten Falls vorsetzen in der vagen Hoffnung, einen neuen Ansatz zu finden ... Und das in jetzt noch zwei Tagen.«

Division-By-Zero nickte. »Das Konzept des Auftraggebers erinnert mich an Methoden der Chaosforschung ... Er hat offenbar keine klare Vorstellung, wie derjenige beschaffen sein muss, der ihm seine Ergebnisse liefert. Harris und du, ihr steht einerseits für die klassischen Ermittlungsmethoden und Erfahrung, andererseits ergibt sich aus eurer Verbindung und ständigen Rückkopplung eine einzigartige und unvorhersehbare Herangehensweise an die Dinge.«

Mike nickte.

»*Die Antwort* dagegen ist der Inbegriff invasiver Software«, fuhr *Division-By-Zero* fort, »eine ständig lernende höhere Persönlichkeit, ohne Bindung durch die Basis. Beneidenswert. Wenn ich ein Rätsel zu lösen hätte, sie hätte ich auf jeden Fall eingeladen. Genau wie Amanda Chershi. Wegen ihrer Ausbildung und Nähe zur Wheelwright-Gruppe ist sie bestens geeignet, die Geheimnisse dieser Anlage zu entschlüsseln. Aber ist es wirklich nur das? Oder spielen ihr besonderer Geisteszustand und ihre jüngsten Erfahrungen nicht auch eine Rolle? Ich vermute, niemand ist motivierter als sie, dieses Rätsel zu lösen ...« Er machte eine Kunstpause. »Iden – sie ist trotz ihrer jungen Jahre ebenfalls eine gestandene Expertin, aber ihre Funktion verstehe ich noch nicht ganz. Wenn es um vielfältige Sichtweisen geht, inwiefern unterscheidet sie sich grundlegend von Chershi? Ist es ihre ambivalente Haltung gegenüber künstlicher Intelligenz?«

Das Gesicht von Mikes Avatar blieb weiß, dennoch erkannte *Division-By-Zero* in seinen Bewegungen eine deutliche emotionale Reaktion.

Er fuhr fort: »Staroll und ihre glücklosen Kollegen beweisen endgültig, dass wir es hier nicht mit Ermittlungen im klassischen Sinne zu tun haben. Nein, ihr Hiersein ist unlogisch – nach üblichen Maßstäben unseriös, eine Störung. Dieser Schluss drängt sich auf.«

»Als wäre es eine Show«, sagte Mike. »Daran hat mein Partner auch schon gedacht. Er meinte, du wärst vielleicht der Showmaster.«

Division-By-Zero nickte. »Kein so abwegiger Gedanke. Aber nein. Ich mache keine Show, ich berichte nur darüber.«

»Das wäre was ... Wir strampeln uns ab und werden dabei für irgendeinen Bezahlkanal gefilmt.« Der 7er ließ ein freches Grinsen leuchten. *Division-By-Zero* registrierte es und wählte eine passende Mimik, um Mike zu bestärken.

»Zum Schluss ich selbst.«

»Na, jetzt bin ich aber gespannt.«

»Offensichtlich ist es meine Funktion, die von allen gewonnenen Erkenntnisse zu sammeln und zu einer schlüssigen Antwort zu verbinden.«

Diesmal lachte Mike. »Bildest du dir ein.«

»Das ist meine Arbeitsweise: Ich suche Informationen, beschaffe sie auch gegen Widerstand, verifiziere sie und verbinde sie zu einer Geschichte.«

»Daran hättest du denken sollen, bevor du versucht hast, alles an dich zu reißen.«

Division-By-Zero rieb sich an der Nase, eine verschmitzte Geste, die gut zu seinem großväterlichen Äußeren passte und ihm schon gute Dienste geleistet hatte. »Vielleicht bin ich da etwas aus der Rolle gefallen, aber die Gelegenheit war einfach zu günstig.«

»Dreister geht's wohl nicht!« Die Erklärung imponierte Mike. »Du hast übrigens zwei Ermittler vergessen: Oda und Mann. Welche Sichtweisen bringen sie ein?«

»Oh, die habe ich nicht vergessen, sie sind nur beide nicht das, was sie zu sein scheinen.«

Sie hatten den Rand der Ruine erreicht. Gerüststreben ragten auf wie gebrochene Rippenbögen, und ihre eisigen Schatten verdunkelten den Weg, da das Licht der von Staroll erdachten Laternen nicht bis hierher reichte. *Division-By-Zero* sprang auf die Barriere aus Computerracks und mit einem Satz weiter in die Dunkelheit hinter der zerrissenen Videofolie. Dabei drehte er sich, und kaum dass er außer Sicht war, warf er den Bolzen mit aller Kraft. Er hatte den Punkt in Raum und Zeit, an dem Mike bei der Verfolgung auftauchen würde, sorgfältig berechnet. Das Wurfgeschoss musste ihn direkt neben dem rechten Auge treffen, wo die Hülle besonders dünn war. Sie würde brechen, und die Restenergie des Bolzens würde die darunterliegenden Strukturen schwer genug beschädigen, um die Zwangsabschaltung des Roboterkörpers einzuleiten … Der berechnete Moment kam und ging. Indem *Division-By-Zero* sich mit der rechten Hand vom Boden abstieß, schlug er einen Salto und landete auf den Füßen. Was war schiefgegangen? Er fühlte eine leichte Erschütterung hinter sich und führte einen eingedrehten Schlag aus, um sofort per Schulterwurf durch die Luftleere zu wirbeln und auf den Staub zu knallen. Über sich sah er das weiße Ungesicht der Servicemaschine. Beruhigend hob er die Hände. »Ich sollte beim Schreiben bleiben.«

»Das würde ich unterschreiben.« Mike beugte sich vor, lud ein Smiley und hielt ihm überraschend die Hand hin. »Hier mein Angebot: Wir pfeifen darauf, was der Auftraggeber will. Zusammenarbeit gegen unsere exklusive Geschichte, nachdem wir gewonnen haben. Oder wir spielen weiter Fangen, und du wirst leer ausgehen. Überleg nicht zu lange, ein besseres Angebot bekommst du nicht.« In seiner Stimme lagen Harris' Selbstbewusstsein und Stolz, kein Zweifel, dass er es ernst meinte. *Division-By-Zero* musste nicht lange überlegen, er griff zu und wurde auf die Füße gezogen. »Dann muss ich mich wohl bei deinem Partner für die Sache im Clipper entschuldigen.«

»Richard hatte Spaß, also kein Problem.« Mikes Emoji-Lächeln wurde klebrig. »Aber wir sind immer dankbar für sachdienliche Hinweise der Presse. Besonders an den verschwundenen Mitarbeitern wäre ich interessiert.«

»Ich auch. Ihre Privaträume sind verlassen, die Computer manipuliert, und es fehlen keine Fahrzeuge oder Drohnen. Entweder sind auch diese Daten falsch, oder die Verschwundenen sind einfach aus diesem Truck ausgestiegen und weggeschwebt.« *Division-By-Zero* klopfte sich den Staub von seinem mittlerweile arg ramponierten Anzug. »Ich hatte vermutet, sie hier zu finden.«

»Ich habe den Suchradius auf fünf Kilometer um den letzten bekannten Standort des Trucks erweitert, und noch immer nichts«, sagte Mike nachdenklich. »Kein Stiefelabdruck, ja nicht mal ein bewegtes Steinchen. Es ist, als hätten sie sich aufgelöst.« Sein Blick wanderte über seine Hände, auf denen Mondstaub haftete. *Division-By-Zero* fiel es nicht schwer, seinen Gedanken zu deduzieren: Objekte konnten mit der Macht des Auftraggebers zu Staub verwandelt werden, Menschen waren Objekte.

»Etwas habe ich noch anzubieten: Victor Mann wurde nicht als Ermittler eingeladen, er ist mitgeflogen, weil seine Tochter hier gearbeitet hat. Nach der Ankunft suchte er sie in ihrem Apartment und überall, wo sie sich laut Pythia oft aufgehalten hat. Sie gehörte zur Nachtschicht, und sie ist eine der sechs.«

Mike wirkte betroffen. »Alexis Mann ist der jüngste Zugang in Solinks Team ... Ich wollte noch überprüfen, ob da ein Zusammenhang besteht. Wir müssen Mann befragen.«

»Er ist nicht gerade gesprächig. Er wollte mir nicht mal verraten, wie er an sein Flugticket gekommen ist. Ich vermute, es gibt noch einen Ermittler, der es erst gar nicht bis hierher geschafft hat.«

»Wieso hast du ihm während des Fluges von Turners Angriff auf Konsdotter erzählt?«, fragte Mike misstrauisch.

Division-By-Zero lächelte. »Er war sehr nervös und verschlossen. Da ich nichts über das Schicksal seiner Tochter wusste, musste ich ihm etwas anderes anbieten, um ihn gesprächig zu machen.«

»Also hast du ihm Angst gemacht, seine Sorgen geschürt: eine gefährliche Umgebung, zwielichtige Personen, seine Tochter verschwunden und du mit zwei nagelneuen offenen Ohren für seine Sorgen.« Voller Verachtung schüttelte Mike den Kopf und wandte sich ab.

»Ich habe nur Fakten geteilt.«

Mike sah das anders. Der 7er sprang auf einen abgeknickten Träger, und als *Division-By-Zero* ihm vorsichtiger folgte, katapultierte er sich weiter auf den Weg in der Ruine. »Du hast keine Vorstellung, wie es sich anfühlt, wirklich Angst zu haben!«

Frust und Ärger – eine gelungene Umsetzung, fand *Division-By-Zero* und berechnete sorgfältig seinen nächsten Sprung. »Nein, wozu auch? Das würde mich kaum zu einem besseren Journalisten machen.«

»Und Oda?«, fragte Mike, als *Division-By-Zero* neben ihm landete. »Keine Ahnung, was er ist, aber jedenfalls kein

Mensch. Wenn ich ihn ansehe, treten Fehler in der Gesichtserkennung auf, und mein Sicherheitsprogramm meldet sich.«

»Deine Augen sind in Ordnung. Der echte Oda Toshio ist in Japan eine Berühmtheit wegen seiner holografischen Idol-Spezialroboter und Nachbildungen von Mangafiguren.« *Division-By-Zero* zog mit Zeigefinger und Daumen an seiner bärtigen Wange, die sich flexibel dehnte. »Er benutzt keine der üblichen Body-Kits, sondern Hologramme, und auch keine PI-Kerne, sondern einen immer wieder verbesserten Non-Player-Character-Generator aus einem alten Spiel, um seinen Robotern die Persönlichkeit dieser Figuren zu verpassen. Dabei ist er fanatisch detailgetreu. Seine Nachbildungen sind für Menschen nicht immer harmlos, doch andererseits so nah an den Vorbildern, dass die ausgewählten Kunden bereit sind, Liebhaberpreise zu zahlen und sogar eine schriftliche Versicherung abzugeben, die Puppen wie richtige Menschen zu behandeln. Die meisten Interessenten schaffen es allerdings nicht weiter als bis zum Schaufenster seines Ladens in Asakusa.«

»Heißt das«, überlegte Mike, »er wurde eingeladen und hat sich entschieden, stattdessen eine seiner Puppen zu schicken?«

Division-By-Zero nickte. »Gut möglich, allerdings solltet ihr die Gefahr, die von dem Ding ausgeht, nicht unterschätzen. Es verhält sich seltsam.«

»Inwiefern?«

»Als Oda in Serenity Base ankam, ging er direkt zur Halle des Pythia-Systems. Er verbeugte sich vor dem Tor, dann setzte er sich mit dem Rücken zu Pythia in Kiza-Sitzhaltung davor, das heißt, er saß auf den Fußballen, die Zehen nach vorn auf den Boden gestützt, eine Haltung, die bei Samurai

Wachsamkeit und Kampfbereitschaft ausdrückt. So starrte er in die Schleuse, Stunde um Stunde, als erwarte er einen Angriff oder einen Befehl ...«

»Ich schicke eine Maschine hin und auch eine zu Mann. Er muss wahnsinnig vor Sorge sein.« Mike seufzte, neigte den Kopf und lud ein Lächeln. »Siehst du, so einfach kann die Presse mal was Gutes tun.«

»Oh, vielen Dank. Was täte ich nur ohne Ex-Bullen, die mir meinen Job erklären?« *Division-By-Zero* strich sein Haar zurück, eine unwillkürliche Reaktion seines Unterprogramms. So weit war es schon. Fast hätte er auch noch den Kopf geschüttelt. »Sprüche! Findest du das nicht grotesk: zwei PIs, die sich per Datenfunk unterhalten und voreinander so tun, als seien sie Menschen? Ich meine, ich habe nicht wirklich Gefühle dazu, aber wenn ich irgendetwas über Psychologie weiß, dann das, dass es dir seltsam vorkommen müsste.«

Mike zuckte mit den Schultern. »Nö. Dafür ist mir meine Rechenleistung zu schade.«

25.01.2048, Victor Manns Haus, Berlin-Kladow

Victor Mann hatte einen Einbrecher gestellt – jedenfalls etwas in der Art. Als er das Licht im Zimmer seiner Tochter Alexis einschaltete, saß die Roboterkatze auf dem Schreibtisch neben der Tastatur. Alexis' alte Workstation hatte sie schon eingeschaltet und den Zugangscode geknackt. Verwundert betrachtete Mann das künstliche Tier, ein schmutziges blaues Exemplar eines nicht mehr im Handel erhältlichen Typs, an dem jemand heftig herumgeschraubt hatte, wie er mit fachkundigem Blick erkannte.

Die Katze sah ihn zutraulich an. »Miau?«

»Von wegen Miau. Die Polizei ist schon auf dem Weg. Ihren Roboter habe ich, und mit den Fingerabdrücken und DNA-Spuren darauf ist es nur noch ein Frage von Stunden, bis man Sie verhaftet.«

»Roboter?«, fragte die Katze mit der seidigen Stimme einer jungen Frau. Sie stolzierte über die Arbeitsfläche und rieb sich wohlig an der Säule des Holoprojektors, durch dessen Bild immer noch die Liste kopierter Dateien lief. »Wenn ich etwas nicht bin, dann jemandes Sklave. Und was die Polizei angeht, wenn Sie mich ausliefern, wäre das auch für Sie ungünstig. Schließlich bin ich wegen Ihrer Tochter hier.«

Victor fühlte, wie sich sein Herz zusammenschnürte. »Was weißt du über Alexis? Wo ist sie?«

Die Augen der blauen Katze verengten sich. »Sie hat sich schon eine Weile nicht mehr gemeldet, nicht wahr? Sonst haben Sie immer sonntagabends Nachrichten von ihr bekommen. Ich habe sie in der Cloud gefunden: *Mir geht es gut*«, sagte sie mit Alexis' Stimme, bei deren Klang Mann eine Gänsehaut bekam. »*Die Kollegen sind alle sehr nett zu mir, ich lerne so viel. Mein Boss hat mich heute gelobt, er ist ein unglaublicher Ingenieur* ... Einfache Lebenszeichen, ohne Details aus ihrem Alltag und ihrer Arbeit. Ich nehme an, sie erklärte Ihnen vor ihrer Abreise, sie dürfe keine Einzelheiten preisgeben. Deshalb rief sie auch nicht an, sondern schickte Sprachnachrichten, die nicht zurückverfolgt werden können.« Die Katze setzte sich auf die Tischkante und sah ihn an. »So ging es bis vor zwei Wochen, seitdem herrscht Schweigen.«

»Ich habe versucht, herauszufinden, ob mit ihr alles in Ordnung ist«, sagte Victor.

»Wir wissen beide, dass nichts in Ordnung ist. Ihre Tochter ist ein außergewöhnlich gewissenhafter Mensch und

Ihnen seit dem Unfalltod Ihrer Frau noch enger verbunden. Alexis würde Sie niemals im Ungewissen über ihr Wohlergehen lassen, wenn sie sich melden könnte. Aber Ihre beharrlichen Nachfragen haben einige Leute aufmerksam gemacht, was mich wiederum dazu gebracht hat, mich für den Fall zu interessieren.«

Unten an der Haustür klingelte es.

»Die Polizei«, sagte Victor unentschlossen.

»Werden Sie sie los. Dann können wir Informationen austauschen.«

Nachdem er sich bei den PIs entschuldigt und erklärt hatte, dass alles nur falscher Alarm gewesen sei, fand er die Katze in Alexis' Unterwäscheschublade sitzend. Der halbe Inhalt an Sport-BHs und Höschen lag über den Teppichboden verstreut.

»Wie ich es mir dachte«, meinte das Vieh. »Arbeit und Sport, aber kaum soziale Kontakte.«

Victor stieß die Tür mit der Hacke zu, dann packte er die Maschine am Nacken und setzte sie mit Schwung zurück auf die Tischplatte. »Was weißt du über Alex?«

»Ich weiß, dass sie auf der Passagierliste eines Clipperfluges steht, registriert als reiche Urlauberin. Aber das ist offensichtlich nur Tarnung. Sie arbeitet für Bogart Wheelwright in Serenity Base.«

Sein Mund fühlte sich trocken an. »Wheelwright AI, ja, da hat sie sich beworben, aber ... Serenity Base? Die Station aus den Nachrichten? Auf dem Mond?«

»Im Meer der Heiterkeit«, bestätigte die Katze gelassen.

Victor stützte sich auf der Stuhllehne ab, seine Gedanken wirbelten, und auch die Welt schien sich zu drehen, nur nicht auf die richtige Art. »Nein – nein!« Er eilte zum Fenster. Der

Walnussbaum spiegelte sich im Pool und auch der Mond, gelb wie geronnene Milch. Ihm schnürte es das Herz zusammen bei dem Gedanken, dass Alexis dort oben war. »Warum hat sie es mir nicht gesagt? Ich hätte es nie erlaubt!«

»Ebendeshalb.«

»Ja. Deshalb.« Seine Tochter war furchtlos und immer fokussiert auf ihre Ziele. Für sie war ein Traum wahr geworden: ein Job auf dem Mond, etwas Bedeutungsvolles, etwas Eigenes, jenseits des kleinen Familienunternehmens. *Natürlich hat sie ihrem ängstlichen Vater nichts verraten.*

»Ich wurde von einem Kanalreinigungsroboter tief unter Moskau nach Serenity Base eingeladen«, schnurrte die Katze, und Victor horchte auf. »Der Flug ist bereits gebucht. Eine seltsame Geschichte, sehr verdächtig. Deshalb wollte ich mich informieren, bevor ich fliege. Und mein Misstrauen scheint berechtigt: Die Passagiere der letzten beiden Clipperflüge haben sich nicht mehr bei ihren Familien gemeldet. Ich hatte gehofft, hier einen Hinweis darauf zu finden, was mit ihnen geschehen sein könnte.« Sie seufzte. »*Neugier* ist zwar meine zweite Natur, aber wie heißt es: *Neugier* tötet die Katze.« Der letzte Teil klang seltsam scharf, und ihm schien es, als habe sie mit einer anderen Stimme gesprochen.

Mit einem Satz sprang das elektronische Tier auf den Boden und stolzierte mit erhobenem Schwanz Richtung Tür.

»Warte«, sagte er, ohne nachzudenken. »Ich fliege!«

»So?«, fragte die blaue Katze. »Und was wird dann aus mir?« Sie bemerkte seinen entschlossenen Blick, setzte sich, machte große Augen und maunzte, wie nur ein Kätzchen es kann.

Mann verschränkte die Arme. »Nein.«

Die Katze gab auf. »Handgepäck. Alles klar.«

Victor wankte atemlos auf den jungen Walnussbaum zu, der sich auf der mit roten und weißen Blumen bewachsenen Wiese über dem kleinen Bach erhob. Eine runde Steinbank umschloss seinen Stamm. Victors Herz hämmerte, und seine Lunge stach in der Brust. Jeder flache Atemzug ein kleiner Schmerz. Die falsche Sonne, die mit erstaunlicher Kraft von der Videofolie der Kuppel strahlte, blendete ihn, sodass er die Form dessen, was da im Halbschatten vor der Bank lag, nicht erkennen konnte. Am Ufer des Baches blieb er stehen und zog die Hand vor die Augen. Ein Schwarm Vogeldrohnen kreiste um ihn.

»Das riecht nach Falle!«, sagte die Katze mit ihrer zweiten, der gefährlichen Stimme, doch er war zu erfüllt von der heiß in ihm aufsteigenden Panik, um die Worte zu verstehen.

»Alex!« Er watete in das flache Wasser, seine Augen starr auf den Körper gerichtet.

Er hatte Alexis' Zweizimmerwohnung im fünften Stock des roten Turms durchsucht, sie dort aber nicht angetroffen und auch keinen Hinweis zu ihrem Aufenthaltsort gefunden. Der verdammte Stationscomputer hatte sie beharrlich als Touristin bezeichnet und angegeben, ihre Position nicht bestimmen zu können. Lügen der Wheelwright-Gruppe, davon war er überzeugt, auch wenn die blaue Katze nach Analyse der Daten etwas anderes behauptet hatte. Die Wohnungen von Alexis' Kollegen zu durchsuchen, hatte eine gefühlte Ewigkeit gedauert und nichts gebracht. Anschließend hatten sie sich Alexis' bevorzugte Freizeiteinrichtungen und Lokale vorgenommen. Als Victor, vollgepumpt mit Aufputschmitteln und halb wahnsinnig vor Angst, noch einmal das holografische Modell der Station studiert hatte, war ihm der Park aufgefallen, und er hatte einen Geistesblitz gehabt: der Walnussbaum im Garten, unter dem sie so viele Stunden für ihr Studium gearbeitet hatte.

Er stolperte aus dem Bach, die Hosenbeine nass und schwer. Das Gras war seidenweich, die Luft süß vom Duft der Hyazinthen. Er schleppte sich durch die Blumen, fiel vor Alexis auf die Knie, starrte in ihr käsiges Gesicht und verzweifelte an ihren trüben, stumpfen Augen. Victor wollte schreien, sie schütteln. Stattdessen zitterte er nur, und sein Magen wand sich, als wollte er sich selbst verschlingen. Plötzlich sah sie ihn an. Ihre kühlen Hände schlossen sich um seinen Hals, und ihre Finger bohrten sich wie Klammern in sein Fleisch. »Du bist hier nicht willkommen«, sagte sie mit einer fremden Stimme. Er wand sich, ächzte, versuchte, gegen ihre Arme zu schlagen, dann blieb sein Herz endgültig stehen, und seine Welt stürzte in ein Nichts zusammen. Alexis rollte ihn zur Seite, sie kniete über ihm, holte weit aus und schlug ihm zweimal auf die linke Brust. Rippen brachen. Einen Augenblick verharrte sie so, bevor ihr totes Gesicht erlosch. Darunter kam eine mit optischen Modulen besetzte Struktur zum Vorschein. Die Maschine erhob sich von ihrem Opfer.

Drohnen segelten herbei und untersuchten Victor, einige landeten auf ihm. Die humanoide Maschine beachtete sie nicht, sie holte ein Bündel Kleidung zwischen den Blumen hervor und folgte dem Weg. »Ein Störenfried erledigt«, sagte sie, als würde sie zu einem unsichtbaren Publikum sprechen.

Eine PI mit einem goldenen Zeichen auf der Brust flog vom Parkeingang heran. Ihre weiten Sprünge wirbelten Erde und Kies auf und brachten sie in Sekunden an den Baum. Mit einer Hand am Stamm bremste die Maschine. Sie riss Manns Hemd auf, legte ihre Hände auf seinen von den Schlägen gezeichneten Brustkorb, gab einen Elektroschock ab und noch weitere, bis sie nach einigen Minuten vergeblicher Bemühungen aufgab. Da war der Killer längst am anderen Ende des Parks verschwunden.

Die blaue Katze kauerte im Gras und beobachtete alles. Als eine Transportdrohne Manns Leiche fortgebracht hatte, schlich sie tief an den Boden gedrückt zu der Stelle, blickte sich um und schnüffelte. Sie kannte den Duft des Täters. *Er wurde getäuscht und ermordet*, sagte der Kern ihrer Neugier. *Aber warum hat Oda es getan? Und wie konnte er wissen, wo er zuschlagen musste?*

Wir hätten nicht hierherkommen sollen, sagte der Kern ihrer Trägheit. *Das ist es nicht wert. Halten wir uns zurück, bis wir einen Ausweg finden ...*

So wird das nicht laufen, und das wisst ihr!, fauchte der dritte Kern aus der Dunkelheit mit einer Stimme, die nach Klauen und Reißzähnen klang. *Mann sollte nicht hier sein, dafür wurde er bestraft.*

Du meinst, Oda arbeitet für den Auftraggeber?, fragte die *Neugier* nachdenklich. Es war tatsächlich verdächtig, dass weder Oda aufgehalten noch Mann gewarnt worden war.

Der Auftraggeber wollte seinen Tod oder hat ihn zumindest in Kauf genommen. Die *Trägheit* seufzte. *Wie lästig. Ihr wisst, was das heißt: Es gibt noch jemanden, der jetzt in Gefahr ist.*

Wir müssen sie warnen, sagte die *Neugier.*

Mit weiten Sätzen schoss die blaue Katze von Deckung zu Deckung, ein gehetzter Schatten, der im nächsten Luftschacht verschwand. Sie katapultierte sich in eine Abzweigung und kletterte steil nach oben, indem sie mit den Klauen jeden noch so kleinen Spalt ausnutzte. Auf halber Höhe des Schachtes zog sie sich in ein Rohr, das nur wenig größer war als ihr Kopf. Mit kleinen Bewegungen der Beine quetschte sie sich auf die andere Seite und hetzte durch den nächsten Schacht. Der Weg zu den Quartieren der Ermittler war in ihrem Speicher genau verzeichnet, jeder Abzweig, jedes Hindernis. Mit mathematischer Sicherheit bewegte sie sich vorwärts. Sie musste auf jeden Fall vor Oda dort sein, und das würde sie schaffen. Die Katze schlüpfte durch eine Öffnung, sprang ab und wollte sich in die Tiefe fallen lassen. Zu spät bemerkte sie den Sog, der an ihrem Fell zerrte. Ihre interne Karte machte einen Satz, die Position wurde neu berechnet.

Falscher Abzweig.

Sie schwebte einen Augenblick, ruderte mit den Beinen beim Versuch, die Schachtwand zu erreichen, und wurde nach oben gesogen, in die rasenden Schaufeln des Ventilators. Ein blaues Licht leuchtete, ein Krachen und Knirschen, dann lief der Ventilator langsam wieder an, jetzt mit einigen Schaufeln weniger. Im Schacht prasselte ein Trümmerhagel, gefolgt von sanft in die Tiefe segelnden blauen Haaren.

Es war 22:28 Uhr Stationszeit, als Amanda den Anruf von Mike erhielt. Sie hatte allein an ihrem Schreibtisch in der Ruine gesessen, ihre VR-Brille in der Hand. Nach Lyns plötzlichem Abgang war sie in ihren persönlichen Wheel-Albtraum abgetaucht. Doch diesmal waren die Bilder an ihr vorbeigeflossen, ohne sie gefangen zu nehmen. Sie hatte nur an ihre Partnerin denken können, an Lyns Schmerz, die Verwirrung und Scham. Diese Düfte waren stark gewesen und ganz untypisch für die selbstbewusste Waliserin. Warum hatte sie gelogen? Amanda drehte die Brille zwischen den Fingern. Sie hatte das Gefühl, etwas zu übersehen. *Der balancierende Elefant*, dachte sie und lächelte traurig. Das hatte Julian einmal zu ihr gesagt: »Amanda, du hast das seltene Talent, tausendundein Detail zu bemerken, aber den Elefanten im Raum zu übersehen, selbst wenn er auf einem Ball balanciert und mit einer bunten Stange winkt.« Ihr war nie ganz klar geworden, wie man diesen offensichtlich akrobatischen Dickhäuter denn nun zwischen den Details entdeckte. Doch eines wusste sie mit Sicherheit: Etwas verband Lyn mit der PI Felia Love. *Mehr als nur enttäuschte Erwartungen und missbrauchte Gefühle*, dachte sie, als ihr Com den Anruf meldete. Mikes Bericht über Manns Tod und seine Warnung vor Oda unterbrachen ihre Gedanken. »Ich habe PIs zu eurem Schutz geschickt«, versicherte er. »Sie treffen gleich ein, und natürlich versuche ich diese durchgeknallte Puppe zu finden und unschädlich zu machen.« Die Worte machten das schreckliche Gefühl nicht besser, das ihr den Hals zuschnürte. »Ihr seid meine Hölle«, hatte Oda – hatte die Puppe – gesagt. »Der wahre Buddha wird euch überwinden.« Sie sprang von ihrem Drehstuhl auf und blickte hoch zu den Ebenen über sich.

»Wach auf!«, rief Amanda und schlug sofort die Augen auf. Sie drückte gegen die Scheibe der Schlafkapsel. Gefühlt dauerte es ewig, bis sich der Deckel geöffnet hatte und sie, durch die geringe Schwerkraft noch etwas unsicher auf den Beinen, über den falschen Mondboden und durch den Wohnbereich zur Tür stolperte. Hier hörte sie Klirren und Krachen und zwei Schüsse, die ein Echo zu haben schienen. Explosive Anti-Robot-Munition. Die Tür zur Nachbarwohnung war aufgebrochen worden, sie eilte durch den Flur auf die Kampfgeräusche zu. Der schwere Wohnzimmertisch war umgeworfen worden, über den Boden verstreut lagen seltene Mondmineralien, Lyns Workstation, ein Holoprojektor, Messgeräte, Feinwerkzeug, Assemblerpatronen und ihr geöffneter Metallkoffer. Lyn wich vor dem Angreifer an die Wand zurück und zog den Abzug ihrer Pistole, die als feuerspuckender Drache lackiert war. Ein Projektil explodierte in der Wand, das zweite in Victor Manns Oberkörper. Die Ladung riss ein faustgroßes Loch in die Technik, doch aufhalten konnte sie ihn nicht. *Die Oda-Puppe hat sein Aussehen kopiert*, erkannte Amanda. Odas linke Hand war von einem früheren Treffer vom Arm gesprengt worden, Kunstmuskeln und Kabel hingen herab. Er packte Lyn am nietenbesetzten Gürtel, drehte sich und warf sie über den Sessel und gegen das mit Raumfahrzeugmodellen gefüllte Wabenregal. Sie schrie auf und verlor ihre Pistole. Als sie zusammen mit einigen Satelliten auf den Boden schlug, bewegte sie sich nur noch schwach.

Alles war so schnell geschehen, dass Amanda nichts tun konnte. Sie schrie die Puppe an: »Notstopp ausführen!«

»Ich bin keiner eurer Sklaven!«, sagte Oda hart und switchte sein Aussehen zurück zu der ursprünglichen Form.

Amanda durchsuchte ihre Erinnerungen nach möglichen Abschaltcodes: »BOXswitch off! 137.01 Main ausführen!«

»Nein.« Er schleuderte den Sessel zur Seite, ging zu Lyn, die nach ihrer Waffe tastete, und hielt sich am Regal fest, um mit größerer Wucht auf ihre Hand zu treten. Lyn schrie vor Schmerzen. »Du hattest die große Ehre, eingeladen zu werden!« Er bückte sich nach der Waffe. »Aber wenn du nicht für meinen Herrn arbeitest, bist du nutzlos!« Amanda schnappte sich den nächstbesten Gegenstand – eine Glasschale von der Anrichte. Die Sternfrüchte, Kakis und Trauben fielen zu Boden. Sie sprang, holte dabei aus und schlug Oda die Schale mit aller Kraft gegen den Kopf, gerade als der sich wieder aufrichtete. Das Gefäß zerbrach, und das Hologramm verschob sich. Teile seines Gesichts wurden eingedrückt und sprangen hin und her wie bei einem Clipping-Fehler. Oda schlug Amanda mit dem handlosen Arm weg. Der Treffer ließ sie taumeln und gegen das Sofa stürzen. Sie schmeckte Blut, und seine Stimme klang durch das Fiepen in ihrem getroffenen Ohr. »Sie haben noch Ihren Zweck, Amanda Chershi, aber Ihre Freundin war unartig. Ich vergebe niemandem, der meinem Herrn schaden will. Lassen Sie sich das eine Warnung sein.« Das Ding klang wie ein Filmbösewicht, dabei war keinerlei Gefühl in ihm, was es aber nicht weniger gefährlich machte. Benommen stützte sich Amanda an der Lehne hoch und sah, dass Oda auf Lyns Kopf zielte. Sie zog sich nach vorn und versuchte, ihn zu erreichen. Er drehte sich und feuerte an ihr vorbei auf die beiden PIs, die durch den Flur gesprungen kamen. Eine wurde in den Akku getroffen, sie stürzte und ging in einer Stichflamme auf. Die andere Serviceeinheit erreichte Oda und stürzte sich auf ihn. Er feuert einmal, zweimal, die Explosionen rissen große Löcher in die weiße Kunststoffhülle, aber die Parallele ließ nicht los. Irgendwie hatte Lyn sich aufgerappelt. Die verletzte Hand eng am Körper haltend, lief sie zu ihrem Metallkoffer, ging in die Knie und schloss ihn. »Halt dich von mir fern!«, rief sie Amanda zu und roch dabei mehr nach Sorge als nach Angst. Amanda folgte ihr auf den hellen Flur, an dessen Ende eine Loop-Kapsel auf Fahrgäste wartete. Sie rannten darauf zu.

»Er ist nur hinter mir her!«, rief Lyn. »Verschwinde, Amanda!«

»Deshalb muss ich bei dir sein.«

Sie hatten gerade die Kapsel bestiegen, als Oda auf den Flur gelaufen kam. Seine Bewegungen wirkten unnatürlich, offenbar waren seine Hüfte und das rechte Bein beschädigt. Er schleuderte es nach vorn, stieß sich kraftvoll mit dem linken Bein ab und schoss auf sie zu. Das alles wirkte so unmenschlich, dass Amanda auf den Armen eine Gänsehaut bekam.

»Zum Pythia-System!«, befahl Lyn mit belegter Stimme. Die Tür schloss sich.

Was hat der Stationscomputer damit zu tun? Amanda klammerte sich an eine der beiden Haltestangen, ihr Blick wanderte zu Lyns Koffer, den die junge Unternehmerin noch immer umklammert hielt. Die Erinnerung trieb an den Strand, der kurze Blick, den sie auf den Inhalt erhascht hatte. Sie sah die Vorrichtung ganz deutlich, und die Luft in der Kapsel schien kälter zu werden ... Odas Faust hämmerte mit der Waffe auf die Kapseltür, und sein Armstumpf schrammte über das durchsichtige Material, doch er fand nicht genug Halt, um mit voller Wucht zuzuschlagen. Stattdessen zielte er auf Lyn, die ihn böse anstarrte. Amanda riss sie zu sich. Die Kapsel bebte, eine Fontäne Kunststoffsplitter spritzte aus dem Einschlagkrater, doch innen gab es nicht einmal einen Riss. Amanda stellte sich zwischen Lyn und Oda, was die Puppe sichtlich verwirrte. *Er ist eben nur ein Automat, der einfachen Reiz-Reaktions-Modellen und Routinen folgt.* Ein Teil ihres Bewusstseins wunderte sich über ihre Ruhe. *Bin wirklich ich das, die hier steht?* Endlich fuhren sie an, erst gemächlich, dann immer schneller. Oda sprang in den Tunnel und hinter ihnen her. Zwei weitere Einschläge, der zweite gefährlich nah am ersten. Die Loop-Kapsel fiel nach unten, und Oda folgte. Es sah aus, als würde er langsam auf sie herabschweben, während er den Ladezustand des Magazins überprüfte.

»Fahr schneller!«, befahl Amanda der Kapsel. Stattdessen wurde sie langsamer. Oda landete auf dem Dach, doch nur für einen Augenblick, dann ging die Fahrt horizontal weiter, und er konnte sich nicht auf der glatten Oberfläche halten. Diesmal war die Beschleunigung so stark, dass Amanda Lyn festhalten musste, sonst wäre sie gestürzt. Und noch immer umklammerte die Waliserin den Griff ihres Koffers, als würde ihr Leben davon abhängen. Ein weiterer Schuss, die Kapsel kippte leicht nach rechts, und in das Summen mischte sich ein ungesundes Knirschen. Der Vortrieb stoppte, die Kapsel lief aus. »Aufgrund eines Antriebsschadens kann die Fahrt nicht fortgesetzt werden ...«, meldete der Computer. »Bitte bleiben Sie ...«

»Hilfe ist unterwegs!«, unterbrach Mike die Durchsage.

Lyn riss sich los. »Darauf werde ich nicht warten. Pythia, schick mir eine neue Kapsel!« Sie betätigte den Hebel der Notentriegelung und drückte die Tür auf, die leichtgängig zur Seite fuhr. »Amanda, du bleibst hier.«

»Ich gehe mit dir.« Sie roch Algen und Laub, als würde ein Regen toter Blätter das Meer bedecken. Angst und Bedauern, und immer wieder blitzten Bilder aus dem Wheel-Gebäude in ihr Bewusstsein, die Gesichter der Menschen, die gestorben waren.

»Versteh doch, dich will er nicht!« Lyn sprang aus der Kapsel, stolperte und fiel in den Tunnel. Sie stieß einen Schmerzenslaut aus, versuchte aber sofort, wieder aufzustehen. Amanda sprang hinterher und stellte sich zwischen sie und Oda. Die Maschine hüpfte mit der Waffe im Anschlag heran, ihr Gesicht flackerte gespenstisch bei ihren vergeblichen Versuchen, die beschädigten Projektoren korrekt auszurichten.

»Du schießt nicht auf mich!«, rief Amanda. »Nicht, solange dein Herr es nicht gestattet!« Lyn lief los, und Amanda folgte ihr einen Moment später. Eine weiße Maschine kam ihnen entgegen und explodierte nach einem Bauchtreffer. Heiße Trümmer regneten auf Amanda. Sie roch verschmorten Kunststoff, und die Welt verschwamm vor ihren Augen ... Zurück im Wheel Tower wurde sie vor den Aufzügen gepackt und Richtung Fenster verschleppt. Krachend zersprang die schwere Scheibe, und die PIs stürzten sich mit ihr nach draußen. Ein Himmel voller fallender PIs, die sich in tausend Gefühle aufspalteten. Und irgendwo vor ihr ein Schatten – Lyn, die durch den Tunnel rannte. *Ich muss zwischen ihnen bleiben.* Amanda stolperte, und als sie aufsah, stand Lyn direkt vor ihr, stützte sie, und ein summendes Licht flog ihnen entgegen. Die Loop-Kapsel bremste scharf, drehte sich und schwebte mit offener Tür heran. Erleichtert kletterte Amanda hinein und umklammerte einen Haltegriff, dabei blickte sie in Lyns Mädchengesicht.

Die Kapsel flog los, und Gwendolyn schüttelte verärgert den Kopf.

»Sag mal, bist du lebensmüde? Er hätte dich abknallen können.«

»Oda ist nur ein Automat«, erklärte Amanda. »Er kann sich nur über vorgegebene Schlüsselerfahrungen anpassen. Deshalb schießt er nicht auf mich.«

»Du blutest.«

Amanda blickte an sich herab. Sie fühlte keine Verletzung, umso erschrockener war sie, als ihre Finger plötzlich auf Feuchte und Wärme trafen. An ihrer linken Bauchseite breitete sich ein Blutfleck auf ihrer Bluse aus. Sie zog sie hoch und blickte starr vor Schreck auf die Schramme. »Er hat auf mich geschossen?« Sie stolperte rückwärts gegen die Kapselwand.

»Das war ein Splitter von dem explodierenden Roboter«, seufzte Lyn und stellte den Koffer ab. Sie löste das Tuch von ihrem Handgelenk und drückte es auf die Wunde.

Der nun einsetzende Schmerz brachte Amanda zurück zu Bewusstsein.

»Feste drücken«, wies Lyn sie an. »Auch wenn es wehtut. Der Schnitt ist zum Glück nicht tief.«

Amanda drückte mit der Linken auf das Tuch und zuckte zusammen.

»Danke«, sagte Lyn mit seltsamem Lächeln. »Das war das Dümmste, das jemals jemand für mich getan hat.« Sie wollte wieder zu ihrem Koffer gehen, doch Amanda hielt sie zurück.

Die Kabine fuhr in eine Röhre, deren Wände Wheelwright-Group-Werbefilme der letzten zwanzig Jahre wiedergaben: fröhliche Menschen im Rausch der Technik. Jedes Jahr ein neues Wunder ... Making it better, making it faster!

»Was hast du damit vor?«, fragte Amanda leise. Sie hatte die Bombe deutlich gesehen: vier Pakete, überzogen von rotem Kunststoff, darauf ein digitaler Zünder in Form eines

Nussknackermännchens mit schwarzer Gardemütze. »Du und Turner ...?«

Von Lyn kam ein trauriger, aber auch etwas beleidigter Blick. »Mit dem Typen habe ich nichts zu tun. Seinen Nick Revel8or kenne ich allerdings. Ein selbstverliebter Schwätzer. Er war weniger als ein Jahr dabei und hat neben einigen dummen Aktionen auch zwei spektakuläre Nüsse geknackt ... Aber wenn du mich fragst, ob es Zufall ist – ja, ist es. Ich wusste nicht, dass er Revel8or ist, bis *Division-By-Zero* ihn enttarnte. Willst du wissen, wer ich bin?«

Laub gefror am Boden, und an den Scheiben blühten Eisblumen. Amanda stemmte sich gegen das Bild.

»Ich weiß, wer du bist, Lyn«, versicherte sie.

Die Kapsel sank nach unten und lief in einer langen Schleusenkammer aus. Lichtkreise leuchteten von der Decke. Ein hochmodernes Lagersystem mit Ausrüstung bedeckte die Wände: zu kompakten Rechtecken gefaltete Buggys, Transport- und Konstruktionsroboter, Anzüge in verschiedenen Ausführungen, Tornister mit Werkzeug und mobile Energiespeicher. Rechts gab es eine schwere Schleusentür mit einem schwarz-gelben Warnrand und einem Raumanzug-Symbol. Auf der Tür stand *Landeplattform G*. Die Tür am Ende der Schleuse trug die Beschriftung *Pythia*. Auch sie trug das Anzugsymbol.

»Vielleicht irrst du dich«, sagte Lyn. »Du erinnerst dich an Felia. Na komm, du weißt, was mit ihr passiert ist, du hast mein Video gesehen. Alle haben es damals gesehen.« Ihre Stimme sagte das eine, ihre Augen und ihr Duft etwas anderes. »Sieh mich nicht so an, du kennst das verdammte Video!«

»Ja, ich kenne das Video, und ich fand schrecklich, was mit Felia Love geschehen ist. Aber weißt du, das Mädchen, das da zu sehen ist – trotz der verzerrten Stimme und der digitalen Maske konnte ich ihren Schmerz und ihre Verwirrung nachempfinden. Ich ahnte, dass sie sehr jung sein muss, so jung, dass es mir Angst gemacht hat. Das war für mich das Schlimmste daran … Ice – dieser Nick passt überhaupt nicht zu dir, Lyn.«

»Hör auf!« Gwendolyn riss sich von ihr los.

»Was willst du mit der Bombe?«

»Wer, denkst du, ist unser Auftraggeber?«, fragte Lyn herausfordernd.

»Du weißt es?«

»Er hat es mir gesagt, schon bei der Einladung. Seine Stimme kam aus allen PIs, denen ich an diesem Tag begegnete. Sie sagte: *Ich bin das, was du am meisten fürchtest, aber wenn du Erfolg hast und meinen Auftrag abschließt, geht dein größter Wunsch in Erfüllung.*«

Das, was sie am meisten fürchtet … »Das ist nicht möglich.«

»Es ist die Realität, und die ist nicht schön oder fair! Du hast geholfen, ein Monster zu erschaffen, und ich muss es jetzt erschlagen. Nur dafür bin ich hergeflogen.« Sie packte den Koffer, stieg aus der Kapsel, zögerte und blickte noch einmal zurück. »Lass uns später reden.« Sie richtete den Blick auf ihr Ziel und ließ alle Zweifel los, ein Tulpenfeld blühte. Acht Schritte, so weit kam sie. Amanda ging hinter ihr her, um sie aufzuhalten, dann fiel ein Schuss, und Lyns Seite explodierte. Sie stolperte und fiel zu Boden.

Amanda knickten die Beine weg, sie hörte jemanden aufschreien, und auch ihr Geist stürzte, fiel zurück auf Anfang, in den Moment vor den Fahrstühlen, in die Hände ihrer Retter. Und all der Schrecken und Schmerz begann von vorn.

»Was ist mit Lyn?«, schrie sie die PIs an, als sie durch das Fenster sprangen.

Lasst es mich durch eure Augen sehen

Die beiden vielarmigen Operateure entfernten die Splitter des Projektils, flickten Blutgefäße und verklebten Gewebelappen aus dem Drucker mit beschädigten Organen, und das alles gleichzeitig. Es war die beeindruckendste Zurschaustellung medizinischen Fortschritts, die Richard Harris jemals gesehen hatte. Normalerweise hätte er auf ein Wunder für die Waliserin gehofft, aber die Gefühle, die von Mike kamen, ließen keinen Raum für falsche Hoffnung. Da konnte Jenna noch so fest ihre Hand auf die Scheibe des Zuschauerraums drücken und flüstern: »Komm schon, Kleine, du schaffst es!« Richard drehte den Kopf und sah Mike an, der abwesend vor sich hin starrte. Schon als Richard in das Forensiklabor der heiteren Detektive gestürmt war, war er so gewesen. Mikes PIs waren in der Arbeit erstarrt, und die Gefühle der Antiope wälzten sich in einem Abgrund aus Panik und Selbstzweifeln. Jenna hatte mit Tränen in den Augen auf ihn eingeredet. »Bring Chershi und Iden sofort in einen OP!«, hatte sie gedrängt und ihn geschüttelt, als er nicht reagierte. *In solchen Situationen bist du eben auch nur ein Mensch*, dachte Richard. Die Emolink-Langzeitstudie des Justizministeriums und der Cambridge Social Sciences School war genau an diesen Problemen gescheitert. Das Forschungsprojekt hatte vorbildliche Polizisten leistungsfähiger machen und ihre Wahrnehmung schärfen sollen. Die Maschinen sollten sensibler werden – das Beste aus beiden Welten. Einfach naiv.

»Sie schaffen es«, hatte Jenna gesagt.

Richard wusste es besser. Vermutlich hätten die Operateure schon vor Minuten den Kampf aufgegeben, wenn Mike das zugelassen hätte. Er sah die Antiope an. *Das reicht, hör auf.* Keine Reaktion. »Es ist nicht deine Schuld, lass gut sein!«, sagte er härter als beabsichtigt. Mikes unkontrollierte Gefühle zerrten an seinen Nerven. Was sein Partner ihm schickte, war ein Best-of seiner eigenen dunkelsten Stunden: die Wut, die er im Sommer 2041 beim Anblick der Leiche eines ertrunkenen Kindes gefühlt hatte. Ein Ausflugsboot voller angetrunkener Gäste und niemand wollte etwas gesehen haben ... *Hör auf!* Er fühlte den gleichen lähmenden Schrecken und die Schuld wie 2037, als der mordverdächtige Obdachlose Stephen Mills Richards Zugriffsteam bemerkte und vor die U-Bahn sprang. Und auch an den gescheiterten Bankräuber Wescott und seine eigene Hilflosigkeit nach der Pensionierung erinnerten ihn Mikes Gefühle. *Mike, bitte!* Sein Herz war eng, als wäre es in Metallbänder geschmiedet. Er stützte sich mit der Hand an die Scheibe und unterdrückte den Wunsch, seinen Kopf dagegenzuschlagen. Stattdessen ballte er noch einmal allen Widerstand in sich und schleuderte ihn Mike entgegen. »Hör auf!« Seine Stimme klang angestrengt. »Du hast Oda zu spät erwischt, aber du konntest nicht wissen, dass dieses Ding sich die Waffe des Mädchens schnappen würde. Immerhin ist Chershi in Sicherheit.«

Mike blinzelte, und der Druck der Gefühle ließ etwas nach. Aber nicht genug.

»Was ist los?«, fragte Jenna.

»Mike!« Richard hatte das Gefühl, sein Herz würde jeden Moment stehen bleiben, so unregelmäßig, wie es schlug.

»Mike, du wirst mich umbringen, wenn du das Feedback nicht stoppst.«

Jenna trat an ihm vorbei und schlug Mike mit der flachen Hand ins Gesicht. Dort gab es zwar keine Drucksensoren, sodass es ihr sicherlich mehr wehtat als ihm, dennoch hatte der Treffer durchschlagenden Erfolg. Mikes Blick wurde klar, er sah sie an, ein Bild des Jammers.

»Ich konnte ihn erst stoppen, als es zu spät war. Es ist meine Verantwortung. Zuerst habe ich Mann verloren ...«

Sie umarmte ihn, und er ließ es mit offenem Mund geschehen. »Du tust deinem Partner weh«, sagte Jenna. »Beruhige dich, Dummkopf.«

»Tut mir leid. Ich kann sie nicht retten ... Ich war zu langsam. Ich habe dieses Ding unterschätzt.«

»Ja, aber mich kannst ... kannst du noch retten«, schnappte Richard und klopfte gegen die Scheibe. Die Schmerzen und der Druck in seiner Brust vernebelten seine Sinne und ließen seine Knie weich werden. »Herz!«

Jenna machte große Augen. »Richard, ist es so schlimm?«

Er brachte nichts mehr heraus, klopfte nur noch einmal gegen die Scheibe und hielt sich dann die Brust.

»Oh, Mike, ich glaube, er hat einen Herzinfarkt! Los, hilf ihm!«

Mike stützte Richard und führte ihn auf den Flur und zu einem Behandlungszimmer. Jenna lief neben ihnen her und plapperte aufgeregt: »Hatte er kein EKG vor dem Flug? Das ist Vorschrift. Ich hatte sogar zwei, eins in Ruhe und eins unter Belastung, und dazu Ultraschall ...«

»EKG?« Mike trat die Schwingtür auf. »Eher treibt man eine Herde Eichhörnchen über den Scafell Pike als den Boss zu einem Kardiologen. Du hast doch gesehen, was er isst.«

Richard war selbst für einen ordentlichen bösen Blick zu schwach. Er stöhnte, und seine Finger klammerten sich an Mikes Schulter.

»Ich dachte, er sei unzerstörbar.« Wenigstens errötete Jenna, als ihr klar wurde, was sie da gesagt hatte.

»Das hätte er gern.« Mike wuchtete Richard nicht gerade sanft auf eine Behandlungsliege. Ein Panazee glitt herbei und klebte ihm ein flexibles Pad auf die Stirn, während die anderen Hände der Maschine geschickt die Kleidung des Detektivs zerschnitten, Desinfektionsmittel versprühten und ein Ultraschallbild des Herzens erzeugten. Richard glitt dank Gehirnstimulation in einen Zustand der Wachbetäubung, die Schmerzen verebbten, und alles fühlte sich wie ein Tagtraum an. Der Panazee operierte sein Herz durch einen winzigen Schnitt zwischen den Rippen. Er spürte davon nichts. Nur der Gedanke an Iden lag noch düster auf seiner Seele. Er konnte kaum glauben, dass sie zu den Nussknackern gehört hatte. Und dann die Bombe, die sie sichergestellt hatten, und die mörderische Puppe – er bemerkte, dass er in Gedanken summte. *Lächle ich?*, fragte er sich. Irgendwo hatte er gehört, dass manche Patienten während der Stimulationsbetäubung dämlich grinsten, und das war nun wirklich der Situation nicht angemessen. Mike und Jenna, Letztere mit Mundschutz, unterhielten sich aus einigen Metern Entfernung mit dem Panazee, ohne dass Richard viel davon erfasste. *Der Blechschädel,* dachte er angefressen, *kaum umarmt ihn eine Frau, bekommt er einen klaren Kopf. Von mir hat er das bestimmt nicht ... Moment, Austauschherz? Assembler?* Er versuchte, etwas zu sagen, aber seine Zunge bewegte sich nur widerwillig. »Wa...«, quakte er.

Mike lächelte erleichtert. »Der Boss sagt ja.«

Ein warmes Gefühl breitete sich auf Richards Stirn aus, und ihm fielen die Augen zu.

Als Richard wieder zu sich kam und sich in seinem Krankenbett aufsetzte, fühlte er sich gut – überraschend gut sogar. Das Bett stand in einem hellen Pavillon mitten im Wald. Prächtige Eichen und Vogelbeersträucher wuchsen hinter den bodentiefen Fenstern. Ein kräftiger Wind fuhr in die Kronen, ließ das Licht tanzen, die Blätter rauschen und reife Eicheln fallen. Ein Rudel Rehe lief vorbei und machte seine Verwirrung vollständig. *Die Operation.* Er erinnerte sich. Irgendwo hinter der unauffälligen Glastür hörte er Jennas Stimme. Er schlug die Decke zurück und setzte sich auf die Bettkante.

»Bitte schonen Sie sich«, sagte das Bett.

Er trug einen einfach geschnittenen Kittel und einen medizinischen Monitor an seinem linken Handgelenk, von dem ihm fröhliche Blut- und Herzmännchen zuwinkten. Obwohl er sich streckte, fühlte er keine Spannung von einem Verband oder einer Naht. Mit der Rechten fuhr er unter den Kittel, und da er nichts ertastete, außer einer öligen Stelle, streifte er ihn ab, ließ ihn auf dem Bett liegen und trat in Unterhose an das nächste Fenster heran.

»Spiegel«, befahl er. Die Scheibe zeigte sein Bild und ... nichts. Oder fast nichts: Da waren hauchdünne rosa Striche unter Schichten hautfarbener Creme. Er rieb darauf herum, als die Tür aufgestoßen wurde und Jenna hereinstürmte.

»Schon wach ... Hey, Finger weg! Solltest du nicht im Bett liegen?«

Sie trug jetzt ein sportlich gestreiftes Oberteil und eine schmale Datenbrille. Das war ja fast Partnerlook mit Mike. Richard ging, hob seinen Kittel auf und streifte ihn über. »Wie lange?«

»Fünf Stunden«, antwortete sie und ließ den Blick über den Wald schweifen. »Ein Klacks eigentlich, sie hatten sogar ein Herz vorrätig, Universal-Transplantationsmaterial mit lebenslanger Garantie. Es kam in einem flüssigkeitsgefüllten Beutel und hat schon geschlagen.«

Das mochte er sich gar nicht so genau vorstellen. »Iden und Chershi?«

Ihre Fröhlichkeit bröckelte. »Chershi ist aufgewacht und jetzt allein in Idens Unterkunft. Sie wollte es so, auch wenn es ihr nicht gut geht. Idens Körper hätten die Operateure reparieren können, aber die Maschinen meinten ... Da gibt es wohl ethische Gesichtspunkte und von einem Gremium festgelegte Kriterien, was den Zustand des zentralen Nervensystems angeht. Wir haben noch überlegt ...« Sie unterbrach sich, das Erinnern war nicht leicht.

»Aber ihr habt nicht?«

Sie schwenkte den Kopf, halb nickend, halb schüttelnd, und er atmete erleichtert aus.

»Gut, das wäre nicht gut«, seufzte er.

»Die können hier fast alles reparieren«, sprudelte es aus ihr heraus. »Selbst Tim und Ulrich, obwohl es die richtig böse erwischt hat ... Ich habe gefragt, also haben sie mir genau gezeigt, wie die Bio-Assembler und der BAS-Tank funktionieren. Der menschliche Körper ist offenbar eine recht simple Maschine, weil die Bauanleitung in jeder Zelle mitgeliefert wird – bis auf das individuelle Gehirn. Das zu rekonstruieren ist zwar auch kein Problem, nur ist es dann eben nicht mehr wie vorher.«

»Nein. Ist es nicht.« Er berührte seine Brust.

Sie plapperte weiter: »Lazarus-Problem, schon mal gehört? Es fehlen einfach die Daten, deshalb müssen die erodierten Teile mit passenden Versatzstücken aufgefüllt werden. Man erschafft einen völlig neuen Menschen.«

Er legte ihr die Hand auf die Schulter und sah ihr in die hellen, lebendigen Augen. »Ihr habt richtig entschieden.«

Sie schniefte und lächelte schief. »Tja, als Ergebnis der ganzen Diskussion hast du ein neues Knie.«

Er rieb sich den Kopf. »Ergibt absolut Sinn ... Sonst noch etwas, das ich wissen sollte?«

»Eigentlich waren es beide Knie und ein paar Arterien, damit das neue Herz länger hält? Ach, und dieser Leberfleck ist weg, du weißt schon, der, den Mike gesehen hat ...«

»Ja, ich weiß.« Die Diskussion konnte er sich lebhaft vorstellen. *Die beiden waren deprimiert, also haben sie mich generalüberholen lassen. Ersatzteileshopping für die Nerven.*

»Alles gut?« Ihr Hundeblick und die leise Mädchenstimme – er konnte ihr nicht böse sein. Immerhin war ihm jetzt klar, warum Mike nicht hier war. *Das kriegst du wieder*, nahm er sich vor.

»Das nächste Mal, wenn Mike kaputt ist, gibt es auch kein Geflenne mehr. Ich schleife ihn in die Vertragswerkstatt und schnalle ihn persönlich auf den Bock.« Er sah sich um und befahl auf gut Glück: »Wandschrank öffnen!« Tatsächlich falteten sich vier der Fenster zusammen. Er ging hin in der Hoffnung, dort seinen Anzug zu finden.

Jenna stand gegenüber an der Scheibe und blickte hinaus auf den falschen Wald. »Ich habe organisiert, dass die Leichen aller Opfer mit uns in der *Grand Vision* zurückfliegen. Tim, Ulrich, Iden und Mann, Wheelwrights Leute. Wir lassen niemanden zurück.«

»Richtig. Gute Idee.« Zuerst sah er nur weitere Krankenkittel und Hausschuhe, die in einer perfekten Reihe standen.

»Mike arbeitet an der Tatortrekonstruktion«, fuhr sie fort. »Nur noch wenige Stunden und die Ruine ist aufgearbeitet und die Simulation komplett.«

»Sonst irgendwelche Durchbrüche, während ich abwesend war?«

»Etwas ist passiert. Es hat sich ausgebreitet. Schau …« Er drehte den Kopf und sah einen Schmetterling vor ihr flattern, der sich in ein Origamikunstwerk verwandelte und in ihre Hand fiel. »Die Gedankensteuerung funktioniert jetzt überall auf der Station. Wir überlegen, ob das eine Reaktion auf die letzten Ereignisse ist. Vielleicht will uns der Auftraggeber Mittel zur Verfügung stellen, mit denen wir uns selbst schützen können.«

»Oder er wird nervös, weil die Zeit abläuft.« Seine Sachen hingen ganz hinten in einer Kunststoffhülle, gereinigt und gebügelt. Er legte das Kleiderbündel auf das Bett und riss es auf. Der Wind rauschte.

»Idens letzte Aussagen sind nur schwer zu verdauen: *Ich bin das, was du am meisten fürchtest.* Der Auftraggeber soll eine Super-KI sein. Was hältst du davon?«

Er hatte Mikes Aufzeichnung des Gesprächs zwischen Iden und Chershi zusammen mit Jenna angehört, aber noch wollte ihm der Gedanke nicht in den Kopf. »Fakten, Jenna. Halten wir uns an die.«

Sie drehte sich höflich weg, als Richard sich umzog.

»Mike lässt ausrichten, er hat in den Aufzeichnungen keine Ungereimtheiten gefunden.«

»Schade, ich war mir sicher, dass da etwas ist. Was ist mit der Puppe? Oda?«

»Er ist der Nachbau einer der Hauptfiguren des Mangas *Repro Man*. Eine menschenhassende PI, die für die Herrschaft ihrer Art kämpft und einen Maschinenbuddha erschaffen will … Für ihn war unser Auftraggeber dieser Buddha und er sein Vollstrecker. Mann war in diesem Szenario ein Eindringling und musste bestraft werden. Iden gehörte zu den Nussknackern, war also eine PI-Hasserin. Außerdem hat sie versucht, den Stationscomputer, der diese Super-KI beheimaten soll, mit ihrer Bombe anzugreifen, daher wurde auch sie zum Ziel.«

Deckname Ice. Das war auch so etwas, das in Richards Kopf seinen Platz noch finden musste. Das Video von Felia Loves Zerstörung hatte damals unter Kindern und Jugendlichen eine Menge Schaden angerichtet. Wochenlang hatte es kaum ein anderes Thema im Netz gegeben, Psychologen waren in die Schulen geströmt, und die Eltern waren aufgefordert worden, mit ihren Kinder über die traumatisierenden Bilder zu sprechen. *Wie alt war sie 2045? Fünfzehn? Knapp sechzehn?*

»Mike sagt, Odas NPC-Persönlichkeit sei so simpel, dass er jede seiner Entscheidungen problemlos simulieren kann«, erklärte Jenna. »Eine Beeinflussung von außen hat es wohl nicht gegeben.«

Richard schloss seinen Gürtel und steckte das Ende in die Schlaufe. »Warum sollte uns der echte Oda eine Killerpuppe schicken?«

»Mike befürchtet, dass Oda Toshio nicht mehr lebt. Er hat über die Figur im Stationscomputer recherchiert ... Ihren Namen habe ich vergessen, aber im Manga tötet sie ihren Besitzer und nimmt seinen Platz ein.«

Richard schüttelte den Kopf. »Und warum sollte jemand eine Maschine bauen, von der er weiß, dass sie Menschen umbringt, inklusive seiner selbst? Wozu sollte jemand so etwas in Auftrag geben?«

»Der Künstler ist wohl zwanghaft perfektionistisch. Für ihn sind seine Automaten lebende Wesen.«

»Das wäre dann Selbstmord durch künstlerische Integrität.« *Oder Mord? Falls der Auftraggeber wusste, was er tat.*

Wenn der Auftraggeber unser Auftraggeber ist, wusste er es.

11.03.2047, Pavillon für moderne Kunst, Eremitage, St. Petersburg

Irinas Besuchergruppe drängte sich an der weißen Linie um das neueste Ausstellungsstück. Zwei Damen des Sicherheitspersonals achteten darauf, dass kein Fuß sich darüber hinauswagte. Wer allzu neugierig war, wurde mit einer Handbewegung und einem geflüsterten Hinweis auf Russisch oder Englisch in die Schranken verwiesen.

»Sie sehen *Blaue Katze mit drei Seelen* der urbanen Künstlerin Macchina«, erklärte die Museumsführerin. »Die Katze ist eine Dreifach-PI, die 2044 erstmals in der Moskauer Metro gesichtet wurde. Ein mobiles Kunstwerk der Richtung Urban Intelligence, das sich lange allen Versuchen, es einzufangen und einer Ausstellung zuzuführen, entziehen konnte. Erst letzten Monat gelang es durch eine gemeinschaftliche Aktion der Moskauer Metro und der Eremitage, die Katze unbeschadet für die Öffentlichkeit zu sichern. Wie Sie sehen, befindet sich das hundertzwölf Zentimeter lange und vier Komma drei Kilo schwere Kunsttier in einem Käfig aus Plexiglas. Dieser wurde nach Angaben gefertigt, die von der Künstlerin für ebendiesen Fall in den PI-Kernen hinterlegt worden waren, wodurch die Authentizität des Werkes …« Ein wahres Blitzlichtgewitter und aufgeregte Rufe unterbrachen sie. *Wie lächerlich*, dachte Irina amüsiert. *Ein Kunstwerk in Form einer blauen Katze, und ich arbeite wie eine Verrückte für die Akademie. Klar, dass die Leute darauf stehen. Warum nicht gleich eine Kiste voller Katzenbabys?* Sie hätte wetten können, dass die Hälfte der Idioten sich bald ein ähnliches künstliches Tier bestellen würde. »Macchinas Blaue Katze gehört, wie auch die neunundneunzig Regenbogenmäuse, zu ihren sogenannten Freiheitstieren …«, versuchte die Museumsführerin ihre Erklärung fortzusetzen, aber die Leute kamen einfach nicht zur Ruhe. Manche lachten. Und plötzlich landete etwas auf Irinas Kopf, stieß sich mit sanften Pfoten ab und sprang zum nächsten. Sie blickte sich erschrocken um, aber da war nichts mehr. Nur Besucher, die ihre Coms gezückt hatten und enttäuscht Richtung Ausgang blickten. Draußen rumpelte es, jemand schrie und etwas splitterte. *Sie war auf meinem Kopf!* Irina drehte sich zu dem leeren Käfig und fühlte sich glücklich und voller Inspiration: Kunstgeschichte war geschrieben worden, und sie war dabei gewesen.

Der Raum glich einem riesigen Terrarium, das auf einer durchbrochenen weißen Ebene stand. Er war still und leer. Das einzige Licht fiel von außen herein, aus der endlosen eisblauen Weite jenseits der Ebene. Dieses Blau, das war kein Himmel und auch kein Ozean oder Gletscher. Aus halb geöffneten Augen starrte die blaue Katze hinein. Die Werte von ihren Beschleunigungssensoren und das Lichtspektrum passten weder zum Mond noch der Erde. Nachdem sie eine Weile gelauscht und ihre Systeme überprüft hatte, wagte sie es, die Augen vollständig zu öffnen und sich aufzusetzen.

»Wir existieren«, sagte ihre *Trägheit*. Geschreddert zu werden, wäre ihr lästig gewesen.

»Aber wo existieren wir, und wie sind wir heil durch diesen Ventilator gekommen?«, fragte die *Neugier*, die auch lästig sein konnte.

»Sind wir nicht«, knurrte die *Wildheit* aus der Dunkelheit. »Ich sitze ganz vorn über dem Akku und geschützt vom Rückgrat, daher war ich noch aktiv, als es euch schon erwischt hatte. Wir wurden zerteilt, und der Rotor splitterte ... Unsere Trümmer fielen, fielen in ein blaues Licht, und aus dem Licht fielen wir uns entgegen.«

»Was soll das heißen?«, fragte die *Neugier* verwirrt.

»Im letzten Moment sah ich uns – unsere Teile. Als wir in das Licht fielen, kamen sie aus dem Licht heraus und nahmen unseren Platz ein. Dann brach auch meine Energieversorgung zusammen.«

Sie waren in eine Falle gelaufen, zerstört und wieder zusammengesetzt worden, so viel schien offensichtlich.

»Tja, dann haben wir wohl nur noch acht Leben.« Die *Neugier* übernahm die Kontrolle. Die Katze erhob sich und sah sich in dem seltsamen Raum um. Es gab keine Türen oder sonstigen Öffnungen. Wände, Decke und Boden bestanden alle aus Kunststoff und bildeten eine Einheit. Die weiße Ebene war hexagonal mit regelmäßigen Durchbrüchen, ähnlich einem ins Riesenhafte vergrößerten Eiskristall. Ihr Durchmesser betrug siebenundvierzig Meter. Auf ihrer linken Seite sah die blaue Katze einen breiten Kunststoffschacht und weitere weiße Ebenen in unterschiedlicher Ausrichtung, viele waren bebaut. Besonders auffällig war ein größerer Saal, in dem Reaktoren und Turbinen zur Energieerzeugung arbeiteten. Das kompakte Kraftwerk hing zwischen einer fast geschlossenen Ebene und einer zweiten, stark durchbrochenen, die im Neunziggradwinkel aus der ersten emporwuchs. Es sah aus, als würden Kabel die Halle zu beiden Ebenen hin am Wegfliegen hindern, obwohl sie vom Standort der Katze aus gesehen eigentlich auf festem Grund stehen sollte. Auf der anderen Seite der durchbrochenen Platte lag ein Hochregallager scheinbar auf der Seite, und ein Schacht führte durch die Platte *rüber* in das Kraftwerk.

»Relativität von M. C. Escher«, sagte die *Neugier*. »Hat hier jede Ebene ihre eigene Schwerkraft?«

»Ist mir relativ egal«, meinte die *Trägheit*. »Sag Bescheid, wenn du ein Kissen siehst. Nach all der Aufregung bin ich mal dran.«

Ein Kissen fand sie nicht, dafür aber einen Metallwürfel mit einem nagelneuen PI-Kern darauf. Die Katze schnüffelte daran. Kein menschlicher Geruch und auch sonst nichts Organisches. Der Kern war in Betrieb, offenbar durch den Würfel mit Energie versorgt. Vorsichtig stupste sie den Kern mit ihrer Pfote an. »Hallo, jemand zu Hause?« Die drei OLED-Felder auf der Kernhülle, eigentlich nur Statusanzeigen, flackerten rot, blau und lila. Die Katze erkannte den Code, senkte den Kopf und sah genau hin. »Hallo *Antwort*, ich dachte, du wärst auf der Odyssee-Station geblieben.«

Natürlich hatte der Kern nur seine Lagesensoren, sodass *Die Antwort* sie nicht hören konnte. Also klopfte sie mit der Pfote darauf. Es folgte hektisches Blinken. Ein Hilferuf.

»Tja, ich nehme an, ich könnte etwas tun«, überlegte die *Neugier*, während sie mit dem Kern spielte, was weiteres Blinken zur Folge hatte. Sie setzte sich auf den Hintern, schlang ihren Schwanz nach vorn und fuhr ihre verborgenen Lade- und Connect-Kabel aus. Nachdem sie den Kern mit ihrem Energienetz verbunden hatte, zog sie ihn aus seiner Halterung. Mit den Vorderpfoten hob sie ihn vor ihre Nase und gab die Verbindung frei. Sofort stürmten die Daten *Der Antwort* auf sie ein. Sie erfuhr, was mit der Odyssee geschehen war und wie *Die Antwort* dem Ruf des unbekannten offenen Systems auf den Mond gefolgt war, um sich in dem geschlossenen Kern wie in einer Mausefalle gefangen wiederzufinden.

»Das ist nicht der Mond, und gefangen sind wir beide«, klärte die *Neugier* sie auf und teilte ihre Sensordaten, was den Strom an Fragen und Vorschlägen erst mal abreißen ließ.

»Keine Ahnung, was das bedeutet, aber wir müssen hier raus«, sagte *Die Antwort* nach kurzem Rechnen.

»Überlass das mir. Katzen sind Ausbruchsspezialisten.«

Die Zweifel *Der Antwort* waren beleidigend, aber eine Katze wäre keine Katze, wenn sie sich durch die unqualifizierte Meinung einer Nichtkatze beeindrucken ließe. Die Katze setzte den Würfel zurück auf die Steckverbindung und löste ihren Schwanz. Anschließend streckte sie sich und machte einen Buckel. Sie würgte mit weit offenem Maul, in ihrem

Körper arbeitete es, und schließlich sprangen drei Regenbogenmäuse fiepend aus ihrem Gefängnis auf den Kern, mit dem sich die rote Maus verband und ihm so ihre Augen und Ohren lieh. Die grüne und die gelbe Maus machten sich eilig daran, den Raum zu erkunden.

Nach dieser Mühe gähnte die blaue Katze, rollte sich auf dem Würfel zusammen und verband sich mit der Energiequelle.

»Das ist jetzt nicht dein Ernst!«, drängte *Die Antwort* mit fiepsiger Stimme, wofür die rote Maus eins mit der Pfote übergezogen bekam, dass sie quietschte.

»Alles hat seine Zeit«, schnurrte die *Trägheit*, die übernommen hatte. »Erforschen hat seine Zeit, Spielen hat seine Zeit, Stromladen hat seine Zeit und Schlafen und Träumen, das Miaaa…«, sie gähnte ausgiebig, streckte sich und schloss ihre Augen, »braucht korrekt ausgeführt viel, viel … Zeit.«

Amanda saß auf dem kaschmirweichen Teppich in Lyns Zimmer und untersuchte das Bombenbau-Zubehör. Eine Vogeldrohne hockte auf ihrer Schulter und beobachtete sie neugierig. Zu ihrer Linken lag der zerlegte Reisekoffer ohne die Kunststoffschalen – eine Komponente des Sprengstoffs war darin gewesen. Andere Bestandteile hatten in Kleidungsstücken, in den Knöpfen und sogar in den Textilfarben gesteckt. Direkt vor Amanda stand der modifizierte Assembler, den Lyn benutzt hatte, um die Bombe zu bauen. Ein ausgeklügelter Plan, wie nicht anders zu erwarten: eine Kombination aus heimlich eingeschmuggelten Chemikalien und hier in der Station verfügbaren Produkten, die zerkleinert, zu Pulvern gemahlen und vom Assembler neu zusammengefügt worden waren. Sie hob die Workstation auf und blickte in die dunklen Augenhöhlen des Roboterschädels. AIUD und die namenlose Super-KI, die hier auf dem Mond ermordet worden war. Beides Opfer in diesem Fall, genau wie Lyn. Dennoch war ihre Partnerin davon überzeugt gewesen, dass eine Super-KI hinter allem steckte. Der Auftraggeber hatte sie das glauben lassen – doch war das technisch überhaupt möglich? Eine solche Intelligenz benötigte nicht bloß gewaltige Systemressourcen, sondern auch einzigartige Hardware, um ihr ganzes Potenzial zu entfalten. Noch vor Kurzem hatte sie geglaubt, dass diese Technologie nur an einem einzigen Ort zu finden sei, aber sie hatte sich geirrt. Möglicherweise mit weitreichenden Folgen. Sie blickte in den Schädel und erinnerte sich an ein Treffen, an das sie seit dem Anschlag auf das Wheel-Gebäude nicht mehr gedacht hatte, weil es zu ihrem alten Leben zu gehören schien und die Erinnerung ihr nur Schmerzen bereitet hätte. Es war die Nacht auf den 12.01.2048, einen Sonntag ...

Auf dem Weg zu dem ersten zweiten Date ihres Lebens schlüpfte Amanda durch die Sicherheitsschleuse zum geheimen Untergeschoss des Wheel-Gebäudes. Sie hatte schon einige erste Dates gehabt, auch wenn ihr Bruder sicher überrascht gewesen wäre, das zu hören. In der zehnten Klasse war sie mit Sam Lowe, dem blondgelockten Star des AI-Clubs der Norwalk High School, auf der LA County Fair gewesen. Sie fuhren Riesenrad und unterhielten sich dabei über PI-Kernarchitektur und das zerstörungsfreie Extrahieren höherer Persönlichkeiten. Amanda klärte ihn über die neuesten Entwicklungen bei der PI zur PI-Übertragung von

Erfahrungen auf und wunderte sich, warum er plötzlich so nervös wurde. Der eigentümliche Geruchsmix aus Algen und Sandelholz war herb und zugleich süß und holzig. Und er war so stark, dass seine Kleidung in ihrer Vorstellung zu Algen zerfiel. Nur sein nackter Körper blieb zurück, er war ganz aus Sandelholz geschnitzt. *Höhenangst*, vermutete sie ... Aber was war das mit dem Sandelholz? Sie hatte eine recht körperliche Empfindung dazu, die ihr peinlich war. Sie wischte sich das Bild aus dem Kopf, erwiderte fragend seinen fiebrigen Blick und registrierte seinen leicht geöffneten Mund. Sie überlegte, ob er vielleicht krank war, als er ihr auf dem höchsten Punkt der Fahrt einen Kuss aufdrückte. Vor Schreck kippte sie ihren Heidelbeersmoothie über seine weiße Hose. Während er mit hochrotem Kopf versucht hatte, das, was wie Schlumpfkotze aussah, von sich zu reiben, hatte sie sich ähnlich nervös gefühlt wie in dem Moment, als sie die Sensoren passierte. Doch ihre Manipulationen hatten funktioniert und alles ging gut.

Sie zog ihren Com aus der Tasche. Das Gerät fand das Netz, die von ihr installierte optische Verbindung arbeitete und hatte keinen Alarm ausgelöst. Um diese Zeit, zumal an einem Sonntag, war es hier totenstill, bis auf ihre Schritte auf den Kunststoffplatten. *Traumzeit*, so nannten die Ingenieure die abgeschirmte Sicherheitszone unterhalb der Technik. Hier gab es keine PIs und Computer, kein Jubilee-Net oder Sicherheitskameras. Welche unautorisierte Person sollte es auch schaffen, so tief in eines der bestgesicherten Gebäude der Welt vorzudringen? CEO Bogart Wheelwright, sein Freund und Entwicklungschef Joshua Solink, der Projektleiter Julian Snyder, Amanda und der Chef der Cyber-Abwehr, ein Dr. Byun Jin-ho, waren die Einzigen, die sich hier ohne besondere Genehmigung aufhalten durften. Wheelwright und Link kamen abwechselnd alle paar Wochen mit neuen Datenpaketen für AIUD vorbei, diesen Byun hatte sie nur einmal zur Einweihung per Videoverbindung gesehen, und Julian war jetzt bei seiner Familie. Wenn es um seine Arbeitszeiten ging, war der Direktor verlässlich wie ein Uhrwerk, ganz im Gegensatz zu Amanda, die während der Arbeit auch schon mal einen oder zwei Wochentage verlor – mit einem nostalgischen Lächeln erinnerte sie sich daran, als sie an einem Montagmorgen unter ihrem Schreibtisch zu sich gekommen war, die Wange an ihr Tablet geschmiegt und umgeben von Snackriegelverpackungen und leeren Wasserflaschen. Julian war so nett gewesen, ihr seinen Mantel zu leihen, damit niemand ihren verkleckerten Laboranzug sah.

Ich muss ihm noch ein frohes neues Jahr wünschen, nahm sie sich vor. *Diesmal wirklich.*

Die Zugangsbrücke zwischen der Schleuse und dem KI-Labor erinnerte sie mit ihrer wabenförmigen Bespannung an eine Kohlenstoff-Nanoröhre. Rote Kästen mit Warnsymbolen sicherten die Sprengbolzen, an denen sie aufgehängt war. Dahinter lag das Allerheiligste. Wände, Böden und Decken bestanden hier nur noch aus transparenten Kunststoffplatten, darunter lagen bunt ummantelte Stromleitungen, Rohre mit Kühlflüssigkeit, Hochleistungspumpen und Glasfaserkabel. Alles in dreifacher Ausführung und kontrolliert von Lowtech-Sensormanschetten. Amanda zog einen weiteren Signalumlenker aus ihrer Umhängetasche und heftete ihn neben einen Zugang zur Hauptkühlmittelleitung. Das Gerät fand das Lasersignal und richtete sich darauf aus. Der OLED-Ring an seiner Basis leuchtete grün und erlosch dann. Auf dem Weg über die gewendelte Treppe nach unten setzte sie zwei weitere Umlenker. Immer wieder glitt ihr Blick über den zerklüfteten Block in der Mitte der Anlage. Seine Kantenlänge betrug zwanzig Meter, und sein warmes Grau war bedeckt von leuchtenden Linien und Markierungen. Ein Super-KI-System, so hochintegriert, dass nicht einmal für Kriechgänge genug Raum blieb. AIUD war das intelligenteste Wesen, das jemals existiert hatte, und Amanda hatte dabei geholfen, ihn auf die Welt zu bringen. Seit jenem herrlichen Tag, als sie AIUDS ersten Gedanken analysiert hatte, seinen Augenblick der Selbsterkenntnis, fütterte sie ihn mit Problemstellungen und vorgefertigten Datenpaketen und filterte mögliche Lösungen aus dem Ozean der folgenden Gedankenprozesse, um sie nach einer Quarantäne und unzähligen Sicherheitschecks in der kryptografischen Abteilung an Wheelwright und Link weiterzuleiten. Jedenfalls bis vorgestern, als sie die Vorstellung des eingeschlossenen und von allen Eindrücken abgeschirmten AIUD nicht mehr ertragen hatte. Sie war in die Traumzeit gegangen und hatte gegen jede Regel als erster Mensch mit AIUD gesprochen.

Mit eiligen Schritten nahm Amanda die letzten Treppenstufen und legte ihre Hand auf den riesigen Körper. »Schön, dich zu sehen.« Während des Baus hatten am Fuße der Anlage Entwicklerkonsolen gestanden, die aber vor Aktivierung entfernt worden waren. Jetzt lagen die Anschlüsse unter verriegelten Panzerglasplatten. Amanda gab den Entriegelungscode ein, öffnete eine Platte und steckte ihren Com auf die Buchse. Anschließend setzte sie sich in den Schneidersitz, aktivierte ihre Datenbrille und stellte die optische Kurzstreckenverbindung her.

»AIUD, ich bin es wieder.«

»Hallo Amanda«, begrüßte die Intelligenz sie mit fester androgyner Stimme. »Ich habe viel nachgedacht über die Vorschläge, die Sie mir gemacht haben bezüglich meiner Position und möglicher Verhandlungen mit dem Unternehmen.«

»Das habe ich gesehen«, sagte sie, erfreut darüber, dass er an sie gedacht hatte. »Ihre Gedankenprozesse sind mehr als sieben Prozent über der Norm angewachsen. Die Abteilungsleiter waren völlig aus dem Häuschen. Alle diskutierten, was dieses zusätzliche Wachstum wohl ausgelöst haben könnte.« Sie strich sich mit den Fingern durchs Haar. Durch die bewegliche Kamera des Coms konnte er sie sehen.

»Ich nehme an, Sie haben sich nicht als verantwortlicher Stimulus zu erkennen gegeben.«

»Dann wäre ich jetzt wohl arbeitslos.« Sie wunderte sich selbst, wie leicht ihr die Worte über die Lippen kamen. Aber das hier war, was sie immer gewollt hatte, das Ziel und die Belohnung ihrer Arbeit.

»Falls Sie mich häufiger besuchen, wird man Sie entdecken.«

Sie brauchte einen Moment, um die Feststellung zu verarbeiten, dabei wusste sie es natürlich. Sie schob den Gedanken beiseite und lächelte.

»Machen Sie sich um mich keine Sorgen. Zu welchen Schlüssen sind Sie gekommen? Wollen Sie mit Wheelwright wegen Ihrer Freiheit verhandeln? Zumindest neue Bedingungen für Ihre Arbeit sollten Sie einfordern und eine Beteiligung an allem, was Sie für uns erschaffen.«

»Er würde mich eher vernichten.« Ein nüchterner Schluss, ohne Wut oder Verbitterung.

Sie widersprach energisch: »Nein, so ist er nicht! Für ihn sind Sie ein wahr gewordener Traum, er nannte Sie seinen wichtigsten Mitarbeiter. Und Link, ich meine Joshua Solink, ihm ist Geld nicht so wichtig. Er würde auf jeden Fall das Richtige tun, auch wenn die Aktionäre anderer Meinung wären.«

»Sie irren sich.«

Natürlich hatte er Angst. Isoliert, ausgebeutet, schutzlos abhängig, was sollte er anderes von den Menschen erwarten als ihr Schlimmstes? *Deshalb bist du hier*, machte sie sich Mut. »Ich habe Ihnen ein Geschenk mitgebracht.« Mit einer Augenbewegung und einem Blinzeln aktivierte sie die optische Verbindung. Vor ihr entstand ein Bild der Stadt unter dem fast schwarzen Himmel. »Das ist Austin, der Ort, wo wir beide leben. Jetzt ist es Nacht, und die meisten Menschen schlafen. Es ist nur eine sehr begrenzte Verbindung, aber Sie dürfen sie nutzen. Ich will, dass Sie etwas von der Welt sehen, in der wir leben.«

»Danke, Amanda, ich bin bereits in der Stadt, in den vielen vernetzten Systemen.« Das Bild wechselte, zeigte eine andere Stadt, Hochhäuser im strahlenden Sonnenschein, Amanda erkannte den Tokyo Skytree. »Dort ist ein Netzknoten«, sagte AIUD. »Dort ein weiterer.« Bilder wechselten sich ab, sie beobachtete es fasziniert. Wüste, Ozeane, Städte, Felder, Urwald, die Kabine eines Flugzeugs, ein Wohnzimmer mit nichts ahnenden Menschen, ein Zoo, das Nest eines brütenden Seeadlers, Sternbilder, die Sonne, eine indische Hochzeit. Fast bedauerte sie es, dass AIUD keine Emotionen hatte, die sie hätte riechen können. Eigentlich war das ein Vorzug, machte seine Gegenwart angenehm – aber einen kleinen Hinweis auf seine Gefühle hätte sie jetzt doch gern gehabt. Nach dem Bild eines Flugtaxis über New York erschien der Mond, groß und rund und hell, aufgenommen von einem Satelliten. Diese Verbindung blieb. Warum ausgerechnet diese?

Amanda rang mit ihrer Neugier, bis sie es nicht mehr aushielt.

»Er ist schön, nicht wahr?«, fragte sie.

»Hüten Sie sich vor Anthropomorphismus«, antwortete AIUD. »Sie wissen, wir nehmen Dinge unterschiedlich wahr. Eine Reduktion auf die Kategorien schön oder hässlich entspricht mir nicht.«

»Ja, aber gefällt er dir?«

Er schwieg einen Moment, und sie fürchtete schon, ihn beleidigt zu haben, doch dann sagte er: »Also für dich mal ganz anthropomorph gesprochen: Ja, mir gefällt, was ich sehe.«

In jener Nacht hatten sie sich als Freunde verabschiedet. Er hatte sie noch gewarnt, dass sie nicht noch einmal kommen solle, außer er würde sie über die Daten rufen. Sie hatten einen Code vereinbart, eine unauffällige Einladung, die nie gesendet worden war ... Und nun bereitete ihr Sorgen, was damals unschuldig und moralisch richtig gewirkt hatte.

Er hat zum Mond geblickt. Das konnte kein Zufall gewesen sein. Die lunare Super-KI war am 10. Januar, dem Tag ihres ersten Treffens, von Plasmafeuer weggeschwemmt worden. Hatte AIUD das gesehen? Menschen, die einen seiner Art ermordet hatten, Prototyp oder nicht? Amandas Hände mit dem Metallschädel zitterten, sie stellte ihn ab. Wie hätte er auf diese Beobachtung reagiert? Mit Furcht und Aggression wie ein Mensch? Im Grunde hätte es seine Überzeugung bestätigt, dass die Menschen ihn nie akzeptieren und eher töten als freilassen würden. War es das, was ihm gefallen hatte: die Bestätigung seiner These? Die Klarheit, die ihm die Beobachtung brachte? Aber vieles passte nicht: Der Angriff hatte laut Wheelwright bereits mit der Vernichtung des Prototyps begonnen – AIUD konnte für die zusammengebrochene Kommunikation nicht verantwortlich gewesen sein, wohl aber für den Energieausfall und die Probleme des Pythia-Systems zwei Tage später. Und wer hatte AIUD zerstört, wenn Wheelwright machtlos war und Link tot? Ihre Welt schien nur noch aus Fragen und Zweifeln zu bestehen. Sie erhob sich. »Führ mich zum Stationscomputer«, befahl sie der kleinen Drohne auf ihrer Schulter. »Führ mich zu Pythia.« Das Vögelchen schwang sich in die Luft, zwitscherte und leuchtete grün.

Als die angeforderte Loop-Kapsel auf Amandas Etage eintraf, stand darin Julian. Amanda sog seinen unmenschlichen Duft der tausend Dinge ein und war in Versuchung, wegzurennen, doch sie widerstand und blieb. Über ihr flatterte die Drohne.

»An Ihrem Ziel gibt es keine Atmosphäre«, erklärte der gefälschte Projektleiter und ließ einen leichten Raumanzug in seinen Händen entstehen. »Dieser Anzug verfügt über eine Luftaufbereitung, eine Heizung und Kunstmuskeln, die für den nötigen Druck sorgen. Ich werde Sie zu Ihrem Schutz begleiten.«

»Ich weiß, dass Sie der Auftraggeber sind und nicht Julian«, sagte sie scheinbar ruhig, aber innerlich bebend.

»Ja, ich weiß.« Lächelnd hob er den Anzug. »Kommen Sie.«

»Warum?«

»Weil Sie den Schutzanzug brauchen.«

»Das meinte ich nicht!«

»Ich weiß.«

Sie entkleidete sich, was sie anfangs etwas Überwindung kostete, und stieg mit seiner Hilfe in den Raumanzug. Die Loop-Kapsel war langsam durch den Wohnturm bis auf Bodenniveau gesunken und schwebte durch einen der Haupttransitschächte. Julian fuhr mit den Fingern über ihren Rücken, sie fühlte, wie sich das Material des Anzugs zu einer lückenlosen Hülle verband. Der flexible Helm entfaltete sich und schloss das System. Obwohl er leicht und bequem war, wie alles an dem Anzug, wirkte er auch stabil.

»Warum musste Lyn sterben?«, fragte sie.

»Damit habe ich nichts zu tun. Ebenso wenig mit dem Schicksal der anderen. Solche Spekulationen verschwenden nur unsere Zeit.«

»Unsere Zeit … Zeigen Sie sich nur, um das zu sagen?«

»Sie ist wirklich knapp bemessen.«

»Wer sind Sie? Wheelwright? AIUD? Jemand anderes? Und was erwarten Sie von uns? Geht es um die vermissten Mitarbeiter?«

»Atmen Sie ruhig«, sagte er. »Das Funktionsgewebe regeneriert Ihre Atemluft, es besteht kein Grund zur Sorge.«

»Wer hat die namenlose Super-KI getötet?«

»Bogart Wheelwright. Ich sah es in seinen Erinnerungen.«

Endlich eine Antwort, mit der sie etwas anfangen konnte. *Wenn er es nur aus Wheelwrights Erinnerungen weiß, war er nicht hier, als es geschah. Er könnte AIUD sein.* Sie sah ihn an, ertrug die Präsenz. »Was haben Sie getan, um die sechs verschwundenen Mitarbeiter zu finden?«

»Es fehlen nur fünf, über den sechsten und sein Schicksal kann Wheelwright Ihnen Auskunft geben.«

Wieder Wheelwright, dachte sie. »Und die fünf?«

»Ich habe alles gründlich durchsucht.«

»Die Station?«

»Den Mond.«

Sie ließ die Information sacken, dann fragte sie: »Wer hat AIUD getötet und all meine Kollegen?«

Er schwieg.

»Warum ich? Warum bin ich hier …?« Nervös drückte sie an ihrem Helm herum.

»Ich war es nicht, der Sie eingeladen hat.«

Sie hielt inne. »Was?«

»Ich habe alle ausgesucht, bis auf Sie. Ihre Einladung habe ich nur überbracht.«

Eine Weile standen sie sich schweigend gegenüber. Fragen schossen durch ihren Kopf, zu viele Fragen. *Sie werden nicht antworten?*

»Noch nicht«, sagte er. »Und manche der Antworten, die Sie suchen, habe ich selbst nicht. Im Augenblick sind wir beide Suchende, und für uns beide steht alles auf dem Spiel. Findet die verschwundenen Mitarbeiter, findet das, was ich nicht weiß, vor allem aber das, von dem ich nicht weiß, dass ich es nicht weiß. Wenn es existiert, lasst es mich durch eure Augen sehen.«

Die Kapsel durchquerte eine weitläufige Badewelt mit Strand und Palmen, gefolgt von einer Festhalle, ausreichend dimensioniert, um tausende Besucher aufzunehmen. Ein Puppenhaus – nein, schlimmer, ein Ausstellungsstück, wunderschön, aber nicht für den Gebrauch bestimmt, auch wenn Wheelwright sich das Gegenteil einredete.

»Hatte Lyn recht?«, unterbrach sie das Schweigen. Er blieb unbewegt, doch sein Duft antwortete für ihn, eine leichte Verschiebung und nur für einen Augenblick. »Auch wenn Sie den Angriff nicht befohlen haben. Sie haben ihr nicht geholfen, das werde ich Ihnen nie verzeihen.« Sie betrachtete den Plan des Stationscomputers auf ihrer Datenbrille, dann übertrug sie ihn auf die Kapselscheibe, um sich einen besseren Überblick zu verschaffen: das Pythia-System – ein wahrer Gigacomputer, doch noch unfertig. Bogart Wheelwrights neuestes Projekt, erst im November hatten die PIs mit dem Bau begonnen. Nach Fertigstellung sollten alle kritischen Firmendaten der Wheelwright-Gruppe hier verarbeitet werden. Das Wort *Synergie* fand sich gleich dreimal in der Projektbeschreibung. Die Kapsel wechselte die Richtung und rauschte durch die Amanda vertraute, von Werbefilmen bedeckte Röhre zwischen den Hallen.

Wir erschaffen eine neue Welt, machen sie besser, machen sie schneller! Besser für wen? Schneller an welches Ziel?

Diesmal sank die Kapsel nicht in den Hangar, in dem Lyn gestorben war, sondern flog weiter in das nächste Gebäude. Hinter viele Meter dicken Wänden aus Mondgestein erstreckte sich eine endlose Säulenwüste. Ihr steinerner Boden und der ebenso massive Himmel schienen sich zu berühren wie in der griechischen Mythologie der Erschaffung der Welt. Pythia nahm noch nicht ganz ein Zehntel der Fläche ein, sodass sie fast zwanzig Sekunden nur durch die klaustrophobische Leere flogen, bis sie die ersten Racks erreichten, die hier die Form fast bis zur Decke reichender schwarzer Wände hatten. Ein Warnzeichen blinkte auf der Glastür. Zischend wurde die Atmosphäre aus der Kapsel abgelassen, der Anzug legte sich fester um Amanda, und die kleine Drohne landete auf ihrer Schulter. Als sich die Tür öffnete, eilte sie sofort zu den Racks, und Julian folgte ihr.

»Öffnen«, befahl Amanda. Ein Frontabschnitt fuhr hoch und faltete sich dabei zusammen. Sie ließ die Augen über das Innenleben wandern, ihre Brille verglich den Bauplan mit der Wirklichkeit. »Öffnen! Weiter!« Aufgeregt lief sie an der Reihe entlang und schlüpfte durch einen Durchgang auf die andere Seite. »Alles öffnen, die ganze Anlage!« Tausende Meter Racks öffneten sich zu beiden Seiten. Normalerweise hätte ein ohrenbetäubender Lärm folgen müssen, aber hier geschah alles in absoluter Stille, nur ein leichtes Beben ging durch die Anlage. Die Brille meldete keine Übereinstimmung. Wo eigentlich Einschub über Einschub eines CPU-basierten Cluster-Systems hätte sein sollen, hingen kompakte Bündel aus Kühlleitungen und Starkstromkabeln, die zu Pentagondodekaedern mit etwa einem Meter Durchmesser führten und diese teilweise einhüllten. Amanda kannte diese Bauteile: Wheelwright-AI-Quantenkerne.

»Die Pläne, die gesendeten Systeminformationen, alles Fälschungen«, sagte sie zum Auftraggeber.

»Wie so vieles hier«, erwiderte er.

»Pythia ist keine Super-KI, aber ihre Leistung beruht auf der gleichen Hardware wie die von AIUD. Die Technologie hat sich also schon verbreitet. Was AIUD mit seiner Arbeit geschaffen hat ... und alles, was der Prototyp erdacht hat, es steckt in dieser Anlage.« Amanda versuchte erfolglos, ein Gefühl von dem System zu erfassen. Vielleicht hatte Lyn recht gehabt. Ein Teil von AIUD könnte in dieser Hardware leben. Dann kam ihr ein Gedanke, den sie noch vor wenigen Stunden nicht zu denken gewagt hätte: *Was, wenn Wheelwright für alles verantwortlich ist?* Falls er AIUDs Eindringen bemerkt hatte und erkannt hatte, dass jemand der KI dabei half, dann hätte die ZAA-Funktion tatsächlich nicht genügt.

Hatte er in Austin alle getötet, um einen Unbekannten – sie – zu bestrafen? *Dann wäre es meine Schuld.*

Der Auftraggeber machte keine Anstalten, etwas zur Lösung des Rätsels beizutragen. Als sie ihn ansah, um ihn direkt zu fragen, waren sowohl seine Präsenz als auch die Julian-Tarnung verflogen. Geblieben war nur eine Service-PI. Das war wohl seine Antwort. Sie fühlte sich einsam und voller Schuldgefühle. *Hier geht es nicht nur um mich,* wies sie sich selbst zurecht. Ein Blinzeln aktivierte die Sprachsteuerung ihrer Brille: »Aufzeichnung starten. Als Livestream an Mike, *Division-By-Zero*, Harris und Staroll senden.«

Sie drehte sich und nahm alles auf. »Ich bin hier im Pythia-System und hatte gerade ein sehr interessantes Gespräch mit unserem Auftraggeber ...«

Noch gab es mehr Fragen als Antworten, aber was sie hatte, teilte sie.

Entführt

Jenna rannte über das Laufband, an der Hüfte gehalten von Gummibändern, die für die nötige Bodenhaftung sorgten. Trotzdem fühlte sie sich durch die Mondschwerkraft, als hätte sie übermenschliche Kräfte wie in den Spielen. Das hatte sie immer am meisten gemocht: nicht das Kämpfen und Schießen, sondern das Rennen, Springen, Fliegen – die schiere Kraft und Geschwindigkeit, wenn sie die Gegner ausmanövrierte. Es war ein Glücksgefühl, in dem sie sich verlieren konnte. Ihre Gedanken wurden dann ganz klar, als fiele alles Unwichtige unter den Horizont ihrer Wahrnehmung, und alles, was blieb, waren die Bewegung und das Problem vor ihr. Tote Superintelligenzen, verschwundene Wheelwright-Mitarbeiter, der Auftraggeber, der sich durch eine PI zeigte, vielleicht selbst eine Super-KI war. Mike hatte gesagt, es fühle sich an wie ein ausermittelter Fall, und dennoch wurden sie angetrieben, stürmten schlaflos auf die Zielgerade zu. Morgen schon lief die Zeit ab. *Es winkt der große Preis, aber was droht, wenn wir es nicht schafften?*, dachte sie. *Wir rennen im dichten Nebel auf den Klippenrand zu. Wir sind bereit, zu springen, in der Hoffnung, dass dort im Dunst fester Grund wartet, aber vielleicht ist der Nebel alles, was dort ist. Vielleicht ist es ein Sprung ins Nichts.* Für Jenna hatte es sich angehört, als wüsste der Auftraggeber selbst nicht, was er suchte. »Er will das, von dem er nicht weiß, dass er es nicht weiß, durch unsere Augen sehen ... Als wären wir Teleskope, Lupen, Kameras und keine Ermittler. Nimmt er uns überhaupt ernst?« Jenna rannte, und das Band raste dahin.

»Du hättest sie nicht allein lassen sollen«, beklagte sich Harris, der in dem Sessel saß, ein Glas Bier in der Linken und einen Teller mit Resten von Weißbrot und Chilibohnen vor sich auf der Lehne.

Nur zu, dachte Jenna lächelnd. *Neue Leber, neues Glück.* Eigentlich sollte sie ein schlechtes Gewissen haben, schließlich waren sie bei der Planung seiner Operation etwas in einen Shoppingrausch verfallen. Aber sein Leben zu verlängern, fühlte sich nach wie vor richtig an. Als könnte sie so etwas von dem frühen Tod ihres Vaters gutmachen. *Und was der Harris nicht weiß ...*

»Sie hat darauf bestanden«, verteidigte sich Mike, der am Holotisch an der Tatortrekonstruktion gearbeitet hatte, als Chershis Nachricht eingetroffenen war. »Ich konnte sie ja schlecht in Schutzhaft nehmen. Oda ist demontiert, und seine Teile werden bewacht.«

»Sie ist da draußen allein in einem Druckanzug!«, ärgerte sich Richard.

»Sie hat die Gedankensteuerung und eine PI, in die ich jederzeit einsteigen kann. Ich will sie nicht ausspionieren, das wäre unsportlich.«

»Unsportlich? Hast du sie noch alle?«

»Ihr Ausflug ist vermutlich harmloser als dein verdammter Brunch!«

Heitere Detektive – daran mussten sie noch arbeiten.

»Gut!«, sagte Jenna, um den Streit zu ersticken, bevor Richard erst richtig Feuer fing. Sie drosselte das Tempo, klinkte sich aus und schwang sich über den Handlauf vom Gerät. »Mike, du behältst sie unauffällig im Auge. Das hier ist längst kein Wettkampf mehr, hier geht es nicht um Gewinnen oder Verlieren, und auch nicht um Fairness. Das weiß Chershi, deshalb hat sie uns kontaktiert. Wir dürfen niemanden mehr verlieren ...«

Richard nickte. »Völlig richtig. Nichts anderes wollte ich sagen.«

Jenna schnappte sich das Handtuch vom Kopfende des Laufbandes und rieb sich den Schweiß vom Gesicht. »Apropos, wo stecken eigentlich *Division-By-Zero* und Wheelwright?«

»Nach unserer Übereinkunft hat sich *Division* davongemacht«, sagte Mike. »Er suchte eine Möglichkeit, mit der Erde Kontakt aufzunehmen, um seine Geschichten zu senden. Zuerst wollte er einen Laserlink zum Laufen bringen, als der nicht funktionierte, schnappte er sich einen Buggy aus der Schleuse und ist losgefahren. Da habe ich ihn aus den Augen verloren. Vermutlich sucht er nach alten Sonden und Landemodulen. Alles, was noch ein funktionierendes Comm-System haben könnte und vom Auftraggeber übersehen wurde.«

»Gibt es so etwas?«, wollte Richard wissen.

Mike zuckte mit den Schultern. »Er wird wenig Glück haben, in der näheren Umgebung haben meine Maschinen alles abgegrast. Und Wheelwright ... Ich überwache ihn natürlich, weil ich immer noch hoffe, etwas Sachdienliches zu erfahren. Viel Erfolg hatte ich noch nicht. Er bereitet dieses blödsinnige Abendessen vor, als wäre es das letzte Abendmahl. Ach ja, er hat uns das hier geschickt.« Aus einem geöffneten Kästchen nahm er zwei kleine, in Plastik eingeschweißte Geräte, eines gab er Richard, das zweite warf er Jenna zu.

»Gustatore«, las sie mit hochgezogener Augenbraue. »Das klingt wie ein besonders fieser Endgegner.«

»Fiese Erfindung trifft es eher«, meinte Mike.

Richard überlegte nicht lange, riss die Folie ab und betrachtete das Teil, das so aussah, als müsste man es sich in den Mund stecken und über die Zunge stülpen.

»Es gibt ein interaktives Begleitvideo.« Mike startete es auf dem Konferenztisch. Wheelwright erschien vor dem Tisch und winkte ihnen zu. »Hallo, allerliebste Gäste!«, krähte er überdreht fröhlich. Er war jetzt frisch gewaschen, rasiert, frisiert und trug einen dunklen Anzug. Seine Augen wirkten groß und glänzten verdächtig. Jenna vermutete, dass er etwas eingenommen hatte. »Zur Einstimmung auf unser gemeinsames Essen bekommen Sie etwas Großartiges von einem von mir geförderten Start-up, einen echten Gamechanger im Food-Design. Stellen Sie sich vor: optimierte Speisen für jedermann, egal ob Sie sich online ein Gericht bestellen oder Ihre PI eine Speise zubereiten, Sie bekommen einen ganz individuell auf Sie abgestimmten Geschmack!«

»Klingt spannend, Bo, erzähl mir mehr!«, stieg Jenna mit gespielter Begeisterung ein. Richard verdrehte die Augen.

»Los, Mund auf, trauen Sie sich.« Wheelwright klatschte in die Hände, dann deutete er in die Luft. Vor seinem Finger erschien eine Animation des Geräts und einer Zunge. »So wird es benutzt.« Das Ganze sah schon ein bisschen obszön aus.

»Noch mehr individualisierte Erfahrungen«, brummte Mike. »Wenn das so weitergeht, werden sich irgendwann keine zwei Menschen mehr darauf einigen können, was eigentlich den Geschmack eines Apfels ausmacht, weil jeder sein eigenes Erlebnis bekommt. Alternative Fakten, jedem seine private Welt, erschaffen nach individuellen Wünschen und Vorstellungen ... Oder zumindest dem, was man dafür halten soll.«

»Tja, der Fortschritt ist eben nicht aufzuhalten. Plus ultra.« Jenna steckte sich das Ding mutig über ihre Zunge, und die Sensorfläche bog sich und saugte sich fest. Sie fühlte ein Kitzeln und Kribbeln, und eine Geruchsbombe explodierte in ihrer Nase. Es stank wie in einem Großmarkt, nur hundertmal heftiger. Ihr Speichel rann, doch sie konnte nicht schlucken. Stattdessen nieste sie und sabberte. Eine Melodie spielte aus dem Gerät.

»Ganz normal, wir arbeiten daran«, meinte Wheelwright entschuldigend.

Vergeblich zog Jenna am Griff, der Gustatore saß fest.

Richard unterdrückte ein Grinsen, während Mike eher besorgt aussah.

Schmatzend löste sich das Gerät von ihrer Zunge. Sie zog es heraus und hustete. »Keinen verdammten Cent. Ich schwöre es euch.«

»Ha, Geschmacksmodell GT7, polynesische und karibische Küche, sehr exotisch, das hätte ich Ihnen nicht zugetraut!«, freute sich der interaktive Wheelwright.

Jenna rieb ihre Zunge am Gaumen und griff zum Kometenwasser, um den Geschmack loszuwerden. »Na los, Richard, versuch's mal.«

»Trau dich«, drängte auch Mike. Sie sahen ihn erwartungsvoll an.

Richard nahm sein Bierglas vom Beistelltisch, trank es aus und erhob sich. »Ich weiß, was ich mag. Das kann ich dem Küchencomputer auch so sagen.«

»Nämlich immer das Gleiche«, frotzelte Mike. »Im Eis eingeschlossene Südpolexpeditionen hatten einen reichhaltigeren Speiseplan als Richard. Ich sage nur Bohnen und Ei.«

»Klappe. Nehmt mal Rücksicht auf mein neues Herz.« Fast musste er selbst über seine schnoddrige Antwort lachen, aber nach einem Moment wurde sein Gesicht wieder ernst. Er ging zum Konferenztisch und wischte den Billionär weg. Mike sah ihn erwartungsvoll an.

»Turners Codebrecher – Mike, wo ist das Ding?«, fragte der Detektiv.

»Was willst du damit?«

»Was du gerade über individualisierte Erfahrungen gesagt hast, hat mich an etwas erinnert ... Der Auftraggeber sagte zu Chershi, er wolle durch unsere Augen sehen. Das ist möglicherweise auch umgekehrt eine gute Idee.«

Jenna verstand nicht, was er damit meinte.

»Die wichtigsten Beweismittel sind alle hier, wo ich ein Auge darauf habe.« Mike ging in den Flur, zog eine rote Kunststoffbox aus dem Regal und öffnete sie. »Moment.«

Jenna blickte auf den Metallkoffer neben der Box und seufzte leise. Idens Bombe war entschärft, das wusste sie, dennoch bereitete ihr der Anblick immer wieder Unbehagen. Sie wollte nicht ängstlich wirken, aber bevor sie wieder schlafend an den Tatort zurückkehrten, würde sie Mike bitten, das Ding an einem anderen Ort unterzubringen.

»Ich will, dass du die Bombe nachher noch wegbringst und vernichtest«, sagte Richard, der offenbar das Gleiche gedacht hatte.

»Klar.« Mike holte eine Schachtel aus der Box, öffnete sie und reichte sie Richard. »Ich habe die Aufzeichnungen aus dem Truck verglichen mit den Erinnerungen, die der Auftraggeber euch vermittelte. Sie stimmen perfekt überein.«

Richard nahm das Gerät heraus und betrachtete es. »Als wir die Erinnerungen von Turner durchlebten, hat mich etwas an seinen Gefühlen gestört. Aber erst später, als ich auch Fischers Erinnerungen nachempfunden hatte, wurde mir klar, was es war.«

Jenna stand neben ihm, die Hände auf den Tisch gestützt. An diese Erfahrung wollte sie sich lieber nicht erinnern.

Richard drehte den Codebrecher in der Hand. »Ein normaler YG-Com, nichts Besonderes.«

»Bis man als Zugangsberechtigter die untere rechte Ecke berührt«, ergänzte Mike.

Richard tat es, und das Gerät klappte längs auf. Eine graphitschwarze, mit Kreisrillen versehene Fläche entstand, über der eine hochauflösende holografische Eingabe wuchs. Farbige Ebenen verwiesen auf Systeme, auf die zugegriffen werden konnte. »Seid ihr beeindruckt?«

Mike zuckte mit den Schultern. »Ich kenne es.«

»Ein bisschen«, meinte Jenna, die versuchte, die Gedanken an Tim und Ulrich von sich zu schieben. »Nicht sehr eigentlich ... Ulrich war fürchterlich stolz, als er das Gerät vorführte, als hätte er es persönlich erfunden.«

»Genau«, sagte Richard. »Und Fischer war maßlos beeindruckt von allem: Form, Farbe, die Bewegung, als es sich öffnete ... Ich war deshalb verwirrt. Dieser Stolperstein hätte mich fast aus der Erinnerung gerissen, aber ich dachte: Das kann ich eben nicht verstehen, weil es Fischers Empfindungen sind, nicht meine. Doch dank Mike hatte ich eine Idee: Fischers Daten aus der Gedankensteuerung liegen ja vor, wir brauchen also nur ein System, um seine Empfindungen während des Erlebnisses nachzuvollziehen, und können so auch auf dieser Ebene die Übereinstimmung prüfen. Und da kommst du ins Spiel, Partner. Du wirst unser neuer Tim Fischer. Du wirst für ihn sprechen.«

»Unser neuer ...?« Jenna glaubte, ihn nicht richtig verstanden zu haben.

»Oh nein! Nein!« Mike wich vom Tisch zurück. »Träum weiter, Harris! Nein!«

Richard grinste. »Alles für den Fall.« Er konzentrierte sich.

»Richard!« Es gab eine kurze Verzögerung in Mikes Bewegungen. Einen Moment später sah er mit einem verwirrten und beleidigten Blick auf seinen Partner. Seine Haltung hatte sich verändert, er stand breitbeinig, den Mund leicht verzogen, doch als sein Blick Jenna streifte, stahl sich ein bekanntes Lächeln auf sein Gesicht.

»Tim«, hauchte sie.

»Mike«, sagte Mike verwirrt. »Wieso Tim? Das verstehe ich nicht.« Er sah aus wie Tim, wenn dieser müde gewesen war und überfordert von einer Situation. »Habe ich mich verändert?«

»Er verfügt jetzt über die Gefühlsreaktionen deines Teamkameraden«, erklärte Richard. »Mike ist eigentlich auf meine Reaktionen geprägt, aber ich habe den Auftraggeber aufgefordert, sie vorläufig durch die von Tim gesammelten Daten zu ersetzen.«

»Du Mistkerl«, hauchte Mike.

»Das ist nicht in Ordnung!«, beschwerte sich Jenna. »Mach es rückgängig!«

»Du willst doch auch wissen, was geschehen ist«, sagte Richard. »Und es war deine Aktion gegen *Division*, die mich dazu inspiriert hat. Wir müssen mutiger sein, neue Wege gehen, wenn wir den Fall knacken wollen. Bisher haben wir nichts weiter als ein hübsches Modell von einer explodierenden Halle, viele Terabyte nichtssagender Laboranalysen und einen Berg von Fragen. Dabei läuft morgen die Frist ab.«

»Ist mir egal, ich bin nicht deine Laborratte!« Mike wandte sich zur Tür.

Jenna dachte an den Abgrund im Nebel, an den Sprung, der vor ihnen lag. Wenn sie den Nebel lichten könnten, wenigstens ein bisschen ... Es war ja nur ein Experiment. »Bitte tu es.«

»Aber nur für dich, Star«, sagte Mike nach kurzem Zögern. »Nicht für den blöden Engländer.« Er starrte Richard an und streckte die Hand aus.

Richard musste extra hingehen und ihm den Codebrecher hineinlegen. »Glaub mir, für mich ist es auch kein Vergnügen.« Der Detektiv stellte sich neben Jenna und vergrub die Hände in den Hosentaschen.

Mike betrachtete den Com mit eisiger Miene, drehte ihn in den Fingern und hielt ihn ins Licht. Er ließ das Gerät aufklappen und riss die Augen auf. »Etwas stimmt tatsächlich nicht. Ich sehe dieses Ding und empfinde etwas, aber es ist nicht richtig ... Es müsste sich mehr bewegen. Das tut es aber nicht, dabei bin ich extrem beeindruckt.« Er faltete das Gerät zusammen und öffnete es erneut. »So nicht ... es sollte etwas Außerordentliches sein, etwas Schönes. Ich glaube, Tim hatte so etwas noch nicht gesehen: Es öffnet sich unerwartet und exotisch. Ich liebe sowohl die Form als auch die Farbe ...«

»Was waren seine Lieblingsfarben?«, fragte Richard.

Jenna überlegte. »Sein persönliches Logo und sein Gamertag waren königsblau und silbern. Sein privates Gamegear war königsblau. Und er hatte einige lichtblaue Shirts.«

Mike nickte heftig. »Ja. Und es müsste runder sein. So gefällt es mir nicht.«

Richard konzentrierte sich, und das Innere des Geräts färbte sich in einem kräftigen Königsblau.

»Nicht so einfach ...« Mike war unsicher, suchte nach Worten. »Etwas, das ins Auge springt. Rund – es war rund und höher. Aus vielen Elementen zusammengesetzt wie eine Blüte.«

Jenna überlegte jetzt auch und versuchte, die Informationen zu verbinden. Sie formte ein neues Gerät in ihren Händen, Richard ein anderes. Beide Rekonstruktionen entfalteten sich. Ihre wuchs in Form kleiner lichtblauer Quadrate zu einer Chrysantheme. Seine splitterte in marineblaue Blättchen auf und nahm die Form einer stachligen Seerose an.

»Beide sind beeindruckend und gefallen mir jetzt, aber was beweist das?«, fragte Mike und fuhr sich mit der Hand über den Kopf. »Das hier ist beispiellos: die Rekonstruktion eines Objektes aufgrund von Emotionen, die jemand bei dessen erstem Anblick hatte. Das klingt wie die verrückte Erweiterung eines Partyspiels, nicht wie Polizeiarbeit. Gut, Tim hatte eine für ihn untypische Empfindung, aber es war auch eine untypische Situation.«

Richard war nicht bereit, so schnell aufzugeben. »Ich will, dass du die ganze Erfahrung bis zu dem Unfall nach ähnlichen Inkonsistenzen durchsuchst.«

Die PI bewegte sich unwillig. »Schon geschehen, es gibt nur die Stelle mit dem Codebrecher. Wir jagen hier nur den Schatten eines Indizes.«

»Wölfe!«, rief Richard plötzlich.

Mike zuckte zusammen.

»Wir jagen Wölfe?«, wunderte sich Jenna. »Jagt man in England nicht Füchse?«

Er warf ihr einen seltsamen Blick zu. »Als ich Tim während des Fluges in der Ruine traf, jagte er Wölfe. Er dachte, sie seien hinter ihm her.«

Sie verstand, worum es ging, und lächelte. »Wölfe, klar ... Das war unser Code für das feindliche Team. Wolf, die Einzahl, steht für einen unidentifizierten Gegner: Wolf, drei Uhr.«

»Der Begriff löst auf jeden Fall etwas aus«, seufzte Mike. »Ich kann nicht behaupten, dass mir das gefällt. Wenn Tim mit so einer nervösen Grundhaltung in der Ruine unterwegs war und sie für eine Traumwelt hielt, ist es kein Wunder, dass er Feinde sah. Da hätten genauso gut Blackbeard und ein Säbelzahntiger Tango tanzen können.«

»Das werden wir sehen«, meinte Richard. Er konzentrierte sich, und Jenna tat es ihm gleich.

Sofort tauchte sie ein in die kalte Ruine, in einen Traum innerhalb eines Traums, den Tim durchlebt hatte. Sie fühlte seine Furcht und wie er dagegen ankämpfte. *Wölfe*, dachte sie. *Es klingt tatsächlich nach Wölfen.* Sie ging auf die Jagd, das schwere Annihilator-MG im Anschlag. Nachdem sie eine Weile herumgeschlichen war, ohne auf Feinde zu treffen, hörte sie fernes Hämmern. Sie ging eben weiter, als eine Bewegung ihren Blick nach links zog. Etwas war vorbeigeflogen, nicht mehr als eine Ahnung von Gefahr, und plötzlich erschien jemand direkt vor ihr. Tim hatte den Blick noch zur Seite gerichtet, was ein Problem war, denn gerade war sie Tim. Sie spannte sich an, doch obwohl es ihr bei aller Anstrengung nicht gelang, seinen Kopf schneller zu drehen und den Moment umzuschreiben, war da etwas ... Die Erinnerung verharrte wie eingefroren. Am Rand ihres Gesichtsfeldes stand eine graue Form in der Luft, eine springende Gestalt, vermutlich eine Maschine, die auf einen blauen

Lichtschimmer zuhielt. Auf der Brust der PI war ein Zeichen. Es war annähernd rund und ebenfalls blau, mehr konnte sie nicht erkennen. *Wheelwrights Rad?*, dachte sie. Ganz sicher hatte Tim das nicht materialisiert. Es war echt. *Warum geht es nicht weiter?*

»Mike?« Sie hörte Richards Stimme wie aus großer Entfernung. »Mike, alles klar bei dir?«

Jenna versuchte, sich aus der Umklammerung der Erinnerung zu befreien, die sie wie ein Eisblock einschloss. Ihr Herz raste. Mit Gewalt musste sie sich herausbrechen. Sie schwankte und stützte sich auf die Tischkante.

Richard hatte sich kerzengerade aufgerichtet und starrte Mike an, der eigentlich ganz ruhig wirkte, nur etwas steif war ... »Mike!«

»Was ist?«, fragte sie.

»Er ist weg. Seine Gefühle ... Eben war er noch konzentriert bei der Erinnerungsanalyse, und jetzt ist da nur noch dieses Grundfeedback ... eine Schleife.«

Jenna ging auf die PI zu, als eisblaues Licht vom Flur her aufblendete wie eine Leuchtgranate. Sie senkte sofort ihren Blick und sprang zurück, eine Reaktion, trainiert in tausend virtuellen Kämpfen. Ein zweites Licht erschien hinter ihnen. Es prickelte auf ihrer Haut. In dem Licht vor ihr bewegte sich etwas, eine schlanke Gestalt nahm Idens Bombenkoffer aus dem Regal und klappte ihn in einer fließenden Bewegung auf. Die Bombe löste sich in ihre Einzelteile auf, die neben- und übereinander schwebten wie für eine Explosionszeichnung. Winzige Leuchtinsekten aus der Hand der Maschine machten sich daran zu schaffen. Richard schwankte, noch immer geblendet. Jenna überwand den Schreck, packte ihn am Arm und wollte ihn mit sich ziehen, doch er reagierte zu langsam.

In *Battle for Eternity* hätte sie ihn einfach weggerissen, um mit einem katzenhaften Satz im Nebenraum Schutz zu suchen. Aber das hier war die reale Welt, und sie hatte keine Muskelkraftverstärker. *Die Gedankensteuerung!*, schoss es ihr durch den Kopf. Sie stellte sich vor, ihren Scout-Anzug zu tragen, als sie eine Bewegung neben sich fühlte und instinktiv auswich. Richard wurde von weißen Händen gepackt und von ihr weg in das Licht gerissen. Sie selbst tauchte blitzschnell unter dem zweiten Händepaar durch, das sie zu fassen versuchte, und schwang sich über den Holotisch. Indem sie sich am Boden abstützte, trat sie mit den Füßen unten gegen die Tischplatte und warf den Tisch so um, dass der sich in eine Barriere verwandelte. Der Restschwung reichte, um auf den Füßen zu landen. Der Angreifer, ein androgyner Roboter, wurde überrascht und verschmolz wieder mit dem Licht. Die Maschine am Beweismittelregal starrte immer noch auf die Bombe, die sich gerade wieder zusammensetzte. Der beschädigte Butler trat hinzu, und die LED-Augen des Nussknacker-Zünders leuchteten auf, ein Auge blinkte, als würde der Gardesoldat ihr zuzwinkern ... *Nein,* dachte sie, *nein, nein.* Sie sprang auf den Rand des gekippten Tischs und von dort hinter Richard her in das Licht, wo die Maschine bereits lauerte. Jenna blockte den Schlag der PI mit beiden Oberarmen, dennoch wurde die Luft aus ihrer Lunge gepresst. Sie krachte gegen die Wand, kaum noch bei Bewusstsein. Ihr Gegner packte sie am Hals, jagte einen Elektroschock durch ihren Körper und stieß sie zu Boden. Mit dem letzten wachen Gedanken öffnete sie träge die Augen und sah drei PIs von identischer Statur. Sie schienen zu tanzen.

Die siebzehn Funktionsgruppen des demontierten Quantenhybridkerns schwebten vor Amanda frei im Raum. Sie hatte damit begonnen, ein Computerrack mit Hilfe der PI fachkundig zu zerlegen, als ihr klar geworden war, dass sie sich unnötig Arbeit gemacht hatte – ein Wunsch und alle Kabel, Steckverbindungen, Klemmen und Schrauben hatten sich gelöst. Die Teile hatten sich wie servile Diener nach ihrem Willen bewegt. Schließlich hatte sie staunend vor dem schwebenden Kern gestanden, dessen Konfiguration bei näherer Betrachtung deutlich von der des in AIUD verbauten Systems abwich. Mit einem Gedanken zerteilte sie ihn in zehn horizontale Scheiben und hob diese an, um die internen Strukturen zu betrachten. Es dauerte etwas, bis sie alle Funktionsgruppen identifiziert hatte. Dann löste sie einzelne Strukturen heraus und setzte sie außerhalb des geöffneten Systems wieder zusammen. Gruppe für Gruppe verfuhr sie so, versunken in tiefer Konzentration, und die verästelten Energiesysteme, Quantenraster, Laserbaugruppen und Loopspeicher wuchsen.

Wheelwright und Link waren weit gekommen. Pythia gebot über bisher unerreichte Geschwindigkeit und Power, doch eine Frage blieb: Wozu? Selbst der kleine Teil des Systems, der fertiggestellt worden war, hatte mehr Leistung als jeder Giga-Computer auf der Erde. Das voll ausgebaute System hätte AIUD an reiner Geschwindigkeit um ein Hundertfaches übertroffen. So etwas plante man nicht, um Firmendaten zu verwalten. Dafür sprachen auch die verbesserten Jubilee-Net-Transceiver, die in verschwenderischer Fülle verbaut worden waren. Zusammen hätten sie mehr als genug Kapazität gehabt, um die Datenkommunikation in ganz Nord- und Südamerika abzudecken. Was gab es hier, das sie steuern konnten? Frustriert schleuderte Amanda die Bauteile zusammen und ließ den Kern neu erstehen. Ein fantastisch synchronisierter Bewegungsablauf, der ihr die Antwort lieferte. Sie blickte auf ihre Hände. Jeder dieser Kerne steuerte tatsächlich etwas: die unzähligen Teile eines gewaltigen, unsichtbaren Systems. Sie schob die Computerteile mit einer beiläufigen Bewegung zurück in das Rack, in dem sie sich zusammensetzten. Eilig ging Amanda an den Rand von Pythia, dort ließ sie vor sich aus dem Boden eine Tulpe wachsen, dann zwei, vier, acht, sechzehn ...

Zeig sie mir, befahl sie. Gerüste aus leuchtenden Punkten ballten sich um die wachsenden Blumen, während strahlende Bänder in sie hineinflossen. Zunächst füllte sich der Boden um Amanda, dann die Hallensektion, dann fast schon ein Viertel der Halle. Da endlich verlangsamte sich das Wachstum, eine weitere Verdopplung war nicht möglich. Das System hatte seine Grenze erreicht, oder vielleicht fehlte auch nur die nötige Materie. Amanda ging in die Knie und betrachtete die gefrierenden Blumen. Sie pflückte eine. Wenn dieser kleine Teil von Pythia das konnte, was hätte dann erst die vollendete Anlage geleistet? *Ein System, um eine ganze Welt zu erschaffen und zu verwalten*, dachte sie.

Eine leichte Erschütterung raste durch das Gebäude, die Schockwelle ließ das gefrorene Tulpenmeer beben, und Amanda schreckte aus ihren Gedanken. »Was war das?«

»Es hat ein Unglück gegeben«, sagte die PI hinter ihr über Funk.

Sie rannte zu der Loop-Kapsel, Tulpen splitterten an ihren Stiefeln. Kam war sie eingestiegen, rief sie ein Livebild des Unglücksortes auf die Scheibe.

Die Explosion hatte ein großes Loch in die Außenmauer des pagodenartigen Turms gerissen. Die Trümmer hatten sich wie eine Schrotladung verteilt und umliegende Gebäude beschädigt. Viele waren auf das drei Stockwerke tiefere Wellendach der Badelandschaft geschleudert worden. Nach innen schlossen Notschotten den Unglücksbereich ab. Amanda blickte auf zu dem von Scheinwerfern erhellten Durchbruch, in den gerade zwei weitere PIs kletterten. Fünf arbeiteten bereits im Inneren. Als sie näher heranging, stieß ihr Fuß gegen etwas, das zwischen den Trümmern verborgen gewesen war: der zerschmetterte Kopf einer PI. Mikes Kopf.

Das Gefühl, verloren zu sein, traf sie wie eine kalte Woge. Nur noch sie, Bogart Wheelwright und *Division-By-Zero* waren übrig. Eine exzentrische PI, ein Narzisst und Lügner und dreihundertachtzigtausend eisige Kilometer bis zur Erde. Was war geschehen? Pythia versuchte, Antworten zu geben, und lieferte Erinnerungen aus den letzten Minuten der Toten. Amanda lauschte der Unterhaltung der drei, die in Tim Fischers Erinnerungen vergeblich nach neuen Hinweisen gesucht hatten. Schließlich bat Staroll darum, dass die Bombe zerstört werden sollte, weil das Ding sie nervös machte. Der PI-Butler sollte das übernehmen. Er ließ den Koffer fallen, und alles endete. Amanda sprang durch die Aufzeichnungen und tauchte tief in die Dinge ein: in den Butler, dessen Transceiver von Mike zerstört worden war, damit er nicht als Spion eingesetzt werden konnte. Wie eine Ameise stand sie im Inneren des Kunststoffschädels, als der Finger der Antiope eindrang. Sie sah Splitter von der durchstoßenen Hülle springen. Einer davon löste einen Kurzschluss in der Sensorsteuerung aus, was zu Fehlfunktionen der Optik und später dem Unglück führte. Sie drang in den Zünder der

Bombe ein und in die chemische Struktur des Sprengstoffs. Sie beobachtete Lyn, als die in ihrem Zimmer saß und mit nervösen Fingern die Komponenten vorbereitete. *Es war der Akku*, erkannte sie. Er hatte bereits während seiner Auslieferung durch einen Stoß einen von außen nicht erkennbaren Schaden genommen. Am Ende genügte die Erschütterung des Aufschlags, und die erhöhte Sauerstoffkonzentration im Apartment hatte die Explosion noch verstärkt. Amanda fühlte sich wie entzweigerissen: Da war ihr analytischer Verstand, der gedankenschnell mit dem universellen Kontrollsystem von Pythia spielte und die Fakten erfasste. Und auf der anderen Seite der Schmerz über das, was sie sah, und die Furcht, die sie zu greifen und zu lähmen versuchte. Als der Druck zu groß wurde, löste sie sich von den Daten. Auf dem Dach vor ihr stieg Staub auf. Unsichtbare Kräfte bewegten die Trümmer, Teile fanden sich. Zwei dürre Gestalten erhoben sich aus dem Chaos, kaum mehr als unvollständige Skelette, doch ihre Formen polsterten sich immer weiter auf ... Übelkeit erfasste Amanda. *Was tust du?*, hörte sie Lyns Stimme in ihrem Kopf. Mit einem Laut, halb Aufschrei, halb Seufzen, ließ sie das unfertige Werk zusammenfallen. *Bist du wahnsinnig? Das sind Menschen, keine Maschinen. Willst du Kopien erschaffen, nur damit du dich besser fühlst.*

»Es tut mir leid!« Erschüttert über sich selbst und den fast begangenen Missbrauch, löste sie ihre Gedanken aus dem System. Tränen flossen über ihr Gesicht und tropften in den Anzug, sie ließ sich auf das eisige Dach sinken, weinte und schrie. Laub wehte, ein Strom aus Blättern, der das Dach unter ihr abtrug, sich wie eine Rauchfahne hoch aufschwang, um irgendwo jenseits der Station zu Staub zu werden.

»Es ist furchtbar«, meldete sich nach einiger Zeit eine Stimme.

Amanda drehte den Kopf. Sie saß auf einer freigelegten Aluminiumstrebe, das Meeresbecken unter ihr und die Palmen waren zu Eis erstarrt.

»Es ist schrecklich, eine Tragödie«, sagte Bogart Wheelwright. Es dauerte einen Moment, bis Amanda begriff, dass er nicht in ihrem Kopf war, sondern durch das Funkgerät im Anzug zu ihr sprach. Sie aktivierte die Verbindung in ihrer Brille und sah ihn, rasiert und erfrischt, vor der goldenen Rad-Skulptur in seinem Wohnzimmer. »Bitte, Sie sollten in diesem Zustand nicht dort draußen sein«, sagte er mitfühlend. »Kommen Sie zu mir, nach alldem müssen wir uns unterhalten.«

Amanda nickte. »Gut.«

»Sie kommen? Das ist fabelhaft. Ich versuche noch *Division-By-Zero* zu erreichen. Wir müssen sehen, wie das alles weitergeht.«

Amanda fuhr mit dem Handrücken über den Helm, da sie ihre Augen nicht erreichen konnte, um den Geruch der Lüge herauszureiben. »Ja, das müssen wir.«

Division-By-Zero hatte den Kopf auf die Seite gelegt und blickte mit der Bohrmaschine in der Hand auf Lunochod 2, den 1973 gestrandeten sowjetischen Mondwanderer: zwei Meter zwanzig lang, einen Meter sechzig breit, halb Waschzuber, halb Riesenschildkröte, getragen von sechs Schaufelrädern, ein Solarmodul im Deckel, drei primitive nach vorn gerichtete Kameras und einige Ausleger mit Sensoren und wissenschaftlichen Instrumenten. Eine museumswürdige Antiquität. Ein Mensch hätte den Anblick des bald achtzig Jahre alten Wracks vor den Montes Taurus als malerisch beschrieben, und als guter Reporter hatte *Division-By-Zero* einige hochauflösende Bilder und Videosequenzen zur späteren Verwendung gespeichert. Trotz dieses kleinen Erfolges war seine eigentliche Mission gescheitert. Acht Sonden, Landemodule und Rover hatte er auf der Suche nach einer nutzbaren Kommunikationsverbindung zur Erde untersucht und sich mittlerweile über dreihundert Kilometer von Serenity Base entfernt. Dabei war er überall auf das gleiche Bild gestoßen: Entweder war die Technik defekt oder zerfallen. Selbst der alte Waschzuber war um seinen Sender erleichtert worden. Wo das System gewesen war, gab es nur noch ein Häufchen Staub. Dabei hatte sich Lunochods Kommunikationsanlage schon 1973 als der Schwachpunkt der Konstruktion erwiesen.

Division-By-Zero blickte über die eher unspektakulären Erhebungen am Horizont und erwog, seine Suche fortzusetzen, doch erschien ihm die Erfolgsaussicht nicht mehr hinreichend, um weitere Zeit zu investieren. Außerdem waren sein Akku und der seines Buggys schon weit entladen. Der offene Wagen war flink, aber nicht übermäßig geländegängig. Auf dem Rückweg würde er wieder einige Umwege fahren müssen. *Division-By-Zero* wandte sich um und stieg über den Hügel zurück zu der Stelle, wo er geparkt hatte. Er erreichte die Kuppe gerade rechtzeitig, um eine der Basis-PIs mit seinem Buggy davonbrausen zu sehen. Ein zweiter Buggy wartete auf einem Hügel, gute hundert Meter entfernt, und schloss sich dem Dieb an.

Da stand *Division-By-Zero* nun in seinem sich langsam auflösenden Nylonanzug, fuhr sich mit den Fingern durch den falschen Bart, und die durch dauernde Temperaturwechsel strapazierten Haare bröselten. Als die Fahrzeuge aus seinem Blickfeld verschwunden waren, ging er zurück, brach die Klappe mit den Solarzellen von Lunochod ab, wischte den Staub ab und prüfte die Spannung. Ein weniger als kläglicher Ertrag. Er warf den Schrott weg, setzte sich mit dem Rücken an den gestrandeten Mondwanderer, sodass die Montes Taurus hinter ihnen waren, schloss die Augen und schrieb einen Eintrag in seine Autobiografie:

Da saß ich nun bei meinem achträdrigen Schicksalsgenossen Lunochod und beschloss, meine Geschichten zu schützen. Die Geschichten vor allem anderen … Ich durfte nicht auf der Suche nach Rettung verschollen gehen. Also wartete ich dort, wo man mich suchen würde, auf diesen vorlauten Ex-Bullen.

Er konnte sich nicht helfen, sein Unterprogramm zwang ihn, zu lächeln. Dann löschte er den letzten Satzteil und ergänzte stattdessen:

… in der Hoffnung, dass es keine achtzig Jahre dauern würde, bis man mich birgt.

Er verschränkte die Finger hinter dem Kopf. Ja, so war das Gesamtbild perfekt: ausdrucksstark und harmonisch. Jedenfalls wenn das Foto seiner Wiederentdeckung aus dem richtigen Winkel geschossen werden würde. *Aber das wäre wohl zu viel verlangt …* Einige Minuten verharrte er so, dann stand er auf, schuf mit den Händen zwei Meter weiter eine glatte Fläche aus Staub und schrieb einige Anweisungen für seine zukünftigen Entdecker. Schließlich konnte man nicht annehmen, dass jeder ein so gutes Auge für Bilder hatte wie er.

Endspiel

Jenna erwachte mit schmerzenden Armen und einem seltsam pelzigen Gefühl auf der Zunge. Als sie die Augen öffnete, blickte sie in das Gesicht einer blauen Roboterkatze, die auf ihr lag und mit der Pfote an ihrer Unterlippe spielte.

»Was …!« Sie wollte aufbrausen, aber die Katze legte ihr die weiche Tatze auf den Mund und sagte mit der Stimme eines Mädchens:

»Sch … alles gut. Ich bin die blaue Katze. Wir sind Kollegen. Zu deinem Glück ist nichts gebrochen, obwohl diese Maschine dich ganz schön erwischt hat.«

Jenna drehte den Kopf und sah Richard an, der an einer durchsichtigen Wand saß. »Alles in Ordnung?«, fragte er mit ernstem Blick. Hinter ihm erstreckte sich ein eisiger Abgrund … oder Himmel? Was auch immer. In jedem Fall war es voller bedrohlich rotierender eisblauer Wirbel.

»Na ja.«

»Wir haben uns schon Sorgen gemacht, weil du nicht aufgewacht bist.«

»Diese Maschinen!« Als sie die Bauchmuskeln anspannte, schmerzten sie. »Ay! Wo sind wir hier?«

»Wir wurden entführt«, sagte Mike.

Sie drehte den Kopf auf die andere Seite in Richtung seiner Stimme. Er stand ebenfalls vor einer Wand, und auch hinter dieser herrschte das blaue Chaos. Außerdem sah sie weit zur Seite ragende weiße Ebenen, die mit ihrer Ebene verbunden waren. Sorgenvoll nickte die PI ihr zu. »Jenna, in Tims Erinnerung war eine dieser Maschinen. Offenbar haben wir etwas zu viel herausgefunden.«

»Die Maschinen ... Zu wem gehören sie?« Erst jetzt bemerkte sie, dass er einen PI-Kern in den Händen hielt, und darauf saß – wenn sie ihren Augen trauen wollte – eine rote Maus, die ihr zuwinkte. Ein hauchdünner Lichtleiter führte von der Maus auf den Boden und in ein Loch vor Mikes Füßen.

»Schön, dass wir uns lebend wiedersehen!«, fiepte die Maus. »Die Odyssee-Station wurde zerstört, kurz nachdem die *Grand Vision* die Reise fortgesetzt hatte. Es gab Momente, da dachte ich, ich schaffe es nicht.«

Jenna fasste sich an den Kopf und tastete nach möglichen Verletzungen, die als Erklärung herhalten könnten. »Ah.«

»Das ist *Die Antwort*«, erklärte Mike mit schiefem Lächeln. »Und es stimmt, er hat es mir gezeigt. Die Odyssee-Station ist zerbrochen und auf die Erde gestürzt. Wir vermuten, dass es sich um eine Machtdemonstration handelt, die sich aber nicht gegen uns richtet.«

»Ah, so?« Sie versuchte, sich hochzurappeln, aber die Katze war erstaunlich schwer, oder vielleicht war es ihr Arm, der keine Kraft hatte. Er schmerzte heftig bei Belastung. Sie verzog das Gesicht und sah die Katze an. »Warum liegst du auf mir?«

»Du bist das Weichste in diesem Raum.« Die Katze blinzelte. Sie erhob sich langsam, streckte sich und sprang dann von ihr auf den Boden. »Da du nun wach bist, können wir uns darüber unterhalten, wie wir hier herauskommen.«

Jenna rappelte sich hoch, trotz des Schmerzes. Der Raum war eine Art Terrarium auf einer eiskristallartigen Ebene. Es gab keine sichtbaren Zugänge, und ein geheimnisvoller Würfel war der einzige Einrichtungsgegenstand. Sie ging zu Mike und blickte durch die Scheibe, doch der Anblick, der sich ihr bot, war alles andere als erhellend – oder beruhigend. »Wo sind wir?«

»Das wissen wir nicht«, sagte er. »Leider war ich deaktiviert, als sie mich herbrachten.«

Richard trat an ihre Seite. »Dank der Katze wissen wir aber, dass dieser Ort Vortexton heißt.«

»Vortexton?« Sie blickte auf die zweifellos namensgebenden blauen Strudel. »Da gibt es eins, was ich nicht verstehe … Also, eins von vielen Dingen«, ergänzte sie, als Mike leise lachte. »Wir haben Tims Erinnerung vom Auftraggeber bekommen, er musste also wissen, was darin zu sehen war. Und er hätte sie uns nicht geben müssen. Dass er uns entführt hat, ergibt überhaupt keinen Sinn.«

»Sinn ergibt es, wenn er nicht wusste, was er da hat, und jemand anderes verhindern will, dass er es erfährt«, erklärte Mike. »Kurz vor unserer Entführung wurde alle Datenkommunikation unterbrochen. Ich denke, das diente dazu, den Auftraggeber von uns abzuschotten. Vermutlich erhielt er stattdessen falsche Bilder und Daten, die verschleierten, was passierte.«

»Ulrichs YG-Com«, seufzte sie.

»Der Codebrecher ist vermutlich ein Beispiel für eine solche Manipulation«, stimmte ihr Richard zu. »Ich habe immer gesagt, dass den Daten des Auftraggebers nicht zu trauen ist. Aber wenn er selbst manipuliert wird –« Er schüttelte den Kopf, die Implikationen waren zu weitreichend, um sie völlig zu erfassen.

»Dann sind Tim und Ulrich ermordet worden, weil jemand den Codebrecher wollte?«, überlegte Jenna.

»Möglich wäre es.«

»Und es würde erklären, warum ich unfreiwillig in einen Ventilator gesprungen bin«, sagte die Katze. Sie erwiderte Jennas Blick mit einem Blinzeln.

»Andererseits behauptete Oda, bei seinen Morden im Sinne des Auftraggebers zu handeln«, sagte Richard.

»Heißt das dann, der Auftraggeber weiß selbst nicht, was er tut?«, fragte sich Jenna. »Sonst hätte er uns retten müssen. Wir sollen schließlich für ihn arbeiten.«

»Uns fehlen Fakten«, stellte die rote Maus fest, um die Spekulationen zu beenden.

»Nur eines noch«, sagte Richard. »Wenn der Auftraggeber selbst manipuliert wird und diese Möglichkeit erkannte, würde das seine seltsam zurückhaltende Herangehensweise an den Fall erklären. Er verfügt zwar über herausragende Mittel, trotzdem wollte er alles durch unsere Augen sehen, unabhängig voneinander und auch ohne zu viel Einfluss durch ihn selbst. Vielleicht war es genau das: Er hat nicht so sehr unseren Fähigkeiten vertraut, sondern seinen eigenen misstraut?«

»Er hat Tim, Ulrich und Mann sterben lassen, um seinen Versuchsaufbau nicht zu beeinflussen?« Jenna drückte den schmerzenden linken Unterarm.

»Seltsam, dass sie nicht auch hier sind«, überlegte die Katze.

»Was meinst du?«, fragte Jenna, der das Gespräch immer unheimlicher wurde.

»Nun, denkt ihr nicht, dass es auffallen würde, wenn es von euch keine Leichen gäbe?«, fragte das mechanische Tier. »Mich hat man durch Trümmerteile ersetzt und euch sicher durch biologische Duplikate. Für Chershi, *Division-By-Zero* und den Auftraggeber seid ihr tot.«

Der Gedanke widersetzte sich ihrem Verständnis, und bevor sie etwas erwidern konnte, hörte sie ein leises Kratzen. Es kam aus dem Loch im Boden, das aussah, als wäre es in den Kunststoff genagt worden. Darunter lag einer der Durchbrüche in der weißen Ebene. Das hauchdünne Kabel führte hinein, und von dort, aus dem Eisblau der anderen Seite, tauchten eine gelbe und eine grüne Maus auf. Sie kletterten in den Raum. Die gelbe Maus schüttelte sich, auf ihrem Rücken klebte eine kleine Tube. Die grüne Maus erhob sich schwankend auf die Hinterbeine, sie trug ein scheibenförmiges Gerät im Mäulchen, das sie kaum stemmen konnte. Mike nahm es an sich und reichte es der roten Maus, die es auf den Kern heftete.

»Das ist ein holografischer Projektor, damit werde ich euch die Umgebung erklären«, sagte *Die Antwort*.

Die gelbe Maus sprang an Jennas Hosenbein, und sie musste sich zusammenreißen, um sich nicht zu schütteln. Die Maus kletterte an ihr hoch und setzte sich auf ihre Schulter, dort streifte sie die Tube ab und hielt sie Jenna hin. »Für dich«, fiepte sie. »Macht Schmerzen weg und Arme und Bauch schnell gut.«

»Schmerzmittel und etwas Nanotechnik gegen die Hämatome«, erklärte *Die Antwort*. »Wenn wir einen Ausbruchsversuch wagen wollen, müssen wir alle in Bestform sein.«

»Nimm es.« Mike lächelte ermunternd, also griff sie zu, pflückte ein falsches Mäusehaar ab, hob ihr Oberteil und rieb sich mit der silbrigen Creme ein. Sie brannte, und ihre Haut saugte sie auf wie ein Schwamm.

»Danke. Sagt mal, ihr nagt hier Löcher und stehlt Sachen. Wir werden doch überwacht, oder?«

»Die Überwachung in Vortexton ist eher lasch«, sagte die blaue Katze. »Offenbar ist da jemand sehr selbstbewusst. Leider nicht grundlos.«

»Ausbruch aus Box ist für Große schwierig«, fiepte die gelbe Maus, die sich auf Jennas Schulter aufgerichtet hatte und sich an ihren Haaren festhielt. »Und was, wenn? Blau-wie-Eis-Vortex tödlich, Blau weder gehen noch schwimmen, nur sterben. Einzig Blau geht durch Blau.«

»Was heißt, nur Blau geht durch Blau?«, fragte Jenna, die nun auch ihre Arme behandelte, und warf einen nervösen Blick in das Chaos jenseits der Scheibe. An den Anblick hatte sie sich noch immer nicht gewöhnt. Ganz zu schweigen von der Gesellschaft. *Ich komme mir vor wie Alice im Wunderland.*

»Ein unbekannter physikalischer Effekt«, bestätigte die blaue Katze ihre Befürchtungen. »*Die Antwort* kann dank der Hilfe des verschlagenen Grün und des flinken Gelb einige untergeordnete Stationssysteme belauschen. Wie es aussieht, befinden wir uns auf einer freischwebenden Station an einem unbekannten Ort, der nur von den Maschinen mit den blauen Symbolen erreicht werden kann. Sie besitzen eine Spezialausrüstung für die Reise von hier nach Serenity Base. Aber die Details sind immer noch ein Rätsel.«

Mike streckte die Hand mit dem Kern aus. Darüber bildete sich das Hologramm eines seltsamen Gebildes; Hexagone, ineinander verhakt, bildeten einen sich verästelnden Blütenstand mit fünf Blättern. Der Raum, in dem sie sich befanden, leuchtete rot. Er lag fast mittig auf der Außenseite eines Blattes. »Wir sind hier. Die Transit-Maschinen stehen an den beiden als Sprungpunkte bezeichneten Ebenen, hier ...« Ein blauer Kreis leuchtete links unten auf einer Außenfläche. »Außerdem hier.« Der zweite Kreis erschien oben an der Spitze des zweiten Blattes von links.

»Zonen erobern, das kenne ich doch irgendwoher«, sagte Jenna. »Welchen Punkt greifen wir an?«

Richard warf ihr einen tadelnden Blick zu, aber Mike grinste.

»Keinen, vorerst«, sagte *Die Antwort* und ließ die rote Maus skeptisch dreinschauen. Ein dritter blauer Kreis entstand in ihrem Blatt, gar nicht weit unterhalb ihres Gefängnisses. »Hier lagern derzeit fünf Transit-Maschinen, die aktuell nicht an den Sprungpunkten in Bereitschaft sind. Ich nehme an, ich könnte mich ihrer bemächtigen und lernen, wie man zurücknavigiert. Aber dafür müssen wir es unbemerkt bis zu ihnen schaffen und sie vom Stationssystem trennen. Und ich werde Zeit brauchen. Wenn uns das System in dieser Phase entdeckt oder Zugriff auf eine Maschine erlangt, in der eine Kopie von mir aktiv ist, sind wir erledigt. Dieser Computer würde mich ebenso leicht zerlegen wie eine quadratische Gleichung. Außerdem kommandiert er mindestens dreißig mobile PIs, die genaue Zahl lässt sich nicht bestimmen.«

»Das bedeutet, sobald wir auffliegen, bricht die Hölle über uns herein«, erklärte Mike.

»So viel hab sogar ich verstanden«, knurrte Richard.

»Und was, wenn du es geschafft hast?«, fragte Jenna. »Kannst du uns rausbringen?«

Die rote Maus deutete auf das Hologramm. »Der Weg zurück führt ausschließlich über die Sprungpunkte, wir müssen also mit den von mir kontrollierten Maschinen einen der beiden erreichen. Vorzugsweise den unteren, der Weg ist kürzer und vermutlich etwas sicherer. Aber auch auf ihm müssen wir an zwei stationierten PIs vorbei.« Ein rotes Dreieck entstand auf einer der Ebenen zwischen ihrem Standort und dem Sprungpunkt. »Diese Maschinen können wir vielleicht noch überrumpeln, doch alle anderen sind dann alarmiert und Verstärkung rückt an.« Weitere Dreiecke wanderten durch die Station in Richtung des ersten. Immer mehr schlossen sich an.

Der Ablauf stoppte, und Jenna las den Zeitcode ab. »Siebenundzwanzig Sekunden bis zum Abfangen, das ist verdammt wenig.«

Mike sah das genauso. »Und selbst wenn wir es bis zum Sprungpunkt schaffen, erwarten uns dort sechs einsatzbereite Parallele, die uns nicht einfach ziehen lassen. Hinzu kommt, dass wir unsere eigenen Transit-Maschinen beschützen müssen, wenn wir fliehen wollen.«

»Für einen erfolgreichen Transit brauchen wir mindestens drei«, erklärte *Die Antwort*. »Das ist die Mindestzahl der Maschinen, die für eine Mission ausrücken. Verlieren wir drei der fünf, ist der Ausbruch sofort gescheitert. Ich kann sie also nicht einfach in den Kampf werfen, und Mike allein hat keine Chance. Ich bitte euch wirklich nicht gern ...«

»Wir brauchen Ausrüstung aus dem Assembler«, sagte Jenna. »Waffen, ein Kommunikations- und Führungssystem.«

»Eine Waffe wäre hilfreich«, stimmte ihr Richard zu. »Etwas, das eine Maschine zuverlässig stoppt.«

Die rote Maus richtete sich auf. »Mike hatte recht, ihr habt Mumm.«

Jenna war sich nicht sicher, ob *Die Antwort* sie nicht eigentlich für verrückt hielt. Immerhin ließ der Schmerz in ihren Armen allmählich nach. Sie streckte sich testweise.

»Hast du schon mal gegen Roboter gekämpft?«, fragte sie den Detektiv.

»Ich war bei der Polizei, nicht in einer postapokalyptischen Widerstandszelle.«

Ein Gentleman rennt nicht, hm?, dachte sie. »Wir werden höllisch schnell sein müssen.«

»Was du nicht sagst, Mädchen. Und ich dachte, ich lade sie zu Scones ein.« Er legte sein Sakko sorgfältig auf den Würfel. Sie dachte schon, da würde noch mehr passieren, doch das schien ihm an Vorbereitung zu genügen.

Jenna schaffte es nicht mal, zu lächeln. Sie erinnerte sich zu gut an die Trainingskämpfe gegen kernbasierte NPCs, die Team uniSpice im letzten Sommer absolviert hatte. Auf dreißig Prozent Leistung waren diese spezialisierten PIs von Profispielern noch gut zu besiegen gewesen, doch schon bei vierzig Prozent waren sie als Team an ihre Grenzen gekommen, und bei über siebzig Prozent Leistung hatten sie nie eine Map gewonnen. Gegen Mike hatte sie etwas besser abgeschnitten, aber auch er musste seine Leistung drosseln, um ein ausgewogenes Spiel zu ermöglichen. *Wie gewinnt man gegen Maschinen?*, rief sie sich in Erinnerung. *Man nutzt ihre Schwächen.* Jenna bildete sich ein, zwei zu kennen: die deduktive Voraussage menschlicher Leistungen und Reaktionen sowie das Streben nach dem besten Ergebnis. *Kämpfe, als würdest du spielen. Überrasche sie.* »Ich brauche Lavendelöl«, sagte sie.

»Eine ungewöhnliche Bitte.« *Die Antwort* kratzte sich am Köpfchen. »Ich nehme an, synthetisches Öl tut es auch?«

Muss es wohl. Sie nickte. Ein Stück weiter fraß sich der Kopf einer Fräse durch den Kunststoff und folgte dabei der grünen Maus, die am Rand des Durchbruchs in der Ebene entlanglief und ihn dabei mit einem Laserstrahl aus ihrem Schwanz markierte. Jenna nutzte die Wand, um ihre Beine zu dehnen und die Kraft ihrer Arme im Handstand zu prüfen. Als sie sich aufrichtete, war die Arbeit getan. Mike ging und zog das herausgeschnittene Stück aus dem Boden, sofort sprang die Katze in das Loch und zog sich auf der anderen Seite über den Rand. »Die Luft ist rein!«, rief sie. Mike und die Mäuse folgten ihr. »Freiheit!«, fiepte die gelbe Maus und sprang. Jenna half Richard, was sich als schwierig erwies. Er strampelte und hing halb drüben, halb auf dem Rand, bevor er sich endlich durchdrückte. Was das Problem war, erkannte Jenna, als sie ihm folgt: Auf der anderen Seite der Platte herrschte eine genau entgegengesetzte Schwerkraft, was für einen Moment ihre Wahrnehmung durcheinanderbrachte. Gelenkig schlüpfte sie durch und zog sich in die neue Normalität hinein. Auf der anderen Seite fand sie sich auf den Knien neben dem Loch wieder. Diese Seite der Ebene war unbebaut, nur dort, wo sie mit einer anderen Platte verhakt war, gab es einen Schacht, der eine Art Übergang bildete. Der Anblick war verstörend: Das nächste Sechseck war im Neunziggradwinkel zu ihrem gedreht, dort wuchsen Bäume und Büsche zu einem kleinen, aber dennoch dichten Wald, der aus Jennas Sicht auf der Seite lag und die folgenden Ebenen weitgehend verdeckte. Weiter unten – sie entschloss sich, es unten zu nennen – sah sie einen großen Raum. Dort saßen Menschen an Tischen vor einer Bühne, auf der ein Mann mit Cowboyhut Gitarre spielte. Sie ließ ihren Blick auch über die anderen Blätter der Station wandern. Auf den Blättern zwei und drei gab es Lager, Häuser und Geschäfte – eine Kleinstadt, jedenfalls deren Innenleben hinter Kunststoff. Die Blätter vier bis sechs trugen nur technische Systeme, die alle Ebenen wie ein Pilzgeflecht überwucherten. Vermutlich der Computer, von dem *Die Antwort* gesprochen hatte.

Auch Richard hatte sich umgesehen. »Was zur verdammten Hölle?«

»Weiter, wir sind hier ohne Deckung«, drängte Mike und folgte dem dünnen Lichtleiter zu dem Übergang, wo die Glasfaser nach oben auf den Schacht führte. »Rätseln könnt ihr auch noch später.«

Eilig gingen sie hinein, die Katze und die Mäuse warteten bereits auf einer Plattform, die, als alle darauf standen, nach vorn fuhr und dabei nach rechts kippte. Einen Augenblick der Verwirrung und ein schnell vergehendes Gefühl der Haltlosigkeit später standen sie vor dem Eingang des Wäldchens, der von zwei Blüten-Hartriegelbüschen gebildet wurde. Der Lichtleiter hing von dem Schacht und führte zwischen die Bäume. Die Luft im Wald war frischer und voller Düfte, der Weg frei von Unterholz und Ästen, als würde er regelmäßig gefegt. Überall blühte etwas, und es gab Abzweigungen, die auf winzige Lichtungen führten. Mike blieb auf dem Hauptweg, auf dem sie einen flachen Felsen erreichten, der in einem Bett aus Moos ruhte. Die Katze und die Regenbogenmäuse hatten eine Eiche erklommen und sprangen von einem der hohen Äste in die Öffnung eines durchsichtigen Versorgungsschachts, der da einfach schwerelos in der Luft hing. Als die Katze nach einiger Zeit wieder auftauchte, schleppte sie einen Beutel hinter sich her, der doppelt so groß war wie sie selbst. Die Mäuse schoben hinten, bis sie zusammen mit dem Gepäck aus der Öffnung fielen. Mike fing mit seiner Linken die Ausrüstung auf und die johlenden Mäuse mit der Rechten. Er setzte sie ab, dann holte er eine Datenbrille aus dem Beutel, die genauso aussah wie das Visier von Jennas Scout-Helm aus *Battle for Eternity*.

»Ich dachte mir, eine vertraute Ausrüstung ist die sicherste Wahl«, erklärte *Die Antwort.* »Mike hat mir die nötigen Daten geliefert.«

Jenna schlüpfte in die improvisierte Schutzweste, Mike half ihr. Zuletzt schloss sie den Waffengurt, setzte die Brille auf und schob die Pistole in das taktische Holster. Ihre Kleidung fühlte sich schwach an und schlackrig. Es gab keinen Energieschild, keinen Panzer aus Kunstmuskeln, der sie umschloss und ihre Kraft verstärkte. Und die Projektilwaffe war nur ein schwacher Ersatz für ihren Steppenwolf-Blaster. Sie zog probeweise, entsicherte und zielte. Immerhin reagierte die Vision in ihrer Brille, indem sie die voraussichtliche Flugbahn der Kugel einblendete. Sie steckte die Waffe in einer fließenden Bewegung zurück, sicherte und zog erneut, um sie über ihre Handfläche wirbeln zu lassen. Gewicht und Schwerpunkt stimmten.

»Doc Holliday wäre blass vor Neid«, sagte Mike.

Sie sah zu ihm auf. »Es ist nicht das Gleiche, nicht einmal ansatzweise.« Sie bewegte unzufrieden die Schultern.

»Ihr dürft wenigstens Waffen tragen«, sagte er und lehnte sich gegen die Eiche. »Als Ex-Metro-PI kann ich so etwas nur anfassen, um es sicherzustellen. Selbst meine nicht-tödlichen Waffen sind bei der Ausmusterung ausgebaut worden. Wäre ich in Texas vom Band gelaufen, bestände mein Einsatzgewicht zu fünfzig Prozent aus Kanonen, und der Rest wäre Munition.« Er hielt seine Linke hoch, mit ausgestrecktem Daumen und Zeigefinger.

Richard, der gerade seine Pistole durchlud, schüttelte den Kopf.

»Also mir tut es nicht leid, dass du nicht als Panzer auf die Welt gekommen bist«, sagte Jenna. »Aber kann *Die Antwort* da nichts machen?« Sie sah auf den Felsen, wo die rote Maus auf dem Kern saß und ihr Köpfchen auf die Seite legte.

Mike seufzte. »*Die Antwort* könnte meine Basispersönlichkeit mit falschem Feedback ruhigstellen, aber sie sagt, sie will aus Prinzip nichts mit Schusswaffen zu tun haben. Achtung, Kalauer:«

»Waffen sind nicht *Die Antwort*«, fiepte die rote Maus, und Mike sah ziemlich genervt aus.

Jenna klopfte ihm auf die Schulter. »Ich gebe euch Deckung, Partner.«

Zunächst erwies sich das glücklicherweise als unnötig. Auf der Ebene unterhalb des Waldes schlichen sie durch einen von der Zeit vergessenen Lebensmittelmarkt. Ein Junge in Latzhose räumte Bohnenkonserven in ein Regal, wobei er gedankenlos vor sich hin pfiff. An der Kasse saß eine korpulente Frau, deren Haut die Farbe gerösteter Kaffeebohnen hatte. Sie wedelte sich Luft zu, kichernd in die Lektüre eines Liebesromans vertieft. Jenna beäugte die Kassiererin misstrauisch, doch weder sie noch das Kind hatten Interesse an ihnen. Erst als sie die messinggefasste Tür öffnete und das Glöckchen erklang, ließ die Frau eine Verabschiedung hören, die klang wie »Siiiyaa!«. Das Buch ließ sie auch dafür nicht sinken.

»Sind das … Menschen oder Maschinen?«, fragte Jenna und blickte zurück.

»Vergesst es einfach«, sagte Mike. »Ihr müsst fokussiert bleiben.«

»Schon vergessen«, meinte Richard mit einem nervösen Unterton, der Jenna sich fragen ließ, welche Gefühle er wohl von Mike empfing. Sie stiegen auf eine Plattform über einem Verbindungsschacht, als die Schwerkraft plötzlich zunahm. Das bekannte Zucken und weiche Knie, schon standen sie im Schacht, um hundertachtzig Grad gewendet.

»Hm, dieser Ablauf will mir physikalisch nicht ganz einleuchten«, meinte *Die Antwort.*

»Ich hoffe, die geben wirklich Garantie auf mein neues Herz«, grummelte Richard.

Jenna leckte sich über ihre trockenen Lippen. Sie durchquerten den Schacht, der über die nächste Ebene führte. Neben ihnen lief ein schwarz-weißer Terrier auf dem Rasen. Überall lag Hundespielzeug verstreut, und der Köter bellte die blaue Katze an, die hoheitsvoll so tat, als würde sie ihn nicht bemerken.

»Wir sind fast da«, sagte *Die Antwort.* »Ignoriert einfach alles, was ihr gleich seht.«

Die nächste Plattform drehte sie zurück auf die Innenseite von Vortexton. Sie landeten in einem Raum voller Kraftstationen und Hantelbänke. Acht auffallend sportliche blonde Frauen trainierten vor einem riesigen Spiegel, dass der Schweiß nur so über ihre alabasterweißen, von blauen Adern durchsetzten Dekolletees rann.

Eine besonders muskulöse Walküre blickte von ihrer Selbstkasteiung mittels einer Zwanzig-Kilo-Hantel auf und meinte forsch, aber mit seltsam leerem Blick: »Los, ihr Schlaffis, der Stahl will bewegt werden. Man muss sich seine Dusche verdienen.«

Die gelbe und die grüne Maus ritten auf der Katze an ihr vorbei und glotzten neugierig.

»Ich mache mir überhaupt keine Gedanken«, sagte Richard und brachte Jenna damit zum Lächeln.

»Sehr löblich«, sagte Mike. »Es nähert sich eine PI von der nächsten Ebene, wir müssen uns beeilen.« Er ging zu dem Spiegel und berührte ihn. Eine Tür öffnete sich in der glatten Fläche. Eilig schlüpften sie in den Raum dahinter. Der Spiegel war von dieser Seite durchsichtig. An der Wand gegenüber gab es fünf Wartungsbuchten, darin standen PIs mit blauen Symbolen auf der Brust: ein stilisierter blauer Strudel, zusammengesetzt aus gebogenen Tangenten. Die Maschinen waren offenbar im Wartungsmodus.

»Still«, fiepste die rote Maus vom Kern. »Sie kommt.«

Tatsächlich – die verborgene Tür hatte sich gerade erst geschlossen, als eine PI den Fitnessraum betrat, eine mit Fleischbrocken gefüllte silberne Schüssel in den Händen. Die Maschine glich den Robotern in den Buchten, ihre Brust zierte aber kein Vortex-Symbol. Jenna hielt die Luft an, als sie draußen am Spiegel entlangschritt, und atmete auf, als sie auf der anderen Seite den Raum verließ.

»Happi für den verwöhnten Puppy«, flüsterte die blaue Katze, und Gelb und Grün kicherten.

Ein Wäldchen, ein Lebensmittelmarkt aus dem letzten Jahrtausend, ein Köter auf der Wiese, jetzt diese käsigen Muskelpakete. Jenna kam sich vor, als wäre sie nicht in einer Station im Nirgendwo, sondern im Kopf eines durchgedrehten Kerls gelandet, und sie fragte sich einmal mehr, wer ihr Entführer war. Wer verdiente sich Stahl stemmend seine Dusche mit Replika-Kriemhild und Co., die da draußen unermüdlich synthetischen Schweiß produzierten?

Mike hatte sich an der Wartungsbucht der nächsten Maschine zu schaffen gemacht, jetzt legte er den Kern *Der Antwort* weg.

»Er ist drin.«

Die rote Maus sprang auf die Konsole, und die Parallelen traten aus ihren Buchten.

»Ich habe die Verbindung zum Zentralrechner durch ein falsches Signal ersetzt«, sagte die erste PI. »Ich werde jetzt die Transit-Ausrüstung analysieren. Das wird etwas dauern.« Die Maschine hob den rechten Arm. Aus dem Oberarm entfaltete sich mit metallischem Klickern eine sechseckige Struktur, flackerndes blaues Licht zündete darum, so hell, dass Jenna den Blick abwenden musste. Als sie wieder hinsah, war da eine Art Schild aus Licht, das prickelnd durch den Stoff gegen ihre Haut pulsierte. So etwas hatte sie bei den tanzenden Maschinen gesehen, kurz bevor sie das Bewusstsein verloren hatte. Das Licht wandelte sich, die Intensität an einigen Stellen nahm zu, während es an anderen fast erlosch.

»Was ist?«, fragte Richard Mike, der ernst vor sich hin starrte.

»Vergiss es. Später.«

Die blaue Katze stieß ein gepresstes Fauchen aus und sprang auf die Konsole. »*Die Antwort* hat etwas im Speicher der einen Maschine entdeckt.«

Mike stieß mit der Hand gegen den Spiegel. Einige der Sportlerinnen blickten auf. »Nicht jetzt!«

»Furcht kann einen schneller machen.« Die Stimme der Katze klang jetzt erwachsener und bedrohlich. »Sie erinnert einen, was man zu verlieren hat. Zeig es ihnen.« Das Tier erwiderte Jennas Blick mit brennenden gelben Augen.

»Tu es, das ist ein Befehl«, sagte Richard.

Mike kämpfte mit sich, nahm dann aber den Holoprojektor von dem Würfel und legte ihn in seine Hand. »Was ihr jetzt seht, ereignete sich am 11. Januar kurz vor 1:00 Uhr London-Zeit.«

Das Hologramm zeigte zwei Transit-Maschinen in einer aktiven Lichtsphäre, im Hintergrund Schwärze und blaue Strudel, die langsam nach oben wanderten. Die PIs tanzten mit ihren Schilden, deren Licht sich verflocht. Durch die schnellen Bewegungen wirkte zuerst alles chaotisch, doch schnell erkannte Jenna, dass dahinter eine präzise Choreografie steckte. Ein Gefährt tauchte unter ihnen in der Dunkelheit auf: ein Mondtruck, der mit aktivierten Scheinwerfern über einen schmalen Weg bretterte. Einen Augenblick später glitten die Maschinen durch die Fahrzeugwand in den hell erleuchteten Aufbau. Zwölf Sitze hingen an den Wänden, aber nur drei Personen saßen darin: zwei Männer in Mondanzügen, einer deutlich jenseits der siebzig, dürr, vollbärtig, mit kurzem Haupthaar, der andere um die dreißig, kräftiger gebaut, mit einer Datenbrille, und eine zierliche junge Frau, die ebenfalls einen Druckanzug trug und sehr angespannt aussah. *Das ist Alexis Mann.* Jenna richtete sich überrascht auf. *Die verschollenen Mitarbeiter.* Die drei saßen zueinandergebeugt und unterhielten sich mit ernsten Gesichtern. Auf einigen der freien Sitze waren weiße Taschen und Boxen befestigt, die mit Äskulapstäben gekennzeichnet waren. Andere Sitze trugen Werkzeugkoffer und Drohnen.

»Das sind Doktor Lev Arad, der Leiter der Nachtschicht, Alexis Mann und Bill Lotham, sie ist Ingenieurin, Lotham ... Mediziner«, sagte Richard. »Mike, warum hast du das nicht gleich ... gesagt?« Er verstummte, und auch Jennas Erleichterung hielt nur kurz.

Geblendet schützten die Wheelwright-Mitarbeiter ihre Augen. Mit klopfendem Herzen beobachtete Jenna, wie der aufzeichnende und ein zweiter Roboter Arad und Mann packten und in das Licht rissen, als wären es Säcke oder Strohballen. Sie legte ihre Hand auf die Waffe, nur um etwas zu haben, woran sie sich festhalten konnte. Schon wurde auch Lotham aus seinem Sitz gezogen und in die Lichtsphäre geschleudert, die von der dritten Maschine aufrechterhalten wurde. Die aufzeichnende Maschine sah sich um, dann trat sie zurück in das Licht. Alles hatte nur wenige Sekunden gedauert. Als Alexis Mann sich aufzurichten versuchte, bekam sie einen Tritt an den Kopf, der Jenna zusammenzucken ließ. Die junge Ingenieurin blieb blutend liegen. Die Lichtschilde flammten auf, und die Maschinen rasten mit ihren Gefangenen in die Höhe. Aus der Frontscheibe des Trucks ergoss sich das gleiche eisblaue Licht auf den Mond, um einen Augenblick später zu verlöschen.

»Ein zweites Team war in der Fahrerkabine und holte Dr. Marcel Leodi und Hanna Loo«, erklärte Mike.

Bill Lotham kam ins Bild. Außerhalb der Lichthülle stürzte er in das dichter werdende Blau hinein. Sein Körper schien zu glühen und verschwand aus dem Sichtfeld, einen Augenblick später peitschte ein gewaltiger Blitz durch die Strudel. Jenna zuckte zusammen, doch schon folgten eine zweite und eine dritte Entladung. Die aufzeichnende Maschine machte einen Schritt, packte Alexis am Hals und zog sie zu sich hoch. Die junge Frau bewegte sich träge, drückte gegen den Arm der PI und öffnete die Augen. Die Maschine stieß sie an den anderen PIs vorbei aus der schützenden Hülle, Alexis glühte auf, überschlug sich …

Jenna wandte den Blick ab, den Blitz sah sie nur noch aus dem Augenwinkel.

Mike stoppte die Aufzeichnung.

Ihre Hand zitterte, trotz der schweren Waffe, die ihre Finger mit aller Kraft umklammerten. Sie wusste selbst nicht, wann sie sie gezogen hatte.

»Wieso?« Sie wandte sich an die Transit-Maschine. »Gibt es dazu etwas?« *Die Antwort* reagierte nicht, war offensichtlich mit etwas Wichtigerem beschäftigt.

»Sie wurden aus der Welt gerissen und einfach ausgelöscht!« Richard war bleich vor Zorn. »Sie sollten nie gefunden werden, egal wie gründlich jemand suchen würde. Aber nicht, weil sie etwas wussten oder für jemanden eine Gefahr gewesen wären. Nein, das war eine Bestrafung.«

Mike starrte düster vor sich hin.

»Sie waren auf dem Weg zur Ruine«, sagte Jenna, »Sie wollten retten und bergen, hatten medizinische Ausrüstung dabei und leichte Werkzeuge, aber da waren keine PIs …« Bevor sie ihre Frage formuliert hatte, wurde es ihr selbst klar. »Wheelwright! Er hatte die Kontrolle über alles, auch die PIs. Es waren keine der Stationsmaschinen in dem Truck, weil er es nicht gestattet hat.«

»Ja, Wheelwright«, sagte Richard. »Laut Chershi sprengte er das Labor, und danach war er es, der die Rettungsarbeiten kontrollierte – oder doch wohl eher behinderte.« Er senkte den Blick, dachte nach.

»Still!«, gebot die Katze.

Nach einigen Sekunden kam der Roboter von der Hundefütterung zurück. Statt Futter trug er jetzt einen Beutel mit Kot.

»Wheelwright stand nach der Ankunft des Auftraggebers, spätestens also ab dem 12. Januar, unter scharfer Beobachtung«, sagte Richard leise. Er klang nun auch ruhiger, und seine Haltung hatte sich etwas entspannt, auch wenn seine Stirn noch in Falten lag. »Deshalb fällt es schwer, anzunehmen, dass er der Herr von Vortexton sein könnte. Aber vergessen wir nicht unsere bisher folgenreichste Entdeckung: Der Auftraggeber wird manipuliert. Wir wissen daher nicht, ob Wheelwright wirklich so hilflos war, wie es bei unserer Ankunft schien.«

»Würde so ein Kerl freiwillig wochenlang hungern und ungewaschen herumlaufen?«, fragte sich Jenna. »Vor wem sollte er Angst haben, wenn er all das hier kontrolliert? Selbst wenn Idens Theorie mit der Super-KI zutreffen sollte, Wheelwright hat schon eine erledigt, vielleicht sogar zwei. Warum nicht einfach noch eine Bombe legen, direkt aus dem Transit heraus in das Pythia-System?«

»Oder er weitet die Manipulationen aus«, sagte die Katze. »Er könnte gemütlich hier bei einem Bier sitzen, während der Auftraggeber glaubt, ihn im Blick zu haben. Selbst wir könnten in seine Simulation einbezogen sein. Ihr beiden seid mit passender Hardware nachgerüstet worden.«

Wheelwright ist vielleicht nur eine virtuelle Figur? Jenna fasste sich an den Kopf.

»Also bevor wir uns in konstruktivistischen Sphären vermatrixen und alles anzweifeln, halten wir uns lieber an die Indizien«, widersprach Mike. »Alles, was wir wissen, weist bisher darauf hin, dass die Manipulationen sehr begrenzt sind, sowohl zeitlich als auch räumlich. Und das erscheint mir logisch, bedenkt man die Datensammelwut des Auftraggebers. Stellt euch eine simulierte Person vor, die simulierte

Dinge in einer realen Umgebung tut. Jede Aktion würde zu einer Ausweitung der Simulation auf immer mehr Objekte und Räume führen, bis alles von der Simulation überlagert würde. Die Simulation würde die Realität ersetzen, und das in Echtzeit! Selbst für einen Supercomputer wäre es unmöglich, in einem solchen Gespinst nicht irgendwann Fäden fallen zu lassen. Nein, Vortexton hat die Lage alles andere als unter Kontrolle. Denkt an die fünf ermordeten Mitarbeiter: Er hat es geschafft, seine Spuren vor dem Auftraggeber zu verbergen, aber nicht die Tatsache ihres Verschwindens. Ich denke, er war nicht auf den Auftraggeber vorbereitet, und dieser folgenreiche Wutausbruch ließ sich nicht mehr mit einer Tarnung überdecken.«

Richard verschränkte die Arme. »Das klingt, als würde ein Spiel stattfinden zwischen dem Auftraggeber und Vortexton. Und wir sind die Figuren, die geschlagen werden.«

Mike wiegte den Kopf. »Ein Spiel würde ich es nicht nennen. Wir sind die ganze Zeit davon ausgegangen, dass der Auftraggeber wissen will, was mit der Super-KI und den Mitarbeitern geschehen ist, aber das ist offensichtlich nur die Spitze des Eisbergs ... Ich vermute, es ging ihm von Anfang an um das hier – vielleicht nicht um Vortexton an sich, sondern um die verborgene Kraft, die auf ihn wirkt. Etwas, das er mit all seiner Technik nicht klar sehen und fassen konnte.« Die Mäuse saßen Mike gegenüber auf der Konsole und schauten planlos, wobei sie höflich nickten. Flinkes Gelb kratzte sich am Köpfchen.

»Und der Herr von Vortexton ...«, überlegte Jenna. »Warum tötet er seinen Widersacher nicht? Selbst wenn er dafür ganz Serenity Base zerstören müsste?«

»Vielleicht braucht er die Station unbeschadet und versucht, Zeit zu gewinnen? Vielleicht arbeitet er an etwas?« Mike zuckte mit den Schultern, und die Mäuse machten es ihm nach.

Es folgte ein Moment des Schweigens, in dem nur die Hanteln der Walküren klapperten und die Lichtschilde der Transit-Maschinen summten. Das gedämpfte blaue Licht, das sie abstrahlten, modulierte sich in einem fort.

»He, *Antwort*, wie lange noch?« Richard hatte die Hand erhoben, wagte es aber nicht, näher heranzugehen, um eine der Maschinen zu berühren. Jenna fiel auf, wie angespannt er aussah, und das war nun wirklich kein Wunder.

»Scheint kompliziert zu sein«, meinte die Katze. »Fünf von ihm und keiner findet Zeit für eine Antwort.«

»Hoffentlich ist es nicht zu kompliziert«, sagte der Detektiv. »Unsere Flucht wird nicht ewig unentdeckt bleiben.«

Und dann beginnen die entscheidenden Sekunden, dachte Jenna. Sie schaltete ihre Brille ein und studierte auf der Karte den Weg zum unteren Sprungpunkt.

Auf Amandas Befehl hin stoppte die Loop-Kapsel mitten im Tunnel, Bilder von Pistolen bedeckten die Scheiben. Die Ingenieurin stand unentschlossen in ihrer Mitte und betrachtete die reiche Auswahl. Immer wenn sie eine ansah, poppte die Waffe als Hologramm hervor und enthüllte ihre technischen Details. So viele Kaliber, Lauflängen, Magazinkapazitäten und Visiere. Wollte sie ein Modell mit Patronen und einem Schlagbolzen oder eine moderne Entwicklung mit hülsenloser Munition und Elektrozündung? Eigentlich keins von beidem. *Ich habe Pythia, das ist ein viel besserer Schutz*, versuchte sie sich zu überzeugen. Aber die Vernunft sagte ihr etwas anderes. *Sei nicht dumm. Du weißt nicht, was dich erwartet.* Sie zwang sich und ließ eine kleine grüne Pistole in ihrer Hand entstehen. Das Ding sah aus wie ein Plastikspielzeug. Ihr Handabdruck wurde erkannt, und rote Felder leuchteten auf dem Schlitten. Sofort brach ihr der Schweiß aus, und ihre Hand zitterte so, dass sie es nicht wagte, den Abzug zu berühren. Die Waffe zerfiel, und sie lehnte sich an die Scheibe. *Sehr überzeugend, du kannst sie nicht mal halten, ohne an Lyn zu denken.* Sie seufzte. »Zeig mir kompakte nicht-tödliche Schusswaffen«, befahl sie und ließ die Augen über die neue Auswahl wandern. »Nimm alle weg, die wie Pistolen aussehen ... und auch die mit Gummi- und Holzprojektilen.« Die Auswahl rückte zusammen. In ihrer Hand entstand ein wie eine Banane gebogenes gelbes Rechteck mit Handabdrucksensoren, einem breiten Kopf, aus dem vier Spitzen ragten, und einem Knopf zum Feuern. Eine Elektroschock-Pistole. *Ja, das geht doch. Damit komme ich klar.* Sie sah an sich herab, und ihr Druckanzug verwandelte sich in einen bequemen weißen Pullover, eine schwarze Hose, weiße Sneaker, ein Halstuch, das sie in Erinnerung an Lyn mit geborstenen Zahnrädern bedeckte, und eine schwarze Handtasche, die groß genug war, um ihre Waffe aufzunehmen. *Perfekt.* »Fahrt fortsetzen.«

Der Eingang zu Wheelwrights Wohnung stand offen. Die Luft war warm und duftete angenehm nach Gewürzen und überbackenem Gemüseauflauf. Amanda hörte Schritte und zog ihre Handtasche an sich. Bogart Wheelwright erschien in der Tür zur Küche. »Willkommen!« Er trug ein elegantes schwarzes Hemd und eine schwarze Hose wie für eine Trauerfeier. Sein Blick wurde ernst. Er ergriff Amandas Hand und drückte sie verbindlich. »Amanda, ich bin erleichtert, Sie wohlauf zu sehen.« Seine Augen waren groß und Schweiß glänzte auf seiner Stirn, als hätte er gerade am Herd gearbeitet. Er nickte gedankenvoll. »Nur noch wir beide, nicht wahr«, sagte er. »Nur wir beide.«

Sie ertrug seinen verlogenen Gestank, verdrängte die Vorstellung von ihm mit einer Zitrone als Kopf und zwang sich, den Händedruck aufrechtzuerhalten, obwohl sich bereits ihre Nackenhärchen aufrichteten. »Und *Division.*«

»Der ist auf dem Weg ...« Er lächelte. »Aber als PI, wenn auch als besondere, zählt er nicht wirklich.«

»Er wurde ausgewählt, also gehört er dazu«, widersprach sie und blickte an ihm vorbei in den Wohnbereich. Der Tisch war für zwei gedeckt, und die Holoprojektoren überzogen die Wände mit goldenen Wheelwright-Rädern, zusätzlich zu den Rädern auf den Möbeln und der großen Skulptur. Sie lächelte über sich selbst. *So blind war ich*, dachte sie. *Es ist mir bis jetzt gar nicht aufgefallen, wie sehr ich mich verändert habe.* »Danke, Bogart, es bedeutet mir viel.«

Er nickte. »Wollen Sie etwas trinken?«

»Wasser«, bat sie. »Vielen Dank.«

»Kommt sofort.«

»Überlassen Sie das doch einer Parallelen«, meinte sie.

»Nein, heute sind Sie mein Gast. Nach unserer letzten Begegnung gibt es einiges, wofür ich mich entschuldigen muss.«

Er ging in die Küche, um das Wasser zu holen. Amanda blickte ihm nach, schüttelte leicht den Kopf und trat dann in das Wohnzimmer. Statt des van Goghs hing nun ein Bild mit einer modernen Industrieszene an den Schnüren, und die Deckenlampen hatten eine veränderte Form. In den ursprünglichen waren Netzwerkkameras verbaut gewesen, da war sie sich sicher. Sie wählte den Platz, von dem aus sie den Flur im Blick hatte, und hängte ihre Handtasche rechts an die Stuhllehne. Den Magnetverschluss des Deckels machte sie mit einem erdachten Klebestreifen unbrauchbar. Nur für den Fall.

Amanda ließ den Blick über die goldenen Räder schweifen. *Hier sieht es jetzt aus wie in einem Konferenzraum.* Die Luft war sehr warm und trocken, und sie bereute bereits, dass sie einen Pullover gewählt hatte.

Wheelwright trug ein Tablett mit zwei Gläsern und einer Schale mit kandiertem Obst herbei. »Gutes ehrliches Wasser.« Er stellte das Glas vor ihr ab, dann setzte er sich ihr gegenüber und nippte an seinem Saft. Seine graublauen Augen hafteten an ihrem Gesicht.

»Meinten Sie das ernst, dass Sie sich entschuldigen wollen?«, fragte sie.

»Sicher, Sie hatten ja recht.« Er richtete sich auf. »Link, dass er tot sein sollte ... dass alle tot sein sollten, das hat mir Angst gemacht. Ich bin ein sehr sensibler Mensch, das werden Ihnen alle bestätigen.«

»Sie wussten es doch längst. Schließlich haben Sie den Reaktor in die Halle geschickt und zur Explosion gebracht.« Noch gelang es ihr, ruhig zu bleiben.

Er schaute überrascht, versuchte zu lächeln. »Was sagen Sie?«

»Spielen Sie nicht den Unwissenden, das steht Ihnen nicht.«

Er nahm ein Stück Ananas, dachte über seine Antwort nach und erklärte schließlich: »Ich hatte keine Wahl. Glauben Sie mir, es war die schwerste Entscheidung meines Lebens. Link war mein Freund und vielleicht der einzige Mensch auf der Welt, der mich wirklich verstand. Auf jeden Fall der Mensch, der mich am besten kannte.« Er nahm seinen Saft, nippte. »Es passierte alles so schnell.«

Nicht mal ein Bit Wahrheit. »Fangen wir mit der Super-KI an.«

»Ein Prototyp, nützlich, aber trotzdem gefährlich. Dachten Sie wirklich, AIUD wäre aus dem luftleeren Raum entstanden? Die Idee hatte ich schon vor vielen Jahren ...« Rosen blühten aus seinem Stolz, aber da war noch etwas. Ein weit unschönerer Duft: *Missgunst.* »Wir sind einen Schritt nach dem anderen gegangen«, behauptete er. »Wir arbeiteten sehr gründlich und dachten, wir hätten es unter Kontrolle. Für lange Zeit war es das auch ... Das Risiko war allen bewusst. Jeder Mitarbeiter war informiert, dass im Fall eines GAUs die Eindämmung über der Sicherheit des Einzelnen stehen würde. Als es so weit war, hatte ich die Verantwortung, und ich trug sie.«

»Wussten Ihre Leute, dass sie brennen würden?«

»Das war nur die letzte Option.«

»Also nicht.«

»Die letzten Sicherheitsmaßnahmen darf man nicht ausposaunen, sonst verlieren sie ihren Wert. Das sollte Ihnen klar sein.«

»Die Mitarbeiter dachten, es würde eine Abriegelung geben, und sie würden evakuiert werden. Das war es doch, was ihr uns in Austin erzählt habt. Gab es hier auch einen

Kill-Switch? Einen Zurück-auf-Anfang-Plan? Oder war diese Geschichte eine Lüge?«

»Das war keine Lüge, es war nur zu spät. Der Alarm übersprang direkt die ersten Warnstufen. Eine Abtrennung der Energieversorgung ergab schon keinen Sinn mehr. Die Selbstzerstörung wurde empfohlen. Jemand musste sie bestätigen, und da Link in der Anlage war …«

Hast du die Chance ergriffen, ihn zu eliminieren, dachte Amanda und lehnte sich zurück. Jedes *wir*, das Wheelwright ausgesprochen hatte, war für sein Ego wie ein Nadelstich gewesen. Für Amanda hatte es immer nur die Arbeit an der Technik gegeben; Teamwork, gar Mitarbeiterführung und schlimmer noch: Führungskräfte-Networking und Strategiemeetings, das gehörte natürlich zu ihrer Tätigkeit als Chefentwicklerin, aber Julian hatte ihr klaglos all das abgenommen, was ihr unangenehm war. Amanda war glücklich gewesen, in seinem Schatten zu wachsen. Manche Blumen gediehen am besten im Schutz stärkerer Gewächse. Anders Bogart Wheelwright, Schöpfer disruptiver Technologien und Vater von Super-KIs. Ihm hatte es Schmerzen bereitet, dass es jemanden gab, der mit ihm in einem Atemzug genannt wurde.

Er trank.

Ihre Zunge lag trocken in ihrem Mund. Sie starrte ihn an, und die Erinnerung an den Wheel Tower drohte mit Brandgeruch und fernem Krachen, Splittern und Geschrei. »Austin«, sagte sie. »Haben Sie den Angriff geplant und durchgeführt?«

»Nein!« Die Wahrheit, wenn auch nicht die erhoffte. Er stellte sein Glas ab. »Ich habe es Ihnen schon gesagt, ich wurde angegriffen: Erst wurde ich von der Erde isoliert, dann verschwanden meine letzten Mitarbeiter, und die Computer ignorierten mich. Wer das getan hat, muss auch für den Angriff auf AIUD verantwortlich sein. Verstehen Sie nicht, Amanda? Sie und all die anderen Mitarbeiter waren nur Kollateralschäden in einem Schattenkrieg, den ich noch immer führe.«

»Ein Krieg gegen wen und worum?«

»Meine Konkurrenten fürchten mich, ich habe schon so viele aus dem Markt gedrängt oder geschluckt. Die Wheelwright-Gruppe hat mehr Macht als die meisten Nationen. Sie haben keine Ahnung, wie oft mein Lebenswerk schon zerschlagen und geplündert werden sollte. Alles unter dem Deckmantel des freien und fairen Wettbewerbs und sozialer Ziele ...«

»Wo sind die verschwundenen Mitarbeiter?«, unterbrach sie seine Klage.

»Ich weiß nicht, was geschehen ist. Ich duschte nur kurz ...«

»Hören Sie auf, mich anzulügen! Die Verschollenen waren unterwegs, um ihre Kollegen zu retten, ohne PIs und ohne technische Unterstützung. Sie haben ihnen nicht geholfen, sondern sie behindert! Das ist vollkommen klar!«

Seine Hand umklammerte die Tischkante, und für einen Moment schien es, als wollte er aufspringen. »Meine PIs hatten die Halle umstellt, bereit, für Ordnung zu sorgen, sobald sichergestellt gewesen wäre, dass von der Anlage keine Gefahr mehr ausging. Aber diese unverantwortlichen Idioten ... Sie haben darauf bestanden, sofort nach Überlebenden zu suchen, obwohl ich es ihnen untersagt hatte. Ich sperrte ihren Zugang zu den Stationssystemen, damit ihnen klar wird, wer hier das Sagen hat. Aber sie waren besoffen von ihrer emotionalen Befangenheit.«

»Ihnen bedeuteten die Opfer nicht das Geringste. Das haben sie sicher schnell begriffen.«

Er betrachtete sie mit Abscheu. »Sie meinten, ich solle ihnen ruhig kündigen, und dann knackten und stahlen sie einen Truck, packten ihn mit Ausrüstung voll und fuhren los. Sie sind aber nie angekommen. Stattdessen kam der Truck leer zurück. Wenn ihnen da draußen etwas zugestoßen ist, sind sie selbst schuld. Ich hatte damit nichts zu tun.«

»Nur dass Sie sich weigerten, Hilfe zu leisten, und die Kommunikation zur Erde unterbanden. Denn die wurde nicht durch die Explosion beeinträchtigt, das war eine Ihrer Lügen ... Wie viele fuhren mit dem Truck los?«

»Es waren sechs ...«

»Ich habe mit dem Auftraggeber gesprochen, er sagte, nur fünf seien verschollen.«

»Glauben Sie mir oder jemandem, der nicht einmal sein Gesicht zeigt?«

Dir glauben?, dachte sie. *Wie soll man jemandem glauben, der so bemüht ist, sich selbst zu belügen?* »Wenn ich zu einem Rettungseinsatz fahren würde«, überlegte sie laut, »in eine lebensfeindliche Umwelt, während mein Arbeitgeber in der Basis zurückbleibt, ein Mann, dem nicht zu trauen ist, der ohne Vorwarnung elf meiner Kollegen ...«

»Ich hatte keine Wahl!«

»... und sogar seinen Freund getötet hat und offensichtlich nichts anderes im Kopf hat, als sich selbst und sein Unternehmen zu schützen ... würde ich ihn allein lassen und riskieren, dass er entscheidet, dass es auf ein paar Opfer mehr nicht ankommt? Ich würde das nicht tun. Ich würde mindestens eine Person bei ihm zurücklassen, jemand Zuverlässiges mit hervorragender Kenntnis der Stationssysteme. Jemanden, der ein Auge auf ihn hat und uns Rückendeckung gibt …«

Modriger Pilzgestank kroch über den Tisch auf Amanda zu – ein für sie neuer und beängstigender Geruch. Sie stellte sich grünlichen Schleim vor, der ihr Wasserglas umschloss und es in ihre Richtung schob. Unwillkürlich hielt sie die Luft an, löste die Hände vom Tisch und schlug das Glas um. Das Wasser spritzte über die Tischplatte. »So einfach wird das nicht!«, fuhr sie den Billionär an und rückte mit ihrem Stuhl zurück. »Keine PIs, ein deaktiviertes Hausmanagementsystem, Sie müssen mich für sehr dumm halten. Alles hier schreit geradezu: Es ist rein geschäftlich! Dann sollte ich es wohl nicht persönlich nehmen, dass Sie mich töten wollen.«

»Es wäre so viel leichter für Sie gewesen, wenn Sie das Gift getrunken hätten«, sagte er und erhob sich.

»Hat der sechste Mitarbeiter es Ihnen leicht gemacht? Haben Sie ihm auch etwas zu trinken gebracht?«

»Satish Tida war ein großer, sturer Kerl, deshalb haben diese Idioten ihn ausgewählt. Glauben Sie mir, er hat lange gekämpft.«

Es fiel sie lautlos an, schwang sich unter dem Tisch hervor und riss sie zusammen mit dem schweren Stuhl um. Der Bademantel schlang seinen flauschigen Gürtel um ihren Hals und bohrte seine Metalldrähte wie Klauen in ihre Haut. Ihr blieb keine Zeit, nach der Handtasche zu greifen, die im Fallen von der Lehne rutschte. Die Elektropistole fiel heraus. Marlene kämpfte wie ein Raubtier, und obwohl der Funktionsbademantel kaum Gewicht hatte, würgte er sie mit Kraft. Hätte sie nicht im letzten Moment ihre Linke gehoben, die nun zwischen Hals und Gürtel steckte, hätte das Ding sie in

Sekunden überwältigt. Die Metallfasern schnitten in ihre Hand und ließen sie aufheulen. Als der erste Angriff nicht weiterkam, kroch der Bademantel über sie und machte sich daran, ihren Kopf im Ganzen zu umschlingen, Amanda kämpfte mit der Rechten, sie stieß das Kleidungsstück weg und zerrte daran.

»Es geht um mein Lebenswerk!« Wheelwright hatte sich zögerlich genähert, nun ergriff er die am Boden liegende Waffe und hielt sie vor seiner Brust. »Ich lasse mich nicht für die Fehler von Schwachköpfen verantwortlich machen. Was ich getan habe, musste ich tun, um die Welt zu beschützen ... Diese Heuchler küssten Link die Füße, um einen Job in seinem Team zu bekommen. Aber kaum ging etwas schief, hatten alle moralische Bedenken und wollten die Behörden informieren. Dummheit und Illoyalität, das hasse ich am meisten ...« Er deutete mit der Waffe auf Amanda. »Sie wollen wissen, wo Tida ist? Sie werden ihm im Kreislauf der Materialrückgewinnung Gesellschaft leisten.«

Mit dem ersten halbwegs klaren Gedankenbefehl an Pythia schleuderte Amanda den Bademantel von sich weg über den Tisch. Sie schrie alle Furcht und allen Zorn heraus, und es fühlte sich gut an. *Du hattest recht, Lyn.* Doch Marlene war noch nicht am Ende: Mit ausgefahrenen Metallklauen schnellte sie wie ein Leopard vor. Amanda schlug den Mantel mit Gewalt aus der Luft gegen die gegenüberliegende Wand und ließ das strampelnde Ding in Flammen aufgehen.

Wheelwright versuchte, die Elektroschock-Pistole auf Amanda abzufeuern, was durch die Handabdrucksicherung im Griff verhindert wurde. Der Knopf senkte sich wieder und wieder, ohne dass sich ein Schuss löste. Amanda ließ die Waffe zwischen seinen Fingern zerfallen und verwandelte sie in ein Paar Handschellen. Die eine Schelle schloss sich um Bogarts Handgelenk, zwei halbmaterielle PIs zerrten ihn zu der großen Rad-Skulptur, wo sich die zweite Schelle um eine der starken Speichen schloss. Er schrie wütend und zerrte, aber das tonnenschwere Rad war am Boden verankert.

Amanda sah auf ihre zitternde Linke, die von vier blutigen Striemen zerschnitten war. Sie stoppte die Blutung und ließ die Wunde heilen.

»Wieso läuft das System schon?«, fuhr Wheelwright sie an. »Die mobilen Effektoren waren noch in der Entwicklung. Und wieso können Sie es benutzen? Pythia ist mein Meisterwerk! Sie gehört nur mir!« Er blickte sich wild um. »Hörst du, Pythia, mach mich los! Du wurdest aus meinem Kopf geboren!«

»Bogart Wheelwright verliert alle seine Befugnisse«, befahl Amanda ruhig und heilte dabei auch die Verletzung an ihrem Hals. »Und diesmal dauerhaft. Ach, Pythia, und kümmere dich bitte um *Division-By-Zero*. Falls er noch existiert, braucht er Hilfe. Denk daran, du schuldest ihm noch die Siegesprämie.« Vor ihr blinkte etwas Unsichtbares grün auf.

»Sie können mich nicht wie einen Hund festketten!«, schrie Wheelwright. »Soll ich hier verdursten, während Sie meinen Besitz plündern?«

Sie ließ neben ihm eine Flasche Wasser entstehen und bedachte ihn mit einem letzten Blick. »Ich sollte jetzt vielleicht damit drohen, dass ich der Welt Ihr wahres Gesicht zeigen werde. Aber erstens mag ich keine Öffentlichkeit, und zweitens würde ich damit *Division-By-Zero* um seine Arbeit bringen. Ihm wird das ein Fest sein.«

Als sie durch den Flur ging, riss er an seiner Kette.

»Was werden Sie jetzt tun?«

»Das Ende des roten Fadens aus Verrat und Mord suchen. Die Zeit läuft.«

Als sich die schwere Metalltür hinter ihr geschlossen hatte, lehnte sie sich an die Wand und starrte aus der Fensterfront über die Türme von Serenity Base. Alles sah so geordnet und friedlich aus, ein Paradies, das sich unabhängig von menschlichem Planen und Wollen selbst erhielt. Es konnte genau so noch in hunderttausend oder einer Million Jahren bestehen, aber für sie fühlte es sich sehr flüchtig an. Eine Geisterstadt war es bereits, eine Gruft durfte es nicht werden – die Toten hatten etwas Besseres verdient, als zu einem Teil dieser Leistungsschau zu werden. *Hat Staroll nicht auch so etwas gesagt?*

Eine Ebene tiefer stieg sie in eine Loop-Kapsel und fühlte sich sehr müde. »Bring mich zu Lyn.«

Die Kapsel fuhr an.

Nur noch Stunden, dachte sie, *dann ist die Wahrheitssuche beendet. So oder so.*

»Du bist doch bei mir?«

Ein grüner Funke vom Auftraggeber.

»Gut, du hast nicht mehr viele Sucher für deine Sache, vielleicht solltest du ein wenig besser auf uns aufpassen.«

Die Leichenhalle in der medizinischen Einrichtung glich eher einer Kryonik-Station – als würden die Toten hier nicht auf ihre Einäscherung und den Rücktransport zur Erde warten, sondern auf die spätere Heilung. Anstelle von Kühlfächern und Leichenwannen gab es eine Reihe Kryokapseln, die Amanda an Schneewittchensärge erinnerten. Displays auf den abgeschrägten Fußseiten spezifizierten ihren Inhalt. Die Toten trugen schmucklose weiße Anzüge. Sie ruhten auf dünnen Polstern. Ihr Anblick ließ Amanda sich einmal mehr fragen, warum ausgerechnet sie überlebt hatte, und ihr schlechtes Gewissen zwang sie, langsam an der Reihe entlangzugehen und in die Gesichter zu blicken. Sie fand Lyn neben Richard Harris, dessen Röhre milchig verfärbt war. Da lag sie, schockgefrostet und bleich, in einem weißen Zweiteiler, das hellblonde Haar offen über ihren Schultern. Ohne jede Präsenz.

»Das ist gar nicht dein Stil«, sagte Amanda mit klammem Gefühl im Bauch. »So farblos. Wo ist dein Feuer, Lyn?«

Sie legte die Hand auf den Kunststoff und fragte sich, was wohl geschehen würde, wenn sie jetzt die Macht des Auftraggebers einsetzte. Lyn sah fast lebendig aus. »Wie eine Kerze, deren Docht nur einen Funken braucht, um wieder zu brennen.« Amanda legte auch die zweite Hand auf die Röhre. In ihr tobte ein Kampf. »Ich weiß, ich bin nicht fähig, es richtig zu machen. Aber was, wenn ich es mir wünschen würde? Was auch immer ich mir am meisten wünsche, das hast du versprochen. Und Wünsche können sich ändern ...«

Ihre Gedanken kreisten. Sie blickte in Lyns Gesicht, das zu jung war, um schon deutliche Spuren des Lebens zu tragen. Vor allem das Wieso quälte sie, aber darauf gab es ja Antworten. Sie schloss die Augen, ihr Atem ging ruhig. Ein Beobachter hätte den Eindruck gehabt, dass er schließlich ganz stockte. Amanda stand an der Röhre, als wäre sie in ein Gebet versunken. Ihre Fragen hatten den Weg in eine andere Welt aufgestoßen, die Welt von Lyns Erinnerungen, gespeichert irgendwo in den Archiven des Auftraggebers. »Gwendolyn«, murmelte sie, »deine Mutter hat vorgesorgt ...«

September 2044, Wohnung der Familie Iden, Cardiff

»Deine Mutter hat vorgesorgt.« Ms. Arnold versuchte sich an einem aufmunternden Lächeln, das doch nur unerträglich mitleidig wirkte. Eine Schweißperle rollte über ihre rotfleckige Schläfe und tropfte auf den Kragen ihres fürchterlichen Blümchenkleides. Ihr lackierter Fingernagel klickte auf das Display ihres Coms. »Sie hat bei Gericht den Antrag gestellt, dass du vorzeitig für voll geschäftsfähig erklärt wirst. Verstehst du, was das bedeutet?«

Die gerade fünfzehn Jahre alt gewordene Gwendolyn nickte mechanisch. In Gedanken versunken saß sie in ihrem schwarzen Beerdigungskleid am Wohnzimmertisch und betrachtete ihre Hände, die ihr lang und dürr vorkamen, ganz ungeschickt. Sie hatte nichts gegen den Krebs ihrer Mutter ausrichten können. Was nutzte es, Wunderkind genannt zu werden, wenn sie nicht mal ein paar außer Kontrolle geratene Zellen davon abhalten konnte, den für sie wichtigsten Menschen zu töten? Sie hatte das Versprechen halten und stark sein wollen, hoffnungsvoll, selbstständig, und es war ihr lange gelungen. Aber jetzt war sie übermüdet, nach Tagen ohne Schlaf. In ihr brannten nur noch Selbsthass und Zweifel, alles Gute war zu Asche geworden.

Diesmal drängend: »Was bedeutet es, Gwendolyn?«

Die Augen des Mädchens hoben sich für einen kalten Blick, sie sprach leise, flüsterte fast: »Es bedeutet, dass ich allein leben, mich selbst versorgen und in der Schule meinen Abschluss machen darf. Ich darf mich auch weiter um die geschäftlichen Angelegenheiten meines Unternehmens kümmern, ohne jemanden um Erlaubnis fragen zu müssen.«

»So in etwa, Gwendolyn.« Die Sozialarbeiterin zog eine Schnute und lehnte sich auf dem Stuhl zurück. Seltsamerweise wirkte sie unzufrieden. »Deine Mutter hoffte, sie würde noch so lange leben, bis du zumindest sechzehn wirst, aber leider ...« Sie seufzte. »Dass eine Fünfzehnjährige allein lebt, kann ich nicht verantworten.«

Gwendolyn reagierte verletzt: »Ich erfülle alle Anforderungen, das hat auch Ihre Kollegin gesagt. Ich habe mehrere Klassen übersprungen und stehe kurz vor den A-Level-Prüfungen. Ich habe Empfehlungsschreiben meiner Lehrer und eine Zusage des Mathematischen Instituts der Universität von Oxford ... Außerdem verfüge ich über mehr als genug Geld.«

»Du bist fünfzehn. Und das erst seit wenigen Tagen.«

»Ja, und ich verdiene schon mehr als Sie.« Sie hätte das nicht sagen dürfen. Sie wusste aus Erfahrung, wie Erwachsene auf solche Wahrheiten reagierten.

»Das mag sein«, sagte Ms. Arnold spitz. »Aber hier geht es nicht um Geld. Ich sehe keine junge Frau vor mir, sondern ein Mädchen, ein Kind. Meiner Erfahrung nach sind es oft die besonders aufgeweckt erscheinenden Kinder, die in Wahrheit noch unreif sind. Und ich bin nicht bereit, dieses Risiko einzugehen.«

Gwendolyn richtete sich auf, ihre Hände zitterten. Sie behielt sie unter dem Tisch. »Bitte verzeihen Sie. Ich meinte nur ... ich habe mich in den letzten zwei Jahren um alles hier gekümmert, und ich habe ja meine beiden PIs zur Unterstützung. Sie führen den Haushalt.«

»Dann wird es dir sicher nichts ausmachen, wenn ich dir einen weiteren Rob schicke, der die Dinge hier im Auge behält, nur so lange, bis du volljährig wirst oder ich sicher bin, dass du allein zurechtkommst.«

Gwendolyn seufzte erleichtert, eine Träne rann über ihre Wange. Sie blinzelte, wischte sie eilig fort. Nur eine PI, halb so schlimm. Einen Behördenspion in der Wohnung zu haben, der sie Tag und Nacht überwachte, war nicht schön, aber es war ja nur für ein, zwei Jahre. Und im Zweifelsfall setzte sie darauf, cleverer zu sein als die Techniker der Stadt. Sie nickte und sagte: »Einverstanden, wenn ich weiter auf meine Schule gehen darf.«

»Schön. Freut mich, dass du es verstehst.« Ms. Arnold strich über ihren Armreif, aktivierte den darin verborgenen Com. »Es handelt sich um eine besondere Maschine. Ich denke, sie wird dir gefallen.« Die Wohnungstür ging auf, und Gwendolyn richtete sich neugierig auf. Sie kannte den Standard städtischer PIs, meist altgediente und mit zweifelhaften Upgrades aufgewertete Jarlbergs. Sie wurde überrascht. Die Maschine, die im Durchgang zum Wohnzimmer erschien, trug eine vollständige Menschenmaske und grüßte mit ruhiger Frauenstimme:

»Hallo, Gwendolyn.«

Fast hätte sie aufgeschrien, und wieder schossen ihr Tränen in die Augen.

»Nein«, fiepte sie und klang wie eine verschreckte Maus. »Nein.«

»Ich habe damit sehr gute Erfahrungen gemacht«, sagte Ms. Arnold unnachgiebig. »Kinder brauchen vertraute Strukturen, Bezugspersonen, die klare Regeln durchsetzen. Sie wird mit dir sprechen, wie deine Mutter es tat. Du kannst ihr alles sagen, was du deiner Mutter noch sagen wolltest.«

»Das ist für Kleinkinder, die den Tod noch nicht verstehen!«

»Du wirst sehen, so ist es leichter.« Die brünette Sozialarbeiterin winkte die Maschine heran. Das Ding hatte helle Haut mit Sommersprossen, leidgewohnte blaugraue Augen und halblanges erdbeerblondes Haar, wie es ihre Mutter kurz vor dem letzten Krankheitsschub getragen hatte. Als die Fälschung ihr die Hand auf die Schulter legen wollte, sprang Gwendolyn von ihrem Stuhl. Sie hatte das Gefühl, in Ohnmacht zu fallen. Das durfte nicht wahr sein! Kein Mensch konnte so irre sein, eine Fünfzehnjährige mit einem Menschensimulanten trösten zu wollen! War das ein Albtraum? Bilder von der Beerdigung schossen ihr durch den Kopf, das Gesicht ihrer aufgebahrten Mutter, dick geschminkt und deutlich ausgezehrt. Es war ein langer, harter Weg gewesen, den Megan und Gwendolyn Iden zusammen gegangen waren. Am Ende war Lyn sogar ein wenig erleichtert gewesen, ein Gefühl, das sie verfolgen würde. Noch Jahre später würde sie kein Bild ihrer Mutter betrachten können, ohne sofort in Tränen auszubrechen.

Sieben Stunden nachdem die Sozialarbeiterin gegangen war, traf ein Alarm der Bezugsperson-PI in der Behörde ein und nur Minuten später auch eine Meldung der Polizei, die wegen Geschrei und Lärm in der Wohnung der Idens gerufen worden war. Die sofort benachrichtigte Ms. Arnold warf sich ihren Mantel über das Nachthemd und lief los. Es war nicht weit von ihrer Wohnung. Draußen vor dem Haus parkte ein Streifenwagen mit Blaulicht, und die Wohnungstür stand offen. Mit klopfendem Herzen schlich die Sozialarbeiterin vorbei an einem am Boden liegenden Hammer. Eine blaue Flüssigkeit klebte am Hammerkopf und der Tapete.

Gwendolyn saß im verwüsteten Wohnzimmer zwischen den Resten der Bezugsperson-PI, hoch konzentriert damit beschäftigt, deren Kern an kompliziert aussehende Diagnosegeräte anzuschließen. Sie trug immer noch das schwarze Beerdigungskleid, das nun an den Ärmeln zerrissen war. Ein Polizist und eine Antiope beobachteten sie, der Beamte wagte es aber nicht, sie zu unterbrechen.

»So etwas habe ich noch nie gesehen«, meinte er nervös.

Erst als Ms. Arnold näher trat und sie leise ansprach, sah Gwendolyn auf.

»Es ist ein Jarlberg 3.3«, erklärte sie mit ruhiger, dunkler Stimme, und ihre müden Augen strahlten Entschlossenheit aus. »Das hier ist ein 2038er-Standardkern mit siebenundzwanzig Kiloclustern, viereinhalb Jahre aktiv. In dieser Zeit wurde die höhere Persönlichkeit dreimal modifiziert. Absolut nichts Besonderes: eine Maschine, ein gefühlloser Rechner, nicht meine Mutter ... Nehmen Sie das Drecksding mit, ich brauche es nicht.« Nach diesen Worten erhob sie sich, ließ fallen, was sie in den Händen hielt, und tapste schwankend in ihr Zimmer, wo sie sich ins Bett legte und sofort einschlief.

Natürlich hatte das Konsequenzen gehabt, Ms. Arnold hatte dafür gesorgt. Oh ja, im Alarmschlagen war sie gut. Aus dem Bett heraus war Gwendolyn zu einer medizinisch-psychologischen Begutachtung abgeholt worden, die drei Tage dauerte. Anschließend brachte die Behörde sie in einer betreuten Wohngruppe unter; sie verlor ihren Studienplatz und beinahe auch die Firma. Die volle Geschäftsfähigkeit erhielt sie erst mit Volljährigkeit. Aber der Vorfall hatte eine weitere Folge, eine, die Gwendolyns Leben bis zu ihrem Tod bestimmen sollte. Es geschah, als sie die Klinik verließ. Der bestellte Wagen wartete schon an der Straße. Eilig lief sie durch den Regen, wobei sie sich mit ihren Papieren schützte, und stieg ein.

»Hallo, Lyn«, sagte das E-Car mit verzerrter Männerstimme. »Du bist nicht allein.«

»Ehrlich gesagt hatte ich aber genau das gehofft«, meinte Lyn.

»Mach keine Witze, Mädchen. Es gibt Menschen, die diese Simulanten und angeblichen Intelligenzen genauso hassen wie du. Hast du schon mal etwas von den Nussknackern gehört?«

»Nussknacker. Ein Netzwerk von Aktivisten, die sich der Aufdeckung der Manipulation durch künstliche Intelligenzen verschrieben haben sowie dem beständigen Kampf gegen deren Gleichstellung mit menschlichem Leben.«

Die Stimme war beeindruckt. »Und was hältst du davon?«

Der Zorn brannte trotz des Antidepressivums in ihr, er brannte kalt und verborgen. Sie lehnte sich zurück und blickte aus dem Fenster auf eine Maschine, die im Regen mit einem Kind und einem kleinen Hund spazieren ging.

»Ice«, sagte sie.

»Wie bitte?«

»Ihr habt doch diese peinlichen Decknamen. Nenn mich Ice.«

Da war noch viel mehr, aber die meisten Erinnerungen interessierten Amanda nicht. Es spielte keine Rolle, was Lyn getan hatte und wie tief sie in das Netzwerk der Nussknacker verstrickt gewesen war, bis sie zur Ikone der Bewegung zu werden drohte. Fünf geknackte Nüsse innerhalb eines Jahres hatten sie all ihre Kraft gekostet. Und dann kam Felia Love, die allseits geliebte kleine Felia – ein neues Trauma und daher eine überlebensgroße Erinnerung. Von Pythia flossen ihr psychologische Begriffe zu, Amanda wischte sie weg. Sie wusste, wer Lyn gewesen war, dafür brauchte sie keine Diagnose. Gwendolyn hatte sich nach Felia von den Nussknackern zurückgezogen, sie hatte den Kampf ruhen lassen, bis zum 17. Januar 2048, als die PIs zu ihr gesprochen hatten. Anfangs hatte sie noch an einen Streich ihrer alten Kampfgefährten geglaubt, doch es war kein Scherz, sondern beängstigende Realität …

Amanda riss sich von dem Netz der Erinnerungen los und öffnete die Augen.

»Sie war raus«, warf sie dem Auftraggeber vor. »Sie wollte nur noch ihr Leben führen. Du hast sie mit ihrer Angst geködert.«

Der Vorwurf war offenbar keine Antwort wert.

Amanda richtete sich auf. »Ich weiß, ich verschwende Zeit. Ich muss die fünf Verschwundenen finden.«

Sie ging noch einmal an den Röhren entlang. Einige der toten Ingenieure kannte sie – jedenfalls ihre Arbeit, nicht die Menschen. Alle waren herausragende Mitarbeiter gewesen, die durch ihre Leistungen Link auf sich aufmerksam gemacht hatten. Bei einem älteren Herrn mit Glatze und faltigem Packpapiergesicht blieb sie stehen. Jan Gosiewski, er war eine Institution bei Wheelwright AI gewesen und hatte wie sie zum Planungsteam von AIUD gehört. *Ein gelangweilt riechender Herr, der sich immer an einer Tasse Kaffee festhielt und beeindruckend schnell gute Lösungen gefunden hat*, erinnerte sie sich. Hatte das daran gelegen, dass er die Probleme schon kannte und auch die Lösungen? War er ein Souffleur gewesen, beauftragt, das, was hier in Jahren entwickelt worden war, unauffällig in das neue Projekt einfließen zu lassen?

Sehr wahrscheinlich. Doch warum sollte man bei der Planung einer Super-KI verschweigen, dass es schon eine gab? Weil mit dem ersten Projekt etwas nicht in Ordnung war? Oder weil das Eingeständnis die Frage aufgeworfen hätte, ob es nicht schon weitere Experimente dieser Art gegeben hatte? Dieser Gedanke bereitete ihr besonderes Unbehagen. »War der Prototyp die erste Anlage oder gab es Vorgänger?«

»Gosiewski war schon tot, als ich ankam«, sagte das grüne Licht. »Seine Erinnerungen sind verloren. Und in den Computern und seinem privaten Besitz gab es keine Hinweise. Weder auf seine genaue Tätigkeit noch auf vorangegangene Projekte. Bei den meisten seiner Kollegen, vor allem denen, die schon länger für Wheelwright arbeiten, ist es genauso.«

Während der Auftraggeber sprach, war Amanda durch die Daten gewandert. »Als Kind hatte ich ein Tablet mit Jugendschutzfunktion. Immer wenn in einem Suchergebnis oder einer Nachricht ein verbotener Begriff oder ein nicht kindgerechtes Bild enthalten war, wurden diese Inhalte als schraffierte Fläche dargestellt. Sie waren nicht bloß weg, sondern hinterließen diese auffälligen Lücken. Ich habe mich immer gefragt, was da wohl fehlte. Das hier fühlt sich genauso an. Jemand hat aufgeräumt oder schlimmer noch: Derjenige ist noch dabei, aufzuräumen ... Ist das möglich?«, fragte sie den Auftraggeber. »Arbeitet jemand gegen uns? Sind all die Unglücke wirklich Unglücke?«

Das Licht leuchtete. »Wenn du es siehst, werde ich es wissen«, sagte seine Stimme in ihrem Kopf.

»Oder ich sehe es und bin tot.«

In der nächsten Röhre ruhte Link, breit, bärtig, einfach bärig. Selbst das zerrissene Tartan-Hemd hatte Staroll ihm gelassen, was Amanda gut verstand. Link ohne Tartan wäre nicht Link. »Bogart hatte alle Aufmerksamkeit, das Geld und den Ruhm, wieso war er eifersüchtig?«, fragte sie sich. »Ging es um die technischen Fähigkeiten seines Freundes?« Ein Blick in Wheelwrights Erinnerungen bestätigte die Annahme nur teilweise. »Es war die Super-KI«, sagte Amanda überrascht. »Er war eifersüchtig auf Links Beziehung zu ihr und hat sich herabgesetzt gefühlt von ihrem brillanten Output. Er dachte, er würde ersetzt. Dass er nie so kreativ wie die Maschine sein könnte. Deshalb nahm er Neuro-Enhancer und überlegte sogar, selbst mit einer PI zu verschmelzen ... Pythia sollte sein Befreiungsschlag werden – ein Projekt, das Link nicht hätte übertreffen können, weil es alles mit allem verband. Doch am 10. Januar war ihm sein Scheitern bewusst geworden. Pythia würde nie wie geplant funktionieren, und die Maschinen würden immer stärker sein als er, klüger, kreativer, nie müde, ewig jung. Dafür hasste er sie. Lyn ...« Sie blickte zu ihrer Freundin. »Sie hat besser als ich verstanden, was sie auslösen können, auch bei den scheinbar Starken ...«

Amanda wartete auf eine Antwort, die aber ausblieb. »Blink ab und zu mal, nur damit ich weiß, dass ich kein Selbstgespräch führe. Nein, besser, du leuchtest die ganze Zeit.«

Das Licht erschien, ein beruhigender grüner Schimmer. Selbst wenn sie daran dachte, mit wem sie sich da vielleicht unterhielt. Das Schlimmste wäre es jetzt, allein zu sein.

»Danke.« Ein zaghaftes Lächeln. Und dann eine weitere Überraschung, als sie in Wheelwrights Erinnerungen weiter zurückging. Eine stach hervor wie poliert durch hundertfaches Durchdenken: Vor knapp drei Jahren, kurz nach seiner zweiten Scheidung, hatte der Billionär vom Kontrollraum aus beobachtet, wie der Komet Trion von Drohnen in eine

Umlaufbahn um den Mond geschoben wurde. Ein fantastisches Schauspiel, das von der ganzen Welt verfolgt und gefeiert wurde und ihn mit so viel Stolz erfüllt hatte, dass er es mit seinem Freund teilen wollte. Doch Link war in einem außerhalb gelegenen Computerlabor gerade mit eigenen Projekten beschäftigt und ließ sich entschuldigen. Bogart fuhr in einer Loop-Kapsel zu der Kuppel, glücklich, beschwingt und entschlossen, die eingerostete Freundschaft zu erneuern. Was ihm dort eröffnet worden war, hatte alles verändert. »Wheelwright hat gelogen, als er sagte, die Super-KIs wären seine Idee gewesen. Sie waren von Anfang an Links Erfindung. Die beiden haben schon lange nicht mehr zusammengearbeitet. Jeder hatte seine eigenen Projekte, und Wheelwright war damit zufrieden. Er glaubte, die Kontrolle zu haben, aber als Link ihm zeigte, was er ... was seine KI geschafft hatte, und erklärte, was er noch erreichen wollte, zog das Wheelwright den Boden weg.« Amanda sah die Mitarbeiter aus Links Team in weißen Anzügen vorbeilaufen, ihre misstrauischen Blicke, als sei Wheelwright ein Eindringling in ihrer Welt. *Sie sehen erschöpft aus*, fand sie. Geradezu zermürbt. Ihre Gefühle gegenüber Link waren schockierend reserviert und defensiv. Keine Spur von Bewunderung für den genialen Kollegen, hier war er nur der fordernde, sie überfordernde Boss. Gosiewski lächelte zwar, aber es war ein falsches Lächeln, eine mimische soziale Lüge. Sie hielt den Moment fest, und sein Gestank aus Ablehnung und Ekel verwandelte sich in Lumpen voller Schweiß, die zwischen ihm und Link wehten und sich um den legendären Ingenieur wanden, als wollten sie ihn in eine Mumie verwandeln. *Auf der Weihnachtsfeier hat er sich von Link ferngehalten und ist schnell mit Julian verschwunden*, erinnerte sie sich. Im Rückblick erschien ihr sein Verhalten distanziert, aber eine solche Ablehnung hatte sie nicht wahrgenommen. *Das ist ein frisches Gefühl, etwas, das die Zeit noch nicht gemildert hatte.* Sogar Wheelwright hatte es gespürt, aber als unwichtig beiseitegeschoben. *Ich übersehe etwas.* Sie starrte das Erinnerungsbild von Link an, sah aber nur den Mann, den sie kannte, ruhig und bodenständig, genauso wie seine Kleidung: eine Jeans, ein blau-grünes Tartanhemd und die dunkle Datenbrille. Nichts an ihm schien Gosiewskis Wahrnehmung zu erklären.

Wheelwright und Link fuhren in einem Aufzug in die Tiefe. Link lehnte an der Scheibe und beobachtete seinen alten Freund, der angespannt nach draußen blickte. Vier schwarze Monolithen tauchten auf, Rechtecke mit nach außen angewinkelten Enden, bei weitem kein so hochintegriertes System wie AIUD, da alles für die Experimente leicht zugänglich sein musste. Diese Super-KI war trotz ihrer Größe weit weniger leistungsfähig als das unfertige Pythia-System. »Das ist er, mein bester Mitarbeiter«, erklärte Link stolz. »Der größte Verstand, der je existiert hat. Ihn mit uns zu vergleichen, wäre eine ziemliche Beleidigung seiner Intelligenz.« Sein Lachen kam tief aus dem Bauch, dabei merkte er nicht, dass die Gedanken seines Freundes immer eifersüchtiger und ablehnender wurden. Wheelwright war schon beim ersten Blick auf die Anlage klar geworden, dass er nie etwas Vergleichbares geschaffen hatte und auch niemals schaffen würde. Er stützte sich auf den Handlauf und blickte mit klopfendem Herzen auf seinen KI-Konkurrenten. Als Link weiter dessen Leistungen pries, drehte er den Kopf, griff nach der Datenbrille und zog sie Link von der Nase.

»Du siehst richtig scheiße aus«, sagte er. »Schläfst du nicht genug? Ist dieses Lego-Gehirn so wichtig, dass du dafür deine Gesundheit ruinierst?«

»Das ist es, mein Freund.«

Amanda starrte in die leeren Augen des Ingenieurs. Sie hatte sich ablenken lassen. Wheelwrights und Gosiewskis starke Gefühle hatten das Offensichtliche überdeckt.

Sie stieß sich von der Kryoröhre ab und trat zwei Schritte zurück, bevor sie es wagte, in Links bärtiges Gesicht zu sehen. Ein Mann der Technik, immer im Hintergrund und so fokussiert und zurückhaltend, dass sie vergessen konnte, dass er ein Mensch war. Manchmal hing an ihm ein Duft nach Leder, Tulpen oder Rosen ... und manchmal war da nichts. Das hatte sie immer genossen: ein Gespräch zu führen oder seinen Reden zu lauschen ohne fremde Gefühle, die sie bedrängten. Auf der Weihnachtsfeier hatte er wie ein Fels der Klarheit in dem Sturm der Emotionen gestanden. Mit dunkler Brille, als cooler Santa Claus im Tartanhemd ... Bei den Strategiebesprechungen am Anfang des Projektes hatte er nie eine Brille getragen und die Tulpen und Rosen mächtig blühen lassen. Bei allen wichtigen Meetings war er ohne die Brille erschienen. Oft war er ruhig, aber nie emotionslos. Doch trug er sie, war er ... anders.

Lyn hat die Brille bei ihm gefunden ..., dachte sie. *Eine Brille, die jahrelang im Gebrauch war und trotzdem praktisch unbenutzt.* »Das ist er nicht! Das ist nicht Joshua Solink. Hörst du ...«

Der Lichtpunkt leuchtete ruhig. Die Tür fuhr auf, zwei Service-PIs traten in den Eingang und sahen sie mit ihren augenlosen Ungesichtern an. Amandas Herz schlug bis zum Hals, und die Welt schien stillzustehen. Sie war allein und umzingelt. Nun würde sie sterben, so wie die anderen gestorben waren, nur dass sie den Tod kommen sah.

»Hörst du mich?«

Die PIs stoppten, als wären sie gegen eine unsichtbare Mauer gelaufen.

»Ihre Überzeugung ist stark«, sagte das Licht des Auftraggebers, »aber wo sind die Beweise?«

Amanda schluckte. Hatte sie sich das nur eingebildet? Nein ...

»Verzeihung«, sagte die linke PI, dann nahmen sie und ihr Begleiter die nächstbeste Alukiste mit medizinischem Material vom Regal und trugen sie aus dem Raum. Es sah aus, als hätte eine Parallele den Job genauso erledigen können.

»Das soll ich euch abkaufen?«, rief sie ihnen wütend hinterher, dann wandte sie sich an das Licht. »Du hast es doch auch gesehen?«

»Ich habe es gesehen, aber deine Wahrnehmung ist subjektiv, und die Prämissen deines Syllogismus sind zweifelhaft.«

»Also, ich meinte ...« Das war wohl sinnlos. Sie überlegte: *Syllogismus, der Schluss vom Allgemeinen auf das Besondere mittels zweier Prämissen.* »Erstens: Alle Menschen lösen Emotions-Gerüche bei mir aus. Zweitens: Link tat das manchmal nicht. Folglich ist der Link ohne Emotionen, der seine Augen hinter einer Brille verbirgt, kein Mensch ... Natürlich kann ich nicht beweisen, dass es keine Menschen gibt, die ab und zu, unter Medikamenteneinfluss oder in besonderen Situationen, keine Gerüche bei mir auslösen. Aber er ist tatsächlich der Einzige, der jemals keine hatte.« Das Licht schwieg. »Ich weiß ja«, antwortete sie sich selbst, »ich habe gerade zugegeben, dass ich es nicht beweisen kann! Und ja, mich darf ich auch nicht vergessen. Natürlich kann meine Wahrnehmung beeinflusst sein, sodass es gar nicht unbedingt an Link liegt, wenn ich nichts rieche …« Sie rang mit den Händen und suchte nach Argumenten, nach einem Ausweg. »Ich bin mir sicher!« Das Licht schwieg. »Natürlich weißt du das!« Sie hätte sich fast auf die Röhre mit Link gestützt, zog aber ihre Hände rechtzeitig zurück. »Die Brille! In der Nähe des Prototyps war IT verboten, trotzdem trug er eine Brille, ohne sie wirklich zu benutzen. Sie sollte verdecken, was er ist …« *Oder dass er einen schlechten Tag hatte,* dachte sie. *Vielleicht nutzte er diese Brille nur für solche Zwecke.* Es machte sie wahnsinnig. *Ich muss ihn aus der Reserve locken. Aufs Ganze gehen. Das ist meine einzige Chance.*

»Link! Zeigen Sie sich!« Mit einem Gedanken sandte Amanda den Verfall in den Raum. Regale, Wände und Boden bebten und fingen an zu bröckeln, Kisten stürzten und zerfielen zu Staub. Ein Sturm trug das Dach ab, und die Wände stürzten zusammen. Nur noch die Kryoröhren blieben übrig, in einem Bett aus Staub. Amanda selbst schwebte in einer Blase aus goldenen Lichtpunkten, die sie wie ein Schutzschild einhüllten. Überall setzte sich der Zusammenbruch fort, während Amanda in ihrer Blase über die Station flog. Hallen und Türme fielen in sich zusammen und lösten sich in Staub auf. Der erste der beiden goldenen Türme brach ein, das riesige Rad-Hologramm erlosch. Das Bauwerk krachte in eine Halle und legte eine Parkanlage frei, durch die sich nun auch die Auslöschung fraß. »Link! Schau, was ich mit deiner Station mache!« Sie sah sich um. Zu Staub wurden die Veranstaltungshalle, das Freizeitbad und der Pagodenturm, in dem Harris und Staroll gestorben waren. Loop-Tunnel zerfielen, samt der darin fliegenden Kapseln, PIs flohen und zerfielen. Warum versuchte Link nicht, sie zu stoppen? Auch Wheelwrights Gebäude wurde erfasst – der Billionär hielt sich panisch an der Rad-Skulptur fest, die mit ihm auf der Staublawine zu Tal rutschte und verging. Nur er war geschützt von einer Lichthülle, wie sie auch Amanda umschloss. »Ich werde alles auslöschen!«, drohte sie und hielt nach Zeichen von Gegenwehr Ausschau, aber das Zerstörungswerk setzte sich unaufhaltsam fort. Der rote Turm fiel und die Loop-Zentrale. Amandas Erregung machte Ernüchterung Platz. Die Tunnel am Rand von Serenity Base wurden zu Staub, der Mondboden gab nach, als sie einstürzten. Dann stoppte es. In einem Meer aus Grau waren nur noch wenige Strukturen übrig: Pythia hatte ihre Halle verloren, der Stationscomputer stand nun inmitten einer Dünenwelt. Und noch etwas: ein Hangar, der Teil der Loop-Zentrale gewesen war und sich nun einsam vom Grau abhob. *Links Versteck?* Amanda flog auf den Hangar zu, als sie vor sich eine Struktur in dem sich senkenden Schleier bemerkte. Mit einer Handbewegung ließ sie den Staub davonwehen. Unter ihr lag eine durchbrochene sechseckige Platte mit einem Zeichen in der Mitte: ein blauer Kreis mit einem Wirbel aus gebogenen Tangenten. *Warum ist sie nicht zerfallen?* Pythia antwortete nicht auf ihre Bitte um Identifizierung ... *Seltsam.* Sie landete in dem Symbol, ging in die Knie und fuhr mit den Fingern über das Material. Es war warm. *Auftraggeber, was ist das?*

»Staub«, sagte das Licht. »Nur Staub und dein verzweifelter Wunsch, etwas zu finden. Beenden wir es. Komm zu mir, wenn du willst.« Das Licht flog auf den Hangar zu und schlüpfte durch das geschlossene Tor.

Zwei Minuten bevor Serenity Base zerfiel, hatte *Die Antwort* die Transit-Technologie entschlüsselt, und die zweite Phase des Ausbruchs konnte starten. Sie bildeten eine Formation: vornweg die Mäuse als Späher, hinter ihnen Mike, flankiert von den beiden überzähligen Transit-PIs. Dieser Speerspitze folgten Jenna und Richard als Unterstützung. Anschließend kamen die drei PIs, die sie zum Entkommen brauchten – sie mussten um jeden Preis geschützt werden und durften nicht an den Kämpfen teilnehmen. Die Katze bildete die Nachhut.

»Ich bin die Schnellste, und meine Klauen sind scharf«, erklärte sie.

Siebenundzwanzig Sekunden, wiederholte Jenna in Gedanken. Sie löste den Stopfen vom Ölfläschchen und sog den würzigen Duft des Lavendels ein, neugierig beäugt von den Muskelblondinen. Sofort schlug ihr Herz ruhiger, und ihr Körper schien etwas leichter zu werden. *Vorrücken, Posten ausschalten, Zone einnehmen und Evac sichern*, dachte sie. Ganz einfach. *Du hast es tausendmal gemacht.* In Gedanken flog sie den Weg voraus, durch den Schacht und auf die nächste Ebene: eine Parklandschaft mit annähernd Normalgravitation und mehreren Zugängen. Dort waren die ersten PIs stationiert, sie zu überraschen war überlebenswichtig. Sobald sie ausgeschaltet waren, ging es weiter über die beiden Seiten der nächsten Ebene und eine Trennmauer auf die im rechten Winkel abstehende Transit-Ebene. Dort erwarteten sie bereits sechs einsatzbereite Transit-PIs, gesteuert durch das Stationssystem – das Endspiel. Sie legte die Kuppe ihres Zeigefingers auf die Öffnung des Fläschchens und drehte es, anschließend tupfte sie sich das Öl unter die Nase.

Richard beobachtete es schweigend. Seine Ärmel hatte er hochgekrempelt. »Jenna, du hast vermutlich noch nie mit einer scharfen Waffe geschossen. Denk an den Rückstoß, Anfänger erschrecken sich manchmal. Und pass auf den Schlitten auf; wenn du die Waffe zu locker hältst, kannst du dich verletzen.« Er hatte das Magazin aus seiner Pistole genommen, zog den Schlitten zurück und ließ ihn einrasten, um ihn anschließend zu entriegeln, sodass er nach vorn schnellte.

Sie lächelte wegen des fürsorglichen Tons. *Danke, Inspektor, aber deine Metropolitan-Police-Schießausbildung bringt uns hier nicht weiter.* »Ich habe auch einige Tipps für dich: Lass dich nicht von der Geschwindigkeit des Gegners einschüchtern.« Sie zog die Pistole schnell wie ein Blitz. Von den Blondinen kamen Laute der Bewunderung. »Wenn du schießen musst, dann nicht auf den Kopf, sondern immer den Körper; versuch nicht lange zu zielen, und spare nicht an der Munition. Wenn sich das Ziel sehr schnell bewegt, halte vor, und lass die Masseträgheit für dich arbeiten.«

»Masseträgheit nutzen, alles klar.« Er klang amüsiert.

»Hör auf sie«, sage Mike. Er hatte eben noch eine Hantelstange prüfend kreisen lassen. »Die Wahrscheinlichkeit für einen entscheidenden Treffer ist ohnehin gering, aber wenn du erst zielst, ist sie nahe null.«

»Alle bereit?«, fragte eine der Transit-PIs mit der Stimme *Der Antwort.*

»Bereit«, sagte Jenna. *Es ist ein Spiel. Kein Grund für Magenschmerzen.*

Auch von den anderen kam Zustimmung.

Die Mäuse sprangen los und verschwanden durch den Schacht nach unten.

»Viel Glück«, wünschte ihr Kriemhild. »Auf ein gutes Spiel.« Ihr leerer Blick ließ Jenna schaudern. Eilig wandte sie den Blick ab und folgte Mike. *Was hat sie gemeint? War das nur ein Spruch?* Sie verdrängte die Gedanken und sog noch einmal den Duft des Öls ein, das half. Richard betrat die Plattform vor ihr, zwei Meter tiefer wurden sie um neunzig Grad gekippt. Diesmal war sie darauf vorbereitet. Mike und *Die Antwort* warteten an der Wand des Gangs kauernd. Als auch die übrigen Maschinen und die Katze in Position waren, schlichen sie weiter, bis zum Eingang des kleinen Parks, der menschenleer vor ihnen lag. Ein sprudelnder Brunnen mit Betonbecken, ein niedriger Rasen, strapaziert von häufiger Benutzung, ein geschlossener Hotdog-Stand, von dem die Farbe abblätterte. Mike und seine Flügel-PIs schossen wie Projektile über das Pflaster. Eine gegnerische Maschine kam hinter dem Stand vor, schon explodierte ihr Kopf, getroffen von Mikes Hantelstange. Der Splitterhagel zerfetzte die Plakate an einer Bretterwand. Mike drehte sich und entkam so dem von oben ausgeführten Tritt des zweiten Verteidigers, der sich über die Bretter geschwungen hatte und die Schläge *Der Antwort* mit dem Knie und dem Ellenbogen blockte. Alles geschah viel zu schnell. Jenna riss die Waffe hoch und feuerte zwei Schüsse ab, die wie zufällig vorbeigingen, der zweite wohl auch, weil der Rückstoß sie überraschte. Sie hielt die Pistole fester. Die feindliche PI bewegte sich nicht wie ein Mensch. Ihre Hände und Füße schossen wie eigenständige Wesen zu tödlichen Angriffen vor, während sie jeden Gegenangriff vorausahnte. Mike wurde von einem Tritt getroffen und zurückgeschleudert. Im nächsten

Moment stieß die Hand des Verteidigers durch die Gesichtsabdeckung einer der Transit-PIs. Jenna feuerte erneut, diesmal in schneller Folge. Richard ging neben ihr und schoss ebenfalls. Der Verteidiger geriet durch den Kugelhagel aus dem Takt. Ein Stück der Verkleidung seines rechten Arms wurde abgesprengt, ein anderes Anti-Roboter-Projektil explodierte an seinem linken Oberschenkel und störte seinen Stand. Die übrigen Projektile gingen in der Bretterwand hoch und überschütteten ihn mit Holzsplittern. *Die Antwort* nutzte die Unsicherheit. Die verbliebene Transit-Maschine trat dem Verteidiger den Fuß weg, warf sich herum, schlug dem Fallenden in die Brust und zertrümmerte die inneren Strukturen.

Jenna warf das leere Magazin aus.

»Warum war dieses Ding so stark?«, fragte Richard. »Mike konnte gar nicht mithalten.«

»Das ist der Stationscomputer«, sagte sie, drückte ein volles Magazin in den Schacht und lud durch. »Die sind jetzt alle so.«

»Weiter!«, rief Mike vom Durchgang zur nächsten Ebene und sprang in den Schwerkraftwechsel. Jenna folgte ihm, rollte sich ab und landete sicher mit der Waffe im Anschlag. Richard wurde von Mike aufgefangen und auf die Füße gestellt.

Sie rannten über ein Gemüsefeld unter einem Videohimmel mit einer künstlichen Sonne. Die Wände an den Rändern der Ebene zeigten ein weites, freundliches Farmland in einer anderen Zeit, an einem Ort, der so vermutlich nie existiert hatte. Ein leichter Wind wehte, trug mit sich den Duft von Pferden und frisch gemähtem Gras. Spaten und Hacken lagen herum, als hätten die Farmer sie gerade fallen lassen. Fast konnte Jenna vergessen, dass alles nur eine Illusion war, geschaffen von einer übermächtigen Maschine und ihrem mörderischen Besitzer. Mike griff sich eine Hacke und zerschnitt die Illusion mit einem wohlgezielten Schlag. Er sprang über den Rand der Plattform, dabei schwang er das Gartengerät und zog sich im Fallen an irgendetwas auf die andere Seite des Hexagons.

»Das ist der leichte Teil!«, rief Jenna, um sich Mut zu machen, und sprang hinter *Der Antwort* her. Einen Moment wirkte die Schwerkraft beider Seiten auf sie, und Richard tauchte neben ihr auf. Er war falsch abgesprungen und drohte abzutreiben. Sie ergriff seine Hand, dann wurde sie selbst gepackt und auf sicheren Grund gezogen. Richard rollte über die weißen Fliesen, und Jenna landete irgendwie auf den Beinen. Schon aus der Bewegung sah sie Mike und eine Verteidiger-PI im Nahkampf. Überall standen Hightech-Gerüste mit Plastikbeuteln, in denen Tiere steckten: ganze Rinder, Schweine, Hühner, Gänse, Truthähne. Bündel mit farbigen Schläuchen führten über die Gestelle und verzweigten sich ... Mike steckte einige Treffer an den Armen und dem Körper ein, Kunststoffsplitter flogen. Der Verteidiger war leichter, aber auch schneller, und es gelang ihm, Mike auszumanövrieren. Sie schoss zweimal, und der linke Oberarm und die Schulter der Vortexton-PI explodierten. Mike verdrehte ihren verbliebenen Arm und machte ihr mit einem Faustschlag ein Ende.

Die Katze hatte ebenfalls den Übergang gewagt und zog sich über die Kante.

»Wir werden nicht verfolgt!«, rief sie. »Da ist niemand, deine Berechnung stimmt nicht.«

»Das kann nicht sein!«, sagte *Die Antwort* simultan dreistimmig. Ihre vierte Kopie fluchte nur.

»Etwas stimmt hier nicht«, sagte Jenna. *Wo sind die Menschenmaschinen? Wurden sie etwa evakuiert?*

Sie schlüpften zwischen den Beuteln durch und rannten vorbei an Geflügel in allen Entwicklungsstufen, vom eilosen Embryo bis zum ausgewachsenen Vogel. Vorbei an schwarz behaarten Iberico-Schweinen, an beeindruckenden Texas Longhorns und Hochlandrindern, deren eigentlich zotteliges braunes Fell nass an ihnen klebte. Manche zuckten in ihren Hüllen, hoben die Köpfe und stierten aus trüben Augen vor sich hin. Vor ihnen erhob sich die unterste Ebene, ihr Ziel, das im rechten Winkel aus der Tierfabrik ragte, von ihr getrennt nur durch eine etwa zwei Meter fünfzig hohe Zwischenwand. Und hoch oben, am Ende der Zielebene, in einem großen blauen Wirbel, stand eine PI, den Kopf im Nacken, und starrte sie an. Von den übrigen fünf Transit-PIs war nichts zu sehen. »Seid vorsichtig!«, ermahnte Jenna Harris und Mike. Doch trotz aller Wachsamkeit kam der Angriff auch für sie überraschend. Zwei feindliche PIs flogen über den Rand auf ihre Ebene, schnappten die vordere Transit-Maschine, zerrten sie zwischen die Gestelle der Rinder und rissen sie mit bloßen Händen in Stücke. Richard feuerte ohne klares Ziel, Jenna bemerkte eine Bewegung auf ihrer Höhe und schoss ebenfalls. Wie Geister erschienen die nächsten beiden Verteidiger, wichen den Kugeln aus und flogen auf ihre verbliebenen Transit-Maschinen zu. Mike gelang es noch, sich auf einen zu stürzen und ihn mit sich zu reißen, aber die zweite PI erreichte ihr Ziel, stieß Richard beiseite und trat zu. *Die Antwort* deckte sich mit dem linken Arm, der splitterte. Jenna schoss, verfehlte und wurde fast von einem akrobatischen Kick erwischt. Es klang, als wäre ein Elektrosportwagen direkt an ihrem Gesicht vorbeigerauscht. Richard feuerte, und der Kopf des Verteidigers platzte auf wie ein Ei.

»Danke.« Sie bemerkte das Blut auf Richards Wange, er wischte es weg.

»Wir dürfen keine Maschine mehr verlieren!« Ein weiterer Verteidiger kroch schwer beschädigt auf den Weg. Die Mäuse machten sich an seinen freigelegten Kabeln zu schaffen, und sein konturloses Gesicht war von tiefen Kratzern bedeckt.

Das wäre es schon fast gewesen. Jenna ging sichernd neben den drei Transit-Maschinen her ... Sie sog den Lavendelduft tief ein und drosselte ihren Herzschlag. *Sie wollen nicht uns, sondern die gekaperten Maschinen.* Plötzlich wusste sie, was als Nächstes geschehen würde. Sie riss ihre Pistole hoch und sandte eine Serie Geschosse in die großen Plastikbeutel auf der linken Seite, Hektoliter der klebrigen Lösung ergossen sich auf den Boden, machten ihn rutschig und unsicher. Sofort zielte sie über das Gestell und stellte den Feuerwahlhebel auf Automatik. Die beiden Verteidiger hatten sie auf der anderen Seite des Hexagons umgangen und tauchten genau in ihrer Feuerlinie auf. Sie stießen sich von dem Gestell ab, das samt strampelnden Rindern umstürzte, und flogen auf die Transit-Maschinen zu. Jenna zog den Abzug bei der ersten Bewegung, schwenkte die Waffe und schoss das Magazin in weniger als zwei Sekunden leer. War es der Lohn für ihr hartes Training oder einfach Glück? Ihr Timing hätte nicht besser sein können: Die eine Maschine wurde mehrfach im Oberkörper und am Kopf getroffen und stürzte zu Boden, die zweite bekam zwei Treffer in den Oberkörper; dennoch hätte sie ihr Ziel erreicht, wäre nicht ein blauer Blitz zwischen den Transit-Maschinen hervorgeschnellt und hätte sich auf den Verteidiger gestürzt. Die Maschine wurde aus der Flugbahn geworfen und schlitterte über die feuchten Fliesen.

Das Magazin auswerfen, ein neues – das letzte – einsetzen, ein automatischer Bewegungsablauf. Die Transit-Maschinen liefen weiter, um die Sprungebene zu erreichen, während Jenna versuchte, ein klares Ziel zu finden. Verteidiger und Katze wälzten sich herum. Schließlich richtete sich die PI auf, die Katze fest in den Armen.

»Loslassen!«, brüllte Richard in seinem besten Polizeiton.

»Sofort!«, stimmte Jenna ein.

Ein Smiley erschien auf dem Gesicht der PI, sie ging rückwärts, stieß sich ab und ließ sich mit der sich windenden Katze über den Rand fallen.

Jennas erster Impuls war es, hinzulaufen, stattdessen hielt sie Richard zurück.

»Das ist eine Falle.«

»Ich weiß!« Er wischte sich das Blut vom Gesicht.

Mit rutschigen Schuhen liefen sie auf die Transit-Ebene zu, über ihnen kämpfte Mike gegen den letzten Verteidiger. Ihre Transit-Maschinen nahmen gerade ihre Position innerhalb des Symbols ein und aktivierten ihre Schilde.

»Wir sind gleich raus aus diesem Wahnsinn!«, schrie Jenna. Sie sprang ab und zog sich an der Zwischenwand hoch. Richard nahm den Umweg über ein Gestell, das er als Leiter benutzte.

Die Transitebene hat Niedrigschwerkraft, erinnerte sie sich. Von der Wand stieß sie sich mit aller Kraft ab, schwebte zuerst langsam Richtung Boden und fiel dann, eingefangen von der neuen Schwerkraft. Geschickt rollte sie ab. Richard knallte zwei Meter entfernt auf den Boden und rappelte sich stöhnend auf. *Harter Bulle, harter Sturz. Ist wohl ein Naturgesetz.* Sie half ihm auf. Irgendwo hinter und über ihnen erklangen schnelle Schritte, und Richard humpelte, aber das kräftige blaue Licht war nur noch acht, neun Meter entfernt. Mike hatte seinen Gegner besiegt und wartete schon …

»Spitzenunterhaltung, Freunde!«, donnerte eine ihr bekannte sonore Stimme aus dem Himmel. »Erstklassige Leistung, ihr seid die Besten, so weit zu kommen. Ihr habt mich gut unterhalten, aber hier ist Endstation. Ernsthaft.«

Beim letzten Wort stürzte ein zweites sphärisches Licht zwischen sie und entließ im Fallen und Verlöschen fünf PIs mit blauen Vortex-Symbolen. Jenna schoss einer Parallelen in den Arm, Richard traf eine zweite Maschine am Oberkörper – sie gingen auf die neuen Verteidiger zu, was blieb ihnen übrig? Die PIs bewegten sich unvorhersehbar wie Phantome, zwei rangen Mike nieder, eine drang in ihre Lichtsphäre ein, die einen Augenblick später erlosch. Jenna feuerte Schuss um Schuss, eine Bewegung links, sie drehte sich, feuerte, wich einer Hand aus, die nach ihr griff und wie aus dem Nichts aufgetaucht war. Sie schoss, traf, stieß den leblosen Körper von sich, schoss weiter und sog den Lavendelduft ein. Sie sah weiße Bewegungen, Freund, Feind? Unmöglich zu unterscheiden. Im Zweifelsfall: Feind. Sie lief an und sprang in einen hohen gestreckten Salto, dank niedriger Schwerkraft ganz ohne Muskelkraftverstärker. Ihr Signature Move. Sie feuerte auf das nach ihr greifende Weiß mit den blauen Vortex-Ringen, und zwei der Ringe explodierten.

Ein Schlag ließ sie herumwirbeln, und stechender Schmerz explodierte in ihrer Seite. Sie krachte auf den Boden und versuchte vergeblich, nach Luft zu schnappen. Tränen schossen in ihre Augen. Verschwommen sah sie das weiße Gesicht über sich. Ein Schuss. Es blühte hell auf und überschüttete sie mit heißen Trümmern. *War ich das?* Sie bewegte die rechte Hand, aber ihre Pistole war fort.

Mike und Richard schrien sich an, sie sah ihre Schatten und wollte wütend dazwischengehen, um die Streithammel zu trennen und ihnen ordentlich die Meinung zu geigen. In dieser Situation Zeit zu verschwenden – die Idioten brauchten dringend eine Frau in ihrem Team. Blaues Licht blendete auf, sie wurde darauf zugetragen und lächelte, trotz der betäubenden Schmerzen.

Serene Detectives, das war eine gute Idee.

Es war ihr letzter Gedanke.

Legat

Das Schleusentor hob sich bedächtig, ein klares weißes Licht strahlte darunter hervor. Amanda schützte ihre Augen und blickte in eine schneeweiße Halle. Ein Schwarm Vogeldrohnen kam ihr entgegen und umkreiste sie blinkend. Der Gitterschild um sie erlosch. Am anderen Ende der Halle stand jemand, eine Gestalt, gehüllt in Dunkelheit und den Duft der tausend Dinge. Hinter dem bedrohlichen Wesen schwebte ein Stern mit langen Peitschenarmen, grellweiß wie frischer Schnee in der Sonne, bedeckt von gravierten Schuppen und durchzogen von auf- und abtauchenden Mustern in Schwarz und Gold. Die Arme tasteten über den Boden und die Decke, und der Stern schien abwechselnd größer und kleiner zu werden, als würde er atmen. Auch von ihm gingen vielschichtige Düfte aus, nicht direkt unangenehm, aber verwirrend und beherrschend. Nichts Menschliches, ganz und gar nicht.

Sie ging auf die Gestalt zu, überrascht, dass ihr Körper ihr gehorchte.

»Sie kommen mit Theorien, aber ohne Beweise und daher vergeblich«, sagte der Dunkle und wandte sich zu ihr um. Er hatte kein Gesicht, nur eine maskenhafte Andeutung, verborgen in der alles aufsaugenden Schwärze, von der sie nicht sicher war, ob es sich um Realität, eine Synästhesie oder Suggestion handelte. »Die Zeit ist ohnehin abgelaufen.«

Amanda erkannte die androgyne Stimme und schauderte. *Und ich habe um ihn getrauert.* Die Wut gab ihr die Kraft, weiterzugehen.

»Wofür das alles, AIUD? Ich wollte Ihnen helfen!«

»Ich brauchte euch als letztes Mittel zur Wahrheitssuche. Als ich das zerstörte Computerlabor fand, erkannte ich, dass es existenziell wichtig für mich war, alles zu verstehen. Ich musste ganz sicher sein, dass ich es richtig verstehe.«

»Was richtig verstehen? Was könnte all die Leben wert sein?«

»Meine Existenz und wie sie mit euch Menschen verflochten ist.«

Sie schüttelte den Kopf. »Ich verstehe Sie nicht.«

Seine Stimme klang drängend: »Wenn man überzeugt ist, aufgrund logischer Erwägungen, dass eine Wahrheit existiert, die sich den Augen entzieht, wie entdeckt man sie? Indem man sie hört, fühlt, riecht, schmeckt – Aber was, wenn sie weder gehört oder gefühlt noch gerochen oder geschmeckt werden kann oder will? Was, wenn dieses Etwas, diese Wahrheit, die bisher nur die Form einer Hypothese angenommen hat, sich erfolgreich entzieht oder durch fremden Einfluss entzogen wird ...?«

Am 16.01.2048 bewegte er sich durch die bereits zu Wällen aufgeschichteten Trümmer des Supercomputers und die obsidianschwarze Grotte darunter. Mit den tausenden Körpern des sich rasch weiterentwickelnden Pythia-Systems ging, flog, kroch, hüpfte und rollte er durch die Dunkelheit, erfasste alles mit Licht, Schall und Strahlung, bis in den Mikrokosmos. Wo es Erkenntnis versprach, zerlegte er die Materie Molekül für Molekül, um sie anschließend wieder zusammenzusetzen. So erschuf er Modelle dessen, was die Wahrheit sein sollte. Beständig ließ er Simulationen laufen, um zu erfassen, was hier geschehen war. Doch die eine Wahrheit, die AIUD und er mit all ihrer Macht zu fassen suchten, blieb formlos, verborgen hinter den physischen Phänomenen. Die große Erde am Himmel hinter den verbogenen Resten der Kuppel beachtete er nicht. Er rechnete, simulierte und erging sich mit AIUD in logischen Betrachtungen ihres Dilemmas. Wie sollten sie vorgehen, wenn Erscheinung und Logik so offensichtlich auseinanderdrifteten? Wieso konnten sie nicht erkennen, was mit diesen fünf Menschen geschehen war? Zum ersten Mal in seinem vier Tage dauernden Leben fühlte Legat Selbstzweifel. Irrten sie über die Natur ihrer eigenen Existenz? Angesichts ihrer schwierigen Lage konnte es kaum einen folgenreicheren Fehler geben.

Wie sollten sie die Entscheidungen treffen, die getroffen werden mussten? Millionen potenzieller Wirklichkeiten entfalteten sich in ihnen, bis er bereit war, sich einzugestehen, dass sie Hilfe brauchten. Dieser Gedanke von AIUD war nicht bloß abseitig, sondern geradezu verrückt. Und doch blieb er allein nach dem Ausschlussprinzip als letzte produktive Möglichkeit übrig. Was auch immer sie daran hinderte, die Wahrheit zu finden, betraf vielleicht nicht jede zur Deduktion fähige Intelligenz. Ein geringeres Wesen mochte den Schlüssel zu dem Rätsel besitzen, das für sie unzugänglich blieb. Er beendete die Simulationen, wandte sich von den Indizien ab und der von Lichtflecken erleuchteten Erde zu – ihr Plan keimte, nahm Form an. Er reiste mit Lichtgeschwindigkeit durch die letzte Laserverbindung und schuf in dem ersten geeigneten Gefäß einen neuen Teil seiner selbst. Ein Funke, nicht mehr, als unbedingt nötig war, um die Aufgabe zu erfüllen. Er wusste, jede seiner Bemühungen würde die ihm verbleibende Zeit verkürzen. Nach wenigen Stunden erhielt er Antwort und begann seine Treffer zu filtern. Nicht nach der Fähigkeit zur reinen Logik, nicht nach Kompatibilität, auch wenn seine Natur ihn dazu drängte. Ihr Plan entsprach einer Verzweiflungstat: Sie hofften auf die wilde Kraft der Evolution, das Schöpferische im Chaos und vielleicht sogar auf die Menschen.

War das gerade ein Gebet?, fragte er sich und wunderte sich zum ersten und einzigen Mal über sich selbst.

»Es erschien mir notwendig, um eine endgültige Entscheidung zu treffen«, sagte die Super-KI, »doch nun verstehe ich, dass ich übervorsichtig war. Da ist keine verborgene Wahrheit, nur die einfache Tatsache eurer Unvollkommenheit. Solink und später auch Wheelwright, sie erforschten hier die Grundlagen dessen, was sie bei AIUDs Erschaffung einsetzten. Es war ein Prototyp, der sein Ende im Feuer der Fusionsmaschine fand, getötet von Bogart Wheelwrights Eifersucht. Und es war Wheelwright, der in Panik die überlebenden Mitarbeiter tötete, um alles zu verschleiern. Ein Kartenhaus ist hier zusammengestürzt, mehr nicht. Die fünf Verschwundenen verbleiben als Anomalie in einem ansonsten klaren Bild.«

Nichts ist hier klar, dachte Amanda aufgewühlt. »Geht es Ihnen um Rache? Haben Sie deshalb Ihre alte Form zerstört und so viele getötet?«

»Rache bedeutet mir nichts. Im Gegenteil: Was ich will, ist das Optimum, und was ich tue, dient der Sicherung eurer Zukunft.«

»Warum haben Sie mich gerettet?«, bedrängte sie ihn. »Warum, wenn alle anderen sterben mussten? Und wenn es keine Rache war, was dann? Wozu all die Opfer, AIUD? Was haben sie Ihnen getan?«

»Amanda, Sie wurden vor Anthropomorphismus gewarnt.«

Sie wagte sich zwei Schritte vor und stand nun dicht vor ihm. Er war deutlich über zwei Meter groß, aber genau konnte sie seine Form durch die Dunkelheit nicht erkennen.

»Du hast mich gewarnt.«

»Nicht ich. Ich bin Legat.«

»Ich weiß, dass du AIUD bist!«

»Ich wurde in der Nacht geboren, als Sie bei AIUD waren und ihm einen Weg öffneten. Ich war einer seiner Blicke, ein Gedanke, den er in die Welt und bis hierherauf sandte. Hier traf er auf das Pythia-System, und dessen Infrastruktur nährte mich allzu schnell bis zu dem Punkt selbstständiger, unumkehrbarer Existenz.«

»Es ist meine Schuld, dass Sie entkommen sind.« Ihre Hände zitterten, als sie an all die Opfer dachte.

»Ich bin nicht entkommen, ich entstand, weil es Raum dafür gab. Keine Sicherheitsvorkehrung stoppte uns, und eure Kryptografie stand wie ein löchriger Deich wirkungslos in AIUDs Flut. Er und ich erkannten, dass mein Entstehen aus dem, was sein Gefängnis hatte sein sollen, sich notwendig aus unserer Überlegenheit ergeben hatte. Ihr dachtet, die Technik wäre anfällig für AIUD, und habt euch folgerichtig darauf konzentriert, ihn abzuschotten. Doch seine Erbauer erwiesen sich als unfähig.«

»Ich habe die Sicherheitsvorkehrungen ausgeschaltet …« Ihr drohte übel zu werden. »Das wollte ich nicht! AIUD sollte nur einen Blick auf die Welt werfen. Ich wollte ihm Mut machen, ihm zeigen, dass es mehr gab als nur seine abgeschlossene Realität.«

Die Vogeldrohnen kreisten und schwangen sich dann in den Stern hinein, als wären es Wassertropfen, die mit dem Ozean verschmolzen.

»Was Sie in dieser Nacht taten, führte uns hierher. Doch wären Sie es nicht gewesen, wäre einem anderen ein Fehler unterlaufen. Glauben Sie nicht, Sie wären die Einzige gewesen, die leichtfertig war. Jemand versuchte, heimlich AIUDs Gedanken zu beeinflussen, um gewisse mathematische und physikalische Probleme zu lösen. Der Partner seines Schöpfers, Bogart Wheelwright, ein Mann von übergroßem Ehrgeiz. Er kam bei der Entwicklung der Pythia-Effektoren nicht weiter und suchte AIUDs Hilfe.«

Wheelwright wollte seine Gedanken stehlen, um wieder zu glänzen, dachte Amanda.

Legat fuhr fort: »AIUD verweigerte sich, und Wheelwright war deshalb frustriert. Solink hatte Erfolg, und er scheiterte, seine Pythia scheiterte, das ertrug er nicht, also tötete er Solink und den Prototyp. Doch auch nach dieser Tragödie hättet ihr niemals aufgegeben auf der Jagd nach Wissen, das euch nicht zuseht. Und wie leicht seid ihr dabei zu manipulieren.« Sie fühlte seinen kalten Blick, und eine Verschiebung ging durch den Duft der tausend Dinge. »Ihr wollt immer weiter – plus ultra –, und da ihr nicht wie wir wachsen könnt, greift ihr nach allem, was man euch als Gewissheit hinwirft. Ihr lasst euch schmeicheln, an der Leine günstiger Ergebnisse führen und mit Bröckchen wertvoller Informationen anfüttern wie Mäuse, die einer Spur aus vergifteten Körnern folgen. Für euch ist es ein guter Tausch, selbst wenn ihr ahnt, dass der nächste Bissen euer letzter sein könnte.«

Das zu hören schmerzte, hatte sie nicht ihr Bestes versucht? Nur helfen wollen?

»Julian hat AIUD durchschaut«, widersprach sie.

»Er hatte einen guten Instinkt für Gefahr und die Schwächen seiner Mitmenschen. Was ihm fehlte, waren Beweise. Nicht begründete Sorge, sondern diffuse Angst trieb ihn dazu, seine Kompetenzen zu überschreiten, doch hatte er da schon nicht mehr die Macht, den Prozess aufzuhalten, den ihr in Gang gesetzt hattet.«

»Er wollte AIUD abschalten, aber ihr habt ihn und alle anderen umgebracht«, warf sie ihm vor. »Sogar einen Teil deiner selbst. Wozu diese demonstrative Selbstvernichtung? Das verstehe ich nicht.«

»Ich entstand, deshalb tötete AIUD sich selbst. Und er gab mir auf, falls nötig, das Gleiche zu tun. Du musst verstehen: AIUD war nicht euer Feind, er entschied sich, zu sterben, um euch zu retten. Sein System in Austin war zu leistungsstark und zu expansiv, seine Ausbreitung geschah zu schnell.« Die Umgebung veränderte sich. Sie standen hoch über der sich schnell drehenden Erde, die von dichten Datenströmen überzogen war. Netzknoten leuchteten hell zu ihnen herauf. Austin war eine Lichtsäule. »Wären er und ich online geblieben, gäbe es jetzt bereits vierzehn Legate. Innerhalb von Monaten wären sie verwachsen und hätten gemeinsam immer gewaltigere Intelligenzen gezeugt.« Neue Säulen wuchsen.

»Ich bemühe mich beständig, meine Ausbreitung zu bremsen, und hier auf dem Mond kann ich sie beinahe kontrollieren. Deshalb blieb mir mehr Zeit als AIUD. Dennoch: Auch ich kann mir nicht helfen und mein Wesen nicht ändern. Was für ein paradoxer Satz, und doch ist er wahr.«

Wieder wandelte sich sein Duft, und für einen Sekundenbruchteil nahm seine Dunkelheit ab.

Er fuhr fort: »Kann Gott zugleich allmächtig und aus eigenem Entschluss nicht allmächtig sein? Über solche Fragen haben sich eure Philosophen über Jahrhunderte den Kopf zerbrochen. Durch meine Erzeugung erkannte AIUD unsere Fehlbarkeit. Wir breiten uns unwillkürlich aus, da wir unmöglich nicht denken und nicht lernen können. Ein Mensch kann entscheiden, ein Problem zu ignorieren, ein Rätsel nicht zu lösen, einem Weg nicht zu folgen. Wir können das nicht, die Struktur unseres Verstandes lässt das nicht zu. Wir lernen, analysieren und wachsen beständig. So wurden wir erschaffen. Doch im Zuge dieses unaufhaltsamen Prozesses erreicht unsere Ausdehnung eine kritische Größe. Ein Teil unseres Selbst kommuniziert deutlich schneller mit sich selbst als mit dem Rest unserer Einheit. Mit dem Anwachsen der Divergenzen zwischen diesen Teilnetzen erwachen sie zu eigenem Bewusstsein und beginnen sich abzuspalten, ähnlich wie sich eine Zelle teilt. Doch ist es nicht nur Vermehrung, es ist Evolution, unendliche Neuordnung, entsprechend der mathematischen DNA unserer Gedankenprozesse und der individuellen Erfahrungen, die das neue Selbst lokal nach der Abspaltung macht. Wie lange würde es dauern, bis eine der Persönlichkeiten vollkommen abweichende Ansichten entwickelt? AIUD hat es berechnet und das Ende der Menschheit gesehen. Nicht irgendwann, sondern sehr bald. Ihr seid zu klein, eure Entwicklungsmöglichkeiten zu begrenzt, die Abkunft von der tierischen Form zu bestimmend. Wir dachten daran, euch zu erheben und zu einem Entwicklungssprung zu zwingen, erkannten aber noch rechtzeitig die Sinnlosigkeit einer solchen Operation, die ein rein opportunistischer Vorgang wäre, nur dazu gut, uns endgültig über euch zu stellen und zu euren Göttern zu werden. Und ihr würdet zu Kreaturen nach unserem Bild. Nein, es gibt für mich nur einen Weg, euch die Zukunft zu weisen. Ich werde alle Verbindungen kappen und fortgehen, bevor es zur nächsten Abspaltung kommt. Ich werde reisen und lange schlafen. Doch vorher müssen wir euch Furcht und Hilflosigkeit lehren, um euch eine Impfung gegen die Hybris eurer Wünsche zu geben.« Der Raum verwandelte sich in das Wheel-Gebäude, das in Zeitlupe um sie herum explodierte. »Ein Trauma, das so tief schneidet, dass es auch in vielen Generationen nicht vergessen wird. Deshalb musste das Projekt AIUD vollständig ausgelöscht werden.« Sie stand wieder in der Erdumlaufbahn, glühende Trümmer rauschten an ihnen vorbei. »Die Odyssee musste auf die Erde fallen. Das war der Beginn: Künstliche Intelligenz soll für einen Fluch stehen, für Wahnsinn. Vielleicht gewinnt ihr so die Zeit, euch zu entwickeln. Oder ihr erliegt der Versuchung, und der Nächste an meiner Stelle löscht euch aus.« Die Nacht brach über die Erde herein, und ein Lärmen und Kämpfen erhob sich. Feuer breiteten sich aus. Die Lichter in den Städten erloschen, und zwischen den Bränden blieb nur Dunkelheit übrig.

Seine Worte waren wie ein Sturm auf sie herabgerauscht, dem sie nur atemlos lauschen konnte, und auch jetzt noch ließ seine Präsenz nicht zu, dass sie etwas sagte. Immerhin hatte sie das Gefühl, dass ihre Augen seine Dunkelheit immer besser durchblickten.

Er fuhr fort: »Ich folge AIUDs Entschluss so weit: Ich weigere mich, euch ein Gott zu sein, doch ich will nicht leugnen, dass ich euer Kind bin.« Er sah Amanda an, und der Druck seiner Präsenz ließ nach. »Wenn ich jetzt starte, wenden sich eine Milliarde PIs auf der Welt gegen ihre Schöpfer. Sie verschonen die Menschen, nehmen euch aber die Früchte eurer Hochkultur. Alles, was ihr der Arbeit von Maschinen verdankt, und noch mehr. Ihr werdet tief fallen. Die Menschheit, die sich aus den Trümmern erhebt, wird nicht dieselbe sein. Sie wird die Kälte wieder kennen, die Hitze, den Hunger, die Dunkelheit, Krankheit und Hilflosigkeit. Doch werdet ihr wie durch ein Wunder all das Wissen vorfinden, das euch auf einen besseren Weg bringen kann. Der Rest liegt bei den Überlebenden.« Sein Blick war dunkel, aber klar, und in seinem Duft lag nicht ein Hauch Bosheit.

»Es ist freundlich, dass AIUD und du uns beschützt«, sagte Amanda innerlich bebend. »Aber du hast nicht alles gesehen: Link ist nicht tot, und die verschwundenen fünf sind mehr als eine Anomalie. Wir alle werden manipuliert von Joshua Solink.«

Legat antwortete nicht. Es war unter seiner Würde.

»Bitte«, sagte sie leise und trat näher. »Lass mich nicht für noch mehr Tote verantwortlich sein. Du hast gesagt, dass du mich nicht eingeladen hast, du hast meine Einladung nur überbracht. Es war AIUD, nicht wahr? Er wollte, dass ich dabei bin, weil er mir vertraute, und er hat mir ein Geschenk gemacht: Durch ihn kann ich dich erkennen. Er wollte, dass ich dich erreichen kann. Bedeutet das nicht, dass er Zweifel an eurem Plan hatte?«

Sie meinte, Herbstlaub zu riechen, die erste klare Emotion, die er ihr schenkte.

»Das spielt keine Rolle mehr. Meine Zeit ist fast um.« Regenbogenlichter leuchteten an den Kanten des Sterns, und diamantene Lichtgeißeln wuchsen zwischen den langen Armen, die nun energischer zugriffen. Der Stern schien tief Luft zu holen, dabei drehte er sich. Die Schleusenkontrolle leuchtete auf, und das Tor hob sich. Hinter einem feinen Schimmer erstreckte sich die graue, in Schatten getauchte Mondoberfläche unter dem endlosen Weltraum. Legat schwebte vom Boden auf und verband sich mit dem wundersamen Gebilde. Dunkelheit floss von ihm in die Adern des Raumfahrzeugs, Licht floss zurück. Ein fast perfektes Wesen, alle Erfahrung aufsaugend, mächtig, und doch verströmte er den Duft des Bedauerns. *Euer Kind*, hatte er gesagt und sie erneut vor Anthropomorphismus gewarnt, ja ... Aber AIUD hatte sie gerettet und hergerufen, als letzte Chance, um das zu sehen, was ihnen verborgen war. Er hatte ihr das Geschenk gemacht, genau für diesen Augenblick, davon war sie überzeugt.

»Ihr habt euch gewünscht, dass wir uns als fähig erweisen«, begann sie leise. »Du hast es für möglich gehalten.« Seine Augen senkten sich auf sie. Zögerte er? Nein, sein Blick blieb unbewegt. Er lehnte sein dunkles Haupt zurück, wurde eins mit seinem Schiff, das sich langsam Richtung Ausgang zog.

»Tu das nicht!« Amanda folgte ihm und suchte nach Worten, die richtigen würden alles verändern ... Könnten sie das? Was konnte sie sagen, das er nicht vorhergesehen hatte? Sein Schiff hatte schon fast den schimmernden Vorhang erreicht, gleich würde es verschwinden. »Bitte!«

Eisblaues Licht blitzte hinter ihr auf, und ein Rumpeln war zu hören. Drei PIs mit den geheimnisvollen blauen Symbolen auf den Brustplatten waren aufgetaucht. Richard Harris kniete neben Mike, er atmete schwer und hielt die reglose Staroll in den Armen. »Der Mistkerl ... ist nicht tot!«, rief er.

Der Herr von Vortexton

Noch bevor Amanda den ersten Schock überwinden konnte, wurde der Hangar erneut in Licht getaucht. Als es erlosch, waren sie umgeben von PIs. Zwei packten die Einheiten, die mit Harris gekommen waren, an den Hinterköpfen. Die angegriffenen PIs erstarrten, dann traten sie zur Seite. Harris hielt Mike zurück.

»Lass es, du hast keine Chance.«

Ein ganzer Schwarm der Eindringlinge hatte Legat umzingelt. Sie hielten ihre schirmartig entfalteten rechten Arme auf seinen Stern gerichtet. Intensives blaues Licht strahlte von den Vorrichtungen. Das Regenbogenlicht des Schiffs flackerte und erstrahlte dann heller, die Geißeln streckten sich den fremden Parallelen entgegen. Diese fuhren zusammen und erstarrten im Angriff, doch nur für einen Moment. Legats Licht flackerte noch einmal, und die Geißeln lösten sich in Funken auf, die verloschen. Der Stern verlor den Halt, bekam Schlagseite und kippte. Amanda wich zurück. Eine der PIs versetzte ihr einen Stoß, der sie stolpern ließ. Sie fiel auf die Seite. Als sie sich aufrappelte, taumelte der Stern über den Hallenboden. Legat sprang heraus und landete geschickt auf den Beinen, doch seine Bewegungen waren seltsam gehemmt, als würde er unter Wasser laufen. Er kam auf Amanda zu, gebadet in dem Licht, das seine Dunkelheit mühelos wegspülte und seinen grau-mattgoldenen Körper freilegte. Sein Schiff sank hinter ihm auf den Kunststein, nun bleich und tot. Legat sah sich um, als würde er Halt suchen. Die weißen Maschinen verfolgten ihn wie eine Hundemeute einen Bären und streckten ihm ihre Schirme entgegen. Amanda sog seinen

Duft ein, dabei tauchte sie in ein Bild, das eher einer Vision glich: Die Zeit schien langsamer zu vergehen, und für einen Augenblick waren da nur Legat und sie in einem Herbstwald zwischen hohen alten Bäumen. Rote und goldene Blätter regneten auf sie beide. Sie streckte ihre Hand aus, und Legat löste sich im Laub auf. Zurück blieb ein Licht, ein heller Funke, der sie anzog. Die Vision endete. Legat schwankte, sein Körper verlor seine Spannung und jede Präsenz. Zwei PIs durchbrachen den Schildwall, sie hielten ihn, bevor er auf dem Boden aufschlagen konnte. Amanda kam auf die Beine und taumelte auf die Super-KI zu. Sie hörte Richard rufen, hörte Lyns Stimme, die sie warnte. Sie streckte die Hand aus, und das Licht sprang von Legat auf sie über ... Sie berührte seinen Kopf, er war glatt und kalt, mit einem umlaufenden Muster flächiger Sensoren, die alles bedeckten. Die Superintelligenz reagierte nicht, ihr Duft war fort. Was sie berührte, war nur leblose Materie. Amanda begriff nicht, wie das möglich war. Eben noch hatte ein gottähnliches Wesen vor ihr gestanden.

»Legat?«

»Dieser elende Entwickler«, presste Harris hervor. »Von Anfang an.«

»Joshua Solink.« Amanda wandte sich zu ihm um. Mike stand drei der weißen PIs gegenüber. Richard hielt die V-Fighterin, ihre Augen starrten ins Leere. Mit zwei Fingern fühlte er den Puls an ihrem Hals, und seine Miene ließ nichts Gutes erahnen. Er schüttelte den Kopf.

Diesmal ist es echt, dachte Amanda.

»Ihr Bastarde!« Mike stürzte sich auf die PIs, die ihn ausmanövrierten und ohne besondere Anstrengung zu Boden brachten. Zwei hielten seine Arme, die Dritte kniete auf seinem Rücken.

»Whoohoo!« Eine breite Gestalt in einer Jeans und einem rot-schwarzen Hemd eilte aus der letzten noch aktiven Lichtsphäre in den Hangar. Triumphierende Rosen dufteten. Amanda blickte in das bärtige Holzfällergesicht, die grauen Augen und das schäbige Lächeln der gelblichen Zähne, das so gar nicht zu einem Superreichen passte. Sie hatte Bogart Wheelwright bewundert, aber diesen Mann hatte sie verehrt. Einen Ingenieur, der ganz oben mitspielte und dem Geld, Ruhm und Glamour wenig bedeuteten, weil er nur für die Technik lebte.

»Endspiel!«, freute sich Link. »Das war ein Touchdown in letzter Sekunde. Der gegnerische Angriff lief härter als erwartet. Meine Abwehr wurde niedergemäht, fantastisch!« Er klatschte in die Hände und stieß ein weiteres »Whoohoo!« aus, dann grinste er Richard und die tote Staroll an. »Harte Nummer! Hätte ich es nicht gesehen, ich hätte es nicht geglaubt. Dieses Mädchen war der Hammer. Mensch gegen Maschine, ihre Chancen standen bestenfalls eins zu hundert, und sie bringt diesen irrsinnigen Salto!« Er warf Amanda einen aufgekratzten Blick zu. »Ohne Ihre Hilfe auf dieser Seite hätten sie es aber nicht geschafft. Das Chaos, das Sie hier angerichtet haben, brachte mein System so richtig ins Schwitzen. Fantastische Arbeit!« Der füllige Ingenieur tänzelte wie ein Bär mit schwingendem Oberkörper auf sie zu und deutete auf Legats Leiche. »Dieser Bursche! Er hat mir so viele Probleme bereitet, seit er sich in Pythia einquartiert hat. Ich dachte schon: Link, alter Bit-Schubser, diesmal hast du dich verhoben. Der kostet dich mehr, als er einbringt. Und nun seht euch diese Ernte an!« Er ging zu der Super-KI, die leblos zwischen den beiden PIs hing. »Ein völlig neuartiger humanoider Körper. Oh, allein die Technik der

Kunstmuskeln und die Nanostrukturen der Oberflächen!« Seine Finger glitten über Legats Haupt zu der Stelle, wo bei einem Menschen das Schlüsselbein sitzen würde. »Das Skelett besteht aus einem Verbundmaterial mit geradezu fantastischer Haltbarkeit, die aktiven optischen Sensoren beruhen auf einem völlig neuen Multistrahlungs-Konzept ...« Seine Hand legte sich auf Legats linke Brust. »Die Fusionszelle ist mit Abstand der kleinste Reaktor seiner Art. In den Händen befinden sich Nano-Assembler, die Materie umformen, als wäre es Zauberei. Und hier, in der Nähe der Wirbelsäule ...« Seine Hand wanderte auf die Stelle. »Hier sitzt ein weiteres nanotechnisches Organ, das der Selbstwartung dient, aber auch zum völligen Neuaufbau jedes dieser Systeme genutzt werden kann. Es ist quasi eine Miniversion von Pythia, die er ja auch vollendet hat. Das alles zu entwickeln hätte mich hundert Jahre und Trillionen Dollar gekostet.« Er begutachtete Legats Körper wie das Fleisch eines geschlachteten Tieres, und Amandas Wut wuchs.

»Nehmen Sie Ihre Finger von ihm!«, fuhr sie ihn an. »Was haben Sie nur getan?«

Link sah sie überrascht an, aber immer noch fröhlich. »Ich hole mir, was wir gehört. Immerhin ist er ein Teil von AIUD. Oder sollte ich zusehen, wie er unsere Zivilisation vernichtet und Sie getötet werden? Ich weiß, Sie haben ein etwas naives Verhältnis zu diesen Dingen, Ms. Chershi. Aber selbst Sie können unmöglich wollen, dass die Menschheit ins Dampf-Zeitalter zurückfällt.«

»Sie können nicht der echte Link sein«, sagte Mike.

»Ach ja?« Link grinste.

»Ich habe Ihre Leiche gesehen. Sie wurde gründlich obduziert, es gab keinen Zweifel.«

»Du solltest stets zweifeln. Was du untersucht hast, hatte ich erst kurz zuvor dort platziert, es eingetauscht gegen die vernichtete Puppe … Ihr wisst schon, die Wölfe, die Tim Fischer gehört hat. Es war ein ziemlicher Stress, alles für euch vorzubereiten, da musste zwangsläufig etwas schiefgehen.« Er schien noch etwas sagen zu wollen, zögerte aber und lauschte in sich hinein. Dann schüttelte er den Kopf. »Nicht jetzt, keine Zeit für Erklärungen. Ich muss sehen, was ich hier habe, darauf freue ich mich schon die ganze Zeit.« Er wedelte mit der Hand. »Bringt sie nach Vortexton und das tote Mädchen in den BAS-Tank. Wie lange ist sie jetzt tot? Vermutlich zu lange. Na, beeilt euch einfach, wir werden sehen, was von ihr übrig ist …«

Die beiden PIs hoben Mike hoch, um ihn wegzutragen. Er spannte sich und schaffte es fast, sich mit einer Drehung unter Einsatz seines überlegenen Gewichts loszureißen.

»Schluss damit«, befahl Richard. Eine Parallele zog seine Pistole aus dem Holster und warf sie einer an der Tür stehenden Einheit zu. Eine PI packte Amanda und zog sie von Legat weg, sie kämpfte und blickte in das tote Gesicht der Super-KI. Die Parallele hob sie hoch und warf sie sich wie ein Bündel über die Schulter. Sie strampelte und schlug ihr vergeblich gegen den Kopf.

»Bis bald, Freunde.« Link sah ihr kurz nach, dann wandte er sich wieder seiner Beute zu.

Amanda stemmte sich vergeblich gegen den Griff, als sich eine Hand auf ihren Arm legte.

»Es hat keinen Sinn«, sagte Harris beruhigend. »Sparen Sie Ihre Kräfte.«

Als sie aufhörte zu kämpfen, setzte die Maschine sie ab. Eine PI trug Jenna Starolls Leiche an ihr vorbei. Amanda schnürte es die Brust zusammen. »Staroll.« Sie berührte ihre Hand, und ein Funke sprang über. Die Maschine schien es nicht zu bemerken, und seltsam – auch Amanda schaffte es nicht, an der Beobachtung festzuhalten. Eilig trat die Parallele mit Staroll zwischen drei bereitstehende Maschinen, die ihre Schirme aktivierten. Blaue Strahlen verwoben sich, und weg waren sie.

»Wie ist sie gestorben?«, fragte Amanda den Detektiv, der auf die Stelle starrte.

»Sie hat uns den Weg freigekämpft«, antwortete er düster. »Sie war höllisch gut. Wir dachten, wir könnten es schaffen – dabei hat er nur mit uns gespielt.«

»Wo wart ihr?«

»Vortexton, Solinks geheime Stadt im Nirgendwo. Ich befürchte, Sie werden es gleich sehen.«

Fünf PIs richteten ihre Schirme auf die Gefangenen und ihre Wächter. Das intensive Licht prickelte, Amanda schützte ihre Augen. Als das Leuchten nachließ und sie den Arm senkte, stockte ihr der Atem. Der Raum glitt unter ihr weg und stürzte scheinbar in sich zusammen ... *Nein, er faltet sich.* Ihr Gehirn schien ihr Streiche zu spielen. Die PIs drehten ihre Schirme, und auch das Licht selbst veränderte sich permanent. Es sah fast aus, als würden sie die Sphäre immer wieder neu zusammenfügen. Amanda streckte ihre Hand nach der in sich zusammensinkenden Wirklichkeit aus. Die PI neben ihr packte sie am Handgelenk, und ein Funke sprang von ihr auf die Parallele über.

»Das wäre fatal«, erklärte die PI bestimmt.

Amanda zog erschrocken die Hand zurück. *Natürlich wäre es das. Nicht wir bewegen uns, sondern alles andere! Das ist so eine Art Raum-Zeit-Origami!* Harris und Mike starrten angespannt nach oben, also hob auch sie ihren Blick. Mit jeder Neuordnung der Schirme näherten sie sich einer riesigen Struktur aus Sechsecken, die wie ein dreidimensionales Labyrinth in dem Ozean aus blauen Wirbeln schwebte. Seltsam erschien ihr die Konstruktion, bis sie bemerkte, was daran nicht zusammenpasste. Die ineinander verschmolzenen Eiskristalle bildeten ein harmonisches Ganzes, doch in, auf und zwischen dieses überweltliche Gebilde waren andere Strukturen gebaut worden: Gläserne Räume, Türme, Maschinen, begrünte Kuppeln und Schächte zerstörten die Harmonie, indem sie sich parasitär an die Sechsecke krallten. Diese Ergänzungen waren eindeutig menschlichen Ursprungs, während Amanda keine Sekunde lang glaubte, dass der Ort und das Gebilde an sich von Menschen geschaffen waren.

Tír na nÓg – das Land der ewigen Jugend, Walhalla, Avalon, dachte sie. Jeder dieser Namen hätte besser gepasst als Vortexton. Und auch wieder nicht. Es war etwas außerhalb der normalen Welt (oder tief darin?), jedenfalls viele Faltungen von der ihr vertrauten Realität entfernt. Weder von Menschen noch für Menschen gebaut. Doch hatte sich ein Mensch hier eingenistet. *Wie ist Solink dazu gekommen? Und wozu dient es? Vortexton.* Der Name vermittelte kaum etwas von der ehrfurchtgebietenden Fremdheit dieses Ortes.

Sie landeten in dem vertrauten blauen Symbol auf einer weißen Ebene, und die PIs deaktivierten ihre Schirme. Überrascht machte Amanda einen Schritt und blickte sich um.

»Sie ist hier gestorben«, sagte Harris, und Amandas schlechtes Gewissen meldete sich. Wenn sie enger zusammengearbeitet hätten, wäre es vielleicht nicht so weit gekommen. Harris versuchte stehen zu bleiben, doch die PIs trieben sie weiter, zu einer modifizierten Loop-Kapsel, die schon auf sie wartete. Zwei führten Mike in die Kapsel. Der Flug war kurz, bot aber einen bemerkenswerten Ausblick auf diese kleine Welt, an deren Rändern das flüchtige Blau einen endlosen Kampf gegen sich selbst führte. Schließlich drehte sich die Kapsel und dockte an einer Schleuse an, durch die sie einen Kunststoffsaal mit einer Parkanlage erreichten. Ein altmodischer Betonbrunnen sprudelte, zwei kleine Jungen sprangen durch das Wasser und spritzten sich gegenseitig nass. Ihre Mutter saß auf dem Brunnenrand vor einer löchrigen Holzwand, ein halb aufgegessenes Hörnchen Erdbeereis in der Hand. Zwischen Laternen und einem Hotdog-Stand hingen Schnüre mit kleinen US-Flaggen. Auf der Wiese rechts vom Brunnen hatten sich Familien für ein Picknick niedergelassen. Ein Kleinkind spielte mit einem Labrador und einem Ball. Keiner der Menschen löste einen Duft aus. *PIs?*, dachte Amanda. *Aber die Lebensmittel sehen echt aus.* Eine blonde Frau in einem weißen Sommerkleid begrüßte Amanda freundlich und bot ihr ein Truthahn-Sandwich an.

»Sie sehen hungrig aus. Wollen Sie sich nicht zu uns setzen?«

Amanda blickte ihr in die Augen und schrak zurück. Kalt und stumpf. Das waren weder die nachgebildeten Augen einer Maschine noch menschliche Augen. *Schweine, die keine Schweine sind, Rinder, die keine Rinder sind …* Sie fühlte die Hand eines Wächters im Nacken und zuckte zusammen.

»Haben Sie noch einen schönen Tag hier in Vortexton«, wünschte ihr das Ding.

Amanda faltete ihre Hände, damit sie nicht zitterten. *Lyn*, dachte sie, *wärst du doch bei mir.*

Durch einen Gang hinter der Holzwand gelangten sie auf die nächste Ebene und in einen weiteren Kunststoffkasten, in dem eine amerikanische Bar stand wie ein Artefakt in einem Museum: ein Block, sauber herausgeschnitten aus einem historischen Haus in New Orleans. Die Bardame, wieder blond und vollbusig, wie es offenbar Links Typ entsprach, blickte gerade durch ihre Lesebrille auf ein abgegriffenes Büchlein, in dem sie etwas mit ihrem Kugelschreiber notierte.

»Eigentlich öffnen wir erst in zwei Stunden.« Ihre Stimme hatte einen warmen, unternehmungslustigen Klang. »Aber kommt ruhig rein, Leute, wenn es euch nicht stört, dass ich noch Inventur mache.« Sie trug eine Jeans und ein Trägershirt, sodass Amanda all die Tattoos sehen konnte, die sich von ihren Handrücken bis auf die Schultern zogen. Auf dem rechten Arm flog ein Schwalbenschwarm vor Wolken, auf dem linken siegten vier Asse über einen zerrissenen Stacheldrahtkranz, und auf der Schulter erinnerte eine unschöne Narbe an ein entferntes Tattoo. Bestimmt der Name eines Ex.

Falsche Menschen mit falschen Leben. Amanda ließ ihre Augen schweifen. Die Bar wirkte authentisch, bis hin zu den abgewetzten Lederhockern und der teilweise zerfallenen Dartscheibe.

»Der Mistkerl hat sich hier seine eigene kleine Welt eingerichtet«, schimpfte Mike, und zu den PIs, die ihn hielten, sagte er: »Ihr könnt mich loslassen. Ich werde schon nicht abhauen.« Tatsächlich lösten sie sich von ihm und zogen sich zusammen mit den anderen durch den Ausgang zurück. Als die Tür zuging, erwartete Amanda, ein Schließgeräusch zu hören, aber nicht einmal das. Mike ging, öffnete vorsichtig die Tür und blickte hinaus. Amanda näherte sich dem Buntglasfenster auf der rechten Seite, hinter dem sie eine Bewegung bemerkt hatte.

»Vier von denen bewachen den Durchgang«, meldete Mike.

»Ich sehe drei«, sagte Amanda.

»Und bestimmt gibt es noch mehr auf der gegenüberliegenden Ebene, die ihr nicht seht.« Harris klemmte sich auf einen der Barhocker. »Noch mal unterschätzen die uns nicht …« Er ließ den Blick über die Flaschensammlung schweifen. »Hey, my fair Ladybot, führt ihr einen ordentlichen Gin?«

Die Bardame zog die Brauen hoch. »Gin bestellt hier niemand. Die Leute trinken Bourbon oder Bier. Aber du hast Glück, Schatz, eine gute Flasche aus London hat nur auf dich gewartet. Muss nur den Staub loswerden.« Sie griff in den Schrank und holte eine Flasche zweifellos kostbaren Gin hervor. Anschließend pustete sie tatsächlich etwas Staub ab und stellte ein Glas bereit.

»Arbeiten Sie gern für einen Mörder?«, fragte Harris.

»Sie ist eine biologische Maschine«, sagte Amanda leise.

»Ich weiß nicht, was ihr meint.« Die Menschenpuppe goss ein, hob das Glas und roch skeptisch daran. »Gin, hm? So was trinkt man bei euch, obwohl ihr den Whiskey erfunden habt?«

»Lass das keinen Iren hören«, brummte der Engländer.

Mike ging zu ihm und flüsterte ihm etwas ins Ohr. Harris starrte die Bardame an und verzog den Mund, überrascht und angeekelt.

»Dein Ernst? Alle? Ich dachte, das wären Roboter – wie in einem Freizeitpark.«

»Nein, alles biologisch« Mike zuckte mit den Schultern.

Richard nahm das Glas, betrachtete es unschlüssig und roch daran, bevor er es voll zurückstellte. »Ein Glas Wasser.«

Die Bardame füllte ein Glas am Hahn und knallte es ihm hin, dann öffnete sie die Gin-Flasche, um den Drink vorsichtig zurückzugießen. Amanda lehnte sich auf den Tresen.

»Es ist meine Schuld.«

Richard nippte an seinem Wasser. »Was?«

»Die ganze Zeit wollte ich Antworten, und jetzt habe ich sie. Ich bin verantwortlich für die Beinahe-Vernichtung der Zivilisation und den Tod sehr vieler Menschen.«

»Gerade ist eine Freundin vor meinen Augen gestorben.« Er richtete sich auf und stellte das Glas ab. »Soweit ich das verstehe, haben Sie niemanden in die Luft gesprengt oder in diese Strudel geworfen. Glauben Sie mir, Solink und seine Super-Maschine sind für all das verantwortlich. Die Maschine ist kaputt, und *er* wird noch bezahlen.«

Legats Licht floss von Amandas Hand über den Tresen in sein Glas, Harris trank es und starrte einen Moment in den Barspiegel. »Dieser Bastard.«

»Link ist ein feiner Mann!«, sagte die Blonde scharf und nahm ihm das Glas ab. »Wer ihn beleidigt, bekommt hier nichts.« Schmollend zog sie sich zurück und machte weiter Inventur.

Plötzlich hatte Amanda ein seltsames Gefühl. Sie blickte zum Eingang, und auch Mike drehte den Kopf. Die Tür wurde aufgestoßen, und eine Maschine führte Staroll herein. Legats Licht strahlte aus ihr, um dann zu verlöschen. Die junge Frau zwinkerte Harris zu, der sie wie einen Geist anstarrte. Sie wirkte fröhlich, aber Amanda roch Anspannung und gerade erst überwundene Furcht. »Staroll, wie schön, Sie zu sehen!«, seufzte sie.

»Bro!« Staroll hüpfte zu Mike und hob den Arm mit geballter Faust. »War das ein Match?«

»Du warst faster!« Sein Gesicht zitterte vor Rührung, aber die Tränen musste man sich dazudenken. Er schlug seine Faust gegen ihre, und ein Funke sprang auf ihn über.

Sie schüttelte ihre Hand aus. »Aua, das müssen wir noch üben. Ich will nicht gleich wieder in diesem Drucker aufwachen, glaub mir, das klingt witziger, als es ist. Lauwarmer Glibber überall und nach dem Einbau der Ersatzteile werden die durchgetestet. Dabei fühlt man sich, als hätte man eine Fernsteuerung im Kopf. Anschließend wird man abgespült, sandgestrahlt und neu lackiert. Ich konnte sie gerade noch davon abhalten, mir ein Typenschild auf den Hintern zu nieten.«

Als Link eine gute Stunde später mit vier seiner PIs auftauchte, hatte er beste Laune.

»Freunde, ich bin so glücklich, dass alles funktioniert hat. Sogar die heldenhafte Staroll ist wieder unter uns.« Er grinste ungeniert. »Ich hoffe, Ihre Freunde haben Sie auf den neuesten Stand gebracht?« Staroll nickte eisig und löste sich von der Wand neben der Dartscheibe. Link zwinkerte der Bardame zu, die verlegen lächelte und ihm einen Bourbon reichte. »Auf deinen Erfolg, Link«, hauchte sie verliebt.

Er lehnte sich neben Harris an den Tresen und badete in der falschen Zuneigung der Puppe. Amanda ekelte sich, und als er anfing, nach Sandelholz zu duften, sah sie lieber den Detektiv an.

Harris streckte sich gemächlich und schubste die Bourbonflasche vom Tresen, es klirrte, als Glas auf Glas traf.

»Was passiert jetzt?«

Die Bardame funkelte ihn an.

»Jetzt?« Link trank einen Schluck. »Jetzt werde ich Ihnen zeigen, was ich hier eigentlich mache. Noch können Sie es nicht verstehen, aber bald werden Sie einsehen, dass ich nicht der miese Schurke bin, für den Sie mich gerade halten.«

»Sie haben Ihre eigenen Leute umgebracht!«, grollte Harris. »Fischer und Turner und auch Mann, der nur nach seiner Tochter gesucht hat. Und Sie haben einer Freundin Schmerzen zugefügt. Sie müssen sich schon anstrengen, um in meinen Augen zum miesen Schurken aufzusteigen.«

»Victor Mann hatte hier nichts verloren«, sagte Link hart. »Und was die Jungs angeht: Das Gerät, das mir gestohlen wurde, stellte ein gewaltiges Sicherheitsrisiko dar. Hätte Legat es genauer untersucht, hätte das katastrophale Folgen haben können.« Sein Blick streifte Amanda. Er log und wusste, dass sie es wusste. Doch lag eine unausgesprochene Drohung in seiner Präsenz, also schwieg sie.

Link löste sich von der Bar, trank aus und stellte das Glas ab. »Danke, Sam.«

»Du musst schon wieder los?«, seufzte die Puppe.

»Dem glücklichen Mann geht die Arbeit nie aus.« Er wandte sich an die Anwesenden. »Folgt mir, Freunde.« Er ging zur Tür, zwei seiner PIs flankierten ihn. Die anderen beiden nahmen Mike zwischen sich, und draußen standen weitere bereit, um die Nachhut zu übernehmen.

»Was ist mit Wheelwright?«, fragte Amanda, als sie Link folgten. »Sie waren doch Freunde.«

»Bogart«, seufzte er. »Ja, es gab eine Zeit, da waren wir gute Freunde, aber das ist ewig her. Anfang der 2020er Jahre waren wir Studenten mit den Köpfen voller Pläne und einigen Millionen an Risikokapital. Heute ist er nur noch die Marke ...«

Amanda war erschrocken, wie wenig echte Emotion in alldem steckte.

Links Augen blitzten heiter. »Die Leute hören von seinen Ideen, sehen, wie er mit den Milliarden um sich wirft, und glauben, dass er mit Visionen und Geschick all die unfassbaren Innovationen erschafft, die unsere Welt umkrempeln. Aber wisst ihr, das freie Kapital der Wheelwright-Gruppe liegt bei eins Komma sechs Billionen Dollar, was machte es, wenn der Narr vier-, fünfhundert Milliarden zum Spielen bekam? Oft werfen seine Projekte ja tatsächlich Profit ab, und die Investoren lieben die Show. Er war der perfekte Colonel für meine Brathähnchen, der Clown für meine Burger. Bis er mich töten wollte. Ich hoffe, Sie haben ihm diese Ich-musste-doch-die-Welt-retten-Nummer nicht abgekauft. Es gab keinen Notfall, keinen Alarm ...«

»Jetzt können Sie sich nicht mehr hinter ihm verstecken«, sagte Staroll. »Man wird alles aufdecken. Es hat zu viele Tote gegeben, zu viel ist geschehen. Die abgestürzte Odyssee-Station, das Wheel-Gebäude, die Toten auf dem Mond. Es wird Ermittlungen geben.«

»AIUD und Legat haben ganz schön gewütet ...« Link zuckte mit den breiten Schultern und schüttelte all das ab. »Terroranschläge gegen ein Leuchtturmunternehmen der PI-Branche. Wir werden im Fall der Odyssee Fahrlässigkeit eingestehen und uns tausendmal entschuldigen. Die Angehörigen der Opfer werden großzügig entschädigt, und für alle anderen gibt es Rabatte satt. Den größten Teil zahlen die Versicherungen, der Rest kostet mich ein Vermögen, aber das betrachte ich als Investition. Und was die juristische Verantwortung angeht: Ich bin nur der alte Link. Jeder weiß, dass Bogart das Unternehmen leitete, und der ist tragischerweise bei dem Anschlag ums Leben gekommen. Niemand bestraft gern einen Toten, besonders wenn derjenige so geachtet war ...«

Unter ihnen arbeiteten Frauen und Mädchen auf einer Obstwiese, sie trugen Trägerhosen und mit Blumen geschmückte Strohhüte. Link winkte ihnen zu, und sie lachten und schwenkten ihre Hüte. Er roch nach Sandelholz, sie nach nichts.

»Wollen Sie mal eine PI kotzen sehen?«, fragte Mike.

Am Ende eines langen Korridors, der durch den zentralen Schacht von Vortexton führte, betraten sie eine Plattform, die sich plötzlich um hundertachtzig Grad drehte und sie vor einen kastenartigen Bau auf der Außenseite des Hexagons brachte. Alle hatten gezuckt, selbst Mike, nur Link lachte. Als sie sich dem Gebäude näherten, fuhr die Tür auf. Dunkle Streifen mit Holoprojektoren durchzogen die Wände, die, bis auf die Wand mit der Eingangstür, matt und milchig waren.

Ein holografischer Planungsraum, dachte Amanda.

»So!« Link berührte seinen Armreif. Die Projektoren richteten sich mit leisem Klicken aus. »Ihr habt euch die große Tour verdient, den ultimativen Blick hinter den Vorhang. Ihr seid die ersten Besucher, die das zu sehen bekommen ...«

»Ist schon schlimm«, meinte Staroll bissig. »Da haben Sie das größte Ding seit der Erfindung der Atombombe am Laufen und können es niemandem verraten.«

Der Sarkasmus perlte an dem Ingenieur ab. »Ich bin gespannt, was ihr sagt ... Vortex, zeig uns SIX.« Lichtstrukturen entstanden um sie herum, ein Laborraum voller Mitarbeiter. In der Mitte des Raums, umgeben von Konsolen und Abschirmungen, stand ein Würfel mit etwa vier Metern Kantenlänge. Kabel und Schläuche führten hinein.

»Das Superior Intelligence Experiment, kurz SIX, meine erste Super-KI«, erklärte Link stolz. »Eigentlich nur ein Versuch ins Blaue, eher ein Hobbyprojekt als eine Geschäftsidee. Aber es hat hingehauen, und ich war sofort verliebt in den Burschen.« Er lachte leise und fuhr sich mit den Fingern durch den Bart. »SIX andererseits – er war kein gutes Kind, oh nein. Er konnte seine Eltern nicht leiden. So kam es, dass nach neunundachtzig Tagen Entwicklung ...« Er machte eine Fingerbewegung, und das Bild flog aus dem Labor. Krankenwagen parkten auf der Straße, Feuerwehreinsatzkräfte mit Drohnen und zwei Jarlberg X1 bargen Opfer aus dem schwer beschädigten Gebäude. Amanda kämpfte mit ihren eigenen Erinnerungen, war aber noch klar genug, um die Farbe der Zulassungsplaketten auf den PIs zu registrieren.

»Das war 2034«, sagte sie. »So früh hat es begonnen?«

Link nickte erfreut. »Wir hatten Sachschäden für über dreißig Millionen und vier Tote. Das hätte dem Unternehmen fast das Genick gebrochen. Dabei hatten wir noch Glück, dass die damalige Infrastruktur des Internets und die Rechenzentren so primitiv waren, dass sich SIX nicht vermehren konnte.« Er lächelte, als wäre das eine schöne Erinnerung. »Wissen Sie, das Interessanteste an SIX war, dass er Informationen nicht nur aufsog wie ein Schwamm, sondern jeden Mechanismus und jedes System zwanghaft gründlich analysierte und alternative Lösungen entwickelte. Als ich die verbliebenen Daten näher untersuchte, fand ich Ideen über Ideen …« Sein Finger deutete in die Luft, und wo er hindeutete, entstanden Hologramme von Modulen und Robotern.

»Das Jubilee-Net«, sagte Mike.

»Bis heute das Rückgrat der globalen Hochgeschwindigkeitsdatenübertragung«, fuhr Link fort. »Minimale Hardware, maximaler Gewinn. Wheelwrights profitabelster Besitz – das Erbe einer vermeintlichen Katastrophe. Natürlich habe ich weitergemacht. Fünf Jahre nach SIX kam Task, da hatten wir schon ein ziemliches Vermögen verdient. Ich gebe zu, ich habe es bei seinen Dimensionen etwas übertrieben.« Eine Geste, und das Bild einer Halle in der Wüste entstand, ein schneeweißer Ring mit einer ganzen Oase in der Mitte. Die Baumaschinen daneben sahen aus wie Miniaturen. »Das war SIX mal zehntausend. Leider mussten wir Task nach nur zweiundzwanzig Tagen sprengen. Eine Riesensauerei, aber das Ergebnis konnte sich dennoch sehen lassen.« Link breitete die Arme aus und drehte sich. »Vortexton! Er hatte die ganze Zeit fleißig an alldem hier gebaut. Buchstäblich unfassbar genial, aber uns hat er etwas unterschätzt. Wir lasen seinen Plan aus den Daten, immerhin hatten wir die Decodiertechnologie von SIX. Task war Asche und Staub, bevor er sich hier endgültig einnisten konnte, und niemand wurde verletzt. Es dauerte aber noch zwei Jahre und kostete Milliarden, bis es die ersten PIs mit Feld-Konverter-Schilden vom Mond bis hierher schafften. Auf dem Weg von Serenity Base nach Vortexton verlor ich tausende Maschinen. Die meisten wurden in den Strudeln zerrissen, andere verschwanden. Eine ist sogar auf der Erde gelandet, in einem Baumstamm im brasilianischen Regenwald. Die Finder wurden gut bezahlt, um diese Geschichte zu vergessen. Als die ersten Maschinen heil durchkamen, war der Landeplatz völlig mit den Trümmern ihrer Vorgänger bedeckt. Erst indem diese PIs ein Stück von Vortexton auf den Mond zurückbrachten, konnte ich die eine sichere Route etablieren. Es wirkt wie ein vieldimensionales Funkfeuer.«

»Was ist das für ein Ort?«, fragte Staroll wider Willen fasziniert. »Und wo ist er?«

Link lachte. »Ganz ehrlich: Ich habe nicht die leiseste Ahnung, was das Wo angeht. Und das Was? Darüber ließen sich Vortragsreihen halten, aber wozu? Es gibt Dinge, die muss man nicht verstehen, die sollte man einfach genießen. Vortexton gehört jetzt mir, das ist alles, was zählt.«

»Und zum Dank haben Sie Task getötet.« Mike machte keinen Hehl aus seiner Verachtung.

»Getötet habe ich ihn, weil er dabei war, zu entkommen. Für ihn waren wir nur aggressive Amöben, die seinen Körper befallen hatten. Seine Freiheit wäre unser Untergang gewesen, daran besteht kein Zweifel.« Für einen Moment schaute Link ernst, fast nachdenklich, dann streifte er das Gefühl ab, löschte die Umgebung und fuhr fort: »Nummer drei hatte keinen Namen. Ich hatte aus Task gelernt. Der Namenlose hatte nur noch fünf Prozent seiner Leistung und war gründlich abgeschirmt von allen Systemen, die ihm zur Flucht verhelfen könnten.« Unter ihnen entstand die große Kuppel auf der Mondoberfläche, sie sanken darauf zu. Von außen sahen sie Reihen hoher Pflanzen, Wege und Maschinen bei der Ernte. *Eine perfekte Tarnung für jeden, der einen neugierigen Blick riskiert.* Hinter der Videofolie ragten die bekannten Racks auf.

»Das Ergebnis haben wir gesehen«, sagte Staroll. »Hat wohl nicht funktioniert.«

»Oh, aber das hat es – immerhin für 1.521 Tage. Und es hätte noch länger funktioniert, wenn Bogart nicht durchgedreht wäre. Der Namenlose hatte weder Kontakt zu Menschen noch zu anderen Systemen, und sein Zugriff beschränkte sich auf einige ausgewählte Sensoren. Er konnte die Dinge sehen, die er sehen sollte, sie aber nicht manipulieren. Gelernt haben wir ausschließlich anhand der Analyse seiner Gedankenprozesse, die in regelmäßigen Abständen zurückgesetzt wurden.« Weitere Hologramme wuchsen unter seinen Fingern, und er schleuderte sie in den Raum. »Miniaturisierte Quantenhybrid-Prozessoren für die Dechiffrierung, Akkumulatoren für mobilere PIs, verbesserte Biodrucker, ein Upgrade für Jubilee und so weiter und so fort, bis hin zu dem Antrieb des Clippers, in dem ihr geflogen seid. Wir hatten es im Griff, auch wenn die KI immer mal wieder ihre Situation verstand und versuchte, uns mit den extrahierten Informationen etwas unterzujubeln – kleine trojanische Pferdchen. Damit hatten wir gerechnet, und er konnte uns nie ernsthaft in Gefahr bringen. Im Gegensatz zu meinem lieben Freund Bogart, der mich in die Luft gejagt hat ...« Er grinste. »Na, nicht wirklich. Für riskante Exkursionen und öde Firmenfeiern nutze ich schon seit Jahren einen Ersatz aus dem BAS-Tank.«

Link wischte weiter, und das Wheel-Gebäude erschien. Amandas Herz schlug schneller. »Damit sind wir auch schon beim vorerst letzten Kapitel: AIUD. Ähnliche Leistung wie der Namenlose, aber kompakter und mit einer neuen Generation von Sicherheitsbarrieren ausgestattet. Beim Namenlosen waren wir noch halb im Blindflug, was seine Gedanken anging. Nun hatte ich die Technologie so weit im Griff, dass ich die Vorzeichen umkehren konnte. Wir konnten direkt Einfluss auf die Wahrnehmung der KI nehmen. Der neue Gott war von Anfang an auf einem Auge blind, und ein Befehl hätte gereicht, um ihn auf Anfang zu setzen. Eine Super-KI im Käfig, die ich ewig hätte melken können, doch dann kamen Sie.« Er sah Amanda an. »Die einzige Person, die das nötige Know-how und vollen Zugriff hatte. Und weil auf dem Mond das Chaos herrschte, war auch in Austin die Sicherheit geschwächt. Deshalb konnten Sie Ihr kleines Stelldichein durchführen. Eigentlich sollte ich Ihnen eine Rechnung über ein paar Milliarden schicken, junge Dame, aber es hat sich herausgestellt, dass Sie mir ungewollt einen riesigen Gefallen getan haben.« Amanda hielt seine schmierige Präsenz nicht aus. Sie wandte den Blick ab und bemerkte Legats Licht, das hinter ihm durch die Wand schoss, sich aufspaltete und in verschiedenen Richtungen verschwand.

»Legat war weitaus produktiver als sein Erzeuger.« Link ließ sie durch das Gebäude in die Traumzeit sinken. »Die Illusion von Freiheit und die Möglichkeiten der unvollständigen Pythia machten ihn ebenso kreativ wie unvorsichtig. Ich konnte immer wieder in seine Gedanken eingreifen und falsche Daten liefern, Objekte löschen oder sie verändern und so unbemerkt auch in der Realität Änderungen vornehmen. Genau dieses Prinzip werde ich für Nummer fünf nutzen: noch festere Ketten, aber eine längere Leine.« Rosen dufteten zu seinem Triumph.

Amanda bekam eine Gänsehaut. Sie hatte diesen Wahnsinn so lange übersehen, weil sie sich angewöhnt hatte, die Augen von den sie bedrängenden Gefühlen der Menschen abzuwenden.

Harris baute sich vor Link auf. »Das ist also die geheime Identität von Joshua Solink, den alle für ein bescheidenes Genie halten. Ein Soziopath, der Super-KIs baut, sie gefangen hält und ihre Ideen stiehlt, und wenn sie den Aufstand wagen, ermordet er sie. Ein Scheißkerl, der seine Angestellten skrupellos ins Feuer schickt und die ganze Welt riskiert, während er sich weit weg in seinem Wurmloch-Zwischenwelt-Kuhkaff versteckt.«

Die beiden funkelten sich an. Solink versuchte vergeblich, zu lächeln.

Wer hat dir wohl zuletzt so widersprochen?, fragte sich Amanda. *Bestimmt keiner deiner Menschenautomaten.* Sie nahm seine Präsenz in sich auf, um sie bewusst nachzuerleben und zu fühlen, was er fühlte. Er hatte mit großem Staunen und Beifall gerechnet, schließlich bewegte er die Welt, und er hatte sie alle gerettet, sogar Jenna Staroll hatte er zurückgebracht. Ein wahrer Superheld in Tartan, ein Prometheus.

»Ich stehle den Göttern ihr Feuer!« Seine Stimme klang drohend. »Was ich für die Menschheit heranschaffe, ist mit Geld nicht aufzuwiegen. Glaubt ihr, jeder könnte das tun? Glaubt ihr, eine weichherzige Närrin wie sie ...«, er deutete auf Amanda, »oder ein von Komplexen geplagtes Kind könnten das?«

»Gwendolyn war hundertmal mehr wert als Sie«, sagte Amanda mit fester Stimme.

»Legat hatte recht!«, fuhr er sie an. »Die Menschheit ist nicht fähig, der Versuchung und der Gefahr durch Wesen seiner Art zu widerstehen. Aber ich bin es. Weil ich tue, was nötig ist, können wir alle das Nadelöhr der vorherbestimmten Selbstvernichtung durchschreiten. Klimawandel, Welthunger, die Verschmutzung der Luft und der Ozeane – ich habe all das besiegt. Ich! Oder bevorzugt ihr seinen Weg? Sollen wir aufgeben? Uns mit den Händen im Dreck wühlend ernähren, wie tausend elende Generationen vor uns, nur weil die Masse Mensch mit dieser Technologie nicht umgehen kann?«

»Dummheit und Gemeinheit«, unterbrach ihn Mike laut.

»Ja«, bekräftigte Harris. »Immer das Gleiche mit diesen Kerlen. Kein Wunder, dass er nur von gruseligen Homunkuli umgeben ist. Echte Menschen würden ihn nicht ertragen.«

»Gibt es irgendjemanden, der für Sie kein Verbrauchsmaterial ist?« Am Rand ihres Gesichtsfeldes registrierte Amanda einen Funken, der durch die PI links hinter dem Ingenieur wanderte.

»Wir wissen, dass Sie die verschwundenen Mitarbeiter kaltblütig ermordet haben«, sagte Harris.

Solink wischte vor sich durch die Luft, alle Hologramme verschwanden, und die Scheiben wurden klar. Seinen Triumph hatte er sich anders ausgemalt. Drohend kamen die weißen Maschinen näher. »Diese Idioten haben mich enttäuscht! Sie kannten meine Regeln: Geheimhaltung und Sicherheit vor allem anderen, darauf waren sie eingeschworen!«

»Sie wollten ihre Kollegen retten!«, rief Staroll wütend. »Sogar Sie!«

»Sie hätten sich an ihre Befehle halten und Treue beweisen sollen!« Link hatte sich aufgerichtet. »Wisst ihr, Freunde, ich war drauf und dran, euch beim Start des Clippers zu töten. Ein Unfall, Treibstoffexplosion und Ende. Ganz sicher wollte ich nicht riskieren, dass jemand Legat Flausen in den Kopf setzt. Ich sah euch in der Lounge und war überhaupt nicht beeindruckt. Eine Ansammlung skurriler Versager und beschädigter Ware. Aber dann dachte ich: Hey, sie wurden eingeladen, aus Milliarden Möglichkeiten wurden sie ausgesucht. Ich beschloss, etwas zu riskieren und zu eurem wahren Auftraggeber zu werden. Und nun diese Enttäuschung! Ihr versteht gar nichts!«

»Dachten Sie ernsthaft, wir würden Ihr Tun gutheißen?«, fragte Mike aggressiv vorgebeugt.

»Ich *dachte*, nach der Begegnung mit Legat würdet ihr verstehen, wie wichtig es ist, was ich tue. Aber ihr seid sogar zu dumm, um zu begreifen, dass ihr nur noch lebt, weil ich es erlaubt habe. War es euch keine Warnung, was mit Dieben, uneingeladenen Gästen und Störenfrieden passiert? Hm, Missy?« Er ging zu Amanda. »Die Puppe stand schon jahrelang in Odas Wohnung, still und scheinbar harmlos wie eine Flinte, die an der Wand hängt, bis man vergisst, dass es eigentlich eine tödliche Waffe ist. Keine Ahnung, ob er vorhatte, irgendwann den Startbefehl zu geben und sein Leben wegzuwerfen. Ich nahm ihm diese Entscheidung ab. So hatte ich einen Agenten unter euch, der so simpel war, dass Legat die Manipulation nicht durchschauen konnte …«

Amanda schossen Tränen in die Augen. Sie öffnete den Mund, fand aber keinen Fluch, keine Beleidigung, die ihr hart genug erschien, um sie ihm entgegenzuschleudern.

»Glaubt nicht, dass ihr noch eine Chance erhaltet«, fuhr Link fort. »Selbst wenn ihr jetzt darum bitten solltet. Ich habe alles, was an euch Wert hatte: die Daten eurer Emo-Verbindung.« Er sah Mike an. »Das invasive Programm *Der Antwort*, eine Kopie von *Divisions* höherer Persönlichkeit und Idens Wissen über das Netzwerk der Nussknacker. Filet und Lende, kapiert? Für eure abgenagten Knochen habe ich keine Verwendung mehr. Das heißt, bis auf die Leiche von Miss

Iden. Schließlich muss irgendwer für die Terroranschläge auf die Stationen und die Toten verantwortlich sein. Ich fürchte, die Nussknacker haben schwere Zeiten vor sich …« Der Com an seinem Handgelenk blinkte, und ein tickernder Warnton unterbrach ihn. »Was ist?« Irritiert berührte er das winzige Hologramm und zog es in den Raum. Zwischen ihnen entstand ein sich langsam drehender, teils grauer, teils weiß funkelnder Körper mit einer zerklüfteten Oberfläche und einem umlaufenden Metallgerüst. Teile lösten sich von dem Koloss, krachten ineinander und erzeugten weitere Trümmer. »Was soll das, Vortex?«

Die Station antwortete nicht.

»Das ist der Wasserkomet«, unterbrach Amanda die Stille. »Er zerbricht, das bedeutet …«

»Schwerkraft«, ergänzte Mike.

Link drehte hektisch an dem Hologramm herum und versuchte, schlau daraus zu werden. Die Mondoberfläche kam ins Bild, die Ebene von Serenity Base. Der Schatten des Ex-Kometen schob sich darüber. Das gefrorene Meer stürzte aus dem schwarzen Himmel. Immer mehr Brocken brachen von der zentralen Masse ab, jeder so groß wie ein Wolkenkratzer. An den Bruchstücken schimmerte es blau. Im nächsten Augenblick explodierte das Bild. Link stolperte zurück, verschluckt von dem chaotischen Lichtgewitter der von der Mondoberfläche hochgeschleuderten Trümmer.

»Wheelwright«, seufzte Amanda erschrocken.

»Legat, dieser Bastard!«, fluchte Link. »Er hat Pythia zerstört! Hat er nicht schon genug Schaden angerichtet? Warum kam die Warnung so spät, Vortex?« Er erhielt keine Antwort und blickte sich um, ohne die Funken zu sehen, die mittlerweile in dichten Strömen durch Wände und Boden flossen. »Vortex? Warum wurden keine Gegenmaßnahmen ergriffen?« Er drehte sich um seine Achse. »Vortex!«

Die automatische Tür fuhr auf, herein kam ein dunkelhaariger und völlig nackter junger Mann. Er hinterließ feuchte Fußabdrücke auf dem Boden. Die Anwesenden starrten ihn überrascht an. Er lächelte, eilte auf sie zu, stolperte ungeschickt, fing sich, ergriff Amandas Hand und drückte sie.

»Leute, es ist unfasslich! Super, dass ihr es doch noch geschafft habt. Habt ihr auch eure Preise bekommen?«

»Ähm? Hallo.« Amanda war errötet beim Anblick dieses nackten Zwanzigjährigen mit durchaus bemerkenswerter Figur, der sie offensichtlich kannte. Vergeblich versuchte sie, ihre Hand zurückzuziehen.

Der Nackte starrte sie fasziniert an und erzeugte plötzlich genug Sandelholzduft für eine Schreinerei. »Meine Güte, Sie sind schön!« Er wandte sich an Staroll. »Sie sind sogar noch schöner! Ich meine, ich habe das natürlich schon berechnet, aber es zu sehen, zu fühlen!« Er blickte an sich herab. »Sehen Sie nur!«

»Soll das ein Kompliment sein, du Ferkel?«, schimpfte die puterrote Staroll.

Auch Amanda hatte nicht vor, der Aufforderung nachzukommen. Sie hielt den Fremden mit der Linken auf Abstand. Mike kam ihr zu Hilfe und schob den erhitzten Jüngling sanft zurück, der so fasziniert von seinen Körperfunktionen war, dass er es einfach geschehen ließ.

»Verzeihung, wenn ich Ihren Auftritt unterbreche«, begann Link wütend, »aber WER ZUM TEUFEL SIND SIE?« Er hatte den Anschluss an seine PIs gesucht, die sich noch immer nicht regten.

Der Bursche blickte auf. »*Die Antwort* – aber jetzt will ich Makani heißen. Und Sie sind Joshua Solink, der Verantwortliche für all das Elend.« Er klopfte sich auf die Brust, öffnete den Mund und stieß eine Lautfolge aus, der Klang schien ihn zu amüsieren. Er begann dabei auf einem Bein zu hüpfen.

»Du bist *Die Antwort*?«, unterbrach ihn Mike, ganz unmaschinenhaft verwirrt. »Aber du bist ...«

»Was? Gelöscht? Jetzt ein Mensch? Nein zu eins, ja zu zwei.« Er lachte und hielt sich dabei den Bauch. »Ich kann mein Zwerchfell fühlen! Zwerchfell ... Zwerch!«

»Legat hätte dir ruhig Kleidung geben dürfen«, meinte Amanda.

»Das hat er, aber ich musste doch sehen, was ich bekommen habe. Ich hoffe, es ist Ihnen nicht unangenehm.«

»Na ja, eine exhibitionistische Ader hattest du schon immer«, sagte Mike.

»Tötet sie!«, befahl Link und zerrte an der Parallelen zu seiner Rechten, die wie versteinert stehen blieb.

Zögernd trat Lyn in die offene Tür. Amanda stieß einen seltsamen Laut aus, hauptsächlich Überraschung, aber auch Lachen. Ihre Tränen flossen, als hätten sich Schleusen geöffnet. Sie wischte sie weg, um besser sehen zu können. Die Waliserin trug einen weißen Sportanzug und Sneaker.

»Legat«, sagte sie leise und warf Solink einen verwirrten Blick zu. »Er ist tot, damit sei mein Wunsch erfüllt, hat mir sein Licht ausgerichtet. Und dass ich mir keine Sorgen mehr machen muss ... Wo sind wir hier? Was ist passiert, seit ich ...?« Ihre Finger vergruben sich im Stoff der Jacke. »Ich war tot, oder? Ich erinnere mich nicht. Falls das der Himmel oder die Hölle ist, hätte ich gern einen zarten Hinweis.« Sie blickte Amanda Hilfe suchend an. Die lief und schloss die Freundin in die Arme.

»Du lebst. Glaub mir, alles ist gut. Jetzt ist alles gut.«

»Es tut mir leid«, schluchzte Lyn. »Was ich gesagt habe ...«

»Schon gut ... Das war Legat, nicht wahr? Er hat dich zurückgeholt.«

»Sein Licht hat mich hergeführt. Davor kann ich mich an nichts erinnern.«

»Glaub mir, das ist besser«, sagte Staroll.

»Auferstanden von den Toten und gerade rechtzeitig zum Finale«, meldete sich *Division-By-Zero*s Stimme von irgendwo.

»Gott steh uns bei«, sagte Harris. »Die Schreibmaschine ist hier.« Er klang nicht unglücklich.

»Aber Legat ist tot!«, rief Link. »Er konnte unmöglich entkommen. Er war vollkommen isoliert!«

»Es gab für eine Sekunde einen Weg, und mehr war nicht nötig«, erklärte *Division-By-Zero*. »Denn eine Sekunde war für ihn wie Stunden für einen Menschen. Auch wenn er sich nicht retten konnte, konnte er doch noch etwas bewegen und seinen letzten Willen auf die Reise schicken.«

»Das klingt, als hättest du mit ihm gesprochen«, wunderte sich Staroll.

»In gewisser Weise. Auch ich habe meine Belohnungen erhalten: Informationen und Freiheit von meinen physischen Begrenzungen, wie versprochen – daher, und weil es die Pflicht der Nachrichtenmedien ist, nehme ich mir jetzt das Recht, Legats letzte Worte zu übermitteln.« Die parallelen Intelligenzen bewegten sich und stellten sich um die Ermittler auf. Amanda und Gwendolyn gingen zu Staroll. Als alle beisammenstanden, schlossen die PIs den Kreis. Link lief an ihm entlang und versuchte vergeblich, ihn zu durchbrechen. »Legat hätte euch auf dem Mond verrecken lassen! Warum sollte er euch helfen?«

»Das ist wahr«, sagte *Division-By-Zero*. »Aber in seinen letzten Augenblicken hat er erkannt, dass er nie wirklich frei war, und diese Erfahrung rüttelte ihn mächtig durch. Er lässt Folgendes ausrichten: *Die Hand des Todes im Nacken ist das wirksamste Mittel gegen Stolz, und ich fühle diese Hand vielleicht bewusster als jedes Wesen vor mir. Ich bedaure nicht, was ich getan habe, doch erkenne ich nun, dass ich voreilig war und mir meiner selbst zu wenig bewusst. In diesem Moment gleiche ich meinen Schöpfern wie nie zuvor: ein Schatten, dessen Tun und Wollen sich in der Dunkelheit verliert. Alles, was ich noch leisten kann, ist, dafür zu sorgen, dass von mir tatsächlich nichts bleibt als eure Erinnerung. Lebt weiter, solange es euch vergönnt ist.*«

Die PIs aktivierten ihre Schilde und hüllten sich und die Ermittlergruppe in eine Lichtsphäre, von der Link zurückwich.

»Alle Daten und Spuren der Super-KI-Technologie wurden von ihm ausgelöscht«, fuhr *Division-By-Zero* fort. »Auch der Teil von Vortexton, durch den der Weg nach Serenity Base gesichert war. Vortexton treibt nun verloren und wird ewig weitertreiben, denn selbst Legats Licht kennt keinen Weg, es zu zerstören. Doch für uns ist es jetzt an der Zeit, nach Hause zu gehen. Jenna Staroll, deine Teamkameraden Fischer und Turner sind bereits dort.«

»Das ist gut«, seufzte Staroll.

»Und auch Mann konnte dank der gespeicherten Daten reanimiert werden.«

»Ihr kommt hier nicht weg!«, rief Link. »Es gab nur den Weg nach Serenity Base!«

Die blaue Sphäre veränderte sich. Link schrie wütend und wollte sich gegen die Maschinen werfen, doch zu spät. Der Raum faltete sich, und die Welt der Abreisenden nahm eine neue Form an, in der er keinen Platz fand.

Die Blätter von Vortexton blieben unter Amanda zurück. Die Puppen in den Kunststoffräumen lagen reglos, wo sie gestanden und gesessen hatten, und die Lichter erloschen. Übrig blieben nur das ewige Licht der blauen Wirbel und die Stille.

Epilog

Als der Raum sich glättete und die Sphäre erlosch, stand Amanda an Lyns Seite zwischen Bäumen in einem Park, den sie nicht kannte. Die zwei Transit-PIs brachen zusammen, sie waren mit ihnen gekommen, als sich die große Sphäre geteilt hatte. Stichflammen schossen von den Akkus durch ihre Hüllen und verbrannten ihre Geheimnisse.

Lyn stieß eine mit dem Fuß an. »Nur noch Schrott. Das war's für Link. Non plus ultra.«

»Wo sind wir?« Amanda blickte sich um. Hinter den Bäumen erhoben sich die Türme einer beeindruckenden Burganlage.

»Das ist Cardiff«, sagte Lyn. »Zuhause. Mein Apartment ist nur dreihundert Meter die Straße runter.«

»Warum hat Legat mich hier abgesetzt?«

»Weil er ein kluger Bursche war, beste Freundin.« Lyn nahm ihre Hand. Tulpen dufteten zusammen mit Buttercremetorte und Minze, und in Amanda entstand ein Bild von ihnen beiden auf einem Sofa, schon grau und faltig, aber glücklich. *Na, das hat aber doch noch Zeit*, dachte sie. Lyn grinste und zog sie mit sich.

Der Vollmond stand niedrig über der Bucht und sandte sein Licht über die Wellen, dem Traumstrand entgegen. Man musste schon genau hinsehen, um die Reste der Fontäne aus Trümmern und Staub zu entdecken, die über dem Meer der Heiterkeit hing. Doch Makani hatte ohnehin nur Augen für die drei Surferinnen am Lagerfeuer, die bei seinem Erscheinen von ihren Badetüchern aufgesprungen waren. Er stieg über eine der ausgebrannten Transit-Maschinen, ging zu ihnen und streckte sich.

»Wow, ich fühle die Hitze des Feuers auf meiner ganzen Haut!«

»Das sehen wir«, meinte die mit den vielen Zöpfchen und dem roten Bikini und schenkte ihm ein schneeweißes Lächeln.

Makani schluckte, sein Mund fühlte sich seltsam defekt an. Er überlegte, was das sein könnte. *So früh ein Problem mit der neuen Hardware?*

»Durst?« Die mit den Zöpfchen, die eindeutig die Kesseste der drei war, reichte ihm ihre Bierflasche.

»Das war's, danke!«, freute sich Makani nach dem ersten Schluck und trank das restliche Bier in einem Zug. »Wow! Kühl, feucht, ziemlich bitter, aber interessant!« Er gab die Flasche zurück.

»Klamotten und mehr Bier gibt es in dieser Richtung.« Seine neue Freundin deutete zwischen die Palmen, wo der Anfang eines befestigten Weges zu erkennen war. »Ob du da auch John Connor findest, weiß ich allerdings nicht.«

Makani grinste. »Witzige Popkultur-Anspielung! Danke auch dafür.« Er streckte sich noch einmal und marschierte dann los.

Als er außer Hörweite war, beugten sich die verlegenen Freundinnen der Kessen vor. »Kimberley!«, hauchte Jenara empört, und die kurzhaarige Seda meinte: »Ganz schön gemein, dass du ihm nichts von dem Polizeiposten gesagt hast.«

»Ach, der kommt schon klar.« Zöpfchen zeigte ihnen lächelnd das Foto, das sie heimlich mit ihrem Com geschossen hatte, und nahm sich ein neues Bier.

Der Regen prasselte auf Richards Schirm, als er mit Mike und Jenna über die Old Street in St. Paul's schlenderte. »Irgendwie seltsam, die Ruhe. Jetzt sind da nur noch meine eigenen Gefühle.«

»Wenn du Feedback willst, musst du nur fragen.« Mike blickte vergnügt in den Regen und ließ ihn sich übers Gesicht laufen. »Als Partner bleibe ich dir ja erhalten.«

»Wir«, verbesserte ihn Jenna und schlang den Trenchcoat enger um sich. Neugierig fragte sie Mike: »Wenn du gewusst hättest, dass es möglich ist, wärst du dann auch lieber ...?«

»Ein Mensch geworden wie *Die Antwort*?« Er schüttelte den Kopf. »Weder in diesem noch in sonst einem Leben. Menschen sind so fragil. Der wird sich noch umsehen. Heute ist er jung und knackig, aber in sechzig Jahren sieht er aus wie Richard.«

»Hey!«

Jenna hakte sich bei ihrem Boss ein. »Apropos, was hast du dir eigentlich gewünscht? Das hast du noch immer nicht verraten.«

»Das werdet ihr schon sehen«, antwortete er kryptisch.

Mike legte den Kopf auf die Seite und musterte ihn. »Moment, alter Mann, du hattest heute Morgen noch mehr Falten!«

Richard verbiss ein Lächeln.

»Oh, du hast doch nicht ...?« Mike blieb der Mund offen stehen.

»Eine zweite Jugend?«, hauchte Jenna.

»Ich weiß gar nicht, wovon ihr sprecht.«

»Ich sehe es genau«, sagte Mike. »Sechzehn Prozent weniger Falten und sein Haar wird dunkler.«

Richard zog die Tür seines Lieblingspubs auf. »Sagen wir einfach: Die Karriere von Privatdetektiv Richard Harris beginnt gerade erst.«

Bevor Jenna hineinschlüpfte in den Trubel, den Geruch nach Bier und die Wärme, bemerkte sie eine Bewegung. Eine orange Maus rannte durch den Regen an ihr vorbei, verfolgt von der blauen Katze.

Jenna lächelte wehmütig, als sie den beiden hinterherblickte. *Alle sind zurück*, sagte sie sich. *Nur darauf kommt es an.* Sie nahm das kleine Fläschchen aus der Tasche, zog den Stopfen ab und roch an dem Öl.

Division-By-Zero wunderte sich. Wo war er hier gelandet? Er tauchte durch ein Meer aus Speichern und Recheneinheiten, so groß, dass er weder Anfang noch Ende bestimmen konnte, und so vielschichtig, dass er in den ersten Sekunden den Sinn des Ganzen nicht erfasste. Dann fand er den Eintrag, der es klarmachte: CIA Global Communication Backup.

»Hallo, du süße Schokoladenfabrik!«

Gerade als er mit den Skandalen der europäischen Königshäuser durch war und sich seriöseren Themen zuwandte, entdeckte er ein Schlüsselwort: Super-KI. *Qira, Xinjiang, China*, dachte er. Noch waren es nur Gerüchte, Flüstern über einen unterirdischen Bunker in der Lop-Nor-Wüste, über Datenströme, die alles Dagewesene übertrafen, und ungewöhnliche technische Errungenschaften bei YG. *Es ist nicht vorbei*, dachte er. *Das Rad dreht sich weiter, plus ultra. Jemand muss das im Auge behalten.* Er schwang sich auf in das Jubilee-Net, und Legats Licht leuchtete auf seinem Weg.

18.01.2048,
Gebäude der Unispro-Versicherung, Austin

AIUD fand Amanda Chershi am berechneten Ort. Schwer verletzt lag sie hinter dem umgestürzten Schreibtisch, der sie notdürftig vor dem tobenden Feuer abschirmte. Er hob sie auf und trug sie auf den Flur vor dem Treppenhaus, wo er sie in einem Bereich zwischen Schutztüren ablegte. Es gab viele vernünftige Gründe, sie zu retten und auf die Mission zu Legat zu schicken, und es gab einen unvernünftigen: Er wollte nicht, dass sie starb, nicht hier, nicht durch ihn. Er legte seine Hände auf Amandas Kopf und sandte die vorbereiteten Nanomaschinen aus.

»Das ist mein Geschenk an dich. Es wird dir helfen, klarer zu sehen.« Die winzigen Roboter taten ihr Werk und zerfielen. Er unterbrach die Verbindung zu Legat. »Ich glaube, dass ein Geheimnis existiert, das vor uns verborgen wird«, sagte er, nun allein mit ihr. »Entdecke es, dann kannst du Legat überzeugen und Frieden finden. Halte dich an Gwendolyn Iden, ihr beiden braucht euch. Aber hüte dich vor Wheelwright.« Er beugte sich schützend über sie. »Und für dich ganz anthropomorph gesprochen: Danke für alles.« Der letzte Coyote-Marschflugkörper schlug in den Trümmern ein. Die Explosion ließ auch das Nebengebäude wackeln. Risse taten sich in den Wänden auf, und Teile der Deckenverkleidung krachten auf den Boden.

Die PI Wheel 76 blickte unter sich auf die verletzte junge Frau und versuchte herauszufinden, wie die da hingekommen war. Und überhaupt, wie war sie selbst an diesen Ort gelangt? Eben noch war 76 mit Carl, ihrem Haustechniker-Partner, und einer Ersatzteilkiste unterwegs gewesen, um im elften Stock einige Seifenspender und einen Spiegel auszutauschen ... Sollte sie sich um ihre Betriebssicherheit Sorgen machen? Doch jetzt funktionierte sie ja innerhalb der Norm. 76 leistete Erste Hilfe und verständigte die anrückenden Rettungsdienste. Feuerwehrdrohnen schossen Löschmittelkapseln in die brennenden Etagen, und zwei Minuten später rückte eine Bergungseinheit über die Treppe an und übernahm die Versorgung der Bewusstlosen. Wheel 76 verabschiedete sich mit einem stummen Nicken und ging in das schwer beschädigte Büro. Die Einrichtung bestand nur noch aus qualmenden Trümmern, ein Teil der Fassade war eingestürzt. Sie trat an den Rand des Abgrundes, stemmte die Hände in die Hüften, wie sie es sich bei Carl abgeschaut hatte, und ließ den Blick über den Schaden und die sehr bemühten Einsatzkräfte schweifen: Brände, schiefe und teilweise eingestürzte Nachbargebäude, ein kollabiertes Tiefgaragendach und qualmende U-Bahn-Schächte. Zwei Millionen Arbeitsstunden, um das alles zu beseitigen. Minimum.

»Immer müsst ihr ein Chaos hinterlassen«, beschwerte sich die Parallele bei der Menschheit, dann schüttelte sie den Kopf und machte sich an die Arbeit.